UN SEDUCTOR
SIN CORAZÓN

Amor y Aventura

UN SEDUCTOR SIN CORAZÓN

Lisa Kleypas

Traducción de Laura Paredes

VERGARA
GRUPO ZETA

Barcelona • Bogotá • Buenos Aires • Caracas • Madrid • México D.F. • Miami • Montevideo • Santiago de Chile

Título original: *Cold-Hearted Rake*
Traducción: Laura Paredes
1.ª edición: junio de 2016

© 2015 by Lisa Kleypas
© Ediciones B, S. A., 2016
   para el sello Vergara
   Consejo de Ciento 425-427, 08009 Barcelona (España)
   www.edicionesb.com

Printed in Spain
ISBN: 978-84-16076-00-0
DL B 8807-2016

Impreso por Unigraf S.L.
Avda. Cámara de la Industria n.º 38,
Pol. Ind. Arroyomolinos n.º 1
28938 - Móstoles, Madrid

A mi talentosa y maravillosa editora, Carrie Feron:
¡gracias por hacer realidad mis sueños!
Con todo mi cariño,

L. K.

1

Hampshire, Inglaterra
Agosto de 1875

—Solo el diablo sabe por qué se me tenía que arruinar así la vida —dijo Devon Ravenel muy serio—, y todo porque un primo que nunca me gustó se cayó del caballo.

—Theo no se cayó exactamente —lo corrigió Weston, su hermano menor—. El caballo lo tiró.

—Está claro que al animal le resultaba tan insoportable como a mí. —Devon andaba arriba y abajo por la sala de visitas con pasos inquietos y cortos—. Si Theo no se hubiera desnucado, le partiría la crisma.

West le dirigió una mirada entre divertida y exasperada.

—¿Cómo puedes quejarte cuando acabas de heredar un condado que incluye una finca en Hampshire, tierras en Norfolk, una casa en Londres...?

—Todo ello vinculado. Perdona si no muestro ningún entusiasmo por unas tierras y unas propiedades que jamás serán mías y que no puedo vender.

—Puedes romper el vínculo de mayorazgo, según cómo esté establecido. Si es así, podrías venderlo todo y zanjar este asunto.

—Dios lo quiera. —Devon observó con asco una mancha de

moho en el rincón—. No se puede esperar que viva aquí. Este sitio está hecho un desastre.

Era la primera vez que ambos pisaban Eversby Priory, la ancestral finca familiar que debía su nombre de priorato al hecho de estar construida sobre las ruinas de una residencia monástica y una iglesia. Aunque Devon había heredado el título poco después de que su primo muriera tres meses antes, había pospuesto todo lo que pudo enfrentarse a la montaña de problemas con que ahora se encontraba.

Hasta entonces solo había visto aquella habitación y el vestíbulo, las dos estancias que más debían impresionar a las visitas. Las alfombras estaban raídas; los muebles, gastados; las molduras de yeso, deslucidas y agrietadas. Nada de ello auguraba nada bueno sobre el estado del resto de la casa.

—Hay que reformarla —admitió West.

—Hay que demolerla.

—No está tan mal. —West se interrumpió con un grito cuando la alfombra le cedió bajo el pie. Se apartó de un salto y se quedó mirando la zona combada—. ¿Qué diantres...?

Devon se agachó y levantó la esquina de la alfombra, lo que dejó al descubierto el agujero que había debajo, puesto que el suelo estaba podrido. Sacudiendo la cabeza, dejó la alfombra como estaba y se acercó a una ventana con cristales en forma de rombo. Las tiras de plomo estaban corroídas y los goznes, oxidados.

—¿Por qué no lo habrán reparado? —preguntó West.

—Por falta de dinero, evidentemente.

—¿Pero cómo es posible? La casa posee veinte mil acres. Con tantos arrendatarios, las producciones anuales...

—La explotación agrícola de las fincas ya no es rentable.

—¿En Hampshire?

Devon le dirigió una mirada sombría antes de volver a fijarse en la vista que le ofrecía la ventana.

—En todas partes.

El paisaje de Hampshire era verde y bucólico, perfectamente dividido por setos en flor. Sin embargo, más allá de los alegres grupos de casitas con el techo de paja y de las fértiles extensiones de creta y de bosques ancestrales, se estaban tendiendo miles de kilómetros de vías férreas para preparar una invasión de locomotoras y automotores. Por toda Inglaterra habían empezado a aparecer ciudades industriales como champiñones en primavera. Era mala suerte que Devon hubiera heredado un título justo cuando los nuevos vientos fabriles estaban barriendo del mapa las tradiciones y los modos de vida aristocráticos.

—¿Cómo lo sabes? —preguntó su hermano.

—Todo el mundo lo sabe, West. El precio del grano se ha desplomado. ¿Cuánto hace que no lees un artículo del *Times*? ¿No has prestado atención a las tertulias en el club o en las tabernas?

—No cuando el tema era la explotación agrícola —fue la respuesta adusta de West. Se sentó pesadamente, frotándose las sienes—. Esto no me gusta. Creía que habíamos acordado jamás ponernos serios por nada.

—Lo estoy intentando. Pero la muerte y la pobreza logran que todo parezca mucho menos divertido. —Apoyó la frente en el cristal y prosiguió con aire taciturno—: Siempre he llevado una vida desahogada sin tener que dedicar un solo día a trabajar honradamente. Ahora tengo responsabilidades —dijo esta palabra como si fuera una blasfemia.

—Te ayudaré a pensar formas de eludirlas. —West se hurgó un bolsillo interior de la chaqueta y sacó de él una petaca. La destapó y dio un largo trago.

—¿No es un poco temprano para eso? —Se sorprendió Devon con las cejas arqueadas—. A mediodía estarás borracho.

—Sí, pero eso solo pasará si empiezo ahora. —Le dio otra vez a la petaca.

Devon vio con preocupación que los excesos estaban haciendo mella en su hermano menor. West era un hombre alto y bien parecido de veinticuatro años, con una inteligencia y una astucia que prefería utilizar lo menos posible. El último año, la

11

falta de moderación en la bebida había conferido un tono colorado a sus mejillas y le había desdibujado el cuello y la cintura. Aunque Devon nunca había querido inmiscuirse en los asuntos de su hermano, se preguntaba si tal vez tendría que mencionarle algo acerca de lo mucho que le daba a la botella. No, a West le molestaría el consejo no solicitado.

Tras volver a guardarse la petaca en la chaqueta, West unió las puntas de los dedos de ambas manos a la altura de sus labios y miró a Devon.

—Tienes que obtener capital, y engendrar un heredero. Una esposa rica solucionaría ambos problemas —aconsejó.

—Ya sabes que nunca me casaré —replicó Devon, que había palidecido. Conocía sus limitaciones: no estaba hecho para ser marido o padre. La idea de repetir la parodia de su infancia, con él en el papel de padre cruel e indiferente, le ponía los pelos de punta—. Cuando yo me muera —prosiguió—, tú serás el siguiente en la línea de sucesión.

—¿De verdad crees que te sobreviviré? —preguntó West—. ¿Con todos mis vicios?

—Yo tengo tantos como tú.

—Sí, pero me entusiasman mucho más los míos.

Devon no pudo contener una carcajada irónica.

Nadie podía haber previsto que los dos, procedentes de una lejana rama de los Ravenel, serían los últimos de un linaje que se remontaba a la conquista normanda. Por desgracia, los Ravenel siempre habían sido demasiado apasionados e impulsivos. Sucumbían a toda tentación, cometían toda clase de pecados y menospreciaban cualquier virtud, lo que conllevaba que murieran antes de poder reproducirse.

Ahora solo quedaban ellos dos.

Aunque Devon y West eran de buena cuna, jamás habían formado parte de la nobleza, un mundo tan exclusivo que sus niveles más elevados eran impermeables incluso a la alta burguesía. Devon sabía poco sobre las normas y los rituales complejos que distinguían a la aristocracia de la plebe. Lo que sí sabía era que Eversby Priory no era un regalo del cielo sino una trampa. Ya no podría generar ingresos suficientes para mantenerse. La finca devoraría los modestos beneficios anuales de su fideicomiso, lo aplastaría y acabaría después con su hermano.

—Que se extingan los Ravenel —soltó Devon—. Somos mala gente y siempre lo hemos sido. ¿A quién le importará que el condado desaparezca?

—Los sirvientes y los arrendatarios podrían oponerse a perder sus ingresos y sus hogares —comentó West con ironía.

—Por mí, que se pudran. Te diré lo que voy a hacer: primero, diré a la viuda y a las hermanas de Theo que hagan el equipaje; no me sirven de nada.

—Devon... —dijo su hermano, algo nervioso.

—Después encontraré una forma de desvincular el mayorazgo, dividir las propiedades y venderlas por partes. Si eso no es posible, despojaré la casa de todo lo que tenga valor, la demoleré y venderé las piedras...

—Devon —soltó West señalando la puerta, en cuyo umbral había una mujer menuda y esbelta cubierta con un velo negro.

La viuda de Theo.

Era la hija de lord Carbery, un noble irlandés que poseía unas caballerizas en Glengarrif. Se había casado con Theo apenas tres días antes de su muerte. Semejante tragedia, ocurrida justo después de un acontecimiento normalmente alegre, debió de ser un golpe durísimo. Dado que era uno de los últimos miembros de una familia cada vez más reducida, Devon imaginaba que tendría que haberle enviado el pésame tres meses atrás, cuando se produjo el accidente de Theo. Pero por alguna razón nunca llevó a la práctica la idea, que permaneció en su cabeza como una pelusa aferrada a la solapa de una chaqueta.

Quizá Devon podría haberse obligado a sí mismo a enviar sus condolencias si no hubiera despreciado tanto a su primo. La vida había sonreído de muchas formas a Theo, al que había dotado de riqueza, privilegios y atractivo, pero en lugar de agradecer su buena suerte, él siempre había sido engreído y altanero. Un bravucón. Como Devon nunca había sido capaz de pasar por alto un insulto o una provocación, había terminado peleándose con Theo siempre que estaban juntos. Habría sido mentira decir que lamentaba no volver a ver a su primo en su vida.

En cuanto a la viuda de Theo, no había por qué compadecerla. Era joven, no tenía hijos y era beneficiara vitalicia de los bienes de su difunto marido, lo que le facilitaría volver a casarse. Aunque tenía fama de ser una belleza, era imposible juzgarlo; un tupido velo negro la envolvía en un halo sombrío. Había algo seguro: después de lo que acababa de oír, debía de pensar que él era despreciable.

Le importaba un bledo.

Cuando Devon y West le hicieron una reverencia, ella hizo una pequeña genuflexión de modo mecánico.

—Bienvenido, milord. Y también usted, señor Ravenel. Les proporcionaré lo antes posible un inventario de lo que hay en la casa para que puedan saquearla organizadamente. —Su voz era refinada, y una gélida aversión había impregnado sus cortantes sílabas.

Devon la observó con interés cuando se adentró en la habitación. Su figura, demasiado estilizada para su gusto, parecía una escoba bajo el peso de la ropa de luto. Pero había algo fascinante en sus movimientos controlados, una volubilidad sutil bajo la calma.

—Mis más sinceras condolencias por su pérdida —dijo Devon.

—Mis más sentidas felicitaciones por su ganancia.

—Le aseguro que nunca quise el título de su marido —aseveró Devon con el ceño fruncido.

—Es verdad —corroboró West—. Se ha quejado todo el viaje desde Londres.

Devon maldijo a su hermano con la mirada.

14

—El mayordomo, Sims, le enseñará la casa y los jardines cuando guste —comentó la viuda—. Puesto que yo, tal como ha comentado, no le sirvo de nada, me retiraré a mis aposentos y empezaré a preparar el equipaje.

—Lady Trenear —dijo Devon secamente—, parece que hemos empezado con mal pie. Le pido disculpas si la he ofendido.

—No es necesario que se disculpe, milord. Este tipo de comentarios son lo que me esperaba de usted —prosiguió antes de que Devon pudiera replicar—. ¿Puedo preguntarle cuánto tiempo tienen previsto quedarse en Eversby Priory?

—Dos noches, espero. Quizá, durante la cena, usted y yo podríamos comentar...

—Me temo que mis cuñadas y yo no podremos cenar con ustedes. Estamos abrumadas por el dolor, y comeremos aparte.

—Condesa...

Se marchó de la habitación sin prestarle atención. Sin decir nada. Sin hacer siquiera una genuflexión.

Atónito e indignado, se quedó mirando la puerta vacía con los ojos entrecerrados. Las mujeres jamás le trataban con tanto desdén. Notó que estaba a punto de perder los estribos. ¿Cómo podía considerarlo culpable de la situación cuando no había tenido la menor elección al respecto?

—¿Qué he hecho para merecer esto? —preguntó.

—¿Aparte de decir que ibas a echarla a la calle y a destruir su casa? —soltó West con una mueca.

—¡Me disculpé!

—Nunca pidas disculpas a una mujer. Eso solo confirma que hiciste mal y la sulfura más todavía.

Devon no iba a tolerar la insolencia de una mujer que tendría que haberse ofrecido a ayudarlo en lugar de culparlo de nada. Viuda o no, iba a aprender una lección muy necesaria.

—Voy a hablar con ella —dijo muy serio.

Tras poner los pies en el sofá tapizado, West se estiró y apoyó la cabeza en un cojín.

—Despiértame cuando hayas acabado.

Devon salió de la sala de visitas y siguió a la viuda con pasos largos y raudos. La vio alejarse al final del pasillo con el vestido y el velo ondeando como un barco pirata a toda vela.

—Espere —la llamó—. No quería decir lo que dije antes.

—Sí que quería. —Se detuvo y se volvió hacia Devon con un movimiento brusco—. Tiene intención de destruir la finca, y el legado de su familia, todo por su egoísmo.

Devon se paró delante de ella, con los puños cerrados.

—Oiga —dijo con frialdad—, lo máximo que he tenido que manejar es un piso, una sirvienta, un ayuda de cámara y un caballo. Y ahora tengo que cuidar de una finca que zozobra con más de doscientos arrendatarios. Diría que eso merece cierta consideración. Incluso compasión.

—Pobrecito. Qué duro y qué molesto tiene que resultarle tener que pensar en alguien que no sea usted.

Tras esta pulla, hizo ademán de marcharse. Sin embargo, se había detenido cerca de una hornacina diseñada para exponer estatuas o piezas de arte sobre un pedestal.

Ya era suya. Devon apoyó lentamente las manos a cada lado del hueco en forma de arco para impedir que se fuera. Oyó que contenía el aliento y, aunque no estaba orgulloso de ello, sintió una enorme satisfacción al haberla puesto nerviosa.

—Déjeme pasar —pidió la viuda.

—Primero dígame su nombre de pila —exigió sin moverse para retenerla.

—¿Para qué? Jamás le autorizaría a usarlo.

—¿Se le ha ocurrido pensar que tenemos más que ganar si colaboramos que si nos enfrentamos? —le preguntó, exasperado, mientras observaba su figura cubierta con el velo.

—Acabo de perder a mi marido y mi hogar. ¿Qué es exactamente lo que tengo que ganar, milord?

—Tal vez debería averiguarlo antes de decidir convertirme en su enemigo.

—Fue mi enemigo antes de pisar esta casa.

—¿Tiene que llevar este maldito velo? —soltó, malhumorado, al darse cuenta de que estaba intentando verla a través de la prenda—. Es como hablar con una pantalla de lámpara.

—Es un velo de luto, y sí, debo llevarlo en presencia de una visita.

—No soy ninguna visita, soy su primo.

—Solo político.

Mientras la contemplaba, Devon notó que empezaba a calmarse. Era menuda y frágil, rápida como un gorrión.

—Vamos, no sea testaruda —dijo en un tono más amable—. No es necesario que lleve el velo en mi presencia a no ser que esté llorando, en cuyo caso insistiré en que vuelva a ponérselo de inmediato. No soporto ver llorar a una mujer.

—¿Porque en el fondo es bondadoso? —preguntó llena de sarcasmo.

Le vino a la cabeza un recuerdo lejano en el que no se había permitido pensar desde hacía mucho tiempo. Trató de alejarlo de él, pero su cerebro conservó con tesón aquella imagen de sí mismo cuando tenía cinco o seis años, sentado ante la puerta cerrada del vestidor de su madre, perturbado por el llanto que le llegaba del otro lado. No sabía qué la había hecho llorar, pero seguro que habría sido un romance que había terminado mal, uno de muchos. Su madre había sido una reputada belleza que solía enamorarse y desenamorarse en una sola noche. Su padre, agotado de sus caprichos e impulsado por sus propios demonios, apenas pasaba tiempo en casa. Devon recordaba la asfixiante impotencia de escucharla sollozar pero no poder llegar donde estaba. Se había conformado con pasarle pañuelos por debajo de la puerta, suplicándole que la abriera, preguntándole repetidamente qué le sucedía.

—Eres muy tierno, Dev —le había dicho, sorbiéndose la nariz—. Todos los niños lo sois. Pero cuando os hacéis mayores os volvéis egoístas y crueles. Nacéis para romper el corazón a las mujeres.

—Yo no lo haré, mamá —había gritado, alarmado—. Te lo prometo.

Había oído una carcajada apenada, como si hubiera dicho una tontería.

—Claro que lo harás, cielo. Lo harás sin intentarlo siquiera.

Esta escena se había repetido en otras ocasiones, pero aquella era la que recordaba con mayor claridad.

Finalmente resultó que su madre tenía razón. O, por lo menos, a menudo lo habían acusado de romper el corazón a las mujeres. Pero él siempre les dejaba claro que no tenía ninguna intención de casarse. Aunque se enamorara, nunca haría semejante promesa a ninguna mujer. No había motivo para hacerla, ya que cualquier promesa podía romperse. Como había vivido el dolor que podían infligirse las personas que se querían, no tenía el menor deseo de hacerle eso a nadie.

Volvió a concentrarse en la mujer que tenía delante.

—No, no soy bondadoso —dijo como respuesta a su pregunta—. En mi opinión, las lágrimas de una mujer son manipuladoras y, peor aún, nada atractivas.

—Es usted el hombre más infame que he conocido en mi vida —exclamó la viuda con total seguridad.

A Devon le hizo gracia la forma en que pronunciaba cada palabra, como si la disparara con un arco.

—¿Cuántos hombres ha conocido?

—Los suficientes como para ver cuando uno es malvado.

—Dudo mucho que pueda ver nada con ese velo. —Le tocó la punta del crepé negro con un dedo—. Seguro que no le gusta llevarlo.

—Pues la verdad es que sí.

—Porque le tapa la cara cuando llora —afirmó más que preguntó.

—Yo nunca lloro.

Desconcertado, Devon se preguntó si la habría oído bien.

—¿Quiere decir desde el accidente de su marido?

18

—Ni siquiera entonces.

¿Qué clase de mujer diría tal cosa aunque fuera cierta? Devon sujetó la parte delantera del velo y empezó a levantarlo.

—Quédese quieta —ordenó mientras pasaba un puñado de crepé negro por encima de la diadema que lo sujetaba—. No, no se mueva. Los dos vamos a mirarnos cara a cara para tratar de mantener una conversación civilizada. Dios mío, podría aparejarse un buque mercante con todo esto...

Devon dejó de hablar al ver su rostro. Se encontró contemplando un par de ojos color ámbar cuya forma recordaba los de un gato. Se quedó momentáneamente sin aliento, incapaz de pensar, mientras todos sus sentidos se esforzaban por asimilar su belleza.

Jamás había visto nada igual.

Era más joven de lo que esperaba, con el cutis blanco y unos cabellos castaño rojizo que parecían ser demasiado pesados para sus horquillas. Unos pómulos anchos y marcados, y una mandíbula estrecha conferían una exquisita y felina forma triangular a sus rasgos. Sus labios eran tan carnosos que incluso cuando los apretaba con fuerza, como estaba haciendo en aquel momento, seguían viéndose mullidos. Aunque su belleza no era convencional, era tan original que hacía que la cuestión de la hermosura careciera de importancia.

Su vestido de luto era entallado desde el cuello hasta las caderas, donde una serie compleja de capas plisadas de tela le daba vuelo. Un hombre tenía que adivinar la figura que estaba embutida en todo aquel enjambre de ballenas, fruncidos y puntadas intrincadas. Hasta llevaba las muñecas y las manos tapadas por unos guantes negros. Aparte de su cara, solo se le veía un poco el cuello, donde la parte delantera de su vestido se abría en forma de *U*. Podía ver el leve movimiento que hacía al tragar. Parecía muy suave aquel sitio privado en el que un hombre podía apoyar los labios y notar el ritmo de su pulso.

Quería empezar por ahí, besándole el cuello mientras la desnudaba como si desenvolviera un regalo hasta que jadeara y se retorciera bajo su cuerpo. Si fuera otra mujer, y se hubieran conocido en otras circunstancias, la habría seducido allí mismo. Consciente de que no podía quedarse allí boqueando como una trucha acabada de pescar, rebuscó entre sus pensamientos apasionados y desordenados un comentario convencional, algo coherente.

Para su sorpresa, fue ella quien rompió el silencio:

—Me llamo Kathleen.

—¿Por qué no tiene acento? —preguntó al oír el nombre irlandés.

—Cuando era una niña me enviaron a Inglaterra a vivir con unos amigos de la familia en Leominster.

—¿Por qué?

—Mis padres estaban muy ocupados con sus caballos —respondió con el ceño fruncido—. Se pasaban varios meses al año en Egipto, donde compraban purasangres árabes para sus caballerizas. Yo era... una molestia. Sus amigos lord y lady Berwick, que también se dedicaban a los caballos, se ofrecieron a acogerme en su casa y a criarme con sus dos hijas.

—¿Siguen viviendo en Irlanda sus padres?

—Mi madre falleció, pero mi padre todavía vive allí. —Su mirada se volvió distante mientras sus pensamientos vagaban en otra dirección—. Me envió a *Asad* como regalo de bodas.

—*Asad* —repitió Devon, perplejo.

Kathleen, que se concentró de nuevo en él, palideció, intranquila.

—El caballo que tiró a Theo —dijo en voz baja Devon, que cayó en la cuenta al ver su desazón.

—No fue culpa de *Asad*. Estaba tan mal adiestrado que mi padre lo recompró al hombre que se lo había adquirido inicialmente a él.

—¿Por qué le regaló un caballo problemático?

—Lord Berwick solía permitirme adiestrar a los potros.

Devon le recorrió lentamente el cuerpo de finas formas con la mirada.

—Pero si no es más grande que un gorrión.

—No se usa la fuerza bruta para adiestrar un caballo árabe. Es una raza sensible, que precisa comprensión y destreza.

Dos cosas de las que Theo carecía. Qué idiota había sido al arriesgar la vida, y un animal valioso con ella.

—¿Lo hizo Theo por diversión? —no pudo evitar preguntar Devon—. ¿Estaba alardeando?

Un brillo intenso iluminó los ojos de Kathleen un instante antes de extinguirse rápidamente.

—Estaba furioso. Fue imposible disuadirlo.

Los Ravenel eran así.

Si alguien había osado alguna vez contradecir a Theo, o negarle algo, había provocado un estallido de rabia. Tal vez Kathleen había pensado que podría manejarlo, o que el tiempo le suavizaría el carácter. No tenía forma de saber que normalmente el genio de un Ravenel pesaba más que cualquier instinto de supervivencia. A Devon le habría gustado considerarse por encima de este tipo de cosas, pero había sucumbido a ello más de una vez en el pasado, y se había lanzado al fuego volcánico de una furia arrolladora. Siempre se sentía maravillosamente hasta que tenía que afrontar las consecuencias.

Kathleen cruzó los brazos y cerró con fuerza cada una de sus manos, pequeñas y enguantadas, bajo el codo opuesto.

—Después del accidente, hubo quien dijo que tendría que haber sacrificado a *Asad*. Pero habría sido una crueldad, y un error, castigarlo por algo que no era culpa suya.

—¿Se ha planteado venderlo?

—No quiero hacerlo. Pero aunque quisiera, antes tendría que volver a adiestrarlo.

Devon dudaba que fuera inteligente permitir a Kathleen acercarse a un caballo que acababa de matar a su marido, aunque hubiera sido sin querer. Y lo más probable era que no pudiera permanecer en Eversby Priory el tiempo suficiente para hacer progresos con el caballo árabe.

Pero aquel no era el momento de señalárselo.

—Me gustaría ver los jardines —comentó—. ¿Me acompaña?

—Le indicaré al primer jardinero que se los enseñe.

—Preferiría que lo hiciera usted. —Devon hizo una pausa antes de preguntar despacio—. No me tendrá miedo, ¿verdad?

—Claro que no —aseguró Kathleen con el ceño fruncido.

—Pues acompáñeme.

—¿Invitamos a su hermano? —sugirió, y rechazó el brazo que le ofrecía tras dirigirle una mirada recelosa.

—Está durmiendo —dijo Devon, negando con la cabeza.

—¿A esta hora del día? ¿Está enfermo?

—No, sigue los horarios de un gato. Largas horas de sueño interrumpidas por breves períodos de acicalamiento.

Vio que sus labios esbozaban, muy a su pesar, una ligerísima sonrisa.

—Vamos, pues —murmuró Kathleen, rozándolo al pasar junto a él. Y, cuando enfiló el pasillo con paso enérgico, él la siguió sin dudarlo.

2

Después de pasar tan solo unos minutos en compañía de Devon Ravenel, Kathleen no tenía la menor duda de que todos los rumores negativos que había oído sobre él eran ciertos. Era un imbécil y un egoísta. Un calavera grosero y repelente.

Era bien parecido... había que admitirlo. Aunque no como Theo, que gozaba de los rasgos refinados y el pelo dorado de un joven Apolo. El atractivo moreno de Devon Ravenel era descarado y disipado, curtido con un cinismo que le hacía aparentar los veintiocho años que tenía. Le impresionaba un poco cada vez que alzaba la vista hacia sus ojos, del color azul del mar embravecido en invierno y con los iris bordeados de un tono negro azulado. Iba bien afeitado, pero una sombra gris con la que no podría acabar ni la cuchilla más afilada le cubría la mitad inferior de la cara.

Era exactamente la clase de hombre sobre la que lady Berwick, que había criado a Kathleen, le había advertido: «Habrá hombres que pondrán los ojos en ti, cielo. Hombres sin escrúpulos, que utilizan su encanto, sus mentiras y su capacidad de seducción para arruinar la reputación de jovencitas inocentes y obtener una satisfacción impura. Cuando estés en compañía de un sinvergüenza así, huye sin dudarlo.»

—¿Pero cómo sabré si un hombre es un sinvergüenza? —había preguntado Kathleen.

—Por el brillo malsano en sus ojos y la facilidad con que despliega su encanto. Su presencia puede provocar sensaciones morbosas. El aspecto físico de un hombre así tiene algo especial... rezuma cierto «instinto animal», como solía llamarlo mi madre. ¿Lo entiendes, Kathleen?

—Creo que sí —había asegurado, aunque, en aquel momento, no lo entendía.

Ahora sabía exactamente lo que lady Berwick quería decir. El hombre que paseaba a su lado rezumaba instinto animal de sobra.

—Por lo que he visto hasta ahora —observó Devon—, sería mucho más sensato prender fuego a este montón de madera podrida que intentar repararlo.

—Eversby Priory es histórico —exclamó Kathleen con los ojos desorbitados—. Tiene cuatrocientos años.

—Lo mismo que la fontanería, seguro.

—La fontanería está bien —dijo Kathleen a la defensiva.

—¿Lo bastante bien como para que me tome una ducha? —preguntó Devon con una ceja arqueada.

—No es posible tomarse una ducha —admitió Kathleen tras vacilar un instante.

—¿Un baño corriente, entonces? Estupendo. ¿En qué clase de recipiente me sumergiré esta noche? ¿Acaso en un balde oxidado?

Muy a su pesar, Kathleen notó que sus labios empezaban a esbozar una sonrisa. Logró reprimirla antes de responder con una gran dignidad:

—En una bañera de estaño portátil.

—¿No dispone de bañera de hierro forjado ninguno de los cuartos de baño?

—Me temo que no hay cuartos de baño. Le llevarán la bañera a su vestidor y se la retirarán cuando haya terminado.

—¿Hay conducciones de agua en alguna parte?

—En la cocina y en las cuadras.

—Pero en la casa hay inodoros, naturalmente.

Le dirigió una mirada de reproche por haber mencionado un asunto tan poco delicado.

—Si no es demasiado delicada para adiestrar caballos, que por lo general no tienen fama de ser discretos en lo que a sus funciones fisiológicas se refiere, seguro que podrá decirme la cantidad de inodoros que posee la mansión —señaló Devon.

—Ninguno —se obligó a sí misma a responder, ruborizada—. Solo orinales de noche y un excusado exterior de día.

—¿Ninguno? —Devon la miró, incrédulo. La idea parecía ofenderle realmente—. Hubo una época en que esta finca era una de las más prósperas de Inglaterra. ¿Por qué diablos nunca se instalaron conducciones de agua en la casa?

—Theo decía que, según su padre, no había razón para ello dada la cantidad de sirvientes que tenían.

—Claro. ¡Qué actividad tan deliciosa la de subir y bajar la escalera corriendo con pesados recipientes llenos de agua! Por no hablar de los orinales. ¡Cómo deben de agradecer los sirvientes que nadie les haya privado aún de semejante placer!

—No hace falta que se ponga sarcástico —soltó Kathleen—. No fue decisión mía.

Avanzaron por un serpenteante sendero bordeado de tejos y de perales ornamentales sin que Devon dejara de fruncir el ceño.

Theo había descrito a Devon y a su hermano menor como un par de bellacos:

—Prefieren relacionarse con gente de baja estofa antes que con la buena sociedad —le había dicho—. Frecuentan tabernas del East End y antros de perdición. Su educación fue una pérdida de tiempo. De hecho, Weston dejó prematuramente Oxford porque no quería quedarse allí sin Devon.

Kathleen había llegado a la conclusión de que, aunque Theo no sentía demasiado cariño por ninguno de sus dos primos lejanos, tenía una aversión especial por Devon.

¡Qué curioso giro del destino que fuera este hombre el que fuera a ocupar su lugar!

—¿Por qué se casó con Theo? —La pregunta la descolocó—. ¿Fue un enlace por amor?

—Preferiría limitar nuestra conversación a temas banales —comentó, frunciendo ligeramente el ceño.

—Los temas banales son aburridísimos.

—Sea como sea, cabe esperar que a un hombre de su posición se le den bien.

—¿Se le daban bien a Theo? —preguntó, sarcástico.

—Sí.

—Nunca le vi haciendo gala de esta habilidad —resopló Devon—. Quizás estaba siempre demasiado ocupado esquivando sus puños como para darme cuenta.

—Creo que puede decirse, sin temor a equivocarme, que usted y Theo no sacaban lo mejor uno del otro.

—No. Nos parecíamos demasiado en nuestros defectos —aseguró, y añadió en un tono impregnado de burla—: Y parece que no tengo ninguna de sus virtudes.

Kathleen permaneció en silencio mientras recorría con la mirada una profusión de hortensias blancas, geranios y tallos largos de fucsias. Antes de su matrimonio, había supuesto que lo sabía todo sobre los defectos y las virtudes de Theo. Durante los seis meses de su noviazgo y su compromiso, habían asistido a bailes y fiestas, y habían dado paseos en carruaje y a caballo. Siempre había sido encantador. Aunque sus amigos la habían advertido sobre el infame genio de los Ravenel, había estado demasiado encaprichada de él como para escucharlos. Además, las restricciones del noviazgo, con las visitas con carabina y las salidas limitadas, le habían impedido conocer el verdadero carácter de Theo. No había aprendido algo fundamental hasta que fue demasiado tarde: no se conoce realmente a un hombre hasta que se vive con él.

—Hábleme de las hermanas de Theo —oyó que decía Devon—. Son tres, que yo recuerde. ¿Están todas solteras?

—Sí, milord.

La hija mayor de los Ravenel, Helen, tenía veintiún años. Las gemelas, Cassandra y Pandora, diecinueve. Ni Theo ni su padre habían estipulado nada para ellas en sus testamentos. No era fácil para una joven de sangre azul sin dote atraer a un pretendiente adecuado. Y el nuevo conde no tenía ninguna obligación legal de cubrir sus necesidades.

—¿Ha sido presentada alguna de ellas en sociedad? —preguntó.

—Han estado de luto más o menos constante desde hace cuatro años —respondió Kathleen, negando con la cabeza—. Primero falleció su madre, y después, el conde. Este era el año de su puesta de largo, pero ahora... —Se le apagó la voz.

Devon se detuvo junto a un arriate de flores, lo que la obligó a pararse a su lado.

—Tres damas solteras sin ingresos ni dote —comentó Devon—, incapacitadas para el trabajo, y demasiado elevadas para casarse con un plebeyo. Y después de pasarse años recluidas en el campo, seguramente serán aburridísimas.

—No son aburridas. De hecho...

La interrumpió un grito agudo.

—¡Socorro! ¡Me están atacando unas fieras! ¡Tened piedad, chuchos salvajes! —Era la voz de una mujer joven, desgarrada por una alarma convincente.

Devon, que reaccionó al instante, corrió a toda velocidad por el sendero y cruzó la puerta abierta de un jardín tapiado. Una chica vestida de negro estaba echada en el césped bordeado de flores mientras un par de spaniels negros saltaban sobre ella repetidamente. Los pasos de Devon aminoraron al oír que los gritos de la muchacha se convertían en ataques de risa.

—Son las gemelas —dijo Kathleen sin aliento al llegar a su lado—. Solo están jugando.

—¡Maldita sea! —murmuró Devon, que se paró en seco, de tal forma que levantó polvo.

—¡Atrás, viles perros, u os arrancaré el pellejo y os tiraré a los tiburones! —gritó Cassandra, imitando el argot de un pirata mientras atacaba y se defendía con una rama como si fuera un sable. Partió la rama, golpeándola con destreza en su rodilla—. Traedlas, bellacos —dijo a los perros a la vez que lanzaba los dos pedazos al otro lado del césped.

Los spaniels corrieron tras las ramitas con ladridos alegres.

Pandora, la chica que estaba tumbada en el suelo, se apoyó en los codos y se protegió los ojos del sol con una mano al ver a los intrusos.

—Ah, marineros de agua dulce —saludó, feliz. Ninguna de las dos llevaba sombrero ni guantes. A una de las mangas de Pandora le faltaba el puño, y un volante rasgado caía lánguidamente de la parte delantera de la falda de Cassandra.

—¿Y el velo, jovencitas? —preguntó Kathleen en tono de reprimenda.

—Convertí el mío en una red de pescar, y usamos el de Cassandra para limpiar bayas —explicó Pandora tras apartarse un mechón de pelo de los ojos.

Las gemelas estaban tan deslumbrantes con el sol bañándoles el pelo despeinado que parecía totalmente lógico que les hubieran puesto nombres de diosas griegas. Desaliñadas, con sus largas extremidades y sus mejillas rosadas, tenían un aire rebelde y alegremente salvaje.

Cassandra y Pandora habían estado alejadas del mundo demasiado tiempo. Kathleen pensaba personalmente que era una lástima que lord y lady Trenear hubieran concentrado todo su cariño casi exclusivamente en Theo, su único hijo, cuyo nacimiento había garantizado el futuro de la familia y del condado. Con la esperanza de tener un segundo heredero, habían considerado la llegada de tres hijas no deseadas como un auténtico desastre. Había resultado fácil a los decepcionados padres pasar por alto a Helen, que era callada y obediente. Y habían dejado a las incontrolables gemelas que se las arreglaran solas.

Kathleen se acercó a Pandora y la ayudó a levantarse del suelo. Le sacudió laboriosamente la falda para quitarle las hojas que se le habían quedado pegadas.

—Esta mañana os recordé que hoy tendríamos visita, cielo. —Quiso quitarle un puñado de pelos de perro sin lograrlo—. Esperaba que encontrarais una ocupación tranquila. Leer, por ejemplo...

—Hemos leído todos los libros de la biblioteca —aseguró Pandora—. Tres veces.

Cassandra se reunió con ellos seguida de cerca por los spaniels, que no dejaban de ladrar.

—¿Es usted el conde? —preguntó a Devon.

Tras agacharse para acariciar los perros, Devon se enderezó y la miró, muy serio.

—Sí —contestó—. Lo siento. No hay palabras para expresar lo mucho que me gustaría que su hermano siguiera con vida.

—Pobre Theo —dijo Pandora—. Siempre estaba haciendo temeridades y nunca le pasaba nada. Todos creíamos que era invencible.

—Theo también lo creía —añadió Cassandra en tono pensativo.

—Milord —intercedió Kathleen—, me gustaría presentarle a lady Cassandra y lady Pandora.

Devon examinó a las gemelas, que parecían un par de desaliñadas hadas del bosque. Puede que Cassandra fuera la más hermosa de las dos, con su pelo dorado, sus enormes ojos azules y su boca en forma de corazón. Pandora, en cambio, era más sobria y esbelta, con el cabello castaño y un rostro más angular.

—Nunca le había visto —dijo Pandora a Devon mientras los spaniels negros danzaban a su alrededor.

—En realidad, sí —la contradijo Devon—. En una reunión familiar en Norfolk. Era demasiado pequeña para recordarlo.

—¿Conocía a Theo? —preguntó Cassandra.

—Un poco.

—¿Le caía bien? —quiso saber la muchacha para su sorpresa.

—Me temo que no —contestó Devon—. Nos peleamos en más de una ocasión.

—Eso es lo que hacen los chicos —intervino Pandora.

—Solo los matones y los papanatas —le indicó Cassandra y, al darse cuenta de que había insultado sin querer a Devon, le dirigió una mirada cándida—. Excepto usted, milord.

—En mi caso, me temo que la descripción no es inexacta —aseguró Devon con una sonrisa relajada.

—El genio de los Ravenel —comentó Pandora, asintiendo sabiamente, y acto seguido, susurró teatralmente—: Nosotras también lo tenemos.

—Nuestra hermana mayor, Helen, es la única que no lo tiene —añadió Cassandra.

—Nada la provoca —aseguró Pandora—. Lo hemos intentado muchas veces, pero nunca funciona.

—Milord —dijo Kathleen a Devon—, ¿vamos a los invernaderos?

—Claro.

—¿Podemos acompañaros? —preguntó Cassandra.

—No, cielo —contestó Kathleen, negando con la cabeza—. Creo que será mejor que entréis para arreglaros y cambiaros de vestido.

—Será fantástico cenar con alguien nuevo —exclamó Pandora—. Especialmente alguien que acaba de llegar de la ciudad. Quiero oírlo todo sobre Londres.

Devon interrogó a Kathleen con la mirada.

—Ya he explicado a lord Trenear que, como estamos de luto riguroso, comeremos aparte —respondió esta a las gemelas.

Esta afirmación fue acogida con un puñado de quejas.

—Pero, Kathleen, esto es muy aburrido sin ninguna visita...

—Nos portaremos perfectamente, te lo prometo...

—¡Son nuestros primos!

—¿Qué hay de malo en ello?

Kathleen sintió una punzada de pesar, porque sabía que las chicas anhelaban cualquier clase de distracción. Pero aquel hombre era quien intentaba echarlas del único hogar que habían conocido. Y su hermano, Weston, al parecer, ya iba cargado de copas. Un par de calaveras no era una compañía adecuada para unas muchachas tan inocentes, especialmente cuando no podía confiarse en que fueran comedidas. No acarrearía nada bueno.

—Me temo que no —dijo con firmeza—. Dejaremos cenar en paz al conde y a su hermano.

—Pero, Kathleen —suplicó Cassandra—, hace mucho que no nos divertimos.

—Por supuesto que no —replicó Kathleen, combatiendo su sentimiento de culpa—. La gente no debe divertirse cuando está de luto.

Las gemelas se quedaron calladas, mirándola con el ceño fruncido.

Devon rebajó la tensión al preguntar a Cassandra como si tal cosa:

—¿Permiso para desembarcar, capitán?

—Sí, usted y la moza pueden irse por la tabla —contestó la muchacha con tristeza.

—Haz el favor de no referirte a mí con la palabra «moza», Cassandra —pidió Kathleen con el ceño fruncido.

—Es mejor que «rata de pantoque», que es la expresión que habría utilizado yo —intervino Pandora en tono malhumorado.

Tras reprenderla con la mirada, Kathleen regresó al camino de grava con Devon a su lado.

—¿Y bien? —le preguntó pasado un momento—. ¿No va a criticarme usted también?

—No se me ocurre nada que añadir a «rata de pantoque».

Kathleen fue incapaz de reprimir una sonrisa arrepentida.

—Tengo que admitir que no parece justo exigir a un par de jóvenes vivarachas que soporten otro año de reclusión, cuando ya llevan cuatro. No sé muy bien cómo manejarlas. Nadie sabe.

—¿Nunca tuvieron institutriz?

—Según tengo entendido, han tenido varias, ninguna de las cuales duró más de unos meses.

—¿Tan difícil es encontrar la adecuada?

—Me imagino que todas ellas estaban perfectamente capacitadas. El problema radica en enseñar modales a unas muchachas que no tienen la menor motivación para aprenderlos.

—¿Y lady Helen? ¿Necesita una instrucción parecida?

—No, ha tenido la ventaja de contar con profesores particulares y clases separadas. Y es mucho más dulce de carácter.

Se acercaron a una hilera de cuatro invernaderos compartimentados que relucían bajo la luz de la última hora de la tarde.

—No veo qué mal puede haber en que las muchachas retocen al aire libre en lugar de permanecer cerradas en una casa triste —indicó Devon—. ¿Qué razón hay para cubrir las ventanas con telas negras? ¿Por qué no quitarlas y que entre el sol?

—Sería un escándalo retirar las telas de luto tan pronto —respondió Kathleen, negando con la cabeza.

—¿Incluso aquí?

—Hampshire no está lo que se dice al borde de la civilización, milord.

—Aun así, ¿quién iba a poner objeciones?

—Yo. No podría deshonrar así la memoria de Theo.

—Por el amor de Dios, él no se enterará. No beneficia a nadie, ni siquiera a mi difunto primo, que toda una casa viva sumida en la melancolía. No puedo imaginarme que él lo hubiera querido así.

—No lo conocía lo suficientemente bien como para imaginar qué habría querido —replicó Kathleen—. Y, en cualquier caso, uno no puede saltarse las normas.

—¿Y si las normas no sirven? ¿Y si perjudican más que benefician?

—Que usted no entienda algo, o que no esté de acuerdo con ello, no significa que no sea válido.

—Tiene razón. Pero no me negará que algunas tradiciones fueron inventadas por idiotas.

—No me apetece discutir eso —dijo Kathleen, acelerando el paso.

—Batirse en duelo, por ejemplo —prosiguió Devon, al que no le costó nada seguirle el ritmo—. El sacrificio humano. La poligamia; estoy seguro de que lamenta que hayamos perdido esa tradición.

—Supongo que usted tendría diez esposas si pudiera.

—Ya sería suficientemente desdichado con una. Las otras nueve estarían de más.

—Soy viuda, milord —soltó Kathleen, dirigiéndole una mirada incrédula—. ¿No sabe qué clase de conversación es la adecuada para una mujer en mi situación?

Estaba claro que no, a juzgar por su expresión.

—¿De qué hay que hablar con las viudas? —preguntó.

—De nada que pueda considerarse triste, escandaloso o inapropiadamente gracioso.

—Pues eso me deja sin nada que decir.

—Gracias a Dios —aseguró Kathleen enérgicamente, y él sonrió.

Tras meterse las manos en los bolsillos de los pantalones, Devon observó detenidamente lo que los rodeaba.

—¿Cuántos acres abarcan los jardines?

—Unos veinte.

—¿Y los invernaderos? ¿Qué contienen?

—Una zona de naranjos, una de vides, zonas para melocotones, palmeras, helechos y flores... y este es para orquídeas. —Abrió la puerta del primer invernadero, y Devon la siguió dentro.

Los envolvió una fragancia a vainilla y a cítrico. La madre de Theo, Jane, había dado rienda suelta a su pasión por las flores exóticas cultivando orquídeas raras de todas las partes del mundo. Una caldera situada en una sala contigua conservaba todo el año el invernadero de orquídeas a una temperatura de pleno verano.

En cuanto entraron, Kathleen divisó la figura esbelta de Helen entre los pasillos paralelos. Desde que su madre, la condesa, había fallecido, Helen se había encargado de cuidarlas. Era tan difícil saber qué necesitaba cada una de aquellas doscientas problemáticas plantas que solo unos pocos miembros selectos del personal de jardinería estaban autorizados a ayudarla.

Al verlos, Helen sujetó con la mano la punta del velo que llevaba echado hacia atrás y empezó a taparse la cara con él.

—No te molestes —le sugirió Kathleen con sequedad—. Lord Trenear se ha mostrado contrario a los velos de luto.

Sensible a las preferencias de los demás, Helen soltó el velo de inmediato. Dejó a un lado una pequeña regadera llena de agua y se dirigió hacia ellos. Aunque no poseía la saludable hermosura morena de sus hermanas menores, Helen era fascinante a su manera, como el resplandor frío de la luna. Tenía la piel muy blanca y el pelo rubio de un tono clarísimo.

A Kathleen le parecía interesante que, a pesar de que lord y lady Trenear habían puesto a sus cuatro hijos nombres de figuras de la mitología griega, Helen era la única a la que le había correspondido el de un mortal.

—Disculpe que haya interrumpido su tarea —dijo Devon a Helen después de ser presentado.

—En absoluto, milord —respondió la muchacha con una sonrisa titubeante—. Simplemente estoy observando las orquídeas para asegurarme de que no les falte nada.

—¿Cómo sabe qué les falta? —preguntó Devon.

—Por el color de las hojas o por el estado de los pétalos. Busco indicios de pulgones o de arañas rojas, y procuro recordar qué variedades prefieren una tierra húmeda y a cuáles les gusta estar más secas.

—¿Me las enseña? —pidió Devon.

Helen asintió y lo guio por los pasillos para mostrarle ejemplares concretos:

—Esta era la colección de mi madre. Una de sus favoritas era *Peristeria elata*. —Le indicó una planta con flores blancas—. La parte central de la flor recuerda una paloma, ¿lo ve? Y esta es *Dendrobium aemulum*. Como puede ver, sus pétalos recuerdan plumas —explicó, y miró a Kathleen para comentar, entre tímida y traviesa—: A mi cuñada no le gustan las orquídeas.

—Las aborrezco —corroboró Kathleen con la nariz arrugada—. Son unas flores parcas, que exigen mucha atención y tardan una eternidad en florecer. Y algunas de ellas huelen a bota vieja o a carne rancia.

—Esas no son mis favoritas —admitió Helen—. Pero espero acabar adorándolas. En ocasiones hay que adorar algo antes de que se vuelva adorable.

—No estoy de acuerdo —replicó Kathleen—. Por más que te esfuerces por adorar a aquella de color blanco tan voluminosa del rincón...

—*Dressleria* —la informó Helen, servicial.

—Sí. Aunque acabes adorándola con locura, seguirá oliendo a bota vieja.

Helen sonrió y siguió guiando a Devon por el pasillo, explicándole cómo se mantenía la temperatura del invernadero mediante la caldera de una sala contigua y un depósito de agua de lluvia.

Al observar cómo Devon contemplaba a Helen, a Kathleen se le empezaron a erizar los pelos de la nuca de un modo desagradable. Él y su hermano, West, parecían ser exactamente los calaveras amorales de una de las viejas novelas de Regencia. Encantadores por fuera, intrigantes y crueles por dentro. Cuanto antes lograra alejar a las hermanas Ravenel de la finca, mejor.

Ya había decidido utilizar la anualidad de su derecho vitalicio sobre los bienes de su difunto esposo para llevarse a las tres muchachas de Eversby Priory. No era una gran suma, pero bastaría para mantenerse si la complementaban con los ingresos de ocupaciones nobles como las labores de aguja. Buscaría una casita de campo donde pudieran vivir todas juntas, o tal vez habitaciones de alquiler en una casa privada.

Daba igual las dificultades a las que tuvieran que enfrentarse, cualquier cosa sería mejor que dejar a tres jovencitas indefensas a merced de Devon Ravenel.

3

Aquella noche, Devon y West cenaron en el ruinoso esplendor del comedor. La comida era de mucha más calidad de lo que habían esperado: sopa de pepino fría, faisán asado con naranjas y pudin de pan.

—Pedí al mayordomo que me abriera la bodega para poder echar un vistazo a la colección de vinos —comentó West—. Está estupendamente bien abastecida. Además de los peleones, hay por lo menos diez variedades de champán importado, veinte cabernet, al menos otros tantos burdeos y una enorme cantidad de coñac.

—Puede que, si bebo lo suficiente, no vea que la casa se está desmoronando a nuestro alrededor —comentó Devon.

—No hay signos evidentes de debilidad estructural. Ninguna pared ha perdido la verticalidad, por ejemplo, ni he detectado hasta ahora ninguna grieta visible en la piedra exterior.

—Para estar siempre sobrio solo a medias, has observado muchas cosas —comentó Devon, mirándolo algo sorprendido.

—¿Ah, sí? —exclamó West, inquieto—. Perdóname, parece que he estado lúcido sin querer. —Tomó su copa de vino—. Eversby Priory dispone de uno de los mejores terrenos de caza de Inglaterra. Quizá podríamos ir a cazar urogallos mañana.

—Espléndido —soltó Devon—. Me encantaría empezar el día matando algo.

—Después nos reuniremos con el corredor de fincas y con el notario, y averiguaremos qué hay que hacer con este sitio. —West lo miró expectante—. Todavía no me has contado lo que pasó esta tarde cuando saliste a pasear con lady Trenear.

Devon se encogió de hombros.

—No pasó nada —dijo, malhumorado.

Después de presentarle a Helen, Kathleen se había mostrado brusca y fría durante el resto de la visita guiada por los invernaderos. Cuando se separaron, tenía el aspecto aliviado de alguien que ha acabado de cumplir un deber desagradable.

—¿Llevó el velo todo el rato? —quiso saber West.

—No.

—¿Cómo es?

—¿Qué más da? —Le dirigió una mirada burlona.

—Siento curiosidad. Theo elegía bien a las mujeres; no se habría casado con una fea.

Devon se concentró en su copa de vino mientras hacía girar su contenido hasta que brilló como si estuviera formado por rubíes negros. No parecía existir una forma de describir con exactitud a Kathleen. Podría decir que era pelirroja y que tenía los ojos de color castaño dorado y de aspecto felino. Podría describir su piel blanca y el tono rosado que afloraba a su superficie como un amanecer en invierno. La forma en que se movía, la elegancia atlética constreñida por los encajes, el corsé y las capas de tela. Pero nada de eso explicaba la fascinación que suscitaba en él... la sensación de que, de algún modo, podría despertar en él un sentimiento completamente nuevo si ella quisiera.

—Si hubiera que valorarla exclusivamente por su aspecto —dijo Devon—, está bastante bien para la cama, supongo. Pero tiene el carácter de un tejón acorralado. Voy a echarla de la finca lo antes posible.

—¿Y las hermanas de Theo? ¿Qué será de ellas?

—Puede que lady Helen esté capacitada para trabajar como institutriz. Solo que ninguna mujer casada con dos dedos de frente contrataría jamás a una chica tan bonita.

—¿Es bonita?

—Mantente alejado de ella, West —ordenó Devon, que miró a su hermano con severidad—. Lo más alejado posible. No la busques, no hables con ella, ni siquiera la mires. Y haz lo mismo con las gemelas.

—¿Por qué?

—Son unas muchachas muy inocentes.

—¿Acaso son unas flores tan delicadas que no soportarían cinco minutos conmigo? —preguntó, mordaz.

—Delicadas no es la palabra que yo utilizaría. Las gemelas llevan años correteando por estas tierras como un par de animalitos del bosque. Son cándidas y bastante alocadas. Sabe Dios qué habría que hacerse con ellas.

—Las compadezco si salen al mundo sin la protección de un hombre.

—Eso no es asunto mío. —Devon tomó la garrafa de vino y volvió a llenarse la copa, intentando no pensar en lo que sería de ellas. El mundo no era amable con las jóvenes inocentes—. Eran responsabilidad de Theo. No mía.

—Creo que esta es la parte de la obra en que aparece el héroe para deshacer entuertos, rescatar a las damiselas y arreglarlo todo —comentó West, pensativo.

Devon se frotó las comisuras de los ojos con las yemas del pulgar y del índice.

—La verdad es que no podría salvar esta maldita finca, ni a las damiselas, aunque quisiera, West. Nunca he sido un héroe, ni tengo ningunas ganas de serlo.

—En vista de la falta de un heredero varón legítimo del difunto conde —enunció con monotonía el abogado de la familia la mañana siguiente—, según la regla contra perpetuidades, que invalida el concepto de mayorazgo con motivo de la lejanía, la vinculación ha finalizado.

En medio del silencio expectante que llenó el estudio, Devon alzó la vista de un montón de contratos de arrendamiento, escrituras y libros contables. Estaba reunido con el corredor de fincas y el abogado, el señor Totthill y el señor Fogg, respectivamente, ninguno de los cuales parecía tener menos de noventa años.

—¿Qué significa eso? —preguntó.

—Puede hacer lo que quiera con el patrimonio que acaba de heredar, milord —explicó Fogg mientras se ponía bien los quevedos para mirarlo con solemnidad—. En este momento, ya no está sujeto a la vinculación del mayorazgo.

Devon dirigió la vista rápidamente hacia su hermano, que estaba holgazaneando en el rincón, y ambos intercambiaron una mirada de alivio. Gracias a Dios. Podría vender la finca por partes o en su totalidad, saldar la deuda y seguir con su vida sin más obligaciones.

—Será un honor para mí ayudarle a restablecer el mayorazgo, milord —anunció Fogg.

—No será necesario.

Tanto el corredor de fincas como el abogado se mostraron inquietos ante la respuesta de Devon.

—Puedo dar fe de la competencia del señor Fogg en tales asuntos, milord —dijo Totthill—. Ha ayudado dos veces a restablecer el mayorazgo de los Ravenel.

—No dudo de su competencia. —Tras recostarse cómodamente en su silla, Devon apoyó los pies en el escritorio—. Sin embargo, no quiero que un mayorazgo me limite, puesto que tengo intención de vender la finca.

Se hizo un silencio de estupefacción tras oír su argumento.

—¿Qué parte de ella? —se atrevió a preguntar Totthill.

—Toda, incluida la casa.

Los dos hombres, horrorizados, se pusieron a protestar... Eversby Priory era un patrimonio histórico, adquirido gracias al servicio y al sacrificio de sus antepasados... Devon carecería de una posición respetable si no conservaba por lo menos una parte de la finca. Sin duda, no querría arruinar el futuro de su descendencia dejándoles un título sin tierras.

Exasperado, Devon hizo un gesto para que ambos se callaran.

—Intentar conservar Eversby Priory no compensaría el esfuerzo invertido en ello —soltó de manera inexpresiva—. Ningún hombre sensato llegaría a una conclusión distinta. En cuanto al futuro de mi descendencia, no la habrá, dado que no tengo la menor intención de casarme.

El corredor de fincas imploró con la mirada a West.

—No apoyará usted la locura de su hermano, ¿verdad, señor Ravenel?

West extendió las manos como si fueran los platillos de una balanza, y comparó contrapesos invisibles.

—Por una parte, hay toda una vida de responsabilidad, deuda y arduo trabajo. Por la otra, libertad y placer. ¿Hay realmente una elección?

Antes de que los ancianos pudieran responder, Devon habló enérgicamente:

—La decisión está tomada. Para empezar, quiero una lista de las inversiones, los contratos de arrendamiento y los intereses, así como un inventario completo de todos los objetos de la casa de Londres y de esta finca. Eso incluye cuadros, tapices, alfombras, muebles, bronces, mármoles, objetos de plata y el contenido de los invernaderos, las cuadras y la cochera.

—¿Querrá un cálculo aproximado de todas las cabezas de ganado, milord? —preguntó Totthill sin ánimo.

—Naturalmente.

—Mi caballo, no. —Otra voz intervino en la conversación. Los cuatro hombres se volvieron hacia la puerta, donde Kath-

41

leen estaba más tiesa que un palo. Miraba a Devon con un odio evidente—. El caballo árabe me pertenece.

Todo el mundo se levantó salvo Devon, que siguió sentado ante el escritorio.

—¿Entra alguna vez en una habitación como es debido o tiene la costumbre de cruzar sigilosamente el umbral y aparecer por sorpresa como el muñeco de una caja de resorte? —preguntó secamente.

—Solo quiero dejar claro que cuando esté recontando el botín, deje mi caballo fuera de la lista.

—Lady Trenear —intercedió el señor Fogg—. Lamento decir que el día de su boda renunció a todos sus derechos sobre sus bienes muebles.

—No me pueden arrebatar el derecho vitalicio sobre los bienes de mi difunto esposo ni todas las posesiones que aporté al matrimonio.

—Es así en cuanto a su derecho vitalicio —concedió Totthill—, pero no en lo que a sus posesiones se refiere. Le aseguro que ningún juzgado de Inglaterra considerará que una mujer casada sea un sujeto legal independiente. El caballo era de su marido, y ahora pertenece a lord Trenear.

Kathleen palideció primero y, después, se sonrojó.

—Lord Trenear va a descuartizar la finca como un chacal haría con una res muerta y en putrefacción. ¿Por qué hay que darle un caballo que mi padre me regaló a mí?

Exasperado al ver que Kathleen lo trataba con tan pocos miramientos delante de otras personas, Devon se levantó y se acercó a ella con pocos pasos. Había que reconocerle que no se había acobardado, a pesar de que él era el doble de corpulento que ella.

—¡Al diablo! —le espetó—. Nada de esto es culpa mía.

—Claro que sí. Se aferrará a cualquier excusa para vender Eversby Priory porque no quiere aceptar un desafío.

—Solo es un desafío cuando hay alguna remota esperanza

de éxito. Esto es una debacle. La lista de acreedores es más larga que mi brazo, las arcas están vacías y los rendimientos anuales se han reducido a la mitad, maldita sea.

—No lo creo. Está planeando vender la finca para saldar deudas personales que no tienen nada que ver con Eversby Priory.

Devon apretó las manos al sentir la necesidad de destruir algo. Su creciente sed de sangre solo se saciaría con el ruido de objetos al romperse. Jamás se había enfrentado a una situación como aquella, y no había nadie que pudiera darle un buen consejo, ningún bondadoso pariente aristocrático, ningún amigo informado de la nobleza. Y aquella mujer solo lo acusaba y lo insultaba.

—No tenía ninguna deuda hasta que heredé este desastre —refunfuñó—. Dios, ¿no le explicó el idiota de su marido nada acerca de la finca? ¿Desconocía usted por completo lo difícil que era la situación cuando se casó con él? No importa; alguien tiene que enfrentarse a la realidad y, que Dios nos ayude, parece que ese alguien soy yo. —Se volvió para regresar al escritorio y añadió sin mirarla—: No necesitamos su presencia. Váyase de inmediato.

—Eversby Priory ha sobrevivido a cuatrocientos años de revoluciones y guerras —oyó que Kathleen decía con desprecio—, y ahora bastará con un calavera egoísta para que acabe en ruinas.

Como si él tuviera toda la culpa de aquella situación. Como si solo él fuera el responsable de la desaparición de la finca. Al diablo con ella.

Se tragó, con gran esfuerzo, toda su rabia. Estiró tranquilamente las piernas con indolencia y dirigió la vista hacia su hermano.

—West, ¿estamos seguros de que el primo Theo falleció debido a una caída? —preguntó con frialdad—. Más bien da la impresión de que murió congelado en el lecho conyugal.

West, a quien pilló de sorpresa la ocurrencia maliciosa, soltó una carcajada discreta.

Totthill y Fogg, por su parte, no levantaron los ojos del suelo.

Kathleen salió de la habitación y cerró la puerta con tanta fuerza que la dejó temblando.

—Eso ha sido indigno de ti, hermanito —lo reprendió West en broma.

—No hay nada indigno de mí —respondió Devon, impertérrito—. Ya lo sabes.

Después de la marcha de Totthill y Fogg, Devon pasó mucho rato en el escritorio, dándole vueltas a la cabeza. Abrió un libro contable y lo hojeó sin asimilar nada. Apenas era consciente del momento en que West se fue del estudio, bostezando y quejándose. Como tenía una enorme sensación de asfixia, se deshizo el nudo de la corbata con unos cuantos tirones impacientes y se desabrochó el cuello de la camisa.

Por Dios, qué ganas tenía de volver a su piso de Londres, donde todo estaba bien cuidado y le resultaba cómodo y familiar. Si Theo siguiera siendo el conde, y él simplemente la oveja negra de la familia, habría salido a pasear a caballo por el camino de herradura de Hyde Park, y después podría haber disfrutado de una buena comida en su club. Más tarde, se habría encontrado con unos amigos para ir a ver un combate de boxeo o una carrera hípica, asistir al teatro e ir en busca de mujeres ligeritas de cascos. Ninguna responsabilidad, nada de lo que preocuparse.

Nada que perder.

El cielo retumbó como para recalcar su malhumor. Dirigió una mirada asesina a la ventana. El aire cargado de lluvia se había desplazado tierra adentro para situarse sobre las colinas, donde había vuelto totalmente negro el cielo. Sería una tormenta descomunal.

—Milord. —Unos tímidos golpes en la puerta atrajeron su atención.

Se levantó al ver a Helen.

—Lady Helen —dijo con una expresión que intentó que fuera agradable.

—Perdone que le moleste.

—Adelante.

Helen entró prudentemente en la habitación. Su mirada se desvió hacia la ventana antes de posarse de nuevo en él.

—Gracias, milord. Vine a decirle que, como la tormenta se acerca tan deprisa, me gustaría enviar a un lacayo a buscar a Kathleen.

—¿Dónde está? —preguntó Devon con el ceño fruncido. No era consciente de que Kathleen hubiera salido de la casa.

—Ha ido a visitar al arrendatario del otro lado de la colina. Quería llevar una cesta con caldo y vino de saúco a la señora Lufton, que se está recuperando de fiebre puerperal. Pregunté a Kathleen si podía acompañarla, pero se negó. Dijo que necesitaba estar sola. —Helen se retorció los dedos con tanta fuerza que le quedaron los nudillos blancos—. Ya tendría que haber regresado, pero el tiempo ha cambiado tan rápido que me temo que pueda haberla sorprendido.

No había nada en el mundo que apeteciera más a Devon que ver a Kathleen desaliñada y empapada por la lluvia. Tuvo que contenerse para no frotarse las manos con una perversa alegría.

—No es necesario enviar a ningún lacayo —afirmó sin darle importancia—. Estoy seguro de que lady Trenear tendrá el sentido común de quedarse en casa del arrendatario hasta que deje de llover.

—Sí, pero las colinas estarán totalmente enlodadas.

Cada vez mejor. Kathleen abriéndose paso por el barro. Se esforzó por mantenerse serio, aunque por dentro estaba dando saltos de alegría. Se acercó a la ventana. Todavía no llovía, pero los nubarrones surcaban velozmente el cielo como la tinta en un pergamino mojado.

—Esperaremos un poco más. Podría llegar en cualquier momento.

Unos relámpagos iluminaron el firmamento: tres relucientes haces irregulares de luz acompañados por una serie de estrépitos que recordaron la rotura de un cristal.

Helen se aproximó más a él.

—Soy consciente de que mi cuñada y usted intercambiaron antes unas palabras, milord...

—Intercambiar palabras implicaría que tuvimos una discusión civilizada —dijo—. Si hubiera durado un poco más, nos habríamos hecho trizas.

—Los dos se enfrentan a circunstancias difíciles —indicó, frunciendo el ceño—. Eso hace que en ocasiones la gente diga cosas que no piensa. Pero si Kathleen y usted pudieran dejar de lado sus diferencias...

—Lady Helen...

—Llámeme prima.

—Prima, se evitará mucho dolor en el futuro si aprende a ver a la gente como es en realidad, en lugar de verla como le gustaría que fuera.

—Ya lo hago —aseguró con una ligera sonrisa.

—Si eso fuera cierto, sabría que lady Trenear y yo nos hemos juzgado bien uno a otro. Yo soy un sinvergüenza, y ella es una bruja insensible que puede cuidar perfectamente de sí misma.

—He llegado a conocer muy bien a Kathleen al compartir nuestro dolor por el fallecimiento de mi hermano... —insistió Helen, cuyos ojos, del color azul plateado del feldespato, se abrieron como platos debido a la preocupación.

—Dudo mucho que sienta dolor —la interrumpió Devon bruscamente—. Según admitió ella misma, no ha derramado una sola lágrima por la muerte de su hermano.

—¿Se lo dijo? —Helen parpadeó, sorprendida—. ¿Pero le explicó por qué?

Devon negó con la cabeza.

—No soy quién para contarlo —dijo Helen, inquieta.

—No se preocupe, entonces. —Se encogió de hombros para disimular su curiosidad—. Mi opinión sobre ella no va a cambiar.

Tal como quería, su demostración de indiferencia empujó a Helen a hablar:

—Si le ayuda a conocer un poco mejor a Kathleen —aseguró Helen, indecisa—, tal vez debiera explicarle algo. ¿Me jura por su honor que lo guardará en secreto?

—Naturalmente —respondió enseguida. Como no tenía honor, jamás dudaba en jurar algo por él.

Helen se dirigió hacia una de las ventanas. Unos relámpagos surcaron el cielo e iluminaron sus delicados rasgos con un brillo blanco azulado.

—Cuando no vi llorar a Kathleen tras el accidente de Theo, supuse que era porque prefería no mostrar sus emociones en público. Cada cual tiene una forma distinta de vivir el duelo. Pero una tarde que ella y yo estábamos bordando en el salón, vi que se pinchaba un dedo y... no reaccionaba. Era como si ni siquiera lo hubiera sentido. Se quedó sentada viendo cómo se formaba una gota de sangre, hasta que ya no pude soportarlo más. Le envolví el dedo con un pañuelo y le pregunté qué pasaba. Estaba avergonzada y confundida... Dijo que nunca lloraba, pero que había creído que, por lo menos, sería capaz de derramar alguna lágrima por Theo.

Helen se detuvo, absorta, al parecer, por eliminar un desconchón de pintura de la pared.

—Continúe —murmuró Devon.

Su prima dejó meticulosamente el desconchón de pintura en el alféizar y se concentró en otro, como si estuviera retirando costras de una herida medio curada.

—Pregunté a Kathleen si recordaba haber llorado alguna vez. Me contestó que sí, cuando era pequeña, el día que abandonó

Irlanda. Sus padres le habían dicho que iban a viajar todos juntos a Inglaterra en un vapor de tres mástiles. Se dirigieron al muelle y actuaron como si fueran a embarcarse. Pero cuando Kathleen y su niñera subieron a la plancha, se dio cuenta de que sus padres no las seguían. Su madre le explicó que iba a vivir con unas personas muy simpáticas de Inglaterra y que la irían a buscar algún día, cuando no tuvieran que viajar tan a menudo al extranjero. Kathleen se desesperó, pero sus padres le dieron la espalda y se marcharon, mientras la niñera la arrastraba a bordo del barco. —Helen lo miró de soslayo—. Solo tenía cinco años.

Devon maldijo en voz baja. Apoyó las palmas de las manos en la mesa, mirando al vacío mientras su prima proseguía su relato.

—Kathleen se pasó horas llorando en el camarote del barco. Lloró y sollozó hasta que la niñera, molesta, le espetó: «Si insistes en armar semejante escándalo, me marcharé y te quedarás sola en el mundo sin nadie que te cuide. Tus padres te han mandado lejos porque eres un incordio.» —Helen hizo una pausa—. Kathleen se calmó de inmediato. Tomó la advertencia de la niñera como que nunca debía volver a llorar; era la forma de sobrevivir.

—¿Fueron a buscarla sus padres?

—Esa fue la última vez que Kathleen vio a su madre —respondió Helen, negando con la cabeza—. Unos años después, lady Carbery sucumbió a la malaria durante un viaje de vuelta de Egipto. Cuando Kathleen recibió la noticia de la muerte de su madre, le dolió muchísimo, pero no tuvo el alivio del llanto. Lo mismo le ocurrió al fallecer Theo.

Las gotas de lluvia caían con tanta fuerza que parecían monedas.

—Kathleen no es insensible, ¿sabe? —murmuró Helen—. Siente un dolor muy profundo. Solo que es incapaz de mostrarlo.

Devon no sabía muy bien si agradecer a Helen o maldecirla

por estas revelaciones. No quería sentir ninguna compasión por Kathleen. Pero el rechazo de sus padres a una edad tan temprana debió de ser un golpe tremendo. Él conocía a la perfección el deseo de evitar emociones y recuerdos dolorosos... la necesidad imperiosa de mantener ciertas puertas cerradas.

—¿Fueron lord y lady Berwick buenos con ella? —preguntó bruscamente.

—Creo que sí. Habla de ellos con cariño. —Helen hizo una pausa—. Era una familia muy estricta. Tenían muchas normas, y las hacían cumplir con severidad. Puede que valoren demasiado el dominio de uno mismo —dijo, y sonrió, distraída—. La única excepción es el tema de los caballos. Están todos locos por los caballos. La noche antes de la boda de Kathleen, durante la cena, tuvieron una conversación entusiasta sobre los pedigríes y el adiestramiento ecuestre, y hablaron extasiados de la fragancia de las cuadras como si fuera el mejor perfume del mundo. Estuvieron así casi una hora. Theo estaba algo enojado, creo. Se sintió bastante excluido, dado que no compartía su pasión por el tema.

Tras morderse la lengua para no comentar que a su primo no le interesaba ningún tema que no fuera él mismo, Devon miró por la ventana.

La tormenta se había situado sobre la cima de la colina y caía una lluvia torrencial que corría por las vetas de creta e inundaba toda la zona. Imaginarse a Kathleen atrapada sola en aquella tempestad ya no le complacía.

Era intolerable.

—Si me disculpa, lady Helen... —soltó tras incorporarse maldiciendo en voz baja.

—¿Enviará a un lacayo a buscar a Kathleen? —preguntó Helen, esperanzada.

—No. Iré yo mismo.

—Gracias, milord. ¡Qué amable es! —Parecía aliviada.

—No es amabilidad. —Devon se dirigió a la puerta—. Solo

lo hago para tener la oportunidad de verla hundida hasta los tobillos en el fango.

Kathleen caminaba con paso enérgico por el camino de tierra que serpenteaba entre un seto enorme y un viejo robledo. El bosque susurraba ante la cercanía de la tormenta mientras los pájaros y los demás animales se resguardaban en él, y las hojas se doblegaban al agua que caía a chorros. Un trueno retumbó con una fuerza descomunal.

Se tapó mejor con el chal y se planteó regresar a la granja de los Lufton. La familia le daría cobijo, sin duda. Pero ya había llegado a mitad de camino entre la granja del arrendatario y la casa.

Empezó a caer una lluvia torrencial, y el agua, que azotaba el suelo, cubrió el camino hasta que quedó lleno de charcos y de pequeños riachuelos. Cuando encontró un hueco en el seto, Kathleen dejó el camino para descender por una pradera. Más allá de los campos de colinas ondulantes, la creta del suelo estaba mezclada con arcilla, un compuesto rico y pegajoso que le dificultaría mucho el trayecto.

Tendría que haber hecho caso de los primeros indicios de que el tiempo iba a empeorar; habría sido mejor posponer la visita a la señora Lufton hasta mañana. Pero el encontronazo con Devon la había alterado, y no había pensado con claridad. Ahora, después de la conversación que había tenido con la señora Lufton, la furia le había remitido lo suficiente para permitirle ver la situación con mayor claridad.

Mientras estaba sentada en el borde de la cama de la señora Lufton, Kathleen le había preguntado por su salud y la de su hija recién nacida, y al cabo de un rato habían acabado hablando de la granja. En respuesta a las preguntas de Kathleen, la señora Lufton había admitido que hacía mucho tiempo, más del que nadie podía recordar, que los Ravenel no habían hecho mejoras en las tierras de la finca. Más aún, las condiciones de sus contratos habían desalentado a los arrendatarios a efectuar cambios por su cuenta. La señora Lufton había oído que algunos de los arrendatarios de otras fincas habían adoptado métodos agrícolas más avanzados, pero, en las tierras de Eversby Priory, las cosas seguían siendo como habían sido los últimos cien años.

Todo lo que aquella mujer le había explicado confirmaba lo que Devon le había dicho antes.

¿Por qué no le había contado Theo nada sobre los problemas financieros de la finca? Le había dicho que la casa estaba descuidada porque nadie había querido cambiar la decoración de su difunta madre. Le había prometido que podría encargar damasco de seda y papel francés para las paredes, nuevas cortinas de terciopelo, renovar la pintura y los enlucidos, las alfombras y los muebles. Según él, mejorarían las cuadras e instalarían lo último en equipos para los caballos.

Theo se había inventado un cuento de hadas, y era tan bonito que ella había querido creérselo. Pero nada de ello era verdad. Habría sabido que tarde o temprano ella se enteraría de que no podían permitirse nada de lo que le había prometido. ¿Cómo había esperado que reaccionara?

Nunca lo sabría. Theo ya no estaba, y su matrimonio había terminado antes de empezar siquiera. Lo único que podía hacer era olvidar el pasado y cambiar el rumbo de su vida.

Pero antes tenía que enfrentarse a la incómoda realidad de que había sido injusta con Devon. Era un canalla arrogante, eso seguro, pero estaba en todo su derecho de decidir el destino de Eversby Priory. Ahora le pertenecía. Había estado fuera de lugar y se había portado como una bruja; tendría que disculparse por ello, aun a sabiendas de que le echaría en cara cada palabra.

Apesadumbrada, Kathleen avanzó con dificultad por la hierba enfangada. El agua le entraba por las costuras y las viras de los zapatos y le calaba las medias. Al poco rato, el velo de viuda, que había apartado hacia atrás y le colgaba a la espalda, estaba empapado y le pesaba muchísimo. El olor a anilina, que se usaba para teñir las prendas de luto, era especialmente acre al mojarse. Tendría que haberse cambiado el tocado de interior por un sombrero en lugar de salir impulsivamente a toda prisa. Daba la impresión de que no era mejor que las gemelas; menudo ejemplo les había dado, corriendo de aquí para allá como una loca.

Dio un brinco cuando un relámpago rasgó el cielo embravecido. El corazón empezó a latirle con fuerza, y se remangó la falda para correr a más velocidad por el campo. La tierra se había ablandado, de modo que los tacones se le hundían a cada paso. La lluvia caía en chaparrones violentos, que doblaban los tallos de las escabiosas azules y las doncellas de la centaura hasta que las cabezuelas acababan en la hierba. La tierra arcillosa al final del campo se habría convertido en lodo cuando la alcanzara.

Sonó otro trueno, tan explosivo que Kathleen se estremeció y se tapó los oídos. Se dio cuenta de que se le había caído el chal y se volvió para buscarlo, protegiéndose los ojos con una mano. La prenda de lana yacía en el suelo, a pocos metros de distancia.

—¡Maldita sea! —exclamó, y retrocedió para recuperarlo.

Se detuvo con un grito al echársele encima una inmensa sombra negra que iba demasiado deprisa para esquivarla. Instintivamente se volvió y se tapó la cabeza con los brazos. Ensordecida por el estrépito de un trueno mezclado con el rugido de su propio pulso en los oídos, esperó, temblando, a que pasara lo que fuera. Como no le ocurrió ningún desastre, se enderezó y se secó el agua de la cara con la manga.

Una forma inmensa se erigía a su lado... un hombre montado en un fuerte caballo de tiro negro. Vio, perpleja, que era Devon. No pudo decir nada para salvar la vida. Devon no iba equipado para montar; ni siquiera llevaba guantes. Más desconcertante aún, llevaba puesto el sombrero de fieltro de un mozo de cuadra, como si lo hubiera tomado prestado al salir a toda prisa.

—Lady Helen me pidió que viniera a buscarla —gritó Devon con una expresión impenetrable—. O vuelve conmigo o nos quedamos aquí discutiendo en medio de una tormenta eléctrica hasta que ambos acabemos flambeados. Personalmente, yo preferiría lo segundo; sería mejor que leer el resto de esos libros contables.

Kathleen se lo quedó mirando, atónita.

En términos prácticos, podía montar en ancas con Devon para volver a la casa. El caballo de tiro, robusto y de carácter tranquilo, era lo bastante fuerte para llevarlos a ambos. Pero cuando intentó imaginárselo... Sus cuerpos en contacto... Sus brazos rodeándole el cuerpo...

No. No soportaría estar así de cerca de ningún hombre. Se estremeció al pensarlo.

—No puedo montar con usted. —Aunque procuró sonar decidida, habló con voz temblorosa y lastimera. La lluvia le resbalaba por la cara en forma de riachuelos que se le metían en la boca.

Devon abrió la boca como si fuera a soltar una respuesta mordaz. Pero cuando le recorrió el cuerpo empapado con la mirada, su expresión se suavizó:

—Lleve usted el caballo, entonces, y yo regresaré a pie.

—No —alcanzó por fin a decir Kathleen, a quien la oferta había dejado atónita—. Pero... gracias. Por favor, regrese a casa.

—Andaremos los dos —indicó Devon con impaciencia—, o montaremos los dos. Pero no la dejaré sola.

—Estaré perfectamente...

Se interrumpió y se estremeció al oír un trueno espeluznante.

—Permítame llevarla a casa —pidió Devon en un tono pragmático, como si estuvieran hablando en un salón en lugar de hacerlo bajo una violenta tormenta de verano. Si lo hubiera dicho de un modo autoritario, puede que Kathleen lo hubiera rechazado. Pero, por alguna razón, Devon supuso que suavizar su actitud era la mejor forma de ablandarla.

El caballo cabeceó y piafó, impaciente.

Desesperada, comprendió que tendría que regresar montando con él. No había otra opción.

—Primero tengo algo que decirle —dijo, ansiosa, tras rodearse el cuerpo con los brazos.

Devon arqueó las cejas con una expresión fría en el rostro.

—Yo... —Tragó saliva con fuerza, y las palabras le salieron a toda velocidad—. Lo que dije antes en el estudio fue desagradable, y falso, y lamento haberlo dicho. Estuvo muy mal por mi parte. Se lo dejaré muy claro al señor Totthill y al señor Fogg. Y a su hermano.

A Devon le cambió la cara, y las comisuras de sus labios insinuaron una sonrisa que alteraron por completo los latidos de su corazón.

—No se moleste en mencionárselo. Los tres me dirán cosas peores antes de que todo esto haya terminado.

—Sin embargo, no fue justo por mi parte...

—Está olvidado. Venga, la lluvia está arreciando.

—Tengo que recoger mi chal.

—¿Es eso? —preguntó Devon tras seguir su mirada hasta la tela amontonada a lo lejos—. Dios mío, déjelo ahí.

—No puedo...

—Ya se habrá echado a perder. Le compraré otro.

—No podría aceptar algo tan personal de usted. Además... no puede permitirse gastos extra, ahora que es propietario de Eversby Priory.

Vio la deslumbrante sonrisa de Devon.

—Se lo reemplazaré —aseguró este—. Hasta donde yo sé, la gente con mi cantidad de deudas jamás se preocupa por ahorrar. —Se deslizó hacia atrás hasta el borrén trasero de la silla, y alargó una mano hacia abajo. Su figura se recortaba, corpulenta y esbelta, contra el cielo revuelto, con los rasgos severos sumidos en la oscuridad.

Kathleen le dirigió una mirada dubitativa; tendría que hacer mucha fuerza para levantarla hasta que estuviera montada.

—¿Podrá sostenerme? —le preguntó, intranquila.

—No soy ningún petimetre, señora —soltó Devon, que parecía ofendido.

—Tengo la falda empapada y pesa mucho...

—Deme la mano.

Se acercó y él le sujetó la mano con fuerza. Un escalofrío nervioso le recorrió el cuerpo.

No había tocado a ningún hombre desde hacía tres meses, cuando murió Theo. Lord Berwick había asistido al funeral, y después había ido a dar un abrazo incómodo a Kathleen, pero ella había preferido ofrecerle la mano enguantada.

—No puedo —le había susurrado, y lord Berwick, comprensivo, había asentido con la cabeza. Aunque era un buen hombre, no era nada dado a las demostraciones de cariño. Lady Berwick era igual, una mujer benévola pero reservada que había intentado enseñar a sus hijas y a Kathleen el valor de contenerse.

—Domina tus emociones —le había aconsejado siempre—, o ellas te dominarán a ti.

Un chorro gélido de lluvia le bajó por la manga, y el contraste con el calor de la mano de Devon la hizo estremecer.

El caballo esperaba pacientemente, azotado por el viento y la lluvia.

—Quiero que salte —oyó que Devon decía—, y yo la levantaré hasta que llegue al estribo con el pie izquierdo. No trate de montar a mujeriegas. Hágalo a horcajadas.

—¿Cuándo tengo que saltar?

—Ahora iría bien —respondió Devon con sequedad.

Kathleen hizo acopio de fuerzas y se impulsó hacia arriba con toda la energía de que fue capaz. Devon aprovechó para levantarla del suelo con una facilidad pasmosa. Ni siquiera tuvo que buscar el estribo; aterrizó perfectamente en la silla con la pierna derecha doblada. Con un grito ahogado, se esforzó por conservar el equilibrio, pero Devon ya se había encargado de rodearla con el brazo izquierdo para asegurarla.

—Ya la tengo. Siéntese bien... tranquila.

Se puso tensa al notar la fuerza de los músculos de Devon al amarrarla firmemente mientras le rozaba la oreja con su aliento.

—Le está bien empleado por llevar cestas a vecinos achacosos —dijo—. Piense que todas las personas egoístas están a salvo en casa, sin mojarse.

—¿Por qué vino a buscarme? —logró preguntar, intentando dominar las pequeñas sacudidas que no dejaban de agitarla.

—Lady Helen estaba preocupada. —Una vez seguro de que estaba bien sentada, Devon tiró del velo hacia arriba para quitárselo de la cabeza y lo arrojó al suelo—. Lo siento —soltó antes de que pudiera protestar—. Pero ese tinte huele como el suelo de una taberna del East End. Pase la pierna al otro lado de la silla, vamos.

—No puedo, la tengo atrapada en la falda.

El caballo se movió bajo sus cuerpos. Incapaz de encontrar donde aferrarse en la superficie lisa de la silla, Kathleen lo hizo sin querer en el muslo de Devon, duro como una piedra. Con un grito ahogado, apartó de inmediato la mano. Por más aire que inspirara, le resultaba insuficiente.

Devon se pasó momentáneamente las riendas a la mano izquierda, se quitó el sombrero de fieltro y se lo colocó a ella en la cabeza. Después, le apartó las capas enmarañadas de tela de la falda hasta poder enderezarle la pierna lo bastante como para pasársela por encima de la cruz del caballo.

De niña había montado a ancas con las hijas de los Berwick cuando habían dado algún paseo en potro. Pero de ningún modo podía compararse con la sensación de tener detrás a un hombre de complexión fuerte que le encerraba las piernas con las de él.

Aparte de la crin del caballo, no tenía dónde sujetarse: ni riendas a las que aferrarse ni estribos donde afianzar los pies.

Devon puso el caballo a medio galope, un paso que era impecablemente fluido y suave para un árabe o un purasangre. Pero era muy distinto para un caballo de tiro de pecho ancho, que tenía las patas más alejadas de su centro de gravedad, de modo que el paso en tres tiempos era más corto y redondo. Kathleen vio al instante que Devon era un experto jinete, que se movía acompasadamente con el caballo y se comunicaba con señales explícitas. Aunque ella intentó seguir con soltura el medio galope, montar así no era igual que hacerlo sola y, para su vergüenza, acabó botando sobre la silla como una novata.

—Tranquila. No dejaré que se caiga —aseguró Devon, que la rodeó con más fuerza con el brazo.

—Pero no tengo donde...

—Relájese.

Al ver lo bien que mantenía el centro de gravedad de los dos juntos, destensó los músculos. La espalda le quedó perfectamente apoyada en el tórax de Devon y entonces, como por arte de magia, logró acompasar sus movimientos con los del caballo. Al adoptar la misma cadencia, sintió una extraña satisfacción cuando notó como su cuerpo y el de Devon formaban un tándem perfecto sobre el animal.

Tenía la mano de Devon extendida sobre el estómago para servirle de apoyo. A pesar de la cantidad de tela de su falda, notaba como los músculos robustos de los muslos de Devon se flexionaban rítmicamente. Un dulce e insoportable deseo empezó a crecer en su interior, y se intensificó hasta que tuvo la impresión de que iba a explotar.

Cuando iniciaron el ascenso de la colina, Devon aminoró la marcha del caballo, y una vez al paso, se inclinó hacia delante para distribuir más peso sobre las patas delanteras del animal. Obligada a hacer lo mismo, Kathleen se aferró a la crin negra del caballo de tiro. Oyó la voz de Devon, apagada por el estrépito de un trueno. Volvió la cabeza para oírlo mejor, y notó la electrizante textura de una barba incipiente cuando él le rozó la mejilla con la mandíbula. Eso le provocó un cosquilleo en la garganta, como si acabara de hundir los dientes en un panal.

—Ya casi hemos llegado —repitió Devon, lanzándole el aliento a la piel mojada.

Subieron la colina y se dirigieron a medio galope hacia las cuadras, un edificio de ladrillo color ciruela de dos plantas con entradas en forma de arco y marcos de piedra enmohecida. Albergaba una docena de caballos de silla a un lado, y diez caballos de tiro y una mula en el otro. Las cuadras disponían también de un cuarto para sillas, un par de cuartos para arreos y arneses, un desván para forraje, una cochera y diversos aposentos para los mozos de cuadras.

Comparadas con la casa solariega de Eversby Priory, las cuadras estaban en mucho mejor estado. Sin duda, eso se debía a la influencia del jefe de cuadras, el señor Bloom, un robusto caballero de Yorkshire con unas patillas de boca de hacha blancas unidas con el bigote y unos brillantes ojos azules. Lo que a Bloom le faltaba de alto, lo tenía de fornido, y sus manos eran tan rollizas y fuertes que partía nueces con los dedos. No había cuadras en el mundo dirigidas con tanta exigencia: el suelo estaba siempre sumamente limpio, y tanto los metales como los cueros de los elementos de la caballería, muy lustrados. Los caballos que estaban al cuidado de Bloom vivían mejor que la mayoría de personas. Kathleen lo había conocido unos quince días antes del accidente de Theo y le había caído bien al instante. Bloom conocía las caballerizas de Carbery Park, así como la excepcional raza árabe que había desarrollado el padre de Kathleen, y había estado encantado de incluir a *Asad* en las cuadras de los Ravenel.

Tras el accidente de Theo, el señor Bloom había apoyado a Kathleen en su decisión de evitar sacrificar a *Asad*, a pesar de las exigencias de los amigos y los conocidos de Theo. Bloom sabía que la temeridad de Theo había provocado la tragedia.

—Un jinete jamás debería acercarse a su montura enojado —había dicho Bloom a Kathleen en privado, llorando tras la muerte de Theo. Conocía al conde desde que era niño, y le había enseñado a montar—. Especialmente a un caballo árabe. Se lo dije a lord Trenear: «Si se enfrenta con *Asad*, lo volverá salvaje.» Vi que el señor tenía uno de sus habituales arranques. Le dije que había otras doce monturas mejores para él ese día. No quiso escucharme, pero me culpo a mí mismo igualmente.

Kathleen había sido incapaz de volver a las cuadras desde la defunción de Theo. No culpaba a *Asad* en absoluto por lo que había sucedido, pero temía lo que pudiera sentir al verlo. Había fallado a *Asad*, lo mismo que había fallado a Theo, y no sabía cuándo, o cómo, podría llegar a asumirlo.

Al ver que cruzaban el arco principal de las cuadras, cerró un momento los ojos y notó que se le helaba el alma. Juntó los labios y logró quedarse callada. Cada vez que respiraba, inhalaba el conocido aroma de los caballos, las cuadras y el forraje, los reconfortantes olores de su niñez.

Devon detuvo el caballo y desmontó primero, mientras se aproximaban un par de mozos de cuadra.

—Dedicad un tiempo adicional a cuidarle las patas, chicos —dijo la voz afable del señor Bloom—. Esta clase de clima provoca aftas. —Alzó la vista hacia Kathleen y su actitud cambió—. Milady. Me alegra verla aquí de nuevo.

Sus miradas se encontraron. Kathleen esperaba un atisbo de acusación en sus ojos, después de la forma en que había esquivado las cuadras y abandonado a *Asad*. Pero solo reflejaban simpatía y preocupación.

—Yo también me alegro de verlo, señor Bloom —respondió, con una sonrisa temblorosa.

Al desmontar, a Kathleen le sorprendió que Devon la ayudara. Le rodeó la cintura con las manos para facilitarle bajar. Se volvió hacia él, y él le quitó con cuidado el sombrero de la cabeza.

—Gracias por prestarme su sombrero, señor Bloom —dijo tras devolver la empapada prenda de fieltro al jefe de cuadras.

—Me alegra que haya podido encontrar a lady Trenear en medio de toda esa lluvia y ese vendaval. —Como se fijó en que Kathleen lanzaba una mirada rápida a la hilera de compartimentos, comentó—: *Asad* está de muy buen humor, milady. Estas últimas semanas, ha sido el animal que se ha portado mejor de las cuadras. Me imagino que le gustará oír una o dos palabras suyas.

El corazón de Kathleen latió irregularmente. El suelo de las cuadras parecía moverse bajo sus pies.

—Supongo que podría verlo un momento —asintió, nerviosa.

Para su asombro, notó que Devon le deslizaba los dedos debajo del mentón para incitarla cariñosamente a mirarlo. Tenía la cara empapada, las pestañas salpicadas de agua, y los rizos de pelo goteantes le brillaban como cintas.

—Tal vez más tarde —dijo al señor Bloom, sin apartar su intensa mirada de Kathleen—. No queremos que lady Trenear pille un resfriado.

—No, claro que no —aseguró enseguida el jefe de cuadras.

Kathleen tragó saliva con fuerza y desvió la mirada de Devon. Estaba temblando por dentro, presa de un creciente pánico.

—Quiero verlo —susurró.

Sin decir nada, Devon la siguió por la hilera de compartimentos. Oyó al señor Bloom dar instrucciones a los mozos de cuadra para que atendieran al caballo de tiro:

—¡No perdáis el tiempo, chicos! Almohazad bien al caballo y dadle salvado caliente.

Asad esperaba en uno de los compartimentos del fondo, observando alerta cómo Kathleen se acercaba. Levantó la cabeza, y orientó las orejas hacia delante al reconocerla. Era un compacto caballo castrado con unos potentes cuartos traseros, una elegante estructura que le proporcionaban rapidez y resistencia a la vez. Era de un tono castaño tan claro que parecía dorado y tenía la crin y la cola muy rubios.

—Hola, guapo —exclamó con cariño Kathleen, alargando la mano con la palma hacia arriba.

Asad se la olió y relinchó para darle la bienvenida. Agachó la hermosa cabeza y avanzó hasta la parte delantera del compartimento. Cuando Kathleen le acarició el hocico y la frente, el animal reaccionó con pura alegría, resoplando suavemente y acercándole más el hocico.

—No tendría que haber esperado tanto para venir a verte —dijo, llena de arrepentimiento. Se inclinó con torpeza para besar el espacio entre los ojos del caballo. Notó que el animal le mordisqueaba delicadamente el hombro del vestido e hizo una mueca. Le apartó la cabeza y le rascó el sedoso cuello tal como sabía que a él le gustaba—. Pobrecito, no tendría que haberte dejado solo. —Entrelazó los dedos en la crin rubia de la montura.

El animal apoyó entonces la cabeza en su hombro, y al ver este gesto de confianza se le hizo un nudo en la garganta.

—No fue culpa tuya —susurró—. Fue culpa mía. Lo siento, lo siento tanto...

Tenía la garganta tan contraída que le dolía incluso. Por más fuerte que tragara, no lograba destensarla. Le costaba respirar. Soltó el cuello de *Asad* y se volvió. Resollando, tambaleándose, chocó con el tórax firme de Devon.

Él la sujetó por los codos para ayudarla a conservar el equilibrio.

—¿Qué le pasa?

Los latidos frenéticos de su corazón apenas le dejaron oír la voz de Devon. Sacudió la cabeza, esforzándose por no sentir nada, por no derrumbarse.

—Dígamelo —insistió Devon mientras la zarandeaba con cuidado pero con urgencia.

No le salían las palabras. Y se echó a sollozar desconsoladamente. La presión de la garganta le desapareció con una rapidez sorprendente, y los ojos se le llenaron de un líquido ardiente. Empujó a Devon, desesperada. «No, Dios mío...» Estaba perdiendo el control en las circunstancias más humillantes que podía imaginarse, ante la última persona en el mundo que querría que lo viera.

El brazo de Devon le rodeó los hombros con fuerza. Ignorando que intentaba zafarse de él, la condujo por la hilera de compartimentos.

—¿Milord? —preguntó el señor Bloom algo alarmado al verlos—. ¿Qué necesita la muchacha?

—Privacidad —contestó Devon secamente—. ¿Dónde puedo llevarla?

—Al cuarto para sillas —indicó el jefe de cuadras a la vez que señalaba la entrada en forma de arco que había al otro lado de los compartimentos.

Devon medio empujó y medio llevó a Kathleen a la estancia sin ventanas y con las paredes cubiertas de tablas machihembradas. Luchaba con él, agitando el cuerpo como si se estuviera ahogando en el agua. Oyó que repetía su nombre varias veces, con paciencia, mientras la retenía con los brazos. Cuanto más luchaba ella, con más firmeza la sujetaba él, hasta tenerla estrechada contra el pecho, hecha un manojo de nervios. Intentar reprimir los sonidos escalofriantes que le salían de la garganta solo sirvió para empeorarlos.

—Está segura —oyó que le decía—. Tranquila... está segura. No la soltaré.

Se percató vagamente de que ya no estaba intentando escapar sino esforzándose por apretujarse más contra él para esconderse en su cuerpo. Le rodeó el cuello con los brazos y le hundió la cara en el cuello mientras sollozaba con demasiada fuerza para pensar o para respirar. La emoción la embargó sin que pudiera descomponerla en sus distintas partes. Sentir tantas cosas a la vez era como una especie de locura.

El corsé le oprimía como si fuera un ser vivo que la estrujara entre sus fauces. Perdió las fuerzas y le cedieron las rodillas. Su cuerpo se dobló y se desmoronó despacio, y notó que unos brazos robustos la sujetaban y la levantaban del suelo. No tenía forma de orientarse, ni de controlar nada. Solo podía rendirse, sumirse en las sombras que la devoraban.

4

Pasado un larguísimo rato fue volviendo gradualmente a la realidad. Se movió, consciente de una breve conversación murmurada y de unos pasos que se alejaban, así como del incesante ruido de la lluvia en el tejado. Irritada, volvió la cara para alejarse de estos ruidos porque quería dormitar un poco más. Algo suave y cálido le tocó la mejilla, permaneció un instante en ella, y ese roce la despertó.

Tenía las extremidades pesadas y relajadas, y la cabeza apoyada cómodamente. Estaba firmemente sujeta contra una superficie sólida que subía y bajaba rítmicamente. Al respirar, inhalaba la fragancia de los caballos y del cuero, y de algo fresco como el vetiver. Tenía la extraña impresión de que era por la mañana... pero algo no acababa de encajar...

Recordó la tormenta y se puso tensa. Un susurro le hizo cosquillas en la oreja:

—Está segura. Descanse apoyada en mí.

—¿Qué...? —balbuceó, abriendo los ojos de golpe. Y, tras pestañear, añadió—: ¿Dónde...? ¡Oh!

Se encontró mirando un par de ojos azul oscuro. Sintió una leve punzada, no del todo desagradable, en algún lugar bajo las costillas, y vio que Devon la estaba sujetando. Yacían en el suelo del cuarto para sillas, sobre un montón de mantas dobladas para los caballos. Era el lugar más cálido y seco de las cuadras, situado cerca de los compartimentos para facilitar su acceso. Un tragaluz iluminaba las hileras de sillas colgadas de las paredes de pino blanco; la lluvia chorreaba por el cristal y proyectaba unas sombras moteadas al interior de la habitación.

Tras decidir que no estaba preparada para enfrentarse a lo terrible que era la forma en que acababa de comportarse, Kathleen volvió a cerrar los ojos. Los párpados, hinchados, le escocían, y se los frotó torpemente.

—No —dijo Devon, que le tomó una de las muñecas para apartarle la mano—. Los dejará peor. —Le puso en la mano un paño suave, uno de los trapos que se usaban para pulir los arreos—. Está limpio. El jefe de cuadras lo trajo hace unos minutos.

—¿Acaso él...? Quiero decir, espero que yo no estuviera... así —soltó con un hilito de voz.

—¿Cómo?, ¿en mis brazos? —preguntó, divertido—. Me temo que sí.

—¡Qué debe de haber pensado...! —se quejó con un gemido tembloroso de angustia.

—Nada en absoluto. De hecho, dijo literalmente que le iría bien «berrear» un poco.

Es decir, llorar como una niña pequeña.

Humillada, se secó los ojos y se sonó la nariz.

Devon le deslizó la mano por el pelo alborotado hasta encontrarle el cuero cabelludo con las yemas de los dedos para acariciárselo cariñosamente como si fuera un gato. Era de lo más indecoroso que la tocara de esta forma, pero como era increíblemente agradable no fue capaz de protestar.

—Dígame qué pasó —pidió él en voz baja.

Se sentía hueca por dentro. Tenía el cuerpo flácido como un saco de harina vacío. Hasta el esfuerzo de sacudir la cabeza le resultó agotador.

—Dígamelo —insistió Devon, que siguió acariciándole el pelo con una mano tranquilizadora.

Estaba demasiado exhausta para negarse.

—Fue culpa mía —se oyó decir a sí misma. Un riachuelo cálido le fluyó de la comisura externa del ojo y desembocó en el nacimiento del pelo—. Yo soy el motivo de que Theo esté muerto.

Devon permaneció callado, esperando pacientemente a que prosiguiera.

Y, al hacerlo, las palabras le salieron a toda velocidad, cargadas de vergüenza:

—Yo le incité a hacerlo. Nos habíamos estado peleando. Si me hubiera comportado como era debido, si hubiera sido buena en lugar de mala, Theo seguiría vivo. Había planeado montar a *Asad* aquella mañana, pero Theo quería que me quedara y me enfrentara a él, y yo me negué, no quería hacerlo estando él en aquel estado. Entonces Theo dijo que iría a montar conmigo, pero yo le comenté... —Se detuvo con un desdichado sollozo, y continuó con decisión—: Le comenté que no podría seguirme el ritmo. La noche anterior había bebido y seguía sin tener la cabeza despejada.

El pulgar de Devon le acarició la sien, cruzando el rastro de agua salada.

—Así que decidió demostrarle que estaba equivocada —dijo a Kathleen pasado un instante.

Kathleen asintió con la mandíbula temblorosa.

—Salió corriendo hacia las cuadras, medio borracho y furioso —prosiguió Devon—, e insistió en montar un caballo que, seguramente, ni siquiera sobrio habría podido controlar.

—Porque yo no lo manejé como debería hacer una buena esposa... —aseguró Kathleen, que contrajo los músculos de la cara.

—Espere —soltó Devon mientras a ella se le escapaba un nuevo sollozo—. No, no empiece otra vez. No diga nada. Inspire.

Dejó de tocarle el pelo y la sentó más incorporada en su regazo para que sus miradas estuvieran prácticamente a la misma altura. Tras tomar un paño limpio, le secó las mejillas y los ojos como si fuera una niña.

—Vamos a plantear racionalmente este asunto —indicó—. En primer lugar, en cuanto a lo de manejar a Theo... un marido no es un caballo al que hay que adiestrar. Mi primo era un hombre adulto, dueño de su propio destino. Eligió correr un riesgo absurdo, y pagó el precio.

—Sí, pero había bebido...

—También eso fue decisión suya.

A Kathleen le llamó la atención que hablara de forma tan práctica y directa. Desde luego ya esperaba que la culpara, puede que más incluso de lo que se culpaba ella misma, si eso era posible. Nadie podía negar su culpabilidad; era demasiado evidente.

—Fue culpa mía —insistió—. Theo no era dueño de sí mismo cuando estaba enojado. Tenía el juicio mermado. Tendría que haber encontrado la forma de aplacarlo y, en lugar de eso, lo llevé al límite.

—No era responsabilidad suya salvar a Theo de sí mismo. Cuando decidió portarse como un imbécil impulsivo, nadie podría haberlo detenido.

—Pero no fue ninguna decisión, ¿comprende? Theo no pudo evitar que yo lo pusiera de mal genio.

—Claro que sí. —Devon hizo una mueca como si hubiera dicho algo absurdo.

—¿Cómo lo sabe?

—Porque soy un Ravenel. Tengo el mismo genio endiablado que él. Siempre que sucumbo a él, soy plenamente consciente de lo que estoy haciendo.

Kathleen sacudió la cabeza, mostrando su poca disposición a que la calmara.

—Usted no oyó la forma en que le hablé. Fui muy sarcástica y cruel... ¡Oh, tendría que haberle visto la cara...!

—Sí, estoy seguro de que fue un auténtico incordio. Pero

unas cuantas palabras hirientes no fueron un motivo suficiente para que Theo tuviera una rabieta suicida.

Mientras reflexionaba sobre estas palabras, Kathleen se dio cuenta, sobresaltada, de que había hundido los dedos en los mechones cortos de pelo de la nuca de Devon. Le estaba rodeando el cuello con los brazos. ¿Cuándo había hecho eso? Sonrojadísima, apartó bruscamente las manos de él.

—No tiene compasión por Theo porque no le caía bien —comentó, incómoda—, pero...

—Tampoco he decidido todavía si me cae usted bien. Eso no cambia mi opinión sobre la situación.

Kathleen lo miró con los ojos desorbitados. De algún modo, su valoración fría y nada sentimental la reconfortaba más que la compasión.

—Corrieron a buscarme, después de que ocurriera —se oyó a sí misma contarle—. Theo yacía en el suelo. Se había desnucado, y nadie quería moverlo hasta que llegara el médico. Me agaché junto a él y dije su nombre, y, cuando escuchó mi voz, abrió los ojos. Vi que se estaba muriendo. Le puse una mano en la mejilla y le dije que lo amaba, y Theo respondió: «No eres mi esposa.» Fueron las últimas palabras que dijo. Cuando llegó el médico ya estaba inconsciente... —Le saltaron más lágrimas de los ojos. No se dio cuenta de que estaba retorciendo el trapo de pulir con los dedos hasta que Devon se los cubrió con una mano para poner fin a aquel movimiento inquieto.

—Yo no daría demasiadas vueltas a las últimas palabras de Theo —indicó Devon—. No podía esperarse que fuera coherente. Estaba desnucado, por el amor de Dios. —Le acarició los nudillos con la palma de la mano—. Escuche, mi regaderita, era propio de mi primo hacer alguna temeridad en cualquier momento. Siempre lo había sido. La vena imprudente corre en la familia Ravenel desde hace siglos. Aunque se hubiera casado con una santa, Theo habría perdido igualmente los estribos.

—Yo no soy una santa, desde luego —se lamentó Kathleen con la cabeza gacha.

—Lo supe en cuanto la conocí —aseguró Devon con la diversión reflejada en su voz.

Sin alzar la cabeza, Kathleen se quedó observando la mano que le cubría los dedos, elegante pero excepcionalmente fuerte, con algo de vello en el dorso.

—Ojalá pudiera volver atrás —susurró.

—Nadie puede culparla por lo que pasó.

—Yo me culpo.

—Dejad que disimule la marca como quiera —citó Devon irónicamente—, siempre llevará el dolor de lo que ha hecho en el corazón.

Al reconocer las palabras de *La letra escarlata*, Kathleen lo miró con tristeza.

—¿Me compara con Hester Prynne?

—Solo en su aspiración a ser mártir. Aunque Hester se divirtió de lo lindo antes de llevarse su merecido, mientras que usted, al parecer, no lo ha hecho demasiado.

—¿Divertido? —La perplejidad ocupó el lugar de la desesperación—. ¿De qué está hablando?

—Me imagino que hasta una dama como es debido encontrará cierto placer en el lecho conyugal —comentó, mirándola fijamente.

Kathleen, atónita, soltó un grito ahogado de indignación.

—Yo... Usted... ¡Cómo se atreve a sacar semejante tema...! —Había sido tan tierno y le había ofrecido tanto consuelo, y ahora había vuelto a ser el canalla insoportable de antes—. ¡Como si fuera a hablar de eso con alguien, y mucho menos con usted! —Cuando se retorció y empezó a levantarse de su regazo, él la mantuvo en su sitio sin esfuerzo.

—Antes de que se vaya justificadamente indignada —dijo—, tal vez quiera abrocharse el corsé.

—Dios mío... —Kathleen vio, horrorizada, que llevaba los

primeros botones del vestido y los dos corchetes superiores del corsé desabrochados. Se puso coloradísima—. ¡Oh! ¿Cómo ha podido?

—No respiraba bien —explicó Devon con un brillo divertido en los ojos—. Creí que necesitaba más el oxígeno que el recato. —Tras ver como se esforzaba frenéticamente por abrocharse de nuevo el corsé, preguntó educadamente—: ¿Puedo ayudarla?

—No. Aunque estoy segura de que es experto en «ayudar» a las damas con sus prendas íntimas.

—No suelen ser damas. —Rio en voz baja mientras ella toqueteaba el panel trasero del corsé cada vez más asustada.

La tensión de la tarde la había dejado tan debilitada que hasta la tarea más sencilla le resultaba difícil. Jadeó mientras movía los dedos para juntar los bordes del corsé.

—Permítame —dijo bruscamente Devon tras observarla un momento. Le apartó las manos y empezó a abrocharle eficientemente la prenda. Al notar el roce de sus nudillos en la piel de la parte superior del tórax, Kathleen soltó un grito ahogado. Tras acabar con los corchetes, empezó con los botones del corpiño—. Tranquila. No voy a forzarla; no soy tan depravado como mi fama parece indicar. Además, un pecho de proporciones tan modestas, aunque encantador, no es suficiente para desatar mi lujuria.

Kathleen lo fulminó con la mirada y se quedó inmóvil, aliviada en el fondo porque le había dado un motivo para volver a odiarlo. Hábilmente, Devon manejó los botones hasta que cada uno de ellos estuvo firmemente sujeto en su presilla. Sus pestañas le proyectaban sombras mosqueadas sobre las mejillas mientras le miraba la parte superior del tórax.

—Ya está —murmuró.

Kathleen se levantó de su regazo con las prisas de un gato escaldado.

—Cuidado. —Devon se estremeció cuando le apoyó la rodilla sin ningún cuidado—. Todavía tengo que engendrar un heredero, lo que hace que ciertas partes de mi anatomía sean más valiosas para la finca que las joyas de la familia.

—Para mí no son valiosas —aseguró ella, y se puso de pie tambaleándose.

—Aun así, yo les tengo mucho cariño —afirmó con una enorme sonrisa a la vez que se levantaba ágilmente y la sujetaba para que no se cayera.

Consternada por el deplorable estado en que había quedado su falda, arrugada y enlodada, Kathleen se sacudió las briznas de heno y los pelos de caballo que se le habían quedado pegados en el crepé negro.

—¿Quiere que la acompañe hasta la casa? —preguntó Devon.

—Prefiero que vayamos por separado —respondió.

—Como quiera.

—Nunca hablaremos de esto —añadió Kathleen tras erguir la espalda.

—Muy bien.

—Además... todavía no somos amigos.

—¿Somos enemigos, entonces? —Le sostuvo la mirada.

—Eso depende —indicó Kathleen, que inspiró, vacilante—. ¿Qué... qué hará con *Asad*?

—Se quedará en la finca hasta que haya podido ser adiestrado de nuevo —contestó con una expresión más suave en la cara—. Es todo lo que puedo prometer de momento.

Aunque no era exactamente la respuesta que le habría gustado, era mejor que la posibilidad de que vendiera a *Asad* de inmediato. Si era posible adiestrarlo de nuevo, podría terminar por lo menos en manos de alguien que lo valorara.

—Entonces... —dijo—. Supongo que... no somos enemigos.

Lo tenía delante, en mangas de camisa, sin corbata ni cuello a la vista. Llevaba los bajos de los pantalones enlodados. Iba despeinado y se le había quedado una brizna de heno en el pelo... pero así de desaliñado, era de algún modo más atractivo incluso que antes. Se acercó a él vacilante, llena de timidez, y él se quedó muy quieto mientras ella alargaba la mano para quitarle el heno del cabello. Sus mechones morenos, alborotados, le resultaban incitantes, y vio uno a su derecha que casi la tentó para alisarlo.

—¿Cuánto dura el período de luto? —le preguntó bruscamente.

Kathleen parpadeó, sorprendida.

—¿Para una viuda? Hay cuatro períodos de luto —respondió.

—¿Cuatro?

—El primero dura un año; el segundo, seis meses; el tercero, tres meses, y luego se pasa el resto de su vida de medio luto.

—¿Y si la viuda quiere volver a casarse?

—Puede hacerlo pasado un año y un día, aunque está muy mal visto que se case tan deprisa a no ser que tenga hijos o carezca de ingresos.

—¿Muy mal visto pero no prohibido?

—Sí. ¿Por qué lo pregunta?

—Simple curiosidad —contestó Devon, encogiéndose de hombros con aire despreocupado—. Los hombres solo tienen que estar de luto seis meses, seguramente porque no toleraríamos estarlo más tiempo.

—El corazón de un hombre es distinto del de una mujer —comentó, encogiéndose de hombros.

La contempló con una expresión burlona.

—Las mujeres aman más —explicó Kathleen. Y, al ver su expresión, preguntó—: ¿Cree que me equivoco?

—Creo que conoce poco a los hombres —dijo con delicadeza.

—He estado casada: no quiero conocer nada más. —Se dirigió hacia la puerta y se detuvo para volverse hacia él—. Gracias —dijo, y se marchó antes de que pudiera responderle.

Devon se acercó hasta el umbral después de que Kathleen se fuera. Cerró los ojos y, tras apoyar la frente en el marco, soltó un suspiro controlado.

Por Dios... la deseaba por encima de la decencia.

Se volvió y recostó la espalda en la pared de tablas machihembradas, intentando comprender lo que le estaba pasando. Una desastrosa sensación de euforia lo había invadido. Presentía que había experimentado un cambio radical del que no había marcha atrás.

No soportaba ver llorar a una mujer. Al primer indicio de lágrimas, siempre había salido corriendo como una liebre en una caza con perros. Pero en cuanto había rodeado a Kathleen con los brazos, en un simple instante, el mundo, el pasado, todo aquello de lo que siempre había estado seguro había desaparecido. Había recurrido a él, no por pasión ni por miedo, sino por la simple necesidad humana de tener a alguien cerca. Lo había electrizado. Nadie había buscado jamás consuelo en él, y dárselo le había resultado insoportablemente más íntimo que el más tórrido de los actos sexuales. Había notado la fuerza con que todo su ser la había envuelto en un momento de dulce y pura conexión.

Tenía la cabeza hecha un lío. Le seguía ardiendo el cuerpo por la sensación de tener a Kathleen sentada en el regazo. Antes de que se hubiera recuperado por completo, le había besado la sedosa mejilla, mojada de lágrimas saladas y lluvia veraniega. Quería besarla otra vez, por todas partes, durante horas. Quería tenerla desnuda y exhausta en sus brazos. Después de toda su experiencia del pasado, el placer físico había perdido todo rastro de novedad, pero ahora deseaba a Kathleen Ravenel de una forma que lo asustaba.

«¡Qué situación más detestable!», pensó brutalmente. Una finca arruinada, una fortuna agotada, y una mujer a la que no podía tener. Kathleen pasaría un año y un día de luto, e incluso después de ese tiempo, estaría fuera de su alcance. Ella nunca se rebajaría a ser la amante de ningún hombre, y después de lo que había soportado con Theo, no querría tener nada que ver con otro Ravenel.

Sin dejar de pensar en ello, Devon recogió la chaqueta que había dejado en el suelo. Se puso la prenda arrugada y salió del cuarto para sillas para regresar a los compartimentos. En el fondo del edificio, un par de mozos de cuadra charlaban mientras limpiaban un box. Al fijarse en su presencia, se callaron de inmediato, y solo pudo oír el ruido de la escoba y los arañazos de una pala. Algunos de los caballos lo observaron con curiosidad, mientras otros mostraron desinterés.

Se dirigió al compartimento del caballo árabe con movimientos relajados. *Asad* volvió la cabeza de lado para mirarlo, y tensó el hocico como muestra de inquietud.

—No debes preocuparte —murmuró Devon—. Aunque no se te puede culpar por arrugar la nariz cuando se acerca un Ravenel.

Asad arrastró los pies y agitó la cola, nervioso. Se acercó despacio a la parte delantera del compartimento.

—Vaya con cuidado, milord. —La voz del señor Bloom procedía de algún lugar situado detrás de Devon—. Le gusta morder. Puede que le pegue un mordisco si no lo conoce. Prefiere la compañía de una mujer a la de un hombre.

—Eso demuestra tu buen juicio —dijo Devon al caballo. Alargó la mano con la palma hacia arriba como había visto hacer antes a Kathleen.

Asad lo olisqueó con cuidado. Tenía los ojos medio cerrados. Moviendo la boca, agachó la cabeza a modo de sumisión y apoyó el hocico en las manos de Devon. Este sonrió y acarició ambos lados de la cabeza del caballo.

—Eres muy guapo, ¿verdad?

—Y él lo sabe —aseguró el jefe de cuadras, que se acercó riendo entre dientes—. Nota el olor de la señora en usted. Ahora le tomará el mismo cariño que si fuera un buen dulce. En cuanto saben que no corren peligro con alguien, hacen todo lo que esa persona les pida.

Devon recorrió el elegante cuello de *Asad* con la mano, desde el estrecho y refinado ahogadero hasta el robusto hombro. Su pelaje era lustroso y cálido, como una seda con vida.

—¿Qué opina de su carácter? —preguntó al señor Bloom—. ¿Hay algún peligro si lady Trenear siguiera adiestrándolo?

—Ninguno, milord. *Asad* será la montura perfecta para una dama una vez haya sido adiestrado como es debido. No es caprichoso ni indómito, solo sensible. Lo ve, lo oye y lo huele todo. Los buenos ejemplares son así de astutos. Es mejor montarlos con arreos suaves y manos delicadas. —Bloom vaciló mientras se atusaba, distraído, los bigotes blancos—. Una semana antes de la boda, trajeron a *Asad* desde Leominster. Lord Trenear vino a las cuadras a verlo. Fue una bendición que la señora no estuviera aquí: *Asad* lo mordisqueó y el señor le atizó un buen golpe en el hocico. Yo le advertí: «Si usa el puño con él, puede que se gane su miedo pero no su confianza.» —Bloom negó con la cabeza con tristeza, y los ojos se le llenaron de lágrimas—. Conocía al señor desde que era un niño encantador. En Eversby Priory todo el mundo lo adoraba. Pero no podía negarse que era un hombre explosivo.

—¿Explosivo? —Devon le dirigió una mirada burlona.

—Es como llamamos en mi tierra a los hombres que no saben controlar su genio.

Asad levantó la cabeza y tocó delicadamente la barbilla de Devon con el hocico. Devon contuvo la necesidad de apartarle de golpe la cabeza y se quedó quieto.

—Respírele suavemente sobre la nariz —murmuró Bloom—. Quiere hacerse amigo suyo.

Devon lo obedeció. Tras soplarle a su vez delicadamente, el caballo le tocó el pecho con la nariz y le lamió la pechera.

—Ya se lo ha ganado, milord —aseguró el jefe de cuadras, luciendo una sonrisa que le dividía la cara redonda de tal modo que las mejillas se le recostaron sobre los algodonosos bigotes.

—No tiene nada que ver conmigo —replicó Devon mientras acariciaba la elegante cabeza del caballo—, y todo que ver con la fragancia de lady Trenear.

—Sí, pero tiene maña con él —dijo el señor Bloom, que añadió débilmente—: Y con la señora, al parecer.

Devon lo miró con los ojos entrecerrados, pero el hombre mayor le devolvió una mirada llena de inocencia.

—Lady Trenear estaba afligida por el recuerdo del accidente de su marido —explicó Devon—. Brindaría ayuda a cualquier mujer en ese estado. —Hizo una pausa y prosiguió—: Por su bien, me gustaría que ni usted ni los mozos de cuadra contaran nada sobre la forma en que ha perdido la compostura.

—He advertido a los chicos que los despellejaré vivos si oigo aunque solo sea un susurro al respecto. —Bloom frunció el ceño, preocupado—. Aquella mañana... hubo una riña entre los señores antes de que él viniera corriendo a las cuadras. Me preocupa que la señora pueda culparse de ello.

—Lo hace —corroboró Devon en voz baja—. Pero le dije que de ningún modo es responsable de los actos de su marido. Ni tampoco el caballo. Mi primo mismo se buscó su tragedia.

—Estoy de acuerdo con usted, milord.

—Adiós, chico... —dijo Devon, dando una última palmadita a *Asad*—. Vendré a verte por la mañana antes de irme. —Se volvió y recorrió los compartimentos hasta la entrada, acompañado por el hombre mayor—. Supongo que abundan los rumores después de la muerte del conde.

—¿Rumores? Sí, los hay por todas partes.

—¿Ha comentado alguien por qué discutían lord y lady Trenear aquella mañana?

—No sabría decirle —respondió Bloom, inexpresivo.

No había ninguna duda de que el hombre tenía alguna idea sobre la naturaleza del conflicto entre Theo y Kathleen. Los criados lo sabían todo. Ahora bien, sería impropio insistir en preguntarle sobre asuntos privados de la familia. A regañadientes, dejó el tema... de momento.

—Gracias por su ayuda con lady Trenear —dijo al jefe de cuadras—. Si decide seguir adiestrando a *Asad*, lo permitiré con la condición de que usted lo supervise. Confío en su capacidad de mantenerla a salvo.

—Gracias, milord —exclamó Bloom—. ¿Piensa dejar que la señora se quede en Eversby Priory, entonces?

Devon se lo quedó mirando, incapaz de contestar.

La pregunta era simple en apariencia, pero de lo más compleja. ¿Qué pensaba hacer con Kathleen? ¿Y con las hermanas de Theo? ¿Qué pensaba hacer con Eversby Priory, las cuadras y la casa, y con las familias que explotaban sus tierras?

¿Iba a poder realmente dejarlos a todos en manos del destino?

Pero, maldita sea, ¿cómo podría vivir el resto de su vida con todas aquellas deudas y obligaciones colgando sobre su cabeza como una espada de Damocles?

Cerró los ojos un instante al caer en la cuenta: ya lo estaba haciendo.

La espada estaba suspendida sobre él desde el momento en que le habían informado del fallecimiento de Theo.

No había decisión que tomar. La responsabilidad que conllevaba el título era suya, tanto si la quería como si no.

—Sí —afirmó finalmente al jefe de cuadras, sintiendo vagamente náuseas—. Pienso dejar que todas ellas se queden.

El hombre mayor sonrió y asintió, sin que hubiera esperado, al parecer, otra respuesta.

Tras salir por el ala de las cuadras que conectaba con la casa, Devon se dirigió al vestíbulo. Tenía una desconcertante sensación de distancia de la situación, como si su cerebro hubiera decidido alejarse y observarlo todo en conjunto antes de dedicarse a abordar los detalles.

Le llegó una música de piano y unas voces femeninas desde

el primer piso. Quizá se equivocara, pero le pareció oír un tono claramente masculino participando en la conversación.

Vio que una criada limpiaba el pasamanos de la escalera principal con un cepillo, y se dirigió a ella:

—¿De dónde procede ese ruido?

—La familia está tomando el té en el salón de arriba, milord.

Devon empezó a subir la escalera con pasos pesados y acompasados. Cuando llegó al salón, no tenía la menor duda de que la voz pertenecía a su incorregible hermano.

—Devon —exclamó West con una sonrisa al verlo entrar en la habitación—. Mira qué grupo tan encantador de primas he encontrado. —Estaba sentado en un sillón junto a la mesa de juego, echando un buen chorro de licor de la petaca en una taza de té. Las gemelas estaban dispuestas a su alrededor, haciendo un puzle de un mapa diseccionado. Tras recorrer con una mirada especulativa a su hermano, comentó—: Parece que te hayan arrastrado por un seto.

—No tendrías que estar aquí —le indicó Devon, y después, habló en general—: ¿Ha sido alguien pervertido o deshonrado?

—¿Desde los doce años? —respondió West.

—No te lo estaba preguntando a ti, sino a las chicas.

—Todavía no —contestó Cassandra con alegría.

—¡Mecachis! —exclamó Pandora, examinando un puñado de piezas del puzle—. No consigo encontrar Luton.

—No te preocupes por eso —le dijo West—. Podemos olvidarnos totalmente de Luton, e Inglaterra no será peor por eso. De hecho, es una mejora.

—Dicen que en Luton se confeccionan buenos sombreros —apuntó Cassandra.

—He oído que la confección de sombreros vuelve loca a la gente —observó Pandora—. Lo que no entiendo, porque no parece ser lo bastante aburrido como para eso.

—No es el trabajo lo que la vuelve loca —aclaró West—. Es la solución de mercurio que se usa para procesar el fieltro. La exposición continuada a este producto debilita el cerebro. De ahí el personaje del sombrerero loco.

—¿Por qué se usa, entonces, si es perjudicial para los trabajadores? —quiso saber Pandora.

—Porque siempre hay más trabajadores —respondió West cínicamente.

—Pandora —exclamó Cassandra—, te agradecería que no pongas a la fuerza una pieza de puzle en un espacio en el que, evidentemente, no encaja.

—Sí que encaja —insistió con terquedad su gemela.

—Helen. —Cassandra llamó a su hermana mayor—. ¿Está situada la isla de Man en el mar del Norte?

La música cesó un momento. Helen habló desde el rincón, donde estaba sentada ante un pequeño piano vertical. Aunque el instrumento estaba desafinado, era evidente lo bien que sabía tocarlo.

—No, cielo, está en el mar de Irlanda.

—¡Tonterías! —Pandora tiró la pieza a un lado—. Esto es *frustrasperante*.

—A Pandora le gusta inventarse palabras —aclaró Helen al ver la expresión perpleja de Devon.

—No es que me guste —replicó Pandora, irritada—. Es solo que en ocasiones una palabra corriente no expresa cómo me siento.

Tras levantarse del banco del piano, Helen se aproximó a Devon.

—Gracias por encontrar a Kathleen, milord —dijo con ojos risueños—. Ahora está reposando arriba. Las criadas le están preparando un baño caliente y, después, la cocinera hará que le suban la cena.

—¿Se encuentra bien? —soltó Devon, preguntándose qué habría contado exactamente Kathleen a su cuñada.

—Creo que sí —asintió Helen—. Aunque está un poco cansada.

Claro que lo estaba. Ahora que lo pensaba, él también.

Devon se dirigió entonces a su hermano:

—West, me gustaría hablar contigo. Acompáñame a la biblioteca, por favor.

West se acabó el té, se levantó e hizo una reverencia a las hermanas Ravenel.

—Gracias por una tarde deliciosa, queridas. —Hizo una pausa antes de marcharse—. Pandora, cielo, estás intentando meter Portsmouth en Gales, lo que te aseguro que no complacerá a ninguna de las dos partes.

—Te lo dije —soltó Cassandra a su hermana gemela, y ambas se enzarzaron en una discusión mientras Devon y West salían de la habitación.

5

—Vivarachas como gatitos —comentó West cuando Devon y él se dirigían a la biblioteca—. Están desaprovechadas aquí, en el campo. Te confieso que jamás creí que la compañía de chicas inocentes pudiera ser tan divertida.

—¿Y si participaran en la temporada londinense? —preguntó Devon. Era una de las aproximadamente mil preguntas que le rondaban por la cabeza—. ¿Cómo mejoraría eso sus perspectivas?

—¿De atrapar un marido? —West pareció desconcertado—. No tienen ninguna.

—¿Ni siquiera lady Helen?

—Lady Helen es un ángel. Encantadora, sosegada, con una formación muy completa... tendría pretendientes donde elegir. Pero los hombres que serían adecuados para ella jamás cumplirían los requisitos necesarios. Hoy en día, nadie puede permitirse una joven que carece de dote.

—Hay hombres que podrían permitírsela —lo contradijo Devon de forma distraída.

—¿Quiénes?

—Algunos de los que nosotros conocemos... Severin, o Winterborne...

—Si son amigos nuestros, yo no emparejaría a lady Helen

con ninguno de ellos. Fue educada para casarse con un hombre de posibles y culto, no con un bárbaro.

—Yo no llamaría bárbaro al propietario de unos grandes almacenes.

—Rhys Winterborne es vulgar y despiadado, y está dispuesto a eludir cualquier principio para obtener un beneficio personal... cualidades que yo admiro, claro... pero nunca sería un hombre adecuado para lady Helen. Se harían muy infelices el uno al otro.

—Por supuesto. Hablamos de matrimonio. —Devon se sentó en una anticuada silla detrás de un escritorio que había bajo una de las ventanas de arco situadas en un nicho. Hasta entonces la biblioteca era la habitación que más le gustaba de toda la casa, con sus paneles de roble y sus estanterías que iban del suelo al techo y contenían por lo menos tres mil obras. En una de ellas se habían incluido unos estrechos cajones para guardar mapas y documentos. Un agradable rastro de tabaco, tinta y polvo de los libros salpicaba el aire y recubría la fragancia de papel de vitela y de pergamino.

Despreocupadamente tomó una boquilla de puro de madera de la mesa y la examinó. Estaba tallada en forma de colmena, con unas abejitas de metal repartidas por la superficie.

—Lo que más necesita Winterborne es algo que no puede comprar.

—Lo que Winterborne no puede comprar no merece la pena tenerlo.

—¿Qué tal la hija de un aristócrata?

West desfiló por las estanterías, leyendo detenidamente los títulos. Sacó un libro de un estante y lo observó sin interés.

—¿Por qué diablos estamos hablando sobre concertar un matrimonio para lady Helen? Su futuro no es asunto nuestro. Lo más probable es que cuando hayamos vendido la finca no vuelvas a verla.

—No voy a vender la finca —anunció Devon mientras seguía el trazado de las abejas incrustadas en la boquilla.

—¿Te has vuelto loco? ¿Por qué? —soltó West, tan sorprendido que casi se le cayó el libro de las manos.

—No quiero ser un conde sin tierras —respondió Devon, que no quería tener que explicar sus motivos porque todavía no los tenía claros.

—¿Desde cuándo te importa tu orgullo?

—Me importa ahora que soy noble.

—Eversby Priory no es nada que esperaras heredar, ni que desearas, ni que estuvieras preparado de ninguna forma para poseer —comentó West, dirigiéndole una mirada calculadora—. Es una cruz que llevar a cuestas. No lo había entendido del todo hasta la reunión de esta mañana con Totthill y Fogg. Estarías loco si hicieras otra cosa que no fuera vender esta finca y quedarte el título.

—Un título no es nada sin una finca.

—No puedes permitirte la finca.

—Pues tendré que encontrar un modo.

—¿Cómo? No tienes ni puñetera idea de cómo manejar asuntos financieros complejos. En cuanto a la explotación agrícola, nunca has plantado ni un triste nabo. Sea lo que sea para lo que estás cualificado, que no es mucho, no es para dirigir un lugar como este, desde luego.

Curiosamente, cuanto más se hacía eco su hermano de las dudas que él mismo ya tenía, más testarudo se ponía Devon:

—Si Theo estaba cualificado para ello, que me aspen si no puedo aprender a hacerlo.

—¿Es ese el motivo de toda esta tontería? —dijo West, sacudiendo, incrédulo, la cabeza—. ¿Estás intentando competir con nuestro difunto primo?

—No seas idiota —espetó Devon—. ¿No está claro que hay mucho más en juego que eso? Mira a tu alrededor, por el amor de Dios. Esta finca da de comer a cientos de personas. Sin ella, muchas no sobrevivirían. Dime que estarías dispuesto a decir a la cara de uno de los arrendatarios que tiene que trasladar a su familia a Manchester para que toda ella se ponga a trabajar en una asquerosa fábrica.

—¿Cómo va a ser peor la fábrica que vivir en una parcela enfangada de tierra de cultivo?

—Si tomamos en cuenta las enfermedades urbanas, la delincuencia, los callejones inmundos y la pobreza absoluta, yo diría que es mucho peor —respondió Devon, mordaz—. Y si todos mis arrendatarios y todos mis criados se van, ¿cuáles serán las consecuencias para el municipio de Eversby? ¿Qué será de los comerciantes y de los negocios una vez haya desaparecido la finca? Tengo que intentarlo, West.

Su hermano se lo quedó mirando como si fuera un desconocido.

—¿Tus arrendatarios y tus criados? —preguntó.

—Sí. ¿De quién si no? —contestó Devon con el ceño fruncido.

—Dime algo —insistió West con una sonrisa burlona en los labios—, tú que eres tan señorial... ¿qué crees que sucederá cuando fracases?

—No puedo pensar en eso. Si lo hago, estaré condenado al fracaso desde el principio.

—Ya lo estás. Pavonéate y haz posturitas como señor de la casa solariega mientras se hunde el techo y los arrendatarios se mueren de hambre, que yo no pienso participar de forma alguna en tu locura narcisista.

—Tampoco te lo pediría —replicó Devon, dirigiéndose a la puerta—. Dado que normalmente estás tan borracho como una cuba, no me eres de ninguna utilidad.

—¿Quién demonios te crees que eres? —le soltó West.

Desde el umbral, Devon le dirigió una mirada gélida.

—Soy el conde de Trenear —dijo, y se marchó de la habitación.

6

Por primera vez desde el accidente de Theo, Kathleen había dormido sin tener pesadillas. Tras salir de un sueño profundo, se incorporó en la cama cuando su doncella, Clara, le llevó el desayuno.

—Buenos días, milady. —Clara dejó la bandeja en el regazo de Kathleen mientras una criada descorría las cortinas para que entrara la tenue luz gris que dejaba pasar el cielo cubierto de nubes—. Lord Trenear me dio una nota para que se la dejara junto al plato.

Con el ceño fruncido de curiosidad, Kathleen desdobló el pequeño rectángulo de pergamino. La caligrafía de Devon era angular y decidida, y las palabras estaban escritas con tinta negra.

> Señora,
> Como pronto partiré para Londres, me gustaría comentar un asunto de cierta importancia. Le ruego que vaya a la biblioteca tan pronto como le sea posible.
>
> TRENEAR

Todos los nervios se le pusieron de punta al pensar que vería a Devon. Sabía por qué quería hablar con ella... iba a pedirle que se fuera de la finca a la mayor brevedad posible. No querría tener que cargar con la presencia de la viuda de Theo, ni de sus hermanas, y desde luego, nadie esperaría de él que lo hiciera.

Hoy iniciaría sus indagaciones para encontrar una casa. Si ajustaba muchísimo los gastos, ella, Helen y las gemelas podrían vivir de los ingresos de su derecho vitalicio sobre los bienes de su difunto esposo. Quizá fuera para bien empezar de cero en otra parte. Muy pocas cosas buenas le habían ocurrido durante los tres meses que había vivido en Eversby Priory. Y aunque Helen y las gemelas adoraban el único hogar que habían conocido, les iría bien un cambio. Habían estado alejadas del mundo demasiado tiempo... Necesitaban conocer gente nueva, un nuevo ambiente, nuevas experiencias. Sí, las cuatro, juntas, saldrían adelante.

Pero le preocupaba el futuro de los criados y los arrendatarios. Era una lástima que, con la muerte de Theo, la familia Ravenel y su glorioso legado hubieran llegado básicamente también a su fin.

Llena de melancolía, con la inestimable ayuda de Clara, se puso múltiples capas de enaguas, un corsé y un polisón acolchado. A continuación le tocó el turno al vestido de crepé negro, ajustado al cuerpo con capas plisadas que se reunían detrás y terminaban en una pequeña cola. El vestido iba abrochado por delante con botones azabache, y las mangas largas, muy ceñidas a las muñecas, terminaban con unos puños postizos de lino blanco. Pensó en ponerse velo y lo descartó porque decidió, con ironía, que Devon y ella habían superado semejantes formalidades.

Mientras daba los últimos toques al pelo de Kathleen, que había peinado en un moño trenzado sujeto con horquillas, Clara preguntó:

—Milady... ¿ha dicho algo el señor sobre lo que planea hacer con el servicio? Muchos están preocupados por sus puestos de trabajo.

—Hasta ahora no me ha dicho nada de sus planes —respondió Kathleen, irritada por lo impotente que se sentía—. Pero tu puesto conmigo no corre peligro.

—Gracias, milady. —Clara pareció aliviada en parte, pero Kathleen sabía que debía de tener sentimientos encontrados. Después de ocupar un cargo elevado en el servicio de una finca importante, sería dar un paso atrás trabajar en una casita de campo o en unas habitaciones alquiladas.

—Haré lo que esté en mi mano para influir en lord Trenear a favor del servicio —aseguró Kathleen—, pero me temo que no ejerzo ningún dominio sobre él.

Intercambiaron unas sonrisas lúgubres, y Kathleen salió de la habitación.

Al acercarse a la biblioteca, notó que el corazón se le aceleraba incómodamente. Se puso derecha y entró.

Devon, que parecía estar echando una ojeada a una hilera de libros, alargó la mano para poner derechos tres volúmenes que habían caído de lado.

—Milord —dijo Kathleen en voz baja.

Devon se volvió y la encontró de inmediato con la mirada. Estaba increíblemente atractivo con un traje oscuro que le quedaba algo holgado, de acuerdo con las nuevas tendencias, y la chaqueta, el chaleco y los pantalones estaban confeccionados con tela a juego. El corte informal del traje no suavizaba de ningún modo las líneas marcadas de su cuerpo. Por un instante, Kathleen no pudo evitar recordar la sensación de estar entre sus brazos, apoyando la mejilla en su fuerte tórax. Notó que se acaloraba.

Devon hizo una reverencia con una expresión inescrutable en la cara. A primera vista parecía relajado, pero una observación más detallada revelaba unas ligeras ojeras y una leve tensión bajo su apariencia de calma.

—Espero que esté bien esta mañana —dijo en voz baja.

—Sí, gracias. —Su rubor se intensificó incómodamente. Hizo

una genuflexión y entrelazó los dedos con rigidez—. ¿Quería comentar algo antes de su partida?

—Sí, en lo que concierne a la finca, he llegado a algunas conclusiones...

—Espero que... —empezó a decir, y se detuvo—. Perdone, no quería...

—Adelante.

—Milord —prosiguió Kathleen, bajando la vista hacia sus manos apretadas—, si decide despedir a alguno de los criados... o incluso a todos... espero que tenga en cuenta que los hay que llevan toda la vida sirviendo a los Ravenel. Tal vez podría plantearse ofrecer un pequeño finiquito a los más mayores, que tienen pocas esperanzas de encontrar otro empleo.

—Lo tendré presente.

Notaba que tenía los ojos puestos en ella; su mirada era tan tangible como el calor del sol. El reloj de sobremesa de caoba que había en la repisa de la chimenea marcaba el silencio con delicados tictacs.

—Está nerviosa conmigo —dijo Devon en voz baja.

—Después de lo de ayer... —Se le apagó la voz y, tras tragar saliva con fuerza, asintió.

—Nadie más que nosotros dos sabrá jamás lo que pasó.

Aunque quisiera creerlo, eso no la tranquilizaba. El recuerdo era un vínculo no deseado con él. La había visto en su momento de mayor debilidad, en su punto más bajo, y habría preferido que se burlara de ella antes de que la tratara con dulzura.

Se obligó a sí misma a mirarlo a los ojos para admitir con sinceridad y desconcierto a la vez:

—Es más fácil considerarlo un adversario.

—Eso nos deja en una situación incómoda, ya que he decidido no vender la finca —comentó Devon con una ligera sonrisa.

Kathleen estaba demasiado atónita para contestar. No podía creerlo. ¿Lo había oído bien?

—La situación de Eversby Priory es tan desesperada que pocos hombres podrían empeorarla aún más —prosiguió Devon—. Naturalmente, es probable que yo sea uno de ellos. —Señaló un par de sillas situadas cerca del escritorio—. ¿Quiere sentarse conmigo?

Asintió, y lo hizo con la cabeza dándole vueltas. El día antes Devon parecía totalmente decidido; no había habido ninguna duda de que iba a desprenderse de la finca y de todos sus problemas lo más deprisa posible.

Tras haberse arreglado la falda y unido las manos en su regazo, le dirigió una mirada perpleja.

—¿Puedo preguntarle qué le ha hecho cambiar de parecer, milord? —preguntó.

—He intentado pensar en todas las razones por las que tendría que lavarme las manos con respecto a este sitio —respondió pasado un instante con cara de preocupación—. Pero siempre acabo llegando a la conclusión de que tengo que tratar de salvar esta finca, se lo debo a cada hombre, cada mujer y cada niño que hay en ella. Eversby Priory es obra de varias generaciones. No puedo destruirla.

—Creo que es una decisión admirable —dijo con una sonrisa titubeante.

—Mi hermano lo llama vanidad —comentó Devon con una mueca—. Pronostica un fracaso, por supuesto.

—Entonces yo serviré de contrapeso y pronosticaré el éxito —soltó impulsivamente.

—No apueste por ello —aconsejó Devon con una mirada atenta mientras la deslumbraba con una sonrisa rápida que se desvaneció de sus labios pero permaneció en una de sus comisuras—. No paraba de despertarme por la noche discutiendo conmigo mismo. Pero entonces se me ocurrió preguntarme qué habría hecho mi padre si hubiera vivido lo suficiente para encontrarse en mi situación.

—¿Habría salvado la finca?

—No, no se lo habría planteado ni por un segundo —respondió Devon con una carcajada—. Puedo decir sin miedo a equivocarme que hacer lo contrario de lo que habría hecho mi padre es siempre lo más acertado.

—¿Bebía? —se atrevió a preguntar, mirándolo con compasión.

—Lo hacía todo. Y si le gustaba, lo hacía en exceso. Un Ravenel de pies a cabeza.

—Se me ha ocurrido que el temperamento de la familia no es nada apropiado para la administración —se aventuró, tras asentir pensando en Theo.

—Como hombre que ha heredado el endiablado genio de la familia, estoy de acuerdo en eso —dijo Devon con un brillo de diversión en los ojos—. Ojalá pudiera afirmar que pertenezco a una familia formal y pragmática por parte de madre para compensar el desenfreno de los Ravenel. Pero, por desgracia, ella era peor.

—¿Peor? —preguntó Kathleen con los ojos desorbitados—. ¿Tenía mal genio?

—No, pero era inestable. Voluble. En ocasiones pasaba épocas en que hasta se olvidaba de que tenía hijos, y no exagero.

—Mis padres estaban siempre muy pendientes y atentos —señaló Kathleen pasado un momento—. Siempre y cuando fueras un caballo.

Devon sonrió. Se inclinó hacia delante y, tras apoyar los antebrazos en las piernas, agachó la cabeza un instante. La postura era demasiado informal para adoptarla delante de una dama... pero revelaba lo cansado que estaba. Y abrumado. Por primera vez, Kathleen lo compadeció. No era justo que un hombre tuviera que enfrentarse con tantos problemas y tan difíciles de golpe, sin aviso ni preparación previos.

—Hay otro asunto que quiero comentarle —dijo al cabo de un rato, tras incorporarse de nuevo—. Mi conciencia me dice que no puedo echar a las hermanas de Theo del único hogar que han conocido. —Arqueó una ceja al ver la expresión de Kathleen—. Por supuesto, tengo conciencia. Lleva años maltratada y abandonada, pero aun así, de vez en cuando logra ser un fastidio.

—Si se está planteando dejar que las chicas se queden aquí...

—Lo estoy. Pero existen dificultades evidentes. Necesitarán una acompañante. Por no hablar de una instrucción rigurosa, si van a ser presentadas en sociedad.

—¿En sociedad? —repitió Kathleen, perpleja—. ¿Las tres?

—¿Por qué no? Tienen edad suficiente, ¿no?

—Sí, pero... los gastos...

—De eso debo preocuparme yo. —Hizo una pausa—. Usted se encargaría de la parte más difícil de todo este asunto si se hiciera cargo de las gemelas. Para tratar de refinarlas todo lo que pudiera.

—¿Yo? —Abrió unos ojos como platos—. ¿Me... me está proponiendo que me quede en Eversby Priory con ellas?

—Evidentemente no es mucho mayor que Helen y las gemelas —prosiguió Devon tras asentir—, pero creo que podría manejarlas bien. Seguro que mejor que una desconocida. —Hizo una pausa—. Se merecen las mismas oportunidades de las que disfrutan las demás jóvenes damas de su categoría. Me gustaría hacerlo posible, pero no puedo conseguirlo sin que usted se quede aquí para cuidar de ellas —dijo, sonriendo ligeramente—. Naturalmente, también tendría libertad para adiestrar a *Asad*. Imagino que ese caballo aprendería modales en la mesa antes que Pandora.

A Kathleen le latía el corazón con fuerza. Quedarse allí con Helen y las gemelas... y *Asad*... era más de lo que nunca se habría atrevido a soñar.

—Supongo que usted también viviría aquí —quiso saber con cautela.

—Vendría alguna que otra vez —explicó Devon—. Pero la mayoría del trabajo para solucionar los problemas financieros de la finca tendrá que hacerse en Londres. En mi ausencia, toda la casa estará bajo su supervisión. ¿Sería eso un incentivo suficiente para que se quedara?

Kathleen empezó a asentir antes de que él hubiera terminado la frase.

—Sí, milord —dijo, casi sin aliento del alivio que sentía—. Me quedaré. Y lo ayudaré en todo lo que pueda.

7

Un mes después de que Devon y West hubieran dejado Hampshire, llegó a Eversby Priory un paquete a nombre de Kathleen.

Con las hermanas Ravenel reunidas a su alrededor en el salón de arriba, lo abrió y desdobló las capas negras de papel. Todas exclamaron, admiradas, cuando quedó al descubierto un chal de cachemir. Esos chales eran la última moda de Londres, tejidos a mano en Persia y acabados con una cenefa de flores bordadas y flecos de seda. La lana estaba teñida formando una graduación de colores que formaba el exquisito efecto de un ocaso, en la que el rojo vivo se convertía en naranja y, finalmente, en dorado.

—Se llama *ombré* —anunció Cassandra con reverencia—. He visto cintas teñidas así. ¡Qué moderno!

—Te quedaría precioso con tu cabello —comentó Helen.

—¿Pero quién lo ha enviado? —preguntó Pandora—. ¿Y por qué?

Tras recoger la nota que iba incluida en el paquete, Kathleen leyó las palabras escritas enérgicamente:

Tal como le prometí.

TRENEAR

Devon había elegido a propósito un chal con los colores más vivos imaginables. Una prenda que una viuda jamás podría llevar.

—No puedo aceptarlo —soltó con el ceño fruncido—. Es de lord Trenear, y es demasiado personal. Quizá si fuera un pañuelo o una lata de dulces...

—Pero es un pariente —señaló Helen para su sorpresa—. Y un chal tampoco es algo tan personal, ¿verdad? Al fin y al cabo, no se lleva en contacto con la piel.

—Considéralo un pañuelo muy grande —sugirió Cassandra.

—Aunque me lo quedara —dijo Kathleen—, tendría que teñirlo de negro.

Las chicas se quedaron tan pasmadas como si hubiera sugerido asesinar a alguien. Hablaron todas a la vez.

—No puedes...

—Pero ¿por qué?

—Arruinar unos colores tan bonitos...

—¿Cómo iba a llevarlo así? —preguntó Kathleen—. Iría demasiado llamativa. ¿Os imagináis los chismorreos?

—Puedes ponértelo en casa —la interrumpió Pandora—. Nadie lo verá.

—Pruébatelo —la apremió Cassandra. A pesar de la negativa de Kathleen, las chicas insistieron en rodearle los hombros con la prenda para ver cómo le quedaba.

—¡Qué bonito! —exclamó Helen, radiante.

Era la tela más lujosa que Kathleen había tocado, con la lana suave y mullida. Pasó la mano por los tonos vivos y suspiró.

—Supongo que no puedo arruinarla con colorante de anilina —murmuró—. Pero voy a decirle que lo hice.

—¿Vas a mentir? —soltó Cassandra con los ojos abiertos como platos—. Eso no nos da demasiado buen ejemplo.

—Debo disuadirlo de enviar regalos inadecuados —explicó Kathleen.

—No tiene la culpa de no conocerte bien —indicó Pandora.

—Conoce las normas —aseguró Kathleen—. Y le gusta quebrantarlas.

> Milord:
> Fue muy amable por su parte enviarme ese encantador regalo, que me resulta muy útil ahora que el tiempo ha empeorado.
> Me complace contarle que el cachemir absorbió de forma muy regular el tinte negro, de modo que la prenda es ahora adecuada para el luto.
> Gracias por su consideración.
>
> LADY TRENEAR

—¿Lo tiñó? —soltó Devon en voz alta, dejando la nota en su escritorio con una mezcla de diversión y de irritación.

Alargó la mano hacia el portaplumas de plata, le introdujo una plumilla nueva y sacó una hoja de papel de carta de un montón cercano.

Aquella mañana había escrito ya un puñado de misivas a abogados, a su banquero y a contratistas, y había contratado un administrador externo para analizar las finanzas de la finca. Hizo una mueca al verse los dedos manchados de tinta. La pasta de limón con sal que le había proporcionado su ayuda de cámara no las eliminaría totalmente. Estaba cansado de escribir, y todavía más de números, y agradecía la distracción que suponía la carta de Kathleen.

Aquel desafío no podía quedar sin contestar.

Mientras observaba la carta con una ligera sonrisa, sopesó cuál sería la mejor forma de molestarla.

Hundió la plumilla en el tintero y escribió:

Señora:

Me alegra saber que el chal le resulta útil estos días más frescos de otoño.

En ese sentido, le escribo para informarle de mi reciente decisión de donar todas las cortinas negras que actualmente cubren las ventanas de Eversby Priory a una organización benéfica de Londres. Aunque, lamentablemente, usted ya no podrá usar la tela, esta servirá para confeccionar abrigos para los pobres, lo que es, como estoy seguro de que usted coincidirá conmigo, un objetivo más noble. No dudo de su capacidad de encontrar otras formas de hacer que el ambiente de Eversby Priory sea debidamente triste y sombrío.

Si no manda rápidamente las cortinas, entenderé que eso significa que está ansiosa por recibir mi ayuda, en cuyo caso estaré encantado de darle gusto y partiré hacia Hampshire de inmediato.

TRENEAR

La respuesta de Kathleen le llegó una semana después, junto con unas inmensas cajas que contenían las cortinas negras.

Milord:

Preocupado como está por las masas oprimidas, parece que se le olvidó informarme de que había dispuesto que un batallón de obreros invadiera Eversby Priory. Ahora mismo, fontaneros y carpinteros pasean libremente por la casa, destrozando paredes y suelos, y afirmando que todo es con su permiso.

El gasto de la instalación de fontanería es desorbitante e innecesario.

El ruido y la falta de decoro son molestos, especialmente en una casa que está de luto.

Exijo que estas obras cesen de inmediato.

LADY TRENEAR

Señora:
Todos los hombres tienen un límite. El mío está en los excusados exteriores.
La instalación de fontanería seguirá adelante.

TRENEAR

Milord:
Con tantas mejoras, que son sumamente necesarias en sus tierras, incluida la reparación de las casas de los trabajadores del campo, los edificios agrícolas, los sistemas de drenaje y los cercados, me pregunto si su comodidad personal realmente está por encima de todas las demás consideraciones.

LADY TRENEAR

Señora:
En respuesta a su pregunta, sí.

TRENEAR

—¡Oh, cómo lo desprecio! —exclamó Kathleen, golpeando con la carta la mesa de la biblioteca.

Helen y las gemelas, que estaban leyendo libros sobre modales y etiqueta, alzaron los ojos, llenas de curiosidad.

—Es Trenear —explicó con el ceño fruncido—. Le informé del caos que ha causado, con todos esos obreros subiendo y bajando la escalera, y dando martillazos y serrando a todas horas del día. Pero le importa un rábano la comodidad de los demás; solo piensa en la suya.

97

—Pues a mí el ruido no me molesta —dijo Cassandra—. Da la impresión de que la casa ha vuelto a cobrar vida.

—Tengo muchas ganas de tener baños en la casa —confesó tímidamente Pandora.

—No me digas que ha comprado tu lealtad con un retrete —se quejó Kathleen.

—No es solo un retrete —aclaró Pandora—. Es uno para cada planta, incluida la del servicio.

—Puede que fuera más fácil soportar unas pequeñas molestias si tenemos en consideración lo agradable que será la casa cuando hayan terminado —sugirió Helen a Kathleen con una sonrisa.

La frase optimista estuvo acompañada de una serie de golpes que hicieron temblar el suelo.

—¿Unas pequeñas molestias? —repitió Kathleen, resoplando—. Parece que vaya a derrumbarse la casa.

—Están instalando una caldera —explicó Pandora, que hojeaba un libro—. Consta de dos depósitos grandes de cobre llenos de cañerías de agua que unos quemadores de gas calientan. No hace falta esperar a tener agua caliente; sale enseguida por unas cañerías unidas a la parte superior de la caldera.

—Pandora, ¿cómo sabes todo eso? —preguntó Kathleen, recelosa.

—Me lo explicó el maestro fontanero.

—No es decoroso que hables con un hombre que no te han presentado, cielo —señaló Helen con dulzura—. Especialmente uno que trabaja en nuestra casa.

—Pero si es mayor, Helen. Se parece a Papá Noel.

—La edad no tiene nada que ver en ello —intervino Kathleen con sequedad—. Pandora, prometiste acatar las normas.

—Y lo hago —se quejó Pandora, que parecía disgustada—. Sigo todas las normas que puedo recordar.

—¿Cómo es que recuerdas los detalles de un sistema de fontanería pero no las normas básicas de etiqueta?

—Porque la fontanería es más interesante.

Pandora agachó la cabeza hacia su libro sobre modales y fingió concentrarse en un capítulo titulado «La conducta apropiada de una dama».

Kathleen contempló, preocupada, a la muchacha. Tras dos semanas bajo su tutela, Pandora había avanzado poco en comparación con Cassandra, que había aprendido mucho más en el mismo período de tiempo. También se había fijado en que Cassandra estaba intentando disimular sus progresos para evitar que Pandora quedara todavía peor. Había quedado claro que Pandora era, con mucho, la más indisciplinada de las dos.

En aquel instante, la señora Church, la rolliza y afable ama de llaves, llegó para informarles de que el té se serviría en unos momentos en el salón del primer piso.

—¡Hurra! —exclamó Pandora, levantándose de un brinco de la silla—. Tengo tanta hambre que me comería una vaca. —Se fue en un periquete.

Tras dirigir a Kathleen una mirada a modo de disculpa, Cassandra salió corriendo en pos de su hermana.

Como tenía por costumbre, Helen empezó a recoger los libros y papeles, y a ordenarlos en montones. Kathleen dejó las sillas en su lugar, junto a la mesa de la biblioteca.

—¿Ha sido Pandora siempre tan...? —empezó a preguntar Kathleen, pero se detuvo para encontrar una palabra diplomática.

—Sí —respondió Helen con sentimiento—. Esa es la razón de que ninguna de las institutrices durara demasiado tiempo.

Kathleen regresó a la mesa de la biblioteca, para poner otra silla en su sitio.

—¿Cómo voy a prepararla para la temporada, si no logro que permanezca sentada más de cinco minutos seguidos?

—No estoy segura de que se pueda.

—Cassandra está haciendo unos progresos excelentes, pero no sé si Pandora estará a punto a la vez.

—Cassandra jamás iría a un baile o a una velada sin ella.

—Pero no es justo que haga semejante sacrificio.

—Siempre han sido así. —Helen se encogió elegantemente de hombros—. Cuando eran pequeñas, se hablaban entre sí en su propia lengua inventada. Cuando regañaban a la una, la otra quería compartir su castigo. Detestaban pasar tiempo separadas.

—Tendrán que estarlo, si queremos avanzar —suspiró Kathleen—. Me pasaré unas cuantas tardes dando clases particulares a Pandora. ¿Estarías dispuesta a estudiar aparte con Cassandra?

—Sí, naturalmente.

Helen organizó los libros, e insertó en ellos pedazos de papel para señalar la página donde estaban antes de cerrarlos. Qué cuidadosa era siempre con los libros: habían sido sus compañeros, su diversión y su única ventana al mundo exterior. A Kathleen le inquietaba que fuera a costarle aclimatarse al cinismo y la sofisticación de Londres.

—¿Querrás ser presentada en sociedad, cuando el período de luto se acabe? —preguntó.

—Me gustaría casarme algún día —admitió Helen tras pensar un instante la respuesta.

—¿Qué clase de marido desearías? —dijo Kathleen con una sonrisa burlona—. ¿Alto y guapo? ¿Elegante?

—No tiene que ser alto o guapo, siempre y cuando sea bueno. Sería muy feliz si le gustaran los libros y la música... y los niños, claro.

—Te prometo que te encontraremos un hombre así —aseguró Kathleen, mirándola con cariño—. No te mereces menos, querida Helen.

—¿Por qué no viniste a comer al club? —preguntó West, entrando a zancadas en el salón del piso de Devon. Ya casi no quedaban muebles en la mayoría de habitaciones puesto que la elegante vivienda acababa de ser alquilada a un diplomático italiano para que mantuviera en ella a su querida—. Han servido filete y puré de nabo —prosiguió West—. Nunca te había visto perderte... —Se detuvo de golpe—. ¿Por qué estás sentado sobre el escritorio? ¿Qué diablos has hecho con las sillas?

Devon, que había estado revisando un montón de correo, alzó los ojos con el ceño fruncido.

—Ya te dije que me mudaba a Mayfair.

—No sabía que sería tan pronto.

La Casa Ravenel era una residencia de piedra y ladrillo de la época de Jacobo I con doce habitaciones, de la que cualquiera diría, por su aspecto, que era una versión reducida de la casa solariega de Eversby Priory. Por suerte, la habían mantenido en mejor estado de lo que Devon esperaba. Estaba demasiado cargada de muebles, pero era acogedora, y su interior de madera oscura y sus alfombras de tonos intensos transmitían un ambiente claramente masculino. Aunque era demasiado grande para una persona, Devon no tenía más remedio que instalarse en ella. Había invitado a West a vivir con él, pero su hermano no tenía el menor deseo de renunciar a la comodidad y la privacidad de su elegante piso.

No se le podía culpar por ello.

—Te veo muy cabizbajo —comentó West—. Sé lo que puede animarte. Esta noche los chicos y yo vamos al *music hall* a ver a un trío de contorsionistas femeninas que, según la publicidad, son «maravillas sin huesos». Actúan con unas medias y unos pequeños retazos de tela dorada...

—Gracias, pero no puedo.

—Maravillas sin huesos —repitió West, como si Devon no lo hubiera oído bien.

No hacía mucho, la oferta le habría parecido relativamente tentadora. Pero ahora, con el peso de la preocupación acumulada sobre sus hombros, a Devon no le interesaban unas coristas flexibles. Él, West y sus amigos habían visto infinidad de veces actuaciones parecidas en el pasado; semejantes correrías ya no eran ninguna novedad.

—Ve tú y diviértete —dijo—. Ya me lo contarás después. —Volvió a dirigir la mirada a la carta que tenía en la mano.

—No sirve de nada hablarte de ellas —replicó West, contrariado—. Hay que verlas o no tiene gracia. —Se detuvo un instante—. ¿Qué te resulta tan fascinante de esa carta? ¿De quién es?

—De Kathleen.

—¿Hay noticias de la finca?

—Muchísimas. Y todas malas —respondió Devon con una carcajada.

Pasó la carta a West, quien le echó una ojeada.

Milord:

Hoy he recibido una visita del señor Totthill, cuya salud parece ser cada vez más débil. En mi opinión, las exigencias de su puesto lo abruman y ya no es capaz de cumplir sus responsabilidades a su plena satisfacción, ni a la de nadie en realidad.

El asunto que puso en mi conocimiento incumbe a cinco de sus arrendatarios, a quienes se les prometió mejoras del drenaje hace tres años. La tierra arcillosa de sus granjas es tan gruesa y tan pegajosa como la liga, y casi imposible de arar. Para mi consternación, acabo de enterarme de que el difunto conde pidió prestado dinero a una empresa privada para la mejora de las tierras para efectuar las obras necesarias, que jamás llegaron a hacerse. Como consecuencia, hemos recibido una sentencia judicial. O devolvemos inmediatamente el préstamo o instalamos el drenaje adecuado en las granjas de los arrendatarios.

Por favor, indíqueme si puedo serle de ayuda. Conozco a las familias arrendatarias implicadas, y estaría encantada de hablar con ellas en su nombre.

LADY TRENEAR

—¿Qué es la liga? —preguntó West mientras le devolvía la carta.

—Una cola hecha de corteza de acebo. Se coloca en las ramas de los árboles para atrapar pájaros. En cuanto se posan, se quedan pegados en ella para siempre.

Devon sabía exactamente cómo se sentían.

Tras un mes de trabajo incesante, apenas había arañado la superficie de las necesidades de Eversby Priory. Le llevaría años adquirir los conocimientos suficientes sobre cultivo, mejora de las tierras, producción láctea, cría de animales, explotación forestal, contabilidad, inversiones, legislación de la propiedad inmobiliaria y política local. De momento, era fundamental no quedarse atascado en los detalles. Intentaba pensar en líneas generales, viendo la forma en que unos problemas se relacionaban con otros, encontrando pautas. Aunque empezaba a saber lo que se tenía que hacer, no sabía exactamente cómo debería hacerse.

Tendría que contratar hombres en quienes pudiera confiar para gestionar la situación a su manera, pero le llevaría tiempo encontrarlos. Totthill era demasiado mayor y obstinadamente tradicional, lo mismo que Carlow, el administrador que trabajaba para él. Era necesario sustituirlos de inmediato, pero en toda Inglaterra solo había un puñado de hombres bien preparados para la administración de fincas.

Esa misma mañana, se había sumido en la desesperación, dando vueltas a su error al asumir semejante carga. Pero entonces había llegado la carta de Kathleen, y eso le había hecho recuperar su determinación.

Tenerla lo compensaba todo. Todo.

No podía explicar su obsesión con ella, ni siquiera a sí mismo. Pero era como si siempre hubiese estado ahí, entretejida con su propio ser, a la espera de ser descubierta.

—¿Qué vas a hacer? —oyó que West le preguntaba.

—Primero preguntaré a Totthill qué sabe sobre los fondos

prestados. Como lo más probable es que no tenga una respuesta satisfactoria, tendré que revisar los libros contables para averiguar qué pasó. En cualquier caso, ordenaré al administrador de la finca que valore lo que costará realizar las mejoras en las tierras.

—No te envidio —dijo West con indiferencia, y se detuvo. Su tono cambió, se agudizó—. Ni tampoco te entiendo. Vende la maldita finca, Devon. No debes nada a esa gente. Eversby Priory no es patrimonio tuyo.

—¿Cómo terminé entonces teniendo la finca? —preguntó Devon, dirigiéndole una mirada sarcástica.

—¡Por un puñetero accidente!

—Aun así, es mía. Y ahora vete, antes de que te aplaste el cráneo con uno de esos libros.

Pero West no se movió.

—¿Por qué está pasando esto? —le preguntó, mirándolo de forma hosca—. ¿Qué te ha cambiado?

Exasperado, Devon se frotó las comisuras de los ojos. Hacía semanas que no dormía bien, y su sirvienta solo le ponía beicon quemado y té flojo para desayunar.

—¿Creías que no íbamos a cambiar en toda la vida? —preguntó a su hermano—. ¿Que solo nos dedicaríamos a los placeres egoístas y las diversiones triviales?

—¡Contaba con ello!

—Bueno, ocurrió lo inesperado. No te preocupes por ello; no te he pedido nada.

La agresividad de West se convirtió en resentimiento. Se acercó al escritorio, se volvió y se sentó con esfuerzo al lado de Devon.

—Pues tal vez deberías hacerlo, idiota.

Se quedaron sentados uno junto al otro. En medio del denso silencio, Devon observó el semblante hinchado de su hermano, con los rasgos difuminados y su creciente papada. El alcohol había empezado a sombrear sus mejillas con un entramado de finísimos capilares. Era difícil reconocer al muchacho risueño y animado que había sido West en el hombre desencantado que tenía al lado.

Cayó en la cuenta de que, en su determinación por salvar la finca, a los arrendatarios, a los miembros del servicio y a las hermanas de Theo, se le había olvidado que a su propio hermano también le iría bien un poco de ayuda. West siempre había sido tan inteligente que Devon había supuesto que podía cuidar de sí mismo. Pero en ocasiones la gente más inteligente era la que más problemas se creaba a sí misma.

Había parecido inevitable que él y West acabaran siendo holgazanes y egoístas. Después de que su padre falleciera en una pelea, su madre los había dejado en un internado mientras ella viajaba por Europa. Había ido de aventura en aventura, y cada vez le habían partido el corazón en pedazos hasta que las heridas resultaron mortales. Devon jamás supo si su muerte se debió a una enfermedad o al suicidio, y no quería averiguarlo.

Los dos hermanos habían ido y venido de distintas escuelas y hogares de familiares, y habían insistido en permanecer juntos por más que la gente intentara separarlos. Al pensar en aquellos años turbulentos en que lo único constante que uno tenía en la vida era el otro, Devon cayó en la cuenta de que tenía que incluir a West en sus nuevos proyectos, aunque él no quisiera que lo hiciera. El vínculo que los unía era tan fuerte que no permitiría que uno de ellos avanzara en una dirección sin arrastrar inexorablemente con él al otro.

—Necesito tu ayuda, West —dijo en voz baja.

Su hermano tardó en responder.

—¿Qué quieres que haga? —soltó por fin.

—Ir a Eversby Priory.

—¿Te fías de lo que vaya a hacer estando cerca de nuestras primas? —preguntó, hosco.

—No tengo más remedio. Además, no te vi especialmente interesado por ninguna de ellas cuando estuvimos allí.

—Seducir muchachas inocentes no tiene gracia. Es demasiado fácil. —Cruzó los brazos—. ¿Para qué quieres enviarme a Eversby?

—Necesito que te encargues del asunto del drenaje con los arrendatarios. Reúnete con cada uno de ellos por separado. Averigua qué se les prometió, y qué hay que hacer...

—Ni hablar.

—¿Por qué?

—Porque tendría que visitar granjas y hablar del tiempo y de ganado. Y, como sabes, no me interesan los animales a no ser que me los sirvan al oporto y con una guarnición de patatas.

—Ve a Hampshire —pidió Devon secamente—. Reúnete con los arrendatarios, escucha sus problemas y, si puedes, finge algo de empatía. Después, quiero un informe y una lista de recomendaciones sobre cómo mejorar la finca.

Tras levantarse murmurando indignado, West se alisó el arrugado chaleco.

—Mi única recomendación en lo que a tu finca se refiere es que te libres de ella —aseguró mientras salía de la habitación.

8

Señora:

Mi más sincera gratitud por su oferta de hablar con los arrendatarios sobre el asunto del drenaje. Sin embargo, como ya la he cargado con muchas peticiones, le he enviado a mi hermano, Weston, para que aborde el problema. Llegará a Eversby Priory el próximo miércoles y se quedará allí dos semanas. Le he estado sermoneando largo y tendido sobre el hecho de portarse como un caballero. Si le causa la menor aflicción, envíeme un telegrama y lo solucionaré de inmediato.

Mi hermano llegará a la estación de ferrocarril de Alton el miércoles a mediodía. Espero que envíe a alguien a buscarlo, ya que estoy convencido de que nadie más querrá recibirlo.

TRENEAR

P. D. ¿De verdad tiñó el chal de negro?

Milord:

En medio del tumulto diario de las obras, que son más ruidosas que un cuerpo de tambores del ejército, lo más probable es que la presencia de su hermano pase totalmente desapercibida.

Lo recogeremos el miércoles.

LADY TRENEAR

P. D. ¿Por qué me envió un chal que, evidentemente, era tan poco apropiado para el luto?

En respuesta a la carta de Kathleen, llegó un telegrama a la oficina de correos del pueblo la mañana en que estaba prevista la llegada de West.

Señora:
No estará siempre de luto.

TRENEAR

Con una sonrisa ausente, Kathleen dejó la carta. Se pilló a sí misma deseando, por un instante, que fuera Devon quien viajara a Hampshire en lugar de su hermano. Se regañó a sí misma por pensar algo tan absurdo. Se recordó con dureza lo mucho que la había angustiado y desconcertado. Por no hablar de la ruidosa instalación de fontanería que la atormentaba diariamente, ante su insistencia. Y no podía pasar por alto la forma en que la había obligado a quitar las cortinas de luto, aunque en el fondo tenía que admitir que todo el mundo en la casa, incluido el servicio, disfrutaba de las habitaciones iluminadas y las ventanas libres de obstáculos.

No, no quería ver a Devon. En absoluto. Estaba demasiado ocupada para dedicar un momento a pensar en él, o para decidir si el tono oscuro de sus ojos azules le recordaba... el cristal de Bristol, tal vez... Además, ya había olvidado el roce de sus brazos alrededor de su cuerpo y sus susurros en la oreja... «ya la tengo»... y la forma en que le arañaba la piel de la cara con su barba incipiente.

No pudo evitar plantearse por qué Devon habría enviado a su hermano para tratar con los arrendatarios. En su anterior visita, Kathleen había conocido poco a West, pero lo que había visto no era nada halagüeño. Era un borracho, y seguramente sería más un estorbo que una ayuda. Ahora bien, ella no era quién para poner objeciones. Y dado que West era el siguiente en la línea de sucesión del condado, sería mejor que se familiarizara con la finca.

A las gemelas y a Helen les encantó la perspectiva de que West las visitara y habían preparado una lista de salidas y actividades.

—Dudo que tenga demasiado tiempo para diversiones —les advirtió Kathleen mientras estaban sentadas en el salón familiar, dedicadas a sus labores—. El señor Ravenel vendrá por asuntos de negocios, y los arrendatarios necesitan que les dedique su atención mucho más que nosotras.

—Pero Kathleen —dijo Cassandra, preocupada—, no podemos permitir que trabaje hasta agotarse.

—Dudo mucho que haya trabajado un solo día en su vida, cielo —soltó Kathleen con una carcajada—. No lo distraigamos la primera vez que lo intenta.

—Los caballeros no tienen por qué trabajar, ¿verdad? —preguntó Cassandra.

—En realidad, no —admitió Kathleen—. Los hombres nobles suelen encargarse de la administración de sus tierras, o en ocasiones tienen escarceos con la política. —Kathleen hizo una pausa—. Sin embargo, creo que hasta un obrero puede ser considerado un caballero, si es bueno y honorable.

—Estoy de acuerdo —aseguró Helen.

—A mí no me importaría trabajar —anunció Pandora—. Podría ser telegrafista o propietaria de una librería.

—Podrías confeccionar sombreros —sugirió Cassandra con dulzura antes de ponerse bizca y hacer una mueca espantosa para añadir—: y volverte loca.

—Me verían correr describiendo círculos y agitando los brazos, y dirían: «¡Vaya por Dios, hoy Pandora es un pollo.» —sentenció su hermana gemela con una sonrisa enorme.

—Y entonces yo les recordaría que ya te portabas así antes incluso de empezar a confeccionar sombreros —soltó Helen serenamente con un brillo en los ojos.

—No me gustaría trabajar si eso me impidiera hacer exactamente lo que deseara —comentó Pandora, riéndose entre dientes mientras empuñaba la aguja para remendar un descosido.

—Cuando seas la señora de una gran casa —intervino Kathleen, divertida—, tendrás responsabilidades que te ocuparán la mayoría del tiempo.

—Pues no seré la señora de una gran casa. Viviré con Cassandra cuando ella se case. A no ser que su marido lo prohíba, claro.

—No seas tonta —dijo Cassandra a su hermana gemela—. Yo nunca me casaría con un hombre que nos separara.

Una vez terminada la costura de un puño postizo blanco, Pandora hizo ademán de dejarlo y resopló al ver que tiraba de la falda.

—Mecachis. ¿Quién tiene las tijeras? He vuelto a coserme la prenda que remendaba al vestido.

West llegó por la tarde, acompañado de un surtido de equipaje difícil de manejar, incluido un baúl inmenso que dos lacayos subieron con gran esfuerzo por la escalera. Para consternación de Kathleen, las tres hermanas Ravenel lo recibieron como si fuera un héroe de guerra. De una bolsa de viaje de cuero, West empezó a sacar y repartir unos preciosos paquetes envueltos en un delicado papel y rodeados con una fina cinta a juego.

—¿Qué significa esto? —preguntó Helen al ver las etiquetitas, estampadas todas ellas con la letra W.

—Esto significa que proceden de los almacenes Winterborne, donde los compré ayer por la tarde —respondió West, sonriendo indulgentemente—. No podía visitar a mis primitas con las manos vacías, ¿no crees?

Para consternación de Kathleen, cualquier parecido con el decoro desapareció. Las gemelas empezaron a soltar gritos de alegría y a bailar alrededor de West allí mismo, en el vestíbulo. Hasta Helen se sonrojó y se quedó sin aliento.

—Ya está bien, chicas —dijo por fin Kathleen, esforzándose por mantener una expresión neutra—. No es necesario brincar como liebres enloquecidas.

Pandora ya había empezado a desenvolver uno de los paquetes.

—¡No rompáis el papel! —pidió Helen. Llevó un paquete a Kathleen mientras levantaba una de las capas de papel—. Mira, Kathleen, qué delgado y elegante es.

—¡Unos guantes! —soltó Pandora tras deshacerse de un envoltorio—. ¡Oh, mirad qué elegantes son! ¡No me lo puedo creer! —Se los llevó al pecho. Los guantes de cabritilla eran de color rosa pálido.

—Los guantes de colores causan furor este año —explicó West—. O, por lo menos, eso me dijo la dependienta de los almacenes. Hay un par para cada una —sonrió con un brillo travieso en sus ojos grises al ver la evidente desaprobación de Kathleen—. Primas —dijo, como si eso justificara unos regalos tan impropios.

Kathleen entrecerró los ojos.

—¿Por qué no abrís los paquetes en la sala de visitas, chicas? —dijo con calma.

Entre parloteos y grititos, las hermanas se dirigieron a la sala de visitas y dejaron los regalos en una mesa de madera satinada de las Indias. Abrieron cada paquete con el máximo cuidado, quitando el papel y alisándolo antes de colocarlo en un montón que recordaba la espuma de la leche recién servida.

Había más guantes, teñidos en delicadas tonalidades de violeta y aguamarina... latas de dulces... abanicos de papel plisado decorados con oro y plata... novelas y un libro de poesía, y frasquitos de agua de flores que podía aplicarse al cutis, usarse para añadir al baño o para rociar las almohadas. Aunque nada de ello era adecuado, salvo quizá los libros, Kathleen no tuvo valor para poner objeciones. Las chicas habían estado privadas mucho tiempo de pequeños lujos como aquellos.

Sabía que a Theo jamás se le habría ocurrido llevar regalos a sus hermanas. Y a pesar de lo relativamente cerca que la familia se encontraba de Londres, las chicas nunca habían estado en los almacenes Winterborne. Ni tampoco ella, puesto que lady Berwick detestaba la idea de codearse con gente de todas las condiciones en unos almacenes. Había insistido en frecuentar pequeñas tiendas exclusivas, donde la mercancía se mantenía discretamente fuera de la vista en lugar de mostrarse de cualquier manera en los escaparates.

Al mirar de soslayo a West, le desconcertó observar el parecido que guardaba con su hermano mayor: el mismo pelo oscuro y la estructura ósea igual de firme. Pero el enorme atractivo de Devon se había echado a perder en su hermano, a quien el libertinaje había vuelto rubicundos y difusos los rasgos. West iba de lo más acicalado; de hecho, vestía demasiado fastuoso para su gusto, con un chaleco de seda bordado, una alegre corbata estampada y unos gemelos de oro con rubíes y granates engastados. Ya entonces, a mediodía, apestaba a alcohol.

—Tal vez no debería fulminarme así con la mirada —murmuró West a Kathleen en voz baja, mientras las hermanas recogían sus regalos y se los llevaban de la habitación—. A las chicas les afligiría ver la aversión que me tiene.

—Le censuro —respondió, muy seria mientras se dirigía hacia la majestuosa escalera con él—. No es lo mismo que tenerle aversión.

—Yo también me censuro, lady Trenear —aseguró con una mueca—. De modo que tenemos algo en común.

—Señor Ravenel, si va a...

—¿No podríamos tratarnos como primos?

—No. Señor Ravenel, si va a pasar aquí dos semanas, compórtese como un caballero, o haré que lo lleven a la fuerza a Alton y que lo metan en el primer tren que pare en la estación.

West parpadeó y la miró de una forma que evidenciaba que se estaba preguntando si hablaba en serio.

—Para mí esas chicas son lo más importante en el mundo —prosiguió Kathleen—. No permitiré que nadie las lastime.

—No tengo intención de lastimar a nadie —soltó West, ofendido—. He venido a petición del conde para hablar con un grupo de patanes sobre sus cultivos de nabos. En cuanto haya cumplido con mi cometido, le prometo que regresaré a Londres lo más rápido posible.

¿Patanes? Kathleen inspiró con fuerza, pensando en las familias arrendatarias y en la forma en que trabajaban, perseveraban y soportaban las dificultades de la vida agrícola... y todo para dar de comer a hombres como aquel, que las miraban por encima del hombro.

—Las familias que viven aquí se merecen su respeto —alcanzó a decir—. Generaciones de arrendatarios levantaron esta finca, y han recibido muy poca recompensa a cambio. Vaya a sus casas, vea las condiciones en que viven y compárelas después con su propia situación. Y entonces tal vez pueda preguntarse a sí mismo si se merece usted su respeto.

—Dios mío —murmuró West—, mi hermano tenía razón. Tiene el carácter de un tejón acorralado.

Intercambiaron una mirada de aversión y se marcharon cada uno por su lado.

Por suerte, las chicas alegraron la conversación durante la cena. Solo Helen pareció percatarse de la enorme tensión existente entre Kathleen y West, y dirigió a su cuñada miradas discretas de preocupación. Con cada plato, West pedía un vino distinto, lo que obligaba al primer lacayo a ir a buscar una botella tras otra a la bodega. Aunque echaba chispas ante aquel despilfarro, Kathleen se mordió la lengua y no comentó nada mientras él se iba emborrachando. Al terminar la comida, se llevó a las chicas arriba y dejó a West solo en la mesa con una botella de oporto.

Por la mañana Kathleen se levantó temprano, se puso el traje de montar y fue a las cuadras como de costumbre. Con la ayuda del señor Bloom pretendía adiestrar a *Asad* para que dejara de rehuir objetos que lo asustaban. Bloom la acompañó al potrero mientras ella llevaba a *Asad* con un cabestro de adiestramiento.

Kathleen había valorado enseguida los consejos de Bloom, que no creía que dominar físicamente un caballo, especialmente uno de raza árabe, fuera la forma adecuada de ayudarle a superar su miedo.

—Eso solo le amansaría el carácter y lo tendría aprisionado como una mosca en una telaraña. Así, en cambio, se reconfortará con usted, milady. Confiará en que usted lo mantenga a salvo y sepa lo que es mejor para él.

Siguiendo las instrucciones de Bloom, Kathleen sujetó la correa de cuero bajo la barbilla de *Asad* y lo guio para que diera un paso adelante y un paso atrás.

—Otra vez —ordenó Bloom con un deje de aprobación en la voz—. Hacia delante y hacia atrás, y otra vez.

Asad estaba desorientado, pero dispuesto, y se movía hacia delante y hacia atrás fácilmente, casi como si estuviera aprendiendo a bailar.

—Bien hecho, muchacha —la alabó Bloom, tan enfrascado en el adiestramiento que se le olvidó dirigirse a Kathleen por su título—. Esto está ocupando todos sus pensamientos y no le deja margen para tener miedo. —Puso una fusta en la mano izquierda de Kathleen—. Para que le dé golpecitos en el costado si es necesario. —Situado a un lado de *Asad*, empezó a abrir un paraguas negro. El caballo se sobresaltó y relinchó, acobardado al ver el objeto desconocido—. Este paraguas da un poco de miedo, ¿verdad, chico? —soltó, y abrió y cerró el paraguas varias veces, mientras se dirigía a Kathleen—: Haga que la tarea que le encomienda sea más importante que lo que le asusta.

Kathleen siguió haciendo dar un paso adelante y un paso atrás a *Asad*, con lo que le distraía del movimiento amenazador del ondulante objeto negro. Cuando intentó alejar de él los cuartos traseros, le dio unos golpecitos con la fusta para que volviera a su sitio y le impidió así que pusiera distancia entre él y el paraguas. Aunque era evidente que estaba inquieto por el modo en que movía las orejas en todas direcciones, hizo exactamente lo que ella le pedía. La piel le temblaba nerviosamente ante la proximidad del paraguas... pero no se espantó.

Cuando Bloom cerró finalmente el paraguas, Kathleen, llena de orgullo, sonrió y dio unas palmaditas cariñosas a *Asad* en el cuello.

—Muy bien —exclamó—. Aprendes deprisa, ¿verdad? —Se sacó un pedazo de zanahoria del bolsillo de la falda y se lo dio. *Asad* aceptó el premio, que masticó ruidosamente.

—A continuación lo probaremos mientras lo monta... —empezó a explicar Bloom.

Lo interrumpió un mozo de cuadra, Freddie, que todavía no había llegado a la pubertad.

—Señor Bloom —dijo el chico sin aliento al acercarse corriendo al potrero—, el primer mozo de cuadra me ordenó que le dijera que el señor Ravenel ha ido a las cuadras en busca de su montura.

—Sí, ya dije a los chicos que ensillaran a *Royal*.

—Hay un problema, señor —indicó Freddie con la ansiedad reflejada en la cara—. El señor Ravenel va cargado de copas y no está en condiciones de montar, pero ordenó que le llevaran el caballo. El primer mozo de cuadra trató de negarse, pero el administrador, el señor Carlow, estaba con él y dijo que llevaran a *Royal* al señor Ravenel porque tienen que ir a ver a un arrendatario.

Entre aterrada y furiosa, Kathleen pensó que un Ravenel borracho iba a intentar, otra vez, montar un caballo de las cuadras.

Sin decir nada, pasó por el hueco de la cerca, demasiado apurada como para molestarse en ir hasta la puerta. Se remangó la falda de montar y corrió hacia las cuadras sin prestar atención a los gritos de Bloom.

En cuanto entró en el edificio, vio a West gesticulando enojado y hablando con el primer mozo de cuadra, John, que estaba vuelto de espaldas. Carlow, el administrador de la finca, lo presenciaba todo, impaciente e incómodo. Carlow, un hombre corpulento de mediana edad que residía en la ciudad, llevaba más de una década trabajando para la familia de Theo. Era el encargado de acompañar a West a ver a los terratenientes.

Una mirada bastó a Kathleen para evaluar la situación. West, que tenía la cara colorada y los ojos inyectados de sangre, estaba sudando y se tambaleaba.

—Seré yo quien decida en qué condiciones estoy —estaba diciendo West de forma agresiva—. He montado en un estado mucho peor que este y no voy a permitir que...

—Buenos días, caballeros —lo interrumpió Kathleen con el corazón desbocado. De repente, le vino a la cabeza la cara destrozada de Theo... la forma en que la había mirado con aquel brillo gélido en los ojos los últimos segundos que le quedaban de vida. Parpadeó con fuerza y el recuerdo se desvaneció. El hedor a alcohol le llenó la nariz y le provocó náuseas.

—Lady Trenear —exclamó el administrador con alivio—. Quizás usted pueda hacer entrar en razón a este imbécil.

—Por supuesto. —Con rostro inexpresivo, sujetó el brazo de West y hundió los dedos en él al notar que se resistía—. Acompáñeme fuera, señor Ravenel.

—Milady —soltó el administrador, incómodo—, yo me estaba refiriendo al mozo de cuadra...

—John no es aquí el imbécil —aseguró Kathleen secamente—. En cuanto a usted, Carlow, puede ir a atender sus responsabilidades. El señor Ravenel estará indispuesto el resto del día.

—Sí, milady.

—¿Qué diablos está pasando? —farfulló West mientras Kathleen tiraba de él hacia fuera y lo llevaba a un lado de las cuadras—. Me vestí y vine a las cuadras al salir el sol...

—El sol salió hace cuatro horas.

Cuando llegaron a un lugar relativamente apartado tras un cobertizo para herramientas, West se soltó el brazo y fulminó a Kathleen con la mirada.

—¿Qué ocurre? —preguntó.

—Apesta a alcohol.

—Siempre empiezo el día con un carajillo.

—¿Cómo quiere montar si no se sostiene en pie?

—Del mismo modo que lo hago siempre: mal. Su preocupación por mi bienestar está de más.

—No me preocupo por su bienestar. Es por el caballo que pretendía montar, y los arrendatarios a los que tiene que visitar. Ya tienen que soportar suficientes dificultades como para tener que aguantar, encima, la compañía de un idiota borracho.

—Me voy —soltó West, mirándola toscamente.

—No se atreva a dar un paso más. —Al percatarse de que seguía teniendo la fusta en la mano, Kathleen la blandió significativamente—. O le atizo.

West dirigió una mirada incrédula hacia la fusta. Con una rapidez sorprendente, alargó la mano, se la arrebató y la tiró al suelo. El efecto se perdió, sin embargo, cuando se tambaleó para recuperar el equilibrio.

—Adelante, suéltelo —espetó.

—¿Por qué se molestó en venir a Hampshire? —preguntó Kathleen tras cruzar los brazos.

—He venido para ayudar a mi hermano.

—No está ayudando a nadie —soltó Kathleen, indignada. No daba crédito a lo que acababa de oír—. ¿Comprende remotamente la responsabilidad que ha asumido lord Trenear? ¿Todo lo que está en juego? Si su hermano fracasa, y la finca se divide y se vende, ¿qué cree que le ocurrirá a toda esta gente? Doscientas familias desorientadas sin ningún medio de vida. Y cincuenta criados, la mayoría de los cuales han servido toda su vida a los Ravenel.

Cuando vio que ni siquiera la miraba, inspiró, temblorosa, intentando contener su ira.

—En esta finca todos estamos luchando por sobrevivir, y todos dependemos de su hermano, que está intentando solucionar problemas que él no contribuyó a crear. Pero en lugar de procurar ayudar, usted ha elegido pasarse el día borracho y tambalearse arriba y abajo como un zoquete egoísta...

Quiso soltar un sollozo enojado, pero lo contuvo antes de seguir hablando en voz baja.

—Regrese a Londres. Aquí no es de utilidad a nadie. Cúlpeme a mí si quiere. Diga a lord Trenear que le resultó imposible soportarme de lo arpía que soy. A su hermano no le costará creerlo.

Se volvió para alejarse, y giró la cabeza para decirle unas últimas palabras:

—Puede que algún día encuentre a alguien que lo salve de sus excesos. Personalmente, no creo que valga la pena intentarlo.

9

Para sorpresa de Kathleen, West no se marchó. Regresó a la casa y subió a su habitación.

«Por lo menos —pensó lúgubremente—, no ha intentado de nuevo montar un caballo estando borracho», lo que demostraba que era superior a su difunto marido en lo que a inteligencia se refería.

El resto del día, West permaneció en su habitación, seguramente durmiendo, aunque era posible que siguiera bañándose en alcohol. No bajó a cenar, y se limitó a pedir que le subieran algo de comida.

Como respuesta a las preguntas angustiadas de las chicas, Kathleen dijo secamente que su primo había enfermado y seguramente regresaría a Londres por la mañana. Cuando Pandora abrió la boca para indagar más, fue Helen quien la acalló con un susurro. Kathleen la miró agradecida. A pesar de lo cándida que era Helen, estaba bastante familiarizada con la clase de hombre que bebía en exceso y perdía la cabeza.

Al amanecer, cuando Kathleen bajó al comedor para tomar el desayuno, se quedó estupefacta al encontrar a West sentado ante una de las mesas redondas, contemplando con aire taciturno las profundidades de una taza de té. Tenía muy mala cara, con bolsas bajo los ojos y la tez pálida y sudada.

—Buenos días —murmuró Kathleen, sorprendida—. ¿Está enfermo?

—Solo si se considera que estar sobrio es una enfermedad —comentó, mirándola agotado, con los ojos inyectados de sangre y enrojecidos, y el cutis ceniciento—. Como hago yo.

Kathleen se dirigió al aparador, tomó unas pinzas de plata y empezó a colocar lonchas de beicon en una tostada. Puso otra tostada encima, cortó el emparedado por la mitad y llevó el plato a West.

—Coma esto —sugirió—. Lord Berwick siempre dijo que un emparedado de beicon era la mejor cura para la resaca.

Observó el ofrecimiento con aversión, pero se llevó una de las mitades a la boca y le dio un mordisco mientras Kathleen se preparaba su propio desayuno.

—¿Querrá que le tenga el carruaje preparado a tiempo para llevarlo a tomar el tren de última hora de la mañana? —preguntó en voz baja Kathleen, tras sentarse a su lado.

—Me temo que no tendrá esa suerte —soltó West, que dio un trago de té—. No puedo volver a Londres. Tengo que quedarme en Hampshire hasta haberme reunido con todos los arrendatarios a los que planeaba visitar.

—Señor Ravenel...

—Tengo que hacerlo —insistió, obstinado—. Mi hermano nunca me pide nada. Por eso voy a hacerlo aunque me cueste la vida.

—Muy bien —dijo Kathleen tras recuperarse de la sorpresa—. ¿Avisamos al señor Carlow para que lo acompañe?

—Esperaba que lo hiciera usted —respondió West, y al ver la expresión de Kathleen, añadió con cautela—: Solamente hoy.

—El señor Carlow está mucho más familiarizado con los arrendatarios y sus situaciones...

—Su presencia podría cohibirlos. Quiero que me hablen con franqueza. —Miró fijamente el plato que tenía delante—. Aunque no espero que me digan más de cuatro palabras. Sé lo que esa clase de gente piensa de mí: un copetudo de ciudad. Un fanfarrón inútil que no sabe nada sobre las grandes virtudes de la vida rural.

—No creo que vayan a juzgarlo con severidad, siempre y cuando crean que usted no los está juzgando a ellos. Procure ser sincero, y no tendrá ningún problema.

—No tengo la habilidad de ser sincero —murmuró West.

—No se trata de ninguna habilidad —dijo Kathleen—. Se trata de estar dispuesto a hablar con el corazón en la mano en lugar de intentar ser gracioso o mostrarse evasivo.

—Por favor —pidió West lacónicamente—. Ya tengo náuseas. —Y, con el ceño fruncido, dio otro mordisco al emparedado de beicon.

Kathleen se alegró de ver que, a pesar de que West esperaba que los arrendatarios lo trataran con insolencia, o peor aún, con total desdén, el primero con el que se reunió estuvo de lo más cordial con él.

George Strickland era un hombre de mediana edad, fornido y musculoso, con los ojos amables y la cara cuadrada. Sus tierras, que explotaba con la ayuda de tres hijos, ocupaban una parcela de aproximadamente sesenta acres. Kathleen y West se reunieron con él en su casa, una estructura destartalada que se apoyaba en un gran granero, donde se trillaba y almacenaba el grano. El ganado ocupaba una sucesión de establos ruinosos que habían sido erigidos sin orden ni concierto, situados de forma aparentemente aleatoria alrededor de un patio donde el agua procedente de los techos sin canalones licuaba el estiércol.

—Mucho gusto, señor —dijo el arrendatario, sujetando el sombrero en sus manos—. Me preguntaba si usted y la señora tendrían inconveniente en andar conmigo hasta el campo. Podríamos hablar mientras trabajo. Hay que cortar y poner a cubierto la avena antes de que vuelva a llover.

—¿Y si no se cosecha a tiempo? —preguntó West.

—Caerá demasiado grano al suelo —respondió Strickland—. Cuando está maduro, una ráfaga de viento puede desprenderlo de la cascarilla. Perderíamos hasta una tercera parte.

Cuando West miró a Kathleen, esta asintió para expresar su conformidad. Así que fueron hasta el campo, donde las ligeras espigas de avena entre verdes y doradas eran tan altas que le llegaban a West a los hombros. Kathleen disfrutó del olor dulce que impregnaba el aire a medida que un par de hombres iban segando la cosecha con unas guadañas peligrosamente afiladas. Otro par los seguía para atar los tallos cortados en gavillas, que a continuación se ponían formando tresnales, y un chaval quitaba la paja suelta en los rastrojos con un rastrillo.

—¿Cuánto puede segar un hombre en un día? —quiso saber West, mientras Strickland se agachaba para atar con destreza una gavilla.

—El mejor guadañero que he visto llega a segar casi dos acres al día. Pero estamos hablando de avena, que permite hacerlo más rápido que otros granos.

—¿Y si dispusiera de una máquina segadora? —preguntó West, mirando con interés a los trabajadores.

—¿De las que tienen una agavilladora incorporada? —Strickland se quitó el sombrero y se rascó la cabeza—. Doce acres o más, calculo.

—¿Al día? ¿Y cuántos trabajadores necesitaría para manejarla?

—Dos hombres y un caballo.

—¿Dos hombres para multiplicar por lo menos por seis la producción? —soltó West, incrédulo—. ¿Por qué no compra una segadora mecánica?

—Porque me costaría veinticinco libras como mínimo —resopló Strickland.

—Pero la amortizaría enseguida.

—No puedo permitirme tener caballos y una máquina, y necesito un caballo.

Con el ceño fruncido, West observó cómo Strickland terminaba de atar una gavilla.

—Si me enseña a hacer eso, lo ayudaré a alcanzar a los segadores.

—No va vestido para trabajar en el campo, señor —comentó el campesino, echando un vistazo a las prendas hechas a medida de West.

—Insisto —dijo West, que se quitó la chaqueta y se la entregó a Kathleen—. Con un poco de suerte, me saldrá un callo que podré enseñar a la gente. —Se agachó junto a Strickland, que le enseñó a rodear con un vencejo la parte superior del tallo.

—Justo por debajo de la espiga y sin apretar demasiado —advirtió a West—, de modo que, al poner derechas las gavillas y unirlas, haya espacio suficiente entre los tallos para que circule el aire y se seque antes el grano.

Aunque Kathleen había esperado que se cansara deprisa de la novedad, West fue persistente y diligente, y fue haciéndolo cada vez mejor. Mientras trabajaban, West preguntó sobre el drenaje y los cultivos, y Strickland le respondió con detalle.

Fue inesperada la forma en que la cortesía de West se transformó en verdadero interés sobre el proceso que tenía lugar ante él. A Kathleen, que lo observaba pensativa, le costaba reconocer en aquel forastero atento y encantador al patán borracho del día anterior. Casi se diría que le importaba algo la finca y sus arrendatarios.

Al final de la hilera, West se incorporó, se quitó el polvo de las manos y se sacó un pañuelo del bolsillo para secarse la cara.

—Ahora podría enseñarle a segar —se ofreció, jovial, Strickland, tras secarse a su vez la frente con la manga.

—No, gracias —contestó West con una sonrisa compungida, que a Kathleen le recordó muchísimo a Devon—. Estoy seguro de que no se me puede confiar una hoja afilada. —Examinó el campo y preguntó—: ¿Se ha planteado alguna vez dedicarse al ganado vacuno, señor Strickland?

—No, señor —respondió con firmeza el arrendatario—. Incluso cuando la producción es menor, sigue siendo más rentable el grano que la leche o la carne. Hay un dicho sobre el mercado: abajo el ganado, arriba el grano.

—Puede que eso sea cierto actualmente —soltó West, pensando en voz alta—. Pero con la cantidad de gente que se traslada a las ciudades industriales, la demanda de leche y de carne aumentará, y entonces...

—Nada de ganado vacuno. —La tímida cordialidad de Strickland se desvaneció—. Eso no es para mí.

Kathleen se acercó a West para darle la chaqueta. Le tocó ligeramente el brazo para llamarle la atención.

—Creo que el señor Strickland teme que esté intentando evitar pagar las obras del drenaje —murmuró a West.

A West le cambió la cara al instante.

—No —aseguró al campesino—, se harán las mejoras que se le prometieron. De hecho, lord Trenear no tiene otra opción. Es su obligación legal.

—Perdóneme, señor —dijo Strickland, escéptico—, pero después de tantas promesas incumplidas, cuesta creerse otra.

West guardó silencio un momento, contemplando la expresión preocupada del hombre.

—Tiene usted mi palabra —afirmó de forma que no dejaba lugar a dudas. Y le alargó la mano.

Kathleen lo miró con sorpresa. Solo se estrechaba la mano a los amigos íntimos o cuando se daba una ocasión de enorme importancia, y solo entre caballeros de rango parecido. Pero, no sin dudar antes, Strickland extendió el brazo, y ambos hombres se dieron un cordial apretón de manos.

—Lo ha hecho bien —indicó Kathleen a West mientras recorrían la carretera sin asfaltar para volver a la casa. La había impresionado la forma en que se había comportado y había abordado los problemas de Strickland—. Fue muy inteligente por su parte relajarlo al realizar el trabajo del campo.

—No quería ser inteligente —soltó West, ensimismado—. Quería recabar información.

—Y lo hizo.

—Esperaba que este asunto del drenaje se resolviera fácilmente —comentó West—. Cavar unas zanjas, ponerles unos tubos de arcilla y cubrirlo todo después.

—No parece demasiado complicado.

—Lo es. Es complicado de formas que no me había planteado —explicó, asintiendo con la cabeza—. El drenaje es una parte tan insignificante del problema que sería derrochar el dinero arreglarlo sin abordar el resto.

—¿Cuál es el resto?

—Todavía no estoy seguro. Pero si no lo averiguo, no hay la menor esperanza de lograr que Eversby Priory vuelva a ser rentable. O de que pueda, siquiera, cubrir gastos. —Dirigió a Kathleen una mirada sombría cuando esta abrió la boca—. No me acuse de intrigar para conseguir que se venda la finca.

—No iba a hacerlo —se quejó Kathleen, indignada—. Iba a decir que, hasta donde yo sé, la granja de Strickland está más o menos en el mismo estado que las de los demás arrendatarios.

—Abajo el ganado, arriba el grano —murmuró West—. Y una mierda. En pocos años, será «arriba el ganado, abajo el grano», y seguirá siendo así. Strickland no tiene ni idea de que su mundo ha cambiado para siempre. Hasta yo lo sé, y eso que lo ignoro todo de la explotación agrícola.

—Cree que tendría que empezar a dedicarse a la producción láctea y a la ganadería —concluyó Kathleen.

—Sería más sencillo y más rentable que intentar cultivar terrenos arcillosos.

—Puede que tenga razón —dijo Kathleen con tristeza—. Pero en esta parte de Inglaterra, criar ganado no se considera tan respetable como trabajar la tierra.

—¿Dónde diablos está la diferencia? En los dos casos, se acaba dándole al estiércol con una pala. —West se concentró en el caballo, que tropezó en una parte accidentada del camino.

—Suelte un poco las riendas —indicó Kathleen—. Dé algo más de libertad al caballo para que pueda elegir por dónde va.

West la obedeció de inmediato.

—¿Le molestaría que le diera otro consejo? —se atrevió a decir Kathleen.

—Dispare.

—Tiene tendencia a repantigarse en la silla, lo que le dificulta seguir los movimientos del caballo y hará que después le duela la espalda. Si se sentara erguido y relajado... sí, así... ahora está centrado.

—Gracias.

Kathleen sonrió, encantada de que estuviera dispuesto a aceptar las instrucciones de una mujer.

—No monta mal. Si practicara con regularidad, lo haría muy bien. —Hizo una pausa—. Me imagino que no monta a menudo en la ciudad.

—No, voy a pie o en coche de caballos de alquiler.

—Pero su hermano... —empezó a decir Kathleen, pensando en lo hábil que era Devon manejando el caballo.

—Monta todas las mañanas. Un gran tordo rodado que se porta fatal si se queda un día sin hacer ejercicio. —Hizo una pausa—. Es algo que tienen en común.

—Por eso está Trenear tan en forma —murmuró Kathleen.

—La cosa no se acaba montando a caballo. Pertenece a un club de pugilismo donde se pegan unas palizas terribles peleando al estilo savate.

—¿Qué es eso?

—Una clase de lucha que se originó en las calles de París. Bastante violenta. Mi hermano tiene secretamente la esperanza de que unos rufianes lo ataquen algún día, pero hasta ahora no ha habido suerte.

—¿Por qué hace todo ese ejercicio? —sonrió Kathleen.

—Para controlar su genio.

—¿Lo tiene usted también? —Se le había desvanecido la sonrisa.

—Sin lugar a dudas —contestó West con una breve carcajada—. Solo que yo prefiero dormir a mis demonios con la bebida a combatirlos.

Pensó que Theo también, pero se lo calló.

—Me cae mejor sobrio —aseguró.

—Solo ha pasado medio día. Espere un poco más y cambiará de opinión —soltó West, dirigiéndole una mirada divertida.

Pero no lo hizo. Las dos semanas siguientes, West siguió estando relativamente sobrio, limitándose a beber una o dos copas de vino durante la cena. Se pasaba los días visitando a arrendatarios, estudiando los registros de los alquileres, leyendo libros sobre agricultura y añadiendo páginas al informe que estaba redactando para Devon.

Una noche, durante la cena, les contó que planeaba visitar a muchos más arrendatarios para conocer a fondo sus problemas. Gracias a cada nueva información que obtenía se iba formando una idea más exacta de la verdadera situación de la finca, y no era nada buena.

—Por otra parte —concluyó West—, no es del todo desesperada, siempre y cuando Devon esté haciendo su trabajo.

—¿Cuál es su trabajo? —preguntó Cassandra.

—Encontrar capital —le contestó West—. En gran cantidad.

—Debe de ser difícil para un caballero encontrar dinero sin trabajar —intervino Pandora—. Especialmente cuando todos los delincuentes están intentando hacer lo mismo.

West escondió una sonrisa tras su copa de agua.

—Confío plenamente en que mi hermano será más listo que los delincuentes o se unirá a ellos —dijo, y se dirigió después a Kathleen—. Esta mañana me di cuenta de que tenía que quedarme aquí un poco más de lo que había previsto inicialmente —la

127

informó—. Dos semanas, o mejor aún, un mes más. Todavía tengo que averiguar muchas cosas.

—Quédese, entonces —indicó Kathleen con total naturalidad.

—¿No le importaría? —se sorprendió West.

—No, si eso va a ayudar a los arrendatarios.

—¿Y si pasara aquí las Navidades?

—Desde luego —contestó sin titubear—. Tiene más derecho a estar aquí que yo. ¿Pero no echará de menos su vida en la ciudad?

—Echo de menos... ciertas cosas. —Los labios de West se curvaron al bajar la vista hacia su plato—. Pero hay mucho que hacer aquí, y a mi hermano le faltan asesores de confianza. De hecho, pocos terratenientes de su rango parecen tener claro a lo que se están enfrentando.

—¿Pero usted y lord Trenear sí?

—No, nosotros tampoco. —West sonrió de repente—. La única diferencia es que nosotros lo sabemos.

10

—Primo West —dijo Kathleen un mes después, corriendo tras él a toda velocidad por la escalera principal—, no huyas. Quiero hablar contigo.

—No mientras me persigas como si fueras Atila, el rey de los hunos —soltó West sin aminorar el paso.

—Dime por qué lo hiciste. —Llegó al peldaño inferior al mismo tiempo que él y lo rodeó para impedirle escapar—. ¡Ten la amabilidad de explicarme qué clase de locura te llevó a meter un cerdo en la casa!

—Lo hice sin pensar —dijo West, que, al verse acorralado, recurrió a la sinceridad—. Estaba en la granja de John Potter, e iba a sacrificar al cerdito porque era demasiado pequeño.

—Una práctica habitual, según tengo entendido —soltó Kathleen secamente.

—El animalito me miró —se excusó West—. Parecía sonreírme.

—Todos los cerdos parecen sonreír. Tienen la boca curvada hacia arriba.

—No pude evitarlo; tuve que traerlo a casa.

Kathleen lo miró haciendo un gesto de desaprobación con la cabeza. Las gemelas ya habían dado al animalito un biberón lleno de leche de vaca a la que habían añadido huevo crudo, mientras que Helen había cubierto una cesta con una tela suave para que durmiera en ella. Ahora sería imposible librarse de él.

—¿Qué quieres que hagamos con un cerdo cuando haya crecido del todo? —preguntó.

—¿Coméroslo? —sugirió West tras reflexionar un instante.

—Las chicas ya lo han llamado *Hamlet*. ¿Pretendes que nos comamos una mascota? —soltó con un resoplido exasperado.

—Yo lo haría si me lo sirvieran en forma de beicon. —Sonrió al ver la expresión de Kathleen—. Devolveré el cerdo al granjero cuando esté destetado —se ofreció.

—No puedes...

West levantó una mano para pedirle que callara.

—Tendrás que darme la lata después, ahora no tengo tiempo. Salgo para la estación de Alton y no puedo perder el tren de la tarde.

—¿El tren? ¿Adónde vas?

—Te lo dije ayer —respondió West mientras la esquivaba para dirigirse hacia la puerta de entrada—. Sabía que no me estabas escuchando.

Kathleen frunció el ceño y lo siguió, pensando que tendría bien merecido que un día se prohibiera comer beicon en casa de los Ravenel.

Se detuvieron junto a la sala de visitas, donde unos obreros arrancaban las tablas del suelo y las dejaban ruidosamente a un lado. En otras partes de la casa se oía un martilleo incesante.

—Como te expliqué ayer —dijo West, alzando la voz para que pudiera oírlo por encima de aquel estruendo infernal—, voy a Wiltshire a ver a un hombre que se ha hecho cargo de una tenencia para experimentar con métodos agrícolas modernos.

—¿Cuánto tiempo estarás fuera?

—Tres días —contestó West alegremente—. Habré regresado antes de que tengas tiempo de extrañarme.

—No te extrañaría por más tiempo que estuvieras fuera —aseguró Kathleen, pero lo miró con preocupación mientras el mayordomo lo ayudaba a ponerse el sombrero y el abrigo. Pensó que cuando regresara, tendrían que volver a estrecharle la ropa otra vez; había perdido por lo menos seis kilos más—. No olvides comer mientras estés fuera —lo riñó—. Si te sigues saltando la cena, pronto te confundirán con un espantapájaros.

El ejercicio constante al montar por las tierras de la finca, recorrer los campos a pie, ayudar a un granjero a reparar una verja o recuperar una oveja que había saltado la tapia de un jardín, habían provocado cambios considerables en West. Había perdido tanto peso que las prendas de vestir le colgaban del cuerpo. Se le habían estilizado la cara y el cuello de modo que mostraba una mandíbula firme y un perfil de rasgos marcados. El tiempo que había pasado al aire libre le había conferido una tez saludable, y aparentaba varios años menos, mientras que un aire de vitalidad había sustituido el aspecto de indolencia somnolienta que lucía anteriormente.

West se agachó para darle un beso suave en la frente.

—Adiós, Atila mía —soltó con cariño—. Procura no intimidar a nadie en mi ausencia.

Tras la marcha de West, Kathleen se dirigió a la habitación del ama de llaves, cerca de la cocina. Era día de colada, la temida ocasión en que la ropa sucia de la casa se preparaba, se hervía, se enjabonaba, se aclaraba y se tendía en una habitación pegada a la trascocina. Kathleen y la señora Church harían juntas inventario y pedirían tela.

Acababan de empezar a comentar si se necesitaban delantales nuevos para las criadas cuando apareció Sims, el mayordomo.

—Le ruego me disculpe, milady —dijo en tono comedido, aunque el descontento le marcaba todas las arruguitas de la cara—. Los señores Wooten, un arrendatario y su esposa, preguntan por el señor Ravenel. Les expliqué que está de viaje, pero no quieren irse. Afirman que se trata de un asunto urgente. Me pareció mejor informarla antes de pedir a un lacayo que los eche.

131

—No, no debe hacerlo. Los Wooten no vendrían sin tener un buen motivo. Hágalos pasar a la sala de visitas y yo los recibiré —dijo Kathleen con el ceño fruncido.

—Me temía que diría eso —replicó Sims, adusto—. Debo objetar que, como viuda que está de luto, no habría que perturbar su paz y tranquilidad, milady.

Un estrépito procedente del piso de arriba hizo vibrar el techo.

—¡Válgame Dios! —exclamó el ama de llaves.

Kathleen contuvo una carcajada y dirigió una mirada al mayordomo.

—Haré pasar a los Wooten —indicó, resignado.

Cuando entró en la sala de visitas, Kathleen vio que la joven pareja estaba angustiada. La señora Wooten tenía los ojos hinchados y vidriosos de llorar, mientras que su marido estaba pálido de ansiedad.

—Espero que nadie esté enfermo ni lastimado —comentó Kathleen.

—No, milady —respondió el señor Wooten mientras su mujer hacía torpemente una genuflexión.

El hombre no dejó de retorcer el sombrero entre sus manos al explicarle que uno de los peones a su cargo se había encontrado con un par de intrusos que se habían identificado como representantes de la compañía ferroviaria.

—Dijeron que estaban inspeccionando la tierra —prosiguió Wooten—, y cuando les pregunté que con permiso de quién, aseguraron que se lo había dado lord Trenear en persona. —Empezó a temblarle la voz—. Afirmaron que mi granja iba a ser vendida a la compañía ferroviaria. Fui a ver al señor Carlow, pero él no sabe nada al respecto —contó con los ojos llenos de lágrimas—. Mi padre me dejó esta granja, milady. Y ahora van a poner vías en ella, van a destrozar mis campos y nos van a echar a mi familia y a mí de nuestro hogar sin darnos un cuarto de penique a cambio... —Habría continuado, pero los sollozos de la señora Wooten lo interrumpieron.

Kathleen sacudió la cabeza, anonadada.

—El señor Ravenel no me ha mencionado nada de todo esto, y lord Trenear no haría una cosa así sin comentarla antes con su hermano. Estoy segura de que esta afirmación carece de base —dijo.

—Sabían que mi contrato de arrendamiento expira —replicó el señor Wooten con una expresión angustiada en los ojos—. Sabían exactamente cuándo, y me comentaron que no sería renovado.

Esto dio que pensar a Kathleen.

¿Qué diablos estaba tramando Devon? No sería tan despiadado y tan cruel como para vender la granja de un arrendatario sin notificárselo, ¿verdad?

—Lo averiguaré —dijo con firmeza—. Mientras tanto, no tienen por qué angustiarse. El señor Ravenel está totalmente de parte de los arrendatarios, y tiene ascendiente sobre lord Trenear. Hasta su regreso, de aquí a tan solo tres días, mi consejo es que sigan con su vida como de costumbre. Tiene que dejar de llorar, señora Wooten; estoy segura de que tanta angustia no es buena para el bebé.

Después de que los Wooten se hubieron ido, sin que aparentemente sus palabras les hubieran reconfortado demasiado, Kathleen corrió al estudio y se sentó ante el gran escritorio. Furiosa, tomó una pluma, destapó un tintero y escribió a Devon un mensaje mordaz para informarlo de la situación y exigirle saber qué estaba ocurriendo.

Por si acaso, añadió una amenaza nada sutil acerca de emprender unas posibles acciones legales en nombre de los Wooten. Aunque no había nada que pudiera hacer un abogado, puesto que Devon tenía derecho a vender cualquier parte de su patrimonio, eso seguro que captaría su atención.

Tras doblar el mensaje y meterlo en un sobre, llamó al lacayo para que lo llevara a la oficina de telégrafos del administrador de correos local.

—Me gustaría que saliera de inmediato —le indicó—. Diga al administrador que es un asunto de suma urgencia.

—Sí, milady.

En cuanto el lacayo se marchó, apareció el ama de llaves en la puerta.

—Lady Trenear —soltó, con aspecto enojado.

—Señora Church —dijo Kathleen—, le prometo que no me he olvidado del inventario de la colada ni de los delantales.

—Gracias, milady, pero no es eso. Se trata de los obreros. Han terminado los trabajos de fontanería en la habitación principal.

—Es una buena noticia, ¿no?

—Diría que sí, salvo que ahora han empezado a convertir otra habitación del primer piso en un cuarto de baño adicional, y tienen que pasar una cañería por debajo del suelo de su dormitorio.

—¿Quiere decir que hay hombres en mi habitación? —preguntó Kathleen, levantándose de golpe—. Nadie me mencionó nada de eso.

—Tanto el maestro fontanero como el carpintero aseguran que es el único modo de hacerlo.

—¡Me niego!

—Ya han empezado a arrancar el suelo sin pedir permiso siquiera.

—Supongo que podré soportarlo una tarde —se resignó Kathleen, incrédula.

—Dicen que tardarán días, lo más seguro que una semana, en volver a dejarlo todo en condiciones, milady.

—¿Dónde voy a dormir y a vestirme mientras están destrozando mi habitación? —preguntó, boquiabierta.

—Ya he dado órdenes a las criadas para que trasladen sus cosas a la habitación principal —respondió la señora Church—. Lord Trenear no la necesita, ya que está en Londres.

Eso no puso de mejor humor a Kathleen. Odiaba la habitación principal, el último lugar en el que había visto a Theo antes de su accidente. En el que habían discutido acaloradamente, y ella había dicho cosas que lamentaría toda su vida. Unos sombríos recuerdos acechaban en los rincones de esa habitación como malignos seres nocturnos.

—¿No hay ninguna otra habitación que pueda usar? —pidió.

—En este momento, no, milady. Los obreros han arrancado el suelo de otras tres habitaciones además de la suya. —El ama de llaves titubeó, conocedora del motivo de la reticencia de Kathleen—. Ordenaré a las criadas que aireen el dormitorio del ala este y le den un buen baldeo, pero esas habitaciones han estado tanto tiempo cerradas que costará limpiarlas como es debido.

—Pues parece que esta noche tendré que dormir en la habitación principal —soltó Kathleen, que se había dejado caer de nuevo en la silla con un suspiro.

—Será la primera en probar la nueva bañera de cobre —indicó el ama de llaves en un tono que podría haber utilizado para ofrecer un bombón a un niño huraño.

—Menudo consuelo —dijo Kathleen, sonriendo lánguidamente.

Al final, el baño resultó tan delicioso y tan lujoso que casi la compensó por tener que dormir en la habitación principal. No solo era más profundo que ninguna bañera en la que se hubiera metido, sino que estaba coronada por un borde redondeado en el que podía descansar cómodamente la cabeza. Era el primer baño que había tomado en el que podía recostarse y sumergir todo el cuerpo hasta el cuello, y era divino.

Se quedó en la bañera todo el tiempo que pudo, holgazaneando y medio flotando hasta que el agua empezó a enfriarse. Clara, su doncella, acudió para envolverla con suaves toallas y ayudarla a ponerse un camisón blanco limpio.

Con la carne de gallina, fue a sentarse en una silla tapizada junto al fuego, y vio que habían colgado su chal *ombré* en el respaldo. Se lo puso en el regazo y se acurrucó bajo el suave cachemir. Sus ojos se dirigieron a la imponente cama, con su dosel de madera tallada con cuatro elaboradas columnas.

Una mirada bastó para destruir todo el bien que le había hecho el baño.

Se había negado a dormir en aquella cama con Theo tras el desastre de su noche de bodas. Le vino a la memoria el sonido de la voz airada de su marido arrastrando las palabras.

«Obedece, por el amor de Dios. Échate y deja de hacerlo difícil... Pórtate como una esposa, maldita sea...»

Por la mañana estaba exhausta y tenía los ojos doloridos y subrayados por unas ojeras. Antes de dirigirse a las cuadras, fue a buscar al ama de llaves al especiero.

—Señora Church, perdone que la interrumpa, pero me gustaría asegurarme de que tendrá una nueva habitación preparada para mí esta noche. No puedo volver a dormir en la habitación principal; preferiría hacerlo en el excusado exterior con una manada de gatos salvajes.

—Sí, milady —confirmó el ama de llaves, mirándola preocupada—. Las chicas ya han empezado a limpiar una habitación con vistas al jardín de rosas. Están sacudiendo las alfombras y fregando el suelo.

—Gracias.

Kathleen se animó en cuanto llegó a las cuadras. Un paseo matinal a caballo siempre la dejaba como nueva. Entró en el cuarto para sillas, se quitó la falda postiza de su vestido de montar y la colgó en la pared.

Era la costumbre que una mujer llevara calzas de gamuza o de lana bajo la falda de montar para evitar rozaduras. Pero no era nada correcto que usara solo las calzas, como estaba haciendo ella.

Sin embargo, todavía no había enseñado a *Asad* a aceptar la silla de mujer. Había decidido adiestrarlo montando a horcajadas, lo que sería mucho menos peligroso si el caballo intentaba derribarla. Una pintoresca falda de montar, con su enorme cantidad de tela ondeante, podía quedarse atrapada en los arreos o en las ramas bajas de los árboles, o hasta enredarse en las patas del caballo.

Se había sentido muy violenta la primera vez que se encaminó al potrero en calzas. Los mozos de cuadra se la habían quedado mirando con tanto asombro que cabría pensar que lo estaba haciendo en cueros. Sin embargo, el señor Bloom, al que preocupaba más la seguridad que la corrección, le había dado su aprobación al instante. Pronto, los mozos de cuadra se habían acostumbrado a ver su original aspecto, y ahora ya no parecían darle la menor importancia. Contribuía a ello, sin duda, que fuera tan menuda; con su falta de curvas femeninas, apenas se la podía acusar de tentar a nadie.

Asad se mostró ágil y respondió bien a sus ejercicios, describiendo semicírculos y figuras serpenteantes. Sus transiciones fueron perfectas, lo mismo que su concentración. Kathleen decidió sacar el caballo árabe del potrero para dar un paseo por un pasto cerrado, y lo hizo tan bien que prolongó la sesión matinal.

Rebosante de alegría y agradablemente cansada del ejercicio, volvió a la casa y subió por una de las escaleras traseras. Cuando ya casi llegaba arriba, se percató de que se le había olvidado la falda postiza en las cuadras, y pensó que mandaría a un lacayo a buscarla después. Al acercarse a la habitación principal, se vio obligada a detenerse y apretujarse contra una pared para que tres obreros pasaran por el pasillo cargados con cañerías de cobre. Al ver sus calzas, a uno de los obreros casi se le cayeron las cañerías de los brazos, y otro le ordenó con sequedad que cerrara la boca y siguiera adelante.

Sonrojada, Kathleen entró corriendo en la habitación principal y, como no vio a Clara por ninguna parte, fue directamente hacia la puerta del cuarto de baño. A pesar de las objeciones que había puesto al gasto de instalar fontanería en la casa, tenía que admitir que era delicioso disponer de agua caliente sin tener que llamar a las criadas. Tras entrar en el cuarto de baño, cerró la puerta con firmeza.

Un grito sobresaltado le salió de los labios al ver que la bañera estaba ocupada.

—¡Dios mío! —Se tapó la cara con las manos.

Pero la imagen de Devon Ravenel, mojado y desnudo, ya se le había quedado grabada en el cerebro.

11

No podía ser. ¡Se suponía que Devon estaba en Londres! Su imaginación le había jugado una mala pasada... había sido una alucinación. Solo que el ambiente era cálido y húmedo, cargado con aquella fragancia que era inconfundiblemente suya... un olor limpio y fresco a jabón en su piel.

Con aprensión, separó los dedos lo suficiente para echar un vistazo a través de ellos.

Devon estaba recostado en la bañera, mirándola con una expresión burlona a modo de interrogación. Un vaho caliente flotaba a su alrededor como un velo del color del humo. Tenía los tersos músculos de los brazos y los hombros salpicados de gotitas de agua, que le cubrían también el vello moreno del pecho.

Se volvió de golpe hacia la puerta mientras sus pensamientos se dispersaban como los bolos al golpearlos la bola.

—¿Qué está haciendo aquí? —logró preguntar.

—Usted me llamó —respondió Devon en tono sarcástico.

—¿Yo? ¿Se refiere al telegrama? —Le costaba hilvanar un pensamiento coherente con el cerebro aturdido—. No lo llamaba.

—Pues lo parecía.

—No esperaba verlo tan pronto. ¡Y mucho menos así! —Se ruborizó al oír que Devon soltaba una carcajada.

Desesperada por huir de allí, sujetó el picaporte de la puerta que acababa de instalar el contratista y tiró de él. La puerta permaneció obstinadamente cerrada.

—Señora, le sugiero que... —oyó que Devon decía a sus espaldas.

No le prestó atención y, aterrada, tiró con todas sus fuerzas del picaporte. La pieza se soltó de golpe de sus remaches, y ella se tambaleó hacia atrás. Perpleja, miró la pieza de metal rota que tenía en la mano.

Por un momento, solo hubo silencio.

Entonces, Devon carraspeó con fuerza. Se le notaba en la voz que contenía la risa.

—Este picaporte hay que empujarlo hacia abajo antes de tirar de él.

Kathleen empezó a pelearse con el tirador que colgaba de la placa de metal, y la meneó de tal forma que toda la puerta vibró.

—Preciosa... —Devon se reía tanto que le costaba hablar—. Eso... eso no va a ayudar.

—No me llame así —soltó sin volverse a mirarlo—. ¿Cómo voy a salir de aquí?

—Mi ayuda de cámara ha ido a buscar toallas. Cuando vuelva, abrirá la puerta desde fuera.

Con un gemido de consternación, Kathleen apoyó la frente en la madera.

—No puede saber que he estado aquí con usted. Mi reputación quedará arruinada.

Oyó el ruido del agua al caer sobre la piel.

—No dirá nada. Es discreto.

—No, no lo es.

—¿Por qué lo dice? —El chapoteo había cesado.

—Ha contado a los criados un montón de cotilleos sobre sus proezas pasadas. Según mi doncella, hubo una historia especialmente fascinante sobre una cabaretera. —Se detuvo antes de añadir misteriosamente—: Vestida con plumas.

—Maldita sea —masculló Devon. Volvió a oírse el chapoteo.

Kathleen siguió apoyada en la puerta, con todo el cuerpo tenso. Devon estaba desnudo a pocos metros de distancia, en la misma bañera que ella había usado la noche anterior. Era incapaz de evitar imaginarse las imágenes que acompañaban los sonidos: el agua oscureciéndole el pelo, la espuma de jabón recorriéndole la piel.

Con cuidado de mantener la vista alejada de él, dejó el tirador en el suelo.

—¿Por qué se baña tan temprano?

—Viajé en tren y alquilé un carruaje en Alton. De camino a Eversby se le soltó una rueda. Tuve que ayudar al conductor a colocarla de nuevo. Una tarea que me dejó helado y lleno de barro.

—¿No podría haber pedido a su ayuda de cámara que lo hiciera él?

—Sutton no puede levantar una rueda de carruaje —respondió tras emitir un sonido de burla—. Tiene unos brazos que parecen cañas.

—No era necesario que viniera con tanta celeridad a Hampshire —dijo Kathleen con el ceño fruncido mientras pasaba el dedo por la capa de vaho que se había formado en la puerta.

—La amenaza de abogados y del Tribunal de Equidad me hizo pensar que debía apresurarme —soltó.

—Realmente no iba a hacer intervenir a los abogados en esto. —Tal vez se había pasado un poco con el telegrama—. Solo quería captar su atención.

—Usted tiene siempre mi atención —respondió Devon en voz baja.

No sabía muy bien cómo interpretar sus palabras. Pero antes de que pudiera pedir que se las aclarara, sonó el pestillo de la puerta del cuarto de baño. Los paneles de madera temblaron cuando alguien fue a entrar. Kathleen, con los ojos desorbitados, apoyó las manos en la puerta, horrorizada. Oyó una salpicadura violenta que le indicó que Devon había salido de golpe de la bañera y, acto seguido, vio que este ponía una mano en la puerta para impedir que se abriera más. Devon le tapó la boca con la otra mano. Pero no era necesario; Kathleen no habría podido emitir ningún sonido aunque su vida hubiera dependido de ello.

Se estremeció de pies a cabeza al notar el cuerpo de aquel hombre corpulento y humeante detrás de ella.

—¿Señor? —Era la voz desconcertada del ayuda de cámara.

—Maldita sea, ¿no sabe llamar a la puerta? —preguntó Devon—. No irrumpa en una habitación a no ser que sea para decirme que la casa está en llamas.

Mientras, Kathleen se preguntaba vagamente si se desmayaría. Estaba bastante segura de que lady Berwick habría esperado que lo hiciera en aquellas circunstancias. Por desgracia, su cerebro seguía tozudamente alerta. Se balanceó, como si fuera a perder el equilibrio, y automáticamente el cuerpo de Devon compensó su movimiento y sus fuertes músculos la sostuvieron. Estaba completamente apretujado contra ella, y el agua caliente empapaba la parte posterior de su traje de montar. Cada vez que respiraba, inhalaba la fragancia de jabón y el calor. El corazón le fallaba entre latido y latido, demasiado débil, demasiado rápido.

Algo mareada, se concentró en la mano grande que mantenía la puerta cerrada. Su piel era ligeramente morena, del tipo que se bronceaba fácilmente con el sol. Tenía uno de los nudillos arañado, en carne viva, supuso que como consecuencia de levantar la rueda del carruaje. Llevaba las uñas cortas y sumamente limpias, pero unas manchas de tinta oscurecían ligeramente los lados de dos dedos.

—Le ruego me disculpe, milord —se excusó el ayuda de cámara. Y, con un respeto exagerado que insinuaba sarcasmo, añadió—: No sabía que fuera tan pudoroso.

—Ahora soy un aristócrata —soltó Devon—. Preferimos no hacer alarde de lo que tenemos.

Estaba tan apretujado contra ella que Kathleen notaba que

su voz retumbaba en su cuerpo. La envolvía su virilidad vital y poderosa. La sensación le resultaba desconocida y aterradora... y desconcertantemente agradable. El movimiento de su cuerpo al respirar y el calor que emanaba a su espalda le encendió un fuego en las entrañas.

—... hay cierta confusión sobre el sitio donde está su equipaje —estaba explicando Sutton—. Uno de los lacayos lo entró en la casa, como le ordené, pero la señora Church le indicó que no lo llevara a la habitación principal, dado que lady Trenear la ha ocupado temporalmente.

—¿Ah, sí? ¿Le ha informado la señora Church por qué lady Trenear ha invadido mi habitación?

—Los fontaneros están instalando una cañería bajo el suelo de su dormitorio. Según me han contado, lady Trenear no está nada contenta con esta situación. Uno de los lacayos me dijo que la oyó jurar que le haría daño a usted.

—¡Qué pena! —La voz de Devon transmitió una sutil diversión. Kathleen notó la mandíbula en su pelo cuando sonrió—. Siento haberle ocasionado molestias.

—No fue una simple molestia, milord. Lady Trenear abandonó la habitación principal inmediatamente después del traspaso del difunto conde, y no ha pasado una noche en ella desde entonces. Hasta ahora. Según uno de los criados...

Kathleen se puso tensa.

—No tengo que saber por qué —lo interrumpió Devon—. Eso solo incumbe a lady Trenear, y no a nosotros.

—Sí, señor —dijo el ayuda de cámara—. En cuanto a su equipaje, el lacayo lo llevó a una de las habitaciones del primer piso, pero nadie parece saber a cuál.

—¿Se le ha ocurrido a alguien preguntárselo? —sugirió Devon con ironía.

—En este momento no le encuentran por ninguna parte. Lady Pandora y lady Cassandra le pidieron que las ayudara a buscar su cerdo, que había desaparecido.

—¿Ha dicho «cerdo»? —se sorprendió Devon, a quien se le había tensado el cuerpo.

—Sí, milord. Una nueva mascota de la familia.

Devon bajó ligeramente la mano de los labios de Kathleen y le rozó con la punta de los dedos el mentón en un atisbo de caricia.

—¿Hay algún motivo especial para que tengamos ganado en la...?

Como había empezado a volver la cabeza para mirarlo justo cuando él se agachaba, Devon le dio en la sien con la boca, y aquel contacto fortuito confundió por completo los sentidos de Kathleen. Los labios de Devon, tan firmes y suaves, su aliento cálido y cosquilleante... Empezó a temblar.

—... casa? —Devon terminó la frase con la voz más ronca. Alargó la mano para sujetar la placa metálica del borde de la puerta e impedir así que volviera a cerrarse.

—No hace falta que le diga que en la mayoría de casas de categoría no se hace esta clase de preguntas —indicó Sutton remilgadamente—. ¿Quiere que le pase las toallas por la puerta?

—No, déjelas fuera. Las recogeré cuando esté listo.

—¿En el suelo? —Sutton pareció horrorizado—. Permítame dejárselas en una silla, milord. —Se oyó que movía objetos por la habitación, seguido del golpe sordo de un mueble poco pesado.

Con los ojos entornados, Kathleen se fijó en que Devon sujetaba la puerta con tanta fuerza que se le había quedado blanco el pulgar. Tenía la muñeca y el brazo tensos. Qué cálido era, y con qué firmeza la apoyaba con el tórax y los hombros. El único sitio en el que no acababan de encajar se situaba en la parte inferior de su columna vertebral, donde el cuerpo de Devon la empujaba ejerciendo una presión rígida e inflexible. Se contorneó un poco para encontrar una postura más cómoda. Devon inspiró rápidamente y bajó una mano para sujetarle la cadera y obligarla a quedarse quieta.

Entonces supo lo que era aquella protuberancia dura.

Se puso rígida mientras contenía a duras penas un gemido. De repente dejó de notar aquel calor seductor que la envolvía y se quedó helada, con lo que el ligero temblor se convirtió en una serie de escalofríos continuados. Estaban a punto de lastimarla. De atacarla.

El matrimonio le había enseñado que los hombres perdían el control cuando estaban excitados. Lo perdían y se convertían en unos animales.

Calculó desesperadamente qué amenaza significaba Devon, lo lejos que podría llegar. Si la lastimaba, gritaría. Opondría resistencia, sin importarle las consecuencias que eso tuviera para ella o para su reputación.

Sintió entonces la presión de la mano de Devon en la cintura a través del corsé y notó que describía lentamente círculos con ella, como haría para calmar a un caballo asustado.

Por debajo de los fuertes latidos de su corazón, oyó que el ayuda de cámara preguntaba si había que llevar el equipaje a la habitación principal. Devon le contestó que ya lo decidiría después y que, de momento, le llevara algo de ropa y se diera prisa en hacerlo. El ayuda de cámara le obedeció.

—Se ha ido —anunció Devon pasados unos instantes. Tras inspirar hondo y soltar el aire despacio, se agachó para manipular el mecanismo del pestillo de la puerta de forma que pudiera cerrarse—. Aunque nadie me ha preguntado mi opinión acerca de lo del cerdo —soltó—, estoy en contra de tener en casa una mascota que un día llegue a pesar más que yo.

Como se había preparado para un ataque, Kathleen parpadeó, indecisa. Que no se portara en absoluto como un animal loco de lujuria le dio que pensar.

Como respuesta a su gélido silencio, Devon le puso una mano bajo el mentón y le levantó la cara hacia él. Al no poder esquivar su mirada tranquila y apreciativa, comprendió que no había ningún peligro inminente de que la forzara.

—Será mejor que mire para otro lado, a no ser que quiera echar un buen vistazo a un Ravenel —le advirtió—. Voy a buscar las toallas.

Kathleen asintió, y cerró los ojos cuando él salió del cuarto de baño.

Mientras aguardaba, esperó que el caos que reinaba en sus pensamientos desapareciera. Pero la sensación del cuerpo de Devon apretujado contra ella, los detalles de su excitación, seguían retumbando en todo su ser.

Una vez, no hacía demasiado tiempo, había ido con lord y lady Berwick, y sus hijas, al Museo Nacional. Cuando iban a ver la exposición de objetos de los mares del Sur que había reunido un legendario explorador, el capitán James Cook, habían pasado por una galería de estatuaria italiana, en cuya entrada habían situado un par de esculturas de desnudos masculinos. Una de las hojas de parra de yeso de quita y pon que había utilizado el director del museo para ocultar los genitales de las estatuas se había caído al suelo y se había partido en pedazos. Lady Berwick, horrorizada por lo que ella consideraba poco menos que una agresión visual, había llevado con toda rapidez a Kathleen y a sus hijas lejos del ofensivo cuerpo de mármol... pero no antes de que hubieran visto exactamente lo que con la hoja de parra habían querido tapar.

A Kathleen la escultura la había desconcertado pero también fascinado, y la había maravillado cómo la delicadeza del trabajo había logrado que el frío mármol pareciera ser de carne y hueso: venoso, vulnerable, liso por todas partes salvo la pequeña mata de vello en la entrepierna. No le había parecido que la menuda y discreta prominencia mereciera los aspavientos que había hecho lady Berwick.

Su noche de bodas, sin embargo, había vislumbrado y notado lo suficiente del cuerpo de Theo como para darse cuenta de que un hombre real estaba muchísimo más dotado que la escultura de mármol de un museo.

Y hacía unos instantes, la presión del cuerpo de Devon en el de ella...

Ojalá hubiera podido mirarlo.

Se regañó al instante por haber pensado tal cosa. Aun así... no podía evitar sentir curiosidad. ¿Estaría mal que echara una ojeadita? Era la única oportunidad que tendría de ver a un hombre tal como Dios lo trajo al mundo. Antes de poder disuadirse a sí misma, asomó cautelosamente la cabeza por la puerta para echar un vistazo.

Qué espectáculo más extraordinario... un hombre viril y saludable en la flor de la vida. Fuerte y musculoso... brutal y aun así hermoso. Por suerte, no estaba de cara a ella, por lo que no se dio cuenta de que lo estaba observando. Se secó el pelo hasta que los densos mechones le quedaron de punta y siguió por los brazos y el pecho, que se frotó enérgicamente. Tenía una espalda imponente, con la columna vertebral bien marcada. Las amplias curvas de sus hombros se flexionaron al pasarse la toalla por la espalda y empezar a secarse con un movimiento oscilante de los brazos. Una gran cantidad de vello le cubría las extremidades y la parte superior del pecho, y tenía mucho más en la entrepierna que la decorativa matita que ella había esperado. En cuanto al vistazo que había echado a sus partes masculinas... eran de proporciones similares a las de su marido, solo que tal vez más grandes todavía. No parecía nada práctico tener semejante apéndice. ¿Cómo diablos montarían los hombres a caballo?

Sonrojada, se situó de nuevo detrás de la puerta antes de que Devon la pillara espiándolo.

Poco después oyó que se acercaba gracias al crujido del suelo bajo sus pies, y vio que le pasaba una toalla por la puerta medio abierta. La aceptó agradecida y se envolvió con ella.

—¿Está suficientemente tapado? —preguntó.

—Dudo que nadie lo considerara suficiente.

—¿Quiere esperar aquí dentro? —sugirió a regañadientes.

147

El cuarto de baño estaba más cálido que la habitación con corriente de aire.

—No.

—Pero hace un frío horroroso ahí fuera.

—Justamente —respondió Devon con brusquedad. A juzgar por su voz, estaba situado al otro lado mismo de la puerta—. ¿Qué diantres lleva puesto, por cierto?

—Mi traje de montar.

—Más bien parece medio traje de montar.

—Prescindo de la falda postiza cuando adiestro a *Asad*. —Al ver que no decía nada, añadió—: El señor Bloom aprueba mis calzas. Dice que casi podría confundirme con uno de los mozos de cuadra.

—Pues tiene que estar ciego. Ningún hombre con ojos en la cara la confundiría nunca con un mozo. —Hizo una pausa—. A partir de ahora, o se pone la falda o no monta.

—¿Qué? —exclamó, incrédula—. ¿Me está dando órdenes?

—Alguien tiene que hacerlo si va a comportarse con tan poco decoro.

—¿Pretende usted darme lecciones a mí de puñetero decoro, maldito hipócrita?

—Me imagino que habrá aprendido estas palabrotas en las cuadras.

—No, de su hermano —replicó Kathleen de inmediato.

—Estoy empezando a darme cuenta de que no debería haber permanecido tanto tiempo alejado de Eversby Priory —oyó que decía en tono grave—. Toda la casa está patas arriba.

Incapaz de contenerse más, Kathleen se situó en la rendija de la puerta para fulminar a Devon con la mirada.

—¡Fue usted quien contrató a los fontaneros! —siseó.

—Los fontaneros son lo de menos. Alguien tiene que controlar la situación.

—Si es lo bastante tonto como para creerse que puede controlarme a mí...

—Oh, empezaré con usted —le aseguró con profunda emoción.

Kathleen le habría replicado de modo mordaz si no le hubieran empezado a castañetear los dientes. Aunque la toalla había absorbido parte de la humedad, las prendas que llevaba puestas estaban frías y mojadas.

Al ver su malestar, Devon se volvió y examinó la habitación, evidentemente en busca de algo con lo que taparla. Aunque estaba de espaldas, Kathleen supo el momento exacto en que divisó el chal en la silla situada frente a la chimenea.

Cuando habló, su tono había cambiado:

—No lo tiñó —dijo.

—Démelo. —Kathleen alargó el brazo por la puerta.

—¿Se lo pone a menudo? —preguntó Devon al recogerlo con una sonrisa que le iluminaba la cara.

—Deme mi chal, por favor.

Devon se lo llevó, tardando lo suyo. Tendría que avergonzarlo su indecente falta de ropa, pero parecía totalmente cómodo así, el muy fanfarrón.

En cuanto tuvo el chal a su alcance, Kathleen se lo arrebató de las manos.

Tras quitarse la toalla húmeda, se envolvió el cuerpo con el chal. La prenda era reconfortante y familiar, y la suave lana la hizo entrar inmediatamente en calor.

—No fui capaz de arruinarlo —confesó a regañadientes. Estuvo tentada de decirle que, a pesar de que el regalo había sido inadecuado... lo cierto era que le encantaba. Había días en que no estaba segura de si la lúgubre ropa de luto reflejaba su melancolía o si se la provocaba, y cuando se ponía el luminoso chal en los hombros, se sentía mejor al instante.

Ningún otro regalo le había gustado tanto.

No podía decírselo, pero quería hacerlo.

—Estás preciosa con esos colores, Kathleen —comentó Devon en voz grave y baja.

—No me trate con tanta familiaridad —pidió, con un hormigueo en la cara.

—Claro que sí —se mofó Devon, bajando la vista hacia la toalla que lo cubría—, seamos formales.

Kathleen cometió el error de seguir su mirada, y se puso colorada como un tomate al verlo... el fascinante vello negro del pecho, la forma en que la musculatura del vientre parecía estar tallada como un calado en caoba.

Llamaron a la puerta de la habitación y Kathleen se adentró más en el cuarto de baño como una tortuga que se encierra en su caparazón.

—Adelante, Sutton —oyó que Devon decía.

—Su ropa, señor.

—Gracias. Extiéndala en la cama.

—¿No necesitará mi ayuda?

—Hoy no.

—¿Se vestirá usted solo? —preguntó el ayuda de cámara, desconcertado.

—Tengo entendido que hay hombres que lo hacen —contestó Devon irónicamente—. Puede retirarse.

—Sí, señor —dijo el ayuda de cámara tras soltar un sufrido suspiro.

Una vez se hubo abierto y cerrado la puerta de nuevo, Devon le pidió:

—Deme un minuto. Enseguida estaré vestido.

Kathleen no respondió, pensando, para su consternación, que jamás podría mirarlo sin ser consciente de lo que había bajo esas elegantes capas de ropa.

—Puede ocupar la habitación principal si quiere —indicó Devon por encima del suave sonido de la ropa—. Fue suya antes que mía.

—No, no quiero.

—Como guste.

—Tenemos que hablar acerca de los arrendatarios —comentó, desesperada por cambiar de tema—. Como le mencioné en el telegrama...

—Después. No tiene sentido hablar de ello sin que mi hermano esté presente. El ama de llaves me informó de que ha ido a Wiltshire. ¿Cuándo regresará?

—Mañana.

—¿A qué fue?

—Quería consultar con un experto métodos agrícolas modernos.

—Conociendo a mi hermano —soltó Devon—, más bien diría que ha ido de putas.

—Pues, al parecer, no lo conoce. —No solo la complació poder contradecirlo, sino que se ofendió en nombre de West—. El señor Ravenel ha trabajado muy duro desde que llegó aquí. Me atrevería a decir que ha averiguado más cosas sobre los arrendatarios y las granjas de la finca que nadie, incluido el administrador. Dedique unos minutos a leer los informes y los libros de contabilidad que tiene en el estudio y cambiará de parecer.

—Ya lo veremos. —Devon abrió del todo la puerta del cuarto de baño. Iba totalmente vestido, con un traje de lana gris, aunque no llevaba corbata y se había dejado desabrochados los puños y el cuello—. ¿Podría ayudarme con esto? —pidió, inexpresivo, alargando el brazo.

Vacilante, Kathleen procedió a abrocharle el puño. Al hacerlo rozó con los nudillos el interior de la muñeca de Devon, donde la piel era satinada y se transparentaban las venas. Muy consciente de la respiración acompasada de Devon, le abrochó el otro puño. Después, tomó ambos lados del cuello abierto, los unió y empezó a abrocharlos con un pequeño gemelo de oro que colgaba del ojal. Cuando metió los dedos bajo la parte delantera del cuello, notó cómo lo movía al tragar saliva.

—Gracias —dijo Devon. Su voz era ligeramente ronca, como si se le hubiera secado la garganta.

—Por favor, procure que nadie lo vea cuando salga de la habitación —le pidió Kathleen cuando se volvió para marcharse.

—No tema —comentó Devon, que se había detenido en la puerta y se había vuelto hacia ella. Lucía aquel conocido brillo burlón en los ojos—. Soy experto en salir discretamente del cuarto de una dama. —Sonrió al ver que ella fruncía el ceño, echó un vistazo al pasillo y salió de la habitación.

12

La sonrisa de Devon se desvaneció en cuanto salió de la habitación principal. Sin ningún destino en mente, deambuló por el pasillo hasta llegar a un nicho donde había una ventana. Conducía a una estrecha escalera de caracol que llevaba a las habitaciones del servicio y a las buhardillas. El techo era tan bajo que tuvo que agacharse para pasar. Una casa tan vieja como Eversby Priory había experimentado diversas ampliaciones a lo largo de las décadas, y las adiciones creaban rincones extraños e inesperados. A él, el efecto le resultaba menos encantador que a otras personas; la excentricidad no era algo que valorara en la arquitectura.

Tras sentarse en un estrecho peldaño, apoyó los antebrazos en las rodillas y agachó la cabeza. Soltó temblorosamente el aire. Estar apretujado contra Kathleen había sido el tormento más exquisito que había soportado en toda su vida. Kathleen había temblado como un potrillo recién nacido que se esforzaba por ponerse de pie. Jamás había deseado nada tanto como darle la vuelta y apoderarse de sus labios con besos largos e impetuosos hasta que se fundiera con él.

Con un ligero gruñido, se frotó el interior de una de las muñecas, donde seguía sintiendo un calor ardiente como si Kathleen lo hubiera marcado a fuego al rozarlo.

¿Qué había empezado a contar su ayuda de cámara sobre

ella? ¿Por qué se había negado a dormir en la habitación principal tras la muerte de Theo? Seguro que el recuerdo de su última discusión con su marido tenía algo que ver en ello... pero ¿podría haber algo más? Tal vez la noche de bodas había sido desagradable para ella. A menudo, a las jóvenes privilegiadas las mantenían en la ignorancia sobre tales asuntos hasta que se casaban.

Desde luego, no le apetecía especular sobre las habilidades de su primo en la cama... pero hasta Theo habría sabido cómo tratar a una virgen con cuidado y paciencia... ¿no? Hasta Theo habría sabido lo suficiente como para tranquilizar y seducir a una novia nerviosa, y alejar sus temores antes de disfrutar él.

Pensar en ellos dos juntos... Las manos de Theo en el cuerpo de Kathleen... Le provocó una desconocida sensación perniciosa. ¡Dios mío! ¿Eran... celos?

Ninguna mujer lo había puesto nunca celoso.

Tras maldecir entre dientes, se levantó y se pasó las manos por el pelo mojado. Dar vueltas al pasado no cambiaría el hecho de que Kathleen había sido antes de Theo.

Pero ahora sería suya y de nadie más.

Tras recuperarse, recorrió Eversby Priory para investigar los cambios que habían tenido lugar desde su última visita. La actividad era frenética en toda la casa, que presentaba muchas habitaciones en diversas fases de abandono y construcción. Hasta entonces, las reparaciones de la finca le habían costado una pequeña fortuna, y necesitaría diez veces más antes de que todo hubiera acabado.

Terminó en el estudio, donde vio un montón de libros contables y de legajos en el escritorio. Como reconoció la letra precisa y concisa de su hermano, tomó un informe que explicaba lo que West había averiguado de la finca hasta entonces.

Tardó dos horas en leer el informe, que era mucho más minucioso de lo que habría esperado jamás, y que no parecía estar acabado ni mucho menos. Al parecer, West estaba visitando todas las granjas de los arrendatarios que había en la finca, tomando notas detalladas de los problemas y preocupaciones de cada familia, del estado en que se encontraba su propiedad y de sus conocimientos y opiniones sobre técnicas agrícolas.

Como notó que algo se movía, se giró en la silla y vio a Kathleen en la puerta.

Volvía a llevar la ropa de luto, el cabello recogido en alto y las muñecas rodeadas de unos recatados puños blancos. Tenía las mejillas muy sonrosadas.

Devon la habría devorado mordisco a mordisco. Pero, en lugar de eso, le dirigió una mirada neutra y se levantó.

—Falda —comentó en tono de ligera sorpresa, como si fuera una novedad verla llevando un vestido—. ¿Adónde va?

—A la biblioteca para dar clase a las chicas. Pero he visto que estaba aquí, y quería saber si ha leído el informe del señor Ravenel.

—Sí. Me ha impresionado su dedicación. Y asombrado bastante también, ya que West me aconsejó que vendiera la finca con todo incluido justo antes de ir a Londres.

Kathleen sonrió y lo examinó con esos ojos felinos. Pudo ver minúsculos rayos en los iris color castaño claro, como hilos de oro.

—Me alegra mucho que no lo hiciera —dijo en voz baja—. Creo que puede que él también.

Todo el calor de su anterior encuentro regresó de golpe con tanta intensidad que su entrepierna cobró vida bajo las capas de ropa. Agradeció profundamente lo bien que lo encubría la chaqueta del traje.

Kathleen tomó un lápiz del escritorio. La mina de grafito estaba tan gastada que ya no escribía.

—A veces me pregunto... —Empezó a afilar el lápiz raspando la madera con una de las hojas de un par de tijeras.

—¿Qué? —preguntó Devon con voz ronca.

—Me pregunto qué habría hecho Theo con la finca si no hubiese fallecido —respondió, intranquila, mientras se concentraba en su tarea.

—Supongo que habría hecho la vista gorda hasta que ya no hubiera ninguna decisión que tomar.

—Pero ¿por qué? No era idiota.

—No tiene nada que ver con la inteligencia —dijo Devon, movido por la necesidad latente de ser justo.

Kathleen se detuvo y le dirigió una mirada de desconcierto.

—Eversby Priory fue el hogar de Theo durante su infancia —prosiguió Devon—. Estoy seguro de que le resultaba doloroso enfrentarse a su declive.

—Pero usted se está enfrentando a él, ¿no? Ha cambiado toda su vida para hacerlo. —Su expresión se suavizó.

—Tampoco es que tuviera nada mejor que hacer —comentó Devon, encogiéndose despreocupadamente de hombros.

—Pero no es fácil para usted —insistió Kathleen, esbozando una ligera sonrisa de disculpa—. No siempre lo recuerdo. —Agachó la cabeza para reanudar su tarea con el lápiz.

Devon la observó, irremediablemente fascinado por la forma en que raspaba la madera como una colegiala aplicada.

—A este ritmo —indicó pasado un momento—, se pasará todo el día afilando el lápiz. ¿Por qué no usa una navaja?

—Lord Berwick jamás lo permitió; decía que las tijeras eran menos peligrosas.

—Todo lo contrario. Me sorprende que nunca haya perdido un dedo. Vamos, deje eso. —Devon alargó la mano para tomar una navaja que descansaba en la bandeja del tintero. Abrió la hoja y se la ofreció a Kathleen por el mango—. Sujétela así. —Le recolocó los dedos sin hacer caso de sus protestas—. Señale siempre hacia fuera con el lápiz mientras lo afila.

—No es necesario, de verdad... Me van mejor las tijeras...

—Pruébelo. Es más eficaz. No puede pasarse la vida haciéndolo mal. Los minutos perdidos podrían sumar días. Semanas.

Se le escapó una risita inesperada, como si fuera una jovencita con la que alguien estuviera coqueteando.

—No escribo a lápiz tan a menudo.

Devon la rodeó con los brazos para sujetarle las manos con las suyas. Y ella le dejó. Se quedó quieta, con el cuerpo receloso, pero sumiso. Se había establecido una frágil confianza en su anterior encuentro; daba igual qué otra cosa pudiera temer de él, parecía saber que no le haría daño.

El placer de abrazarla lo invadió en oleadas sucesivas. Era menuda y estilizada, y la deliciosa fragancia a rosas le llenaba la nariz. La había notado cuando la había sujetado antes... no era un perfume empalagoso, sino una ligera esencia floral mezclada con el frescor del penetrante aire invernal.

—Basta con seis cortes —le dijo cerca de la oreja. Ella asintió, y se relajó mientras le guiaba las manos con precisión. Un corte profundo con la hoja eliminó limpiamente una parte inclinada de madera. Giraron el lápiz e hicieron otro corte, y después, un tercero para formar un prisma triangular exacto—. Ahora recorte las aristas afiladas. —Se concentraron en la tarea con las manos de él alrededor de las suyas, usando la hoja para biselar cada rincón de madera hasta que hubieron formado una punta satisfactoria y bien definida.

Listo.

Tras inhalar profusamente el aroma de Kathleen una última vez, Devon la soltó despacio, sabiendo que el olor de una sola rosa le recordaría aquel momento lo que le quedaba de vida.

Kathleen dejó la navaja y el lápiz y se volvió hacia Devon.

Estaban muy cerca, sin llegar a tocarse, sin llegar a estar separados.

Kathleen pareció dudar, y abrió los labios como si fuera a decir algo pero no se le ocurriera qué debería ser.

En medio de aquel silencio cargado de electricidad, Devon empezó a perder el control, poco a poco. Se fue inclinando hacia delante hasta que afianzó las manos en el escritorio, a cada lado de ella. Kathleen se vio obligada a echarse hacia atrás y a sujetarse en sus antebrazos para conservar el equilibrio. Esperaba que protestara, que lo apartara de un empujón, que le dijera que retrocediera.

Pero se lo quedó mirando como hipnotizada, respirando de forma entrecortada, y empezó a aumentar y suavizar la presión con que le sujetaba los brazos como un gato cuando amasa. Él agachó la cabeza y le llevó los labios a la sien, donde era visible un ligero tono azul de las venas. Notaba su perplejidad, la fuerza de la atracción que, a su pesar, sentía por él.

Vagamente consciente de que su pasión estaba acabando con el poco dominio de sí mismo que le quedaba, se obligó a enderezarse y apartar las manos del escritorio. Empezó a separarse, pero Kathleen siguió unida a él, aferrada aún a sus brazos con la mirada algo desenfocada. Madre mía... así era cómo sería, el cuerpo de Kathleen siguiendo el suyo sin esfuerzo, mientras él la hacía suya...

Cada latido de su corazón lo acercaba más a ella.

Le puso una mano en un lado de la cara para levantársela, mientras la rodeaba con el otro brazo.

Ella cerró los ojos, y sus pestañas proyectaron unas sombras semicirculares en su piel rosada. Tenía el ceño ligeramente fruncido debido a la confusión, y él le besó la delicada arruguita de tensión entre las cejas antes de acercar su boca a la de ella.

Esperaba que Kathleen protestara, que lo apartara de un empujón, pero se mostró dócil y emitió un sonido de placer que le provocó escalofríos ardientes por todo el cuerpo. Le tomó la cara con ambas manos para orientarle con cuidado la mandíbula mientras le separaba los labios. Empezó a tantearla, arrancando sensaciones y dulzura a la boca inocentemente sensible de Kathleen... pero en cuanto le tocó la lengua con la suya, ella lo apartó.

Presa del deseo y de una tierna diversión, Devon le acercó la boca a la oreja.

—No —susurró—, deja que te saboree... déjame sentir lo suave que eres por dentro...

La besó de nuevo, despacio y con una delicadeza inexorable, hasta que ella unió la boca con la suya y aceptó el contacto de sus lenguas. Notó que le ponía las manos en el pecho e inclinaba la cabeza hacia atrás al rendirse, impotente. El placer que sintió era inimaginable, tan desconocido para él como debía de serlo para ella. Invadido por la agonía del deseo, movió las manos para acariciarla e intentar acercarla más a él. Notó que ella se movía bajo el vestido, un cuerpo firme y suave encorsetado bajo un montón de capas rígidas de almidón, encaje y ballenas. Quería arrancárselo todo... Quería que estuviera vulnerable y expuesta ante él, tener la piel de sus partes íntimas desnuda bajo los labios.

Pero cuando le tomó la cara con las manos para poder acariciarle las mejillas con los pulgares, notó una pizca de humedad.

Una lágrima.

Se quedó inmóvil. Alzó la cabeza para mirar a Kathleen mientras sus jadeos se entremezclaban. Se le habían humedecido los ojos y lo miraba desconcertada. Vio que se llevaba los dedos a los labios para tocárselos con cuidado, como si se los hubieran quemado.

Se maldijo a sí mismo en silencio porque sabía que había ido demasiado lejos, demasiado pronto.

De algún modo logró soltarla y retroceder hasta dejar una distancia crucial entre ambos.

—Kathleen... —empezó a decir bruscamente—. No tendría que haber...

Kathleen salió corriendo antes de que pudiera pronunciar otra palabra.

A la mañana siguiente, Devon tomó el carruaje de la familia para recoger a West en la estación. La ciudad de Alton poseía una calle principal bordeada de prósperas tiendas, barrios de casas espléndidas, una fábrica textil dedicada a la producción de alepín, y una fábrica de papel. Por desgracia, el hedor a azufre de la papelera se notaba antes de que se viera el edificio.

El lacayo estaba acurrucado cerca del edificio para refugiarse del viento cortante de noviembre. Demasiado impaciente para quedarse quieto, Devon andaba arriba y abajo por el andén con las manos metidas en los bolsillos de su abrigo negro de lana. Al día siguiente tendría que volver a Londres. La idea de aquella casa silenciosa, tan abarrotada de muebles y a la vez tan vacía, le repugnó. Pero tenía que mantenerse alejado de Hampshire. Tenía que distanciarse de Kathleen, o sería incapaz de abstenerse de seducirla mucho antes de que estuviera preparada para ello.

Estaba jugando una partida larga, y no podía permitirse olvidarlo.

Maldito período de luto.

Se vio obligado a acortar el paso cuando el andén se llenó de personas que llevaban el billete en la mano y de otras que esperaban la llegada de pasajeros. Sus conversaciones y sus risas pronto quedaron apagadas por la aproximación de la locomotora, un mamotreto siseante y estruendoso que avanzaba a toda velocidad con resoplidos y triquitraques impacientes.

Una vez el tren se detuvo con un chirrido metálico, los mozos de cuerda descargaron de él baúles y bolsas, mientras los pasajeros que llegaban y partían se abrían paso entre un remolino de gente. Unas personas chocaban con otras al dirigirse en multitud de direcciones. Se caían objetos, que se recogían rápidamente; los viajeros eran separados sin querer y se buscaban unos a otros; se llamaban en medio de toda aquella algarabía. Devon se movía entre el gentío en busca de su hermano. Al no encontrarlo, se volvió hacia el lacayo por si él lo había visto. El hombre le hizo gestos y le gritó algo, pero su voz se perdió en el estruendo.

Al acercarse al lacayo, vio que este hablaba con un desconocido que llevaba prendas que le iban anchas, confeccionadas con desechos de buena calidad pero sin tener demasiado en cuenta las medidas, como las que podría vestir un oficinista o un comerciante. Era un hombre joven y esbelto, con un tupido cabello moreno que necesitaba un buen corte. Se parecía muchísimo a West en sus días de Oxford, especialmente por la forma en que sonreía con la barbilla inclinada hacia abajo, como si estuviera reflexionando sobre una broma privada. De hecho...

¡Dios santo! Era su hermano. Era West.

—Devon —exclamó West con una carcajada de sorpresa a la vez que alargaba la mano para estrechar calurosamente la de su hermano—. ¿Cómo es que no estás en Londres?

Pero Devon tardó en recuperarse. West aparentaba varios años menos; tenía el aspecto saludable y la mirada limpia que creía que jamás volvería a verle.

—Kathleen me pidió que viniera —dijo por fin.

—¿Eso hizo? ¿Por qué?

—Ya te lo explicaré después. ¿Qué te ha pasado? Apenas te reconozco.

—No me ha pasado nada. ¿A qué te...? Ah, sí, he perdido algo de peso. Olvídate de eso, acabo de cerrar la compra de una trilladora. —El semblante le resplandecía de alegría. Al principio, Devon creía que estaba siendo sarcástico.

«Mi hermano está entusiasmado por la compra de equipo agrícola», pensó.

Mientras se dirigían al carruaje, West le describió su visita a Wiltshire y le habló animadamente sobre lo que había averiguado al hablar con un perito agrónomo que practicaba técnicas modernas en su granja piloto. Con una combinación de drenaje profundo y energía de vapor, aquel hombre había doblado la producción de sus tierras usando menos de la mitad de mano de obra. Además, el perito agrónomo quería adquirir la maquinaria más reciente y estaba dispuesto a vender su equipo a precio de ganga.

—Exigirá algo de inversión —admitió West—, pero las ganancias serán exponenciales. He hecho estimaciones para enseñártelas...

161

—Ya he visto algunas. Has hecho un trabajo impresionante.

West se encogió de hombros con indiferencia.

Se subieron al carruaje y se instalaron en los elegantes asientos de piel.

—Eversby Priory parece sentarte de maravilla —comentó Devon cuando el vehículo empezó a moverse.

—Vete a saber por qué. Nunca hay un momento de paz o de intimidad. No puedes sentarte a pensar sin que te salte encima un perro sobreexcitado o que te acosen mujeres parlanchinas. Siempre hay alguna urgencia: algo que se rompe, que explota o que se derrumba.

—¿Que explota?

—Hubo una explosión. La estufa de la habitación de tender la colada no estaba bien ventilada. No, no te alarmes; una pared de ladrillo absorbió la mayoría de la fuerza. Nadie salió lastimado. La cuestión es que la casa está constantemente patas arriba.

—¿Por qué no regresas conmigo a Londres, entonces?

—No puedo.

—Si lo dices por tu intención de visitar a todas las familias arrendatarias de la finca, no veo la necesidad de...

—No, no es por eso. El caso es que... Eversby Priory me va. Que me aspen si sé por qué.

—¿Le has tomado cariño a... alguien? —preguntó Devon; se le había helado el corazón al sospechar que West podía desear a Kathleen.

—A todas ellas —admitió su hermano de buena gana.

—¿Pero a ninguna en particular?

—¿Te refieres a si estoy interesado románticamente por una de las chicas? —West parpadeó, sorprendido—. No, Dios mío. Las conozco demasiado. Son como hermanas para mí.

—¿Incluida Kathleen?

—Especialmente ella —respondió con una sonrisa ausente—. Ha llegado a caerme bien —aseguró con franqueza—. Theo eligió bien. Ella lo habría mejorado.

—No la merecía —murmuró Devon.

—No se me ocurre nadie que la merezca —replicó West, encogiéndose de hombros.

Devon apretó tanto la mano que la costra que tenía sobre el nudillo le dolió.

—¿Menciona a Theo alguna vez?

—No demasiado a menudo. No creo que pueda dedicarse más esfuerzo a estar de luto por alguien, pero es evidente que no lo hace de corazón. —Al observar la mirada penetrante de Devon, aclaró—: Conoció a Theo unos pocos meses y estuvo casada con él tres días. ¡Tres días! ¿Cuánto tiempo debería llorar una mujer la pérdida de alguien a quien apenas conocía? Es absurdo que la sociedad imponga un período de luto establecido sin tener en cuenta las circunstancias. ¿No puede dejarse que estas cosas sucedan de forma natural?

—El objetivo de la sociedad es prevenir un comportamiento natural —soltó Devon con ironía.

—De acuerdo —sonrió West—. Pero a Kathleen no le va el papel de viuda triste. Tiene demasiada vitalidad. Por eso se sintió atraída por un Ravenel para empezar.

La afable relación entre West y Kathleen se hizo evidente en cuanto regresaron a Eversby Priory. Kathleen entró en el vestíbulo mientras el mayordomo estaba aún recogiéndoles el sombrero y el abrigo, y puso los brazos en jarras para observar a West con un recelo burlón.

—¿Has traído a casa algún animal de granja? —preguntó.

—Esta vez, no —sonrió West, que se acercó y le besó la frente.

Para sorpresa de Devon, Kathleen aceptó el gesto de cariño sin protestar.

—¿Has averiguado tanto como esperabas? —dijo entonces Kathleen.

—Diez veces más —respondió West enseguida—. Podría explayarme horas solo sobre el asunto del fertilizante.

Kathleen soltó una carcajada, pero su expresión se volvió distante al dirigirse a Devon:

—Milord.

Molesto por aquel recibimiento tan acartonado, Devon le devolvió el saludo asintiendo con la cabeza.

Al parecer, había decidido guardar las distancias con él y fingir que el beso nunca había tenido lugar.

—El conde asegura que le pediste que viniera —comentó West—. ¿Debo suponer que suspirabas por su encantadora compañía, o hubo otra razón?

—Después de que te fueras, hubo un problema con los Wooten —le explicó Kathleen—. Informé a Trenear de la situación y le pregunté qué sabía al respecto. Hasta ahora ha insistido en mostrarse misterioso.

—¿Qué les pasó a los Wooten? —quiso saber West, que dirigía la mirada del uno al otro.

—Ya lo comentaremos en la biblioteca —respondió Devon—. Aunque no es necesario que usted esté presente, lady Trenear.

—Estaré presente —lo contradijo Kathleen con el ceño fruncido—. Aseguré personalmente a los Wooten que todo se solucionaría.

—No tendrían que haber acudido a usted —soltó Devon directamente—. Tendrían que haber esperado a hablar con mi hermano o con el señor Carlow.

—Habían ido a ver al señor Carlow antes —replicó—, y él no sabía nada del asunto. Y el señor Ravenel no estaba aquí. Yo era la única persona disponible.

—A partir de ahora, preferiría que no estuviera disponible a la hora de hablar sobre arrendamientos. Debería limitarse a lo que sea que tiene que hacer la señora de la casa. Llevarles cestas cuando hay alguien enfermo y demás.

164

—Es increíble lo engreído y condescendiente que... —empezó a decir Kathleen.

—¿Vamos a quedarnos peleando, aquí, en el vestíbulo? —se apresuró a interceder West—. Finjamos ser civilizados y dirijámonos a la biblioteca. —Se puso el brazo de Kathleen sobre el suyo y la guio hacia el interior de la casa—. Podríamos pedir algo de té y unos emparedados —sugirió—. Estoy muerto de hambre del viaje en tren. Siempre me estás diciendo que coma, ¿recuerdas?

Devon los siguió a grandes zancadas, escuchando la conversación solo a medias, con el ceño fruncido. No apartaba la mirada del brazo de Kathleen en el de West. ¿Por qué la tocaba? ¿Por qué se lo permitía ella? Volvió a sentir aquellos desconocidos y perniciosos celos arraigados con fuerza en el pecho.

—... y la señora Wooten no podía hablar de tanto llorar —explicó Kathleen, indignada—. Tienen cuatro hijos, y la anciana tía de la señora Wooten a su cuidado, y si perdieran la granja...

—No te preocupes —la interrumpió West con un susurro tranquilizador—. Lo aclararemos todo. Te lo prometo.

—Sí, pero si Trenear tomó una decisión tan importante sin decir nada...

—No hay nada decidido aún —soltó Devon con frialdad detrás de ellos.

Kathleen se volvió y lo miró con los ojos entrecerrados.

—¿Por qué había topógrafos del ferrocarril en las tierras de la finca? —preguntó.

—Prefiero no comentar mis negocios en el pasillo.

—Les dio permiso para estar allí, ¿verdad? —Kathleen intentó detenerse para enfrentarse a él, pero West tiró inexorablemente de ella hacia la biblioteca.

—No sé si tomar té Darjeeling —reflexionó en voz alta—. No, tal vez algo más fuerte... de Ceilán o Pekoe... y unos de esos bollitos con crema y mermelada... ¿Cómo se llamaban, Kathleen?

—Delicias de Cornualles.

—Ah. No es extraño que me gusten. El nombre se parece a algo que una vez vi interpretado en un salón de baile.

Entraron en la biblioteca. Kathleen usó el tirador que estaba junto a la puerta y esperó a que apareciera una criada. Tras pedir el té y una bandeja con emparedados y pastelitos, se dirigió hacia la mesa larga, donde Devon había desenrollado un mapa de las tierras de la finca.

—Bueno, ¿lo hizo? —preguntó después.

—¿Si hice qué? —Devon le dirigió una mirada inquietante.

—Dar permiso a los hombres del ferrocarril para que inspeccionaran sus tierras.

—Sí —respondió de manera inexpresiva—. Pero no tenían permiso para hablar a nadie sobre ello. Tendrían que haber mantenido la boca cerrada.

—¿Es cierto, entonces? ¿Ha vendido la granja de los Wooten? —Le brillaban los ojos de indignación.

—No, y no tengo intención de hacerlo.

—¿Pues qué...?

—Kathleen —intervino West con dulzura—. Nos pasaremos aquí toda la noche si no le dejas acabar.

Kathleen frunció el ceño y se quedó callada, observando cómo Devon sujetaba las esquinas del mapa con diversos objetos.

Tras tomar un lápiz, Devon dibujó una línea por el lado oriental de la finca.

—Hace poco me reuní con el director de la London Ironstone —anunció. Y explicó entonces a Kathleen—: Es una compañía ferroviaria privada. Su propietario es un amigo: Tom Severin.

—Pertenecemos al mismo club de Londres —añadió West.

Devon examinó el mapa con ojo crítico antes de dibujar una línea paralela a la anterior.

—Severin quiere reducir la distancia de la ruta existente a Portsmouth de la London Ironstone. También planea tender vías más fuertes a lo largo de las sesenta millas de la línea, de principio a fin, para incorporar trenes más rápidos.

—¿Puede permitirse semejante proyecto? —se sorprendió West.

—Ya ha conseguido un millón de libras.

West se quedó sin palabras.

—Exactamente —corroboró Devon, que prosiguió con total naturalidad—. De todas las posibilidades para la ruta reducida, el mejor gradiente natural cruza esta área. —Sombreó ligeramente la zona entre las líneas paralelas—. Si permitiéramos a la London Ironstone cruzar el perímetro oriental de la finca, recibiríamos una gran suma anual que serviría para solucionar en gran medida nuestros problemas económicos.

—Pero eso es imposible —dijo Kathleen tras apoyarse en la mesa para observar con atención las señales hechas a lápiz—. Según lo que ha dibujado, las vías no solo cruzarían la granja de los Wooten, sino otras tres parcelas arrendadas por lo menos.

—Afectaría a cuatro arrendatarios —admitió Devon.

—Las vías parecen cruzar dos caminos privados —indicó West con el ceño fruncido al observar el mapa—. No podríamos acceder al lado oriental.

—El ferrocarril construiría por su cuenta unos puentes de servidumbre de paso, para que queden conectadas todas las partes de la finca.

Antes de que West pudiera comentar nada, Kathleen se incorporó y se enfrentó a Devon, situado al otro lado de la mesa.

—No puede estar de acuerdo con esto —dijo, compungida—. No puede arrebatar las granjas a esas familias.

—El abogado me ha confirmado que es legal.

—No me refiero a legalmente, me refiero a moralmente. No puede privarles de sus hogares y sus medios de vida. ¿Qué será de esas familias? ¿De esos niños? Ni siquiera usted podría vivir con eso en su conciencia.

Devon le dirigió una mirada sarcástica, enojado porque pensaba automáticamente lo peor de él.

—No voy a dejar abandonados a los arrendatarios. Me propongo encontrarles nuevos empleos.

Kathleen había empezado a negar con la cabeza antes de que hubiera finalizado siquiera la frase.

—Esta gente se dedica a la agricultura desde hace generaciones —soltó—. Lo llevan en la sangre. Quitarles las tierras acabaría con ellos.

Devon había sabido que era así exactamente cómo iba a reaccionar. Las personas primero, los negocios después. Pero eso no era siempre posible.

—Estamos hablando de cuatro familias entre doscientas —dijo—. Si no cierro un trato con la London Ironstone, puede que todos los arrendatarios de Eversby Priory pierdan sus granjas.

—Tiene que haber otra forma —insistió Kathleen.

—Si la hubiera, la habría encontrado. —Ella no sabía nada de todas las noches en blanco y de todos los días agotadores que había pasado buscando alternativas. No había ninguna solución buena, solo podía elegir entre varias soluciones malas, y esta era la menos perjudicial.

Kathleen se lo quedó mirando como si acabara de pillarlo quitando un pedazo de pan a un huérfano.

—Pero...

—No me insista sobre esto —le espetó Devon, perdiendo la paciencia—. Ya es bastante difícil sin tener que soportar un drama adolescente.

Kathleen palideció. Sin decir nada más, se volvió y salió a toda velocidad de la biblioteca.

—Bien hecho —dijo West a su hermano tras soltar un suspiro—. ¿Para qué molestarse en razonar con ella cuando simplemente puedes someterla?

Antes de que Devon pudiera responder, West se había ido en pos de Kathleen.

13

Kathleen había llegado a la mitad del pasillo cuando West logró alcanzarla.

Por lo que sabía de Kathleen y como conocía a Devon más que nadie, West podía afirmar con conocimiento de causa que sacaban lo peor del otro. Pensó, exasperado, que cuando estaban en la misma habitación, la furia se desataba y las palabras se convertían en balas. Dios sabría por qué les resultaba tan difícil ser corteses uno con otro.

—Kathleen —dijo en voz baja al llegar a su altura.

Ella se detuvo y se volvió. Tenía la cara contraída y la boca, tensa.

Como había soportado el azote del genio de Devon más de una vez en el pasado, West sabía lo hiriente que podía ser.

—El desastre económico de la finca no es obra de Devon —indicó—. Él solo está intentando minimizar los daños. No puedes culparle por eso.

—Dime por qué puedo culparlo entonces.

—¿En esta situación? —Su voz reflejó un tono de disculpa—. Por ser realista.

—¿Por qué deberían cuatro familias pagar el precio para que todos los demás sobrevivamos? —preguntó Kathleen, dirigiéndole una mirada de reproche—. Tiene que encontrar otra forma.

West se frotó la nuca, agarrotada por haberse pasado dos noches durmiendo en una cama desigual en una granja fría.

—La vida no suele ser justa, amiga mía. Como tú ya sabes.

—¿No puedes disuadirlo? —pidió a West.

—No cuando yo tomaría la misma decisión. Lo cierto es que, cuando arrendemos la tierra a la London Ironstone, esa reducida parte oriental de la finca será nuestra única fuente de beneficios fiable.

—Creía que estarías de parte de los arrendatarios —dijo Kathleen, agachando la cabeza.

—Lo estoy. Ya sabes que lo estoy. —West alargó los brazos para sujetarle los estrechos hombros en un gesto de consuelo y de apoyo—. Te juro que haremos todo lo posible por ayudarlos. Verán reducido el tamaño de sus granjas, pero si están dispuestos a aprender métodos modernos, podrían doblar su producción anual. —Para cerciorarse de que lo estaba escuchando, la zarandeó delicadamente—. Convenceré a Devon para que les dé todas las ventajas posibles: les reduciremos el alquiler y les proporcionaremos drenaje y mejoras en los edificios. Hasta les suministraremos maquinaria para ayudarles a arar y cosechar la tierra. —Al ver su expresión de rebelión, soltó con arrepentimiento—: No pongas esa cara. Santo Dios, ni que estuviéramos conspirando para asesinar a alguien.

—Tengo a la persona ideal en mente —murmuró.

—Será mejor que reces para que no le pase nada, porque entonces yo sería el conde. Y me lavaría las manos sobre la finca.

—¿De veras? —Pareció verdaderamente asombrada.

—Antes de que pudieras decir esta boca es mía.

—Pero has trabajado tanto para los terratenientes...

—Como tú misma dijiste una vez, Devon ha asumido una enorme responsabilidad. No hay nada en este mundo que yo quiera tanto como para estar dispuesto a hacer lo que mi hermano está haciendo. Lo que significa que no tengo más remedio que apoyarlo.

Kathleen asintió con tristeza.

—Ahora estás siendo práctica. —West sonrió ligeramente—. ¿Me acompañas de vuelta a la guarida del león?

—No, estoy cansada de pelear. —Apoyó un instante la frente en el pecho de West, un gesto íntimo de confianza que a este le llegó al alma casi tanto como le sorprendió.

Tras separarse de Kathleen, regresó a la biblioteca.

Devon, que estaba de pie, observando el mapa extendido en la mesa, tenía un aspecto aparentemente tranquilo. Pero el lápiz estaba roto en varios pedazos, esparcidos por la alfombra.

—¿Podrías intentar ser un poco más perspicaz con ella? —preguntó West mientras contemplaba el marcado perfil de su hermano—. ¿Tal vez usar una pizca de diplomacia? Porque aunque resulta que estoy de acuerdo con tu postura, te estás portando como un imbécil.

—Que me aspen si tengo que obtener su aprobación antes de tomar decisiones sobre mi finca —soltó Devon, dirigiéndole una mirada iracunda.

—A diferencia de nosotros dos, ella tiene conciencia. No te vendría mal oír su opinión. Especialmente porque tiene razón.

—¡Acabas de decir que estabas de acuerdo con mi postura!

—Desde un punto de vista práctico. Moralmente, tiene razón Kathleen. —West observó como su hermano se alejaba de la mesa y regresaba hacia ella, andando arriba y abajo como un tigre enjaulado—. Tienes que saber algo sobre ella —indicó—. Es enérgica por fuera, pero sensible por dentro. Si le mostraras tan solo un poquito de consideración...

—No tienes que explicarme cómo es.

—La conozco mejor que tú —aseguró West, algo exasperado—. He estado viviendo con ella, por el amor de Dios.

Eso le valió una mirada gélida.

—¿Quieres tenerla? —le preguntó Devon bruscamente.

La pregunta, que parecía salida de la nada, lo desconcertó.

—¿Si quiero tenerla? ¿En el sentido bíblico de la palabra?

Claro que no, está viuda. Es la viuda de Theo. ¿Cómo iba nadie a...? —Se le fue apagando la voz al ver que Devon había empezado a andar de nuevo por la habitación con una expresión asesina en el rostro.

Atónito, West comprendió cuál era el motivo más probable de toda aquella hostilidad y tensión entre Devon y Kathleen. Cerró los ojos un instante. Aquello era malo. Malo para todos, malo para el futuro; Dios, no podía ser peor se mirara como se mirase. Decidió poner a prueba su teoría con la esperanza de estar equivocado.

—Aunque es muy bonita, ¿no crees? —prosiguió—. Se me ocurre toda clase de cosas que podría hacer con esa boquita tan preciosa. No me importaría pillarla en un rincón oscuro y divertirme un ratito con ella. Puede que, al principio, se resistiera, pero pronto la tendría retozando entre mis brazos como una gatita...

Devon se abalanzó sobre él y lo sujetó por las solapas con un movimiento brusco.

—Si la tocas, te mato —gruñó.

—Lo sabía. —West miraba a su hermano entre horrorizado e incrédulo—. ¡Virgen santísima! Eres tú quien quiere tenerla.

La ira visceral de Devon se apaciguó un poco al darse cuenta de que su hermano acababa de tenderle una trampa. Lo soltó de golpe.

—Te hiciste con el título de Theo y con su hogar —continuó West, que seguía sin dar crédito a la situación—, y ahora quieres quedarte con su mujer.

—Su viuda —murmuró Devon.

—¿La has seducido?

—Todavía no.

—Dios mío. —West se dio una palmada en la frente—. ¿No crees que ya ha sufrido bastante? Oh, sí, fulmíname con la mirada si quieres. Párteme en pedazos como a ese condenado lápiz. Eso solo servirá para confirmar que no eres mejor que Theo.

—Al ver reflejada la indignación en la cara de su hermano, añadió—: Tus relaciones no suelen durar más que el contenido de la despensa. Tienes un genio de mil demonios, y si la forma en que acabas de tratarla es un ejemplo de cómo vas a zanjar los desacuerdos...

—Ya basta —soltó Devon con una voz peligrosamente baja.

West se frotó la frente y suspiró.

—Devon —dijo, desalentado—, tú y yo siempre hemos pasado por alto los defectos del otro, pero eso no significa que no los conozcamos. Esto no es nada más que una lujuria ciega y absurda. Ten la decencia de dejarla en paz. Kathleen es una mujer sensible y compasiva que merece ser amada... y si tú tienes la menor capacidad para hacerlo, yo nunca te la he visto. He sido testigo de lo que les pasa a las mujeres que se preocupan por ti. Nada enfría más deprisa tu deseo que el cariño.

—¿Vas a decirle algo? —quiso saber Devon, que lo miró con frialdad.

—No, tendré la boca cerrada y esperaré que entres en razón.

—No hay por qué preocuparse —soltó Devon en tono sombrío—. En este momento la he predispuesto tanto en mi contra que sería un milagro que algún día llegara a llevármela a la cama.

Tras sopesar la idea de saltarse la cena por segunda noche seguida, Kathleen decidió, con ánimo de rebelarse, acompañar a la familia en el comedor. Era el último día de Devon en Eversby Priory, y podría soportar una hora y media sentada a la misma mesa que él. Devon insistió en ayudarla a sentarse, con una expresión inescrutable, y ella se lo agradeció con unas pocas palabras escuetas. Pero incluso a aquella distancia educada de él, estaba viviendo una agonía de nervios y rabia... dirigida, en su mayoría, hacia ella misma.

Esos besos... su placer terrible, imposible... ¿cómo había podido hacerle eso? ¿Cómo podía haber reaccionado ella de un modo tan lascivo? La culpa era suya más que de Devon. Él era un calavera de Londres; claro que iba a insinuarse a ella, o a cualquier mujer que tuviera cerca. Ella tendría que haberse resistido, que haberlo abofeteado, pero en lugar de eso, se había quedado allí plantada y le había dejado... le había dejado...

No conseguía encontrar las palabras adecuadas para lo que Devon había hecho. Le había mostrado un aspecto suyo que ella ni siquiera sabía que existía. La habían educado en la creencia de que la lujuria era un pecado, y ella, pretenciosamente, se había considerado por encima del deseo carnal... hasta que Devon le había demostrado que no era así. Oh, el asombroso calor de la lengua de Devon en contacto con la suya, y la temblorosa debilidad que la había hecho querer deslizarse hasta el suelo y dejar que él la cubriera... Podría llorar de la vergüenza.

Pero, en cambio, solo podía estar allí sentada, asfixiándose, mientras la conversación fluía a su alrededor. Era una pena que no pudiera disfrutar de la comida: un suculento pastel de perdiz servido con empanadas de ostras y una ensalada fresca de apio, rábano y pepino. Se obligó a sí misma a dar unos mordiscos, pero parecía que cada bocado se le quedaba atragantado en la garganta.

Cuando el tema empezó a girar sobre las vacaciones que se acercaban, Cassandra preguntó a Devon si planeaba pasar las Navidades en Eversby Priory.

—¿Te apetecería que lo hiciera? —preguntó Devon.

—¡Sí!

—¿Nos traerás regalos? —preguntó Pandora.

—Pandora —la reprendió Kathleen.

—¿Qué querríais? —dijo Devon a las gemelas con una sonrisa.

—Cualquier cosa de los almacenes Winterborne —exclamó Pandora.

—Yo quiero que haya gente estas fiestas —pidió Cassandra, pensativa—. Pandora, ¿recuerdas los bailes de Navidades que daba madre cuando éramos pequeñas? Todas las damas con sus mejores galas, y los caballeros vestidos de etiqueta... la música y el baile...

—Y el banquete... —añadió Pandora—. Pudines, tartas, pasteles de frutas...

—El año que viene volveremos a celebrarlo —indicó Helen con dulzura, sonriendo a sus dos hermanas. Se volvió hacia West—: ¿Cómo sueles celebrar las Navidades, primo?

West vaciló antes de responder, como si sopesara si contar o no la verdad. Ganó la sinceridad:

—El día veinticinco voy a ver a amigos como un parásito, de casa en casa, y bebo hasta quedarme inconsciente en el salón de alguien. Entonces ese alguien me sube a un carruaje y me manda a casa, y mis criados me meten en la cama.

—No suena demasiado alegre —comentó Cassandra.

—A partir de este año —intervino Devon—, quiero que todos nosotros hagamos justicia a las fiestas. De hecho, he invitado a un amigo a pasar las Navidades con nosotros en Eversby Priory.

El comedor se quedó en silencio mientras todos lo miraban sorprendidos.

—¿A quién? —preguntó Kathleen con recelo. Esperó que, por su bien, no fuera uno de los hombres del ferrocarril que estaban tramando destruir granjas de los arrendatarios.

—El mismísimo señor Winterborne.

Entre los gritos ahogados y los chillidos de las chicas, Kathleen frunció el ceño. El muy imbécil sabía que no estaba bien invitar a un desconocido a una casa de luto.

—¿El propietario de los grandes almacenes? —soltó—. ¿Acompañado, sin duda, por un grupo de amigos elegantes y parásitos? ¡Supongo que no habrá olvidado que estamos todas de luto, milord!

—¿Cómo iba a hacerlo? —Devon se defendió con una mirada penetrante que la sacó de quicio—. Winterborne vendrá solo, de hecho. Dudo que sea una carga excesiva para esta casa poner un plato más en la mesa por Nochebuena.

—Un caballero tan influyente como el señor Winterborne debe de tener ya mil invitaciones para estas vacaciones. ¿Por qué iba a venir aquí?

—Winterborne es un hombre reservado —respondió Devon, cuyos ojos brillaban de placer al ver que ella apenas podía contener la furia—. Supongo que le gusta la idea de pasar unas vacaciones tranquilas en el campo. Por él, me gustaría celebrar un banquete de Navidades como Dios manda. Y quizá podríamos deleitarnos con unos villancicos.

Las chicas metieron baza al instante.

—¡Oh, di que sí, Kathleen!

—¡Eso sería espléndido!

Hasta Helen murmuró algo en el sentido de que no alcanzaba a ver qué mal podría haber en ello.

—¿Por qué dejarlo ahí? —preguntó Kathleen irónicamente mientras dirigía a Devon una mirada de franca animosidad—. ¿Y por qué no añadir a eso músicos y baile, y un enorme árbol de Navidad iluminado con velas?

—¡Unas sugerencias excelentes! —fue la suave respuesta de Devon—. Sí, hagámoslo.

Enmudecida de la rabia, Kathleen lo fulminó con la mirada mientras Helen le quitaba discretamente el cuchillo de mantequilla que apretaba con los dedos.

14

Diciembre se apoderó de Hampshire, lo cubrió de brisas frías y blanqueó de escarcha los árboles y los setos vivos. En medio del entusiasmo general que reinaba en la casa por las vacaciones que se acercaban, Kathleen perdió enseguida cualquier esperanza de reducir las celebraciones. Se encontró a sí misma rindiéndose gradualmente. Primero, consintió en permitir que los sirvientes planearan su propia fiesta en Nochebuena y, después, accedió a que se instalara un gran abeto en el vestíbulo.

Finalmente West le preguntó si podrían ampliarse todavía más las festividades.

Encontró a Kathleen en el estudio, dedicada a la correspondencia.

—¿Puedo interrumpirte un momento?

—Naturalmente. —Señaló una silla cercana al escritorio y dejó la pluma en el portaplumas. Al ver la expresión deliberadamente insulsa de su cara, preguntó—: ¿Qué estás tramando?

—¿Cómo sabes que estoy tramando algo? —dijo West, que parpadeó, sorprendido.

—Siempre que pones carita de inocencia es evidente que estás urdiendo algún plan.

—Las chicas no se atreven a comentártelo —sonrió West—, pero yo me ofrecí a hacerlo porque está demostrado que puedo conseguir que cedas cuando es necesario. —Hizo una pausa—. Parece que lord y lady Trenear solían invitar a todas las familias de los arrendatarios y a algunos comerciantes locales a una fiesta en Nochebuena...

—Ni hablar.

—Sí, esta fue mi primera reacción. Sin embargo... —Le dirigió una mirada tranquila, persuasiva—, fomentar el espíritu comunitario beneficiaría a todos en la finca. —Se detuvo un instante—. No es demasiado distinto de las visitas caritativas que haces a las familias individualmente.

Kathleen hundió la cara en sus manos con un gemido. Una gran fiesta. Música. Regalos, dulces, alegría navideña. Sabía exactamente lo que habría dicho lady Berwick: era indecente celebrar semejante jolgorio en una casa que estaba de luto. Estaba mal robar uno o dos días de alegría a un año que tendría que haberse dedicado al dolor. Y lo peor de todo era que... en el fondo quería hacerlo.

—No es adecuado —dijo débilmente entre los dedos—. No hemos hecho nada como deberíamos: quitamos las cortinas negras de las ventanas demasiado pronto, ya nadie lleva el velo y...

—A nadie le importa un bledo —aseguró West—. ¿Crees que alguno de los terratenientes os culparía por olvidar el período de luto por una noche? Al contrario, lo valorarían como un gesto de amabilidad y de buena voluntad. No sé casi nada sobre las Navidades, desde luego, pero aun así... me parece que consisten en mantener el espíritu de las fiestas. —Al ver que dudaba, entró a matar—. Lo pagaré de mi propio bolsillo. Al fin y al cabo —añadió con una pizca de autocompasión en la voz—, ¿cómo voy, si no, a saber cómo es la Navidad?

Kathleen bajó las manos y le dirigió una mirada sombría.

—Weston Ravenel, debería darte vergüenza manipular así a la gente —se quejó.

—Sabía que dirías que sí —sonrió West.

—Es un árbol muy alto —comentó Helen una semana después, en el vestíbulo.

—Nunca habíamos tenido uno tan grande —admitió la señora Church con el ceño fruncido de la inquietud.

Las dos mujeres contemplaban cómo West, un par de lacayos y el mayordomo levantaban con esfuerzo el tronco de un abeto enorme para colocarlo en un cubo metálico lleno de piedras. El aire estaba cargado de gruñidos masculinos y blasfemias. Al izar el árbol, una lluvia de relucientes agujas verdes cubrió el suelo, y unas cuantas piñas delgadísimas se esparcieron por él. El primer lacayo estaba a mitad de la escalera curva, desde donde asía el extremo de una cuerda que estaba atada a la parte superior del tronco. Al otro lado del vestíbulo, Pandora y Cassandra estaban en el balcón del primer piso, sosteniendo otra cuerda anudada igualmente al árbol. Cuando el tronco estuvo perfectamente situado, había que atar las cuerdas a los balaustres de la barandilla para evitar que el árbol se decantara a uno u otro lado.

El primer lacayo tiró de la cuerda mientras West y los demás empujaban desde abajo. Poco a poco, el abeto se irguió, y al extenderse majestuosamente sus ramas, impregnó el ambiente de un acre olor a bosque.

—¡Qué bien huele! —exclamó Helen, inspirando hondo—. ¿Tenían árbol de Navidad lord y lady Berwick, Kathleen?

—Todos los años —respondió esta con una sonrisa—. Pero era pequeño, porque, según lady Berwick, era una costumbre pagana.

—Cassandra, necesitaremos más adornos —oyó que exclamaba Pandora desde el balcón del primer piso—. Nunca habíamos tenido un abeto tan alto.

—Haremos otro puñado de velas —respondió su hermana gemela.

—Nada de velas —les indicó Kathleen—. Tal como está, este árbol ya puede provocar un incendio.

—Pero Kathleen... —dijo Pandora, mirándola desde arri-

179

ba—, el abeto quedará horroroso si no lo decoramos lo suficiente. Se verá verdaderamente desnudo.

—Tal vez podríamos preparar paquetitos de dulces con malla y cintas —sugirió Helen—. Sería bonito colgarlos de las ramas.

West se sacudió las agujas de las manos y usó el pulgar para limpiarse una mancha de savia de la palma.

—Tal vez tendríais que echar un vistazo a la caja que llegó de los almacenes Winterborne esta mañana —indicó—. Estoy seguro de que contiene adornos navideños.

Todo el movimiento y el ruido del vestíbulo se extinguió al instante y todos se lo quedaron mirando.

—¿Qué caja? —preguntó Kathleen—. ¿Por qué lo has mantenido en secreto hasta ahora?

West le dirigió una mirada elocuente mientras señalaba el rincón donde habían dejado una voluminosa caja de madera.

—No puede decirse que fuera un secreto... lleva allí horas. He estado demasiado ocupado con este maldito abeto para charlar.

—¿La pediste tú?

—No. Devon mencionaba en su última carta que Winterborne iba a enviar algunos adornos navideños de su tienda, como gesto de agradecimiento por invitarlo a pasar aquí las fiestas.

—Yo no invité al señor Winterborne —replicó Kathleen—, y de ningún modo podemos aceptar regalos de un desconocido.

—No son para ti, son para la casa. Cuélgalo todo, son solo unas cuantas chucherías y algo de oropel.

Lo contempló indecisa.

—No creo que debamos hacerlo. No sé si estará bien visto, pero no parece apropiado. Él es un hombre soltero y esta familia está formada por muchachas jóvenes que solo me tienen a mí como acompañante. Si yo fuera diez años mayor y tuviera una sólida reputación, podría ser distinto, pero tal como están las cosas...

—Yo soy miembro de la familia —se quejó West—. ¿No hace eso que la situación sea más respetable?

—No hablarás en serio, ¿verdad? —preguntó Kathleen.

—Lo que quiero decir es que si alguien tratara de dar un significado inapropiado al regalo de Winterborne —comentó West con los ojos entornados—, el hecho de que yo esté aquí serviría para...

Se detuvo al oír que Helen, coloradísima, parecía atragantarse.

—¿Helen? —preguntó Kathleen, preocupada, pero la chica se había vuelto. Al ver cómo le temblaban los hombros, dirigió una mirada alarmada a West.

—Helen —dijo este en voz baja, acercándose rápidamente a ella y sujetándole los brazos para sostenerla con urgencia—. ¿Te encuentras mal, cielo? ¿Qué...? —Se calló cuando ella sacudió la cabeza enérgicamente y dijo algo con voz entrecortada mientras agitaba una mano para señalar algo situado detrás de ellos. West miró en esa dirección al instante. Le cambió la cara y se echó a reír.

—¿Pero qué os pasa? —quiso saber Kathleen. Entonces, echó un vistazo al vestíbulo y se percató de que la caja ya no estaba en el rincón. Las gemelas debían de haber bajado corriendo en cuanto West la mencionó. Sujetando cada una un lado, la habían cargado sigilosamente hacia la sala de visitas.

—¡Chicas, volved a traer inmediatamente eso aquí! —exclamó Kathleen con aspereza.

Pero ya era demasiado tarde. La puerta de la sala de visitas se cerró, y acto seguido se oyó el ruido de la llave al girar en la cerradura. Kathleen se paró en seco, con la boca abierta.

West y Helen se acercaron tambaleándose juntos, presas de la hilaridad.

—Debe saber que fueron necesarios dos lacayos robustos para entrar esa caja en casa —soltó la señora Church, asombrada—. ¿Cómo habrán podido llevársela tan deprisa dos jovencitas?

—Por pura fuerza de voluntad —respondió Helen casi sin voz.

—Me encantará ver cómo intentas quitarles la caja a esas dos —comentó West a Kathleen.

—No me atrevería a hacerlo —contestó esta, dándose por vencida—. Valoro demasiado mi integridad física.

—Venga, Kathleen, vamos a ver qué nos ha enviado el señor Winterborne —sugirió Helen tras secarse una lágrima de alegría—. Usted también, señora Church.

—No nos dejarán entrar en la habitación —murmuró Kathleen.

—Sí, si se lo pido yo —sonrió Helen.

Cuando finalmente dejaron a todos entrar en la sala de visitas, las gemelas, industriosas como ardillas, ya habían sacado innumerables paquetes envueltos.

El mayordomo y los lacayos se aventuraron hasta la puerta para echar un vistazo al contenido de la caja. Parecía el cofre del tesoro de un pirata, rebosante de esferas de cristal pintadas para que parecieran frutas, pájaros de papel maché decorados con plumas auténticas, ingeniosas figuritas de hojalata en forma de bailarinas, soldados y animales.

Había incluso una gran caja con unos vasitos de cristal coloreado, o luces de colores, que se tenían que llenar de aceite en el que flotara una mecha de vela y colgarse del árbol.

—Será inevitable que se prenda fuego —afirmó Kathleen, inquieta, mirando el montón de candeleros.

—Situaremos a un par de chicos con baldes de agua al lado del abeto cuando esté iluminado —la tranquilizó la señora Church—. Si alguna de las ramas empieza a arder, la apagarán enseguida.

Todos soltaron un grito ahogado cuando Pandora extrajo un gran ángel navideño de la caja. Tenía la cara de porcelana enmarcada de pelo dorado, mientras que de la parte trasera de la túnica de satén, adornada con perlas e hilo de oro, le sobresalía un par de alas doradas.

Mientras la familia y los criados se reunían con reverencia

para contemplar aquella espléndida obra, Kathleen tomó a West del brazo y se lo llevó de la habitación.

—Aquí está pasando algo —dijo—. Quiero saber la verdadera razón por la que el conde ha invitado al señor Winterborne.

Se detuvieron en el espacio que quedaba debajo de la escalera principal, detrás del árbol.

—¿No puede mostrar hospitalidad a un amigo sin segundas intenciones? —comentó West, eludiendo así su pregunta.

—Tu hermano no da puntada sin hilo —replicó Kathleen a la vez que sacudía la cabeza—. ¿Por qué ha invitado al señor Winterborne?

—Winterborne está metido en muchas cosas. Creo que Devon espera sacar provecho de sus consejos, y en el futuro hacer negocios con él.

Esta explicación era bastante razonable. Pero su intuición le seguía advirtiendo de que en todo aquello había gato encerrado.

—¿Cómo se conocieron? —insistió.

—Hará unos tres años propusieron a Winterborne como miembro en dos clubes diferentes de Londres, pero ambos se negaron a aceptarlo. Winterborne es plebeyo; su padre era un tendero galés. Así que, tras oír las burlas sobre cómo lo habían rechazado, Devon lo dispuso todo para que nuestro club, Brabbler's, le ofreciera ser miembro. Y Winterborne nunca olvida un favor.

—¿Brabbler's? —repitió Kathleen—. ¡Qué nombre más curioso!

—Es como se llama a una persona que tiene tendencia a discutir por insignificancias. —Bajó la mirada y se frotó una mancha de savia en el pulpejo de la mano—. Brabbler's es un club de segundo nivel para aquellos a quienes se niega el acceso a White's o Brook's, pero incluye a algunos de los hombres más inteligentes y prósperos de Londres.

—Como el señor Winterborne.

—Exacto.

—¿Cómo es? ¿Qué clase de persona es?

—Es reservado, pero puede ser de lo más encantador si se lo propone —respondió West, encogiéndose de hombros.

—¿Es joven o mayor?

—Alrededor de treinta años.

—¿Y de aspecto? ¿Es apuesto?

—A las damas se lo parece, sin duda. Aunque con su fortuna, podría ser más feo que un sapo sin que dejaran de revolotear a su alrededor como moscas.

—¿Es buena persona?

—No se adquiere una fortuna siendo un angelito.

Al mirar a West a los ojos, Kathleen fue consciente de que ya no iba a sonsacarle nada más.

—El conde y el señor Winterborne tienen previsto llegar mañana por la tarde, ¿verdad? —dijo, entonces.

—Sí, iré a recibirlos a la estación de Alton. ¿Te gustaría acompañarme?

—Gracias, pero aprovecharé mejor el tiempo quedándome con la señora Church y la cocinera, para asegurarme de que todo esté preparado. —Suspiró y observó con tristeza el enorme abeto sintiéndose culpable e incómoda—. Espero que la burguesía local no se entere de nuestras festividades. Pero estoy segura de que lo hará. No tendría que permitir nada de esto. Lo sabes muy bien.

—Pero como lo has hecho —dijo West mientras le daba unas palmaditas en el hombro—, vale más que trates de disfrutarlas.

15

—Te van a proponer como miembro de White's —dijo Rhys Winterborne mientras el tren traqueteaba y se balanceaba en el trayecto de Londres a Hampshire. Aunque en su compartimento privado del vagón de primera clase habrían cabido fácilmente cuatro pasajeros más, Winterborne había pagado para mantener los asientos vacíos y disponer así de aquel espacio para ellos solos. Sutton, el ayuda de cámara de Devon, viajaba en uno de los vagones de clase inferior, en la parte posterior del tren.

—¿Cómo lo sabes? —preguntó Devon, sorprendido.

Winterborne lo miró de soslayo a modo de respuesta. Solía estar al corriente de asuntos privados de los demás antes de que ellos mismos se enteraran. Como en Londres casi todo el mundo había solicitado crédito a sus almacenes, conocía detalles íntimos sobre sus finanzas, sus compras y sus hábitos personales. Además, gran parte de lo que los empleados de los almacenes oían en las plantas llegaba hasta su despacho.

—No tenían por qué molestarse —aseguró Devon, que estiró las piernas en el espacio que había entre los asientos—. No lo aceptaría.

—White's es un club más prestigioso que Brabbler's.

—La mayoría de clubes lo son —replicó Devon irónicamente—. Pero en esos círculos tan elevados el ambiente es muy exclusivo. Y si White's no me quería antes de que fuera conde, no hay motivo para que me quiera ahora. No he cambiado en ningún sentido salvo por el hecho de que ahora estoy tan endeudado como el resto de la nobleza.

—Ese no es el único cambio. Has ganado poder social y político.

—Poder sin capital. Preferiría tener dinero.

—Elige siempre el poder —le aconsejó Winterborne, sacudiendo la cabeza—. Puede pasar que te roben el dinero o que este acabe devaluándose, y entonces te quedas sin nada. Con poder, siempre se puede conseguir más dinero.

—Espero que tengas razón.

—Yo siempre tengo razón —aseguró Winterborne de manera inexpresiva.

Pocos hombres podían efectuar semejante afirmación de forma convincente, pero Rhys Winterborne era, sin duda, uno de ellos.

Se trataba de una de esas raras personas que nacían en el lugar y el momento que mejor se adecuaba a sus aptitudes. En un tiempo sorprendentemente breve, había convertido la tienda destartalada de su achacoso padre en un imperio mercantil. Winterborne tenía instinto para detectar la calidad y una enorme perspicacia comercial: de algún modo siempre identificaba lo que la gente quería comprar antes de que lo supiera ella misma. Como conocidísima figura pública, tenía una inmensa colección de amigos, conocidos y enemigos, pero nadie podía afirmar verdaderamente que lo conociera.

Winterborne sirvió dos whiskies de malta de la licorera que les habían dejado en un estante fijado en el panel de teca situado bajo la ventanilla y entregó uno a Devon. Tras un brindis silencioso, se recostaron en los lujosos asientos y observaron el paisaje que pasaba ante sus ojos por la ventanilla.

El soberbio compartimento era uno de los tres de que disponía el vagón, cada uno de ellos con puertas que daban al exterior. Un mozo de cuerda las había cerrado con llave, una práctica habitual de la compañía ferroviaria para impedir que subieran a bordo pasajeros sin billete. Por el mismo motivo, las ventanillas estaban provistas de barrotes metálicos. Para distraerse de la vaga sensación de estar atrapado, Devon se concentró en la vista.

Qué pequeña se había vuelto Inglaterra, ahora que era posible cubrir una distancia en cuestión de horas en lugar de hacerlo en días. Apenas había tiempo de asimilar el paisaje antes de haberlo dejado atrás, lo que había llevado a algunas personas a llamar «carretera de un mago» al ferrocarril. El tren, que cruzaba puentes, pastos, vías públicas y pueblos antiguos, tanto se abría paso por profundos desmontes de creta como traqueteaba a páramo abierto. Aparecieron las colinas de Hampshire, cuyas pendientes verde oscuro se doblegaban bajo el cielo blanco de aquella tarde invernal.

La perspectiva de llegar a casa ilusionaba a Devon. Llevaba presentes para todos los miembros de la familia, pero le había llevado muchísimo tiempo decidir qué regalar a Kathleen. En uno de los mostradores de la sección de joyería de los almacenes Winterborne había visto un excepcional camafeo que lucía una escena de una diosa griega a caballo tallada con un gusto exquisito. El camafeo color crema estaba montado sobre un fondo ónice y enmarcado por pequeños aljófares blancos.

Como el camafeo estaba montado en ónice, la dependienta había asegurado a Devon que era adecuado para una mujer de luto. Hasta las perlas eran aceptables, puesto que se decía que representaban lágrimas. Devon lo había comprado en el acto. Se lo habían entregado aquella mañana y se lo había guardado en el bolsillo antes de partir hacia la estación de ferrocarril.

Estaba impaciente por volver a ver a Kathleen, sediento de su imagen y del sonido de su voz. Había extrañado su sonrisa, su ceño fruncido, su encantadora frustración por la falta de decoro, los cerdos y los fontaneros.

Contemplaba, expectante, el paisaje mientras el tren ascendía penosamente hacia la cima de una colina e iniciaba, después, el descenso. Pronto cruzarían el río Wey, y ya solo faltaría una milla hasta la estación de Alton. Los vagones estaban solo medio llenos; una cantidad mucho mayor de pasajeros viajaría el día siguiente, por Nochebuena.

El vehículo ganó velocidad al aproximarse al puente, pero la fuerza motriz del motor se vio alterada por una repentina sacudida. Al instante, Devon oyó el chirrido metálico de unos frenos. El vagón empezó a dar bandazos. Instintivamente, Devon se aferró a uno de los barrotes de la ventanilla para no salir despedido del asiento.

Un segundo después, un impacto tremendo le separó la mano de la barra metálica; no, fue la barra la que se soltó, y la ventanilla se hizo añicos al descarrilar el vagón. Devon se vio sumido en un caos de cristales, madera astillada, metal retorcido y ruido estrepitoso. Los enganches se partieron, y Devon notó un tirón violento, seguido de la sensación de caer y dar vueltas. Los dos hombres fueron lanzados por el compartimento, y una luz blanca cegó a Devon mientras este intentaba encontrar un punto fijo al que sujetarse en medio de toda aquella locura. Siguió cayendo, incapaz de detener el descenso, hasta que su cuerpo se estampó contra el suelo y un dolor punzante le estalló en el pecho, la cabeza le dio vueltas y se sumió en la oscuridad.

16

Un frío intensísimo le hizo recobrar el sentido, en medio de jadeos. Devon se frotó la cara mojada y trató de incorporarse. El agua hedionda del río entraba a borbotones en el compartimento del tren, o lo que quedaba de él. Devon se encaramó a los fragmentos de cristales y los restos del tren para alcanzar el hueco de la ventanilla rota y miró a través de los barrotes metálicos.

Al parecer, la locomotora se había precipitado por el muro lateral del puente, y se había llevado tres vagones con ella, dejando los dos vehículos restantes balaceándose en lo alto del terraplén. Cerca, la enorme mole de un vagón siniestrado se había sumergido en el agua como un animal acogotado. Unos desesperados gritos de auxilio rasgaban el aire.

Se volvió frenéticamente en busca de Winterborne y fue apartando tablas de teca hasta que encontró a su amigo inconsciente bajo un asiento que había acabado arrancado del suelo. El agua estaba empezando a cubrirle la cara.

Devon tiró de él hacia arriba, y cada movimiento le provocó una insoportable punzada de dolor en el pecho y el costado.

—Winterborne —dijo con brusquedad, zarandeándolo un poco—. Despierta. Vuelve en ti. Vamos.

Winterborne tosió y soltó un gemido entrecortado.

—¿Qué ha pasado? —preguntó con voz ronca.

—El tren ha descarrilado —respondió Devon, jadeando—. El vagón ha caído al río.

—No veo nada —soltó Winterborne, que se frotó la cara ensangrentada y gruñó de dolor.

Devon trató de levantarlo más al ver que el agua iba subiendo gradualmente de nivel.

—Tienes que moverte, o nos vamos a ahogar.

Unas indescifrables frases en galés surcaron el aire antes de que Winterborne dijera en inglés:

—Tengo la pierna rota.

Con una maldición, Devon apartó más restos y encontró un barrote de la ventanilla que se había soltado de sus remaches. Se encaramó a otro asiento y alargó la mano hacia la puerta lateral cerrada con llave que quedaba del lado de la corriente. Jadeando debido al esfuerzo, usó la barra metálica a modo de palanca improvisada para abrir la puerta. La inclinación del vagón le dificultaba la labor. Y todo el rato el agua seguía entrando a raudales, de modo que ya les llegaba hasta las rodillas.

Una vez hubo roto la cerradura, empujó la puerta hacia arriba hasta que cedió hacia el otro lado y golpeó la parte exterior del vehículo.

Asomó la cabeza y calculó la distancia que los separaba de la orilla. No daba la impresión de que el agua fuera a llegarles más arriba de la cadera.

El problema era el frío extremo, que acabaría rápidamente con ellos. No podían permitirse esperar a recibir ayuda.

Tosiendo debido al humo que llenaba el aire, volvió a meter la cabeza en el vagón. Encontró a Winterborne quitándose trocitos de cristal del pelo, con los ojos todavía cerrados, y la cara llena de pequeños cortes ensangrentados.

—Voy a sacarte de aquí y a llevarte hasta la orilla —dijo a su amigo.

—¿Cómo estás? —preguntó Winterborne con una lucidez

asombrosa para acabar de perder la vista y tener una pierna rota.

—Mejor que tú.

—¿A qué distancia de la orilla estamos?

—A unos veinte pies.

—¿Y la corriente? ¿Es muy fuerte?

—Eso da igual. No podemos quedarnos aquí.

—Tienes más probabilidades de lograrlo sin mí —observó Winterborne con tranquilidad.

—No voy a dejarte aquí, idiota. —Devon sujetó a Winterborne por una muñeca y se lo cargó a los hombros—. Si te da miedo deberme un favor por haberte salvado la vida, tienes razón —soltó mientras lo llevaba con dificultad hacia la puerta abierta—. Me deberás un favor enorme.

Dio un traspié y tropezó con su carga a cuestas. Pero con la mano libre se sujetó a la puerta y conservó el equilibrio. Sintió un dolor tan lacerante en el pecho que lo dejó un instante sin aliento.

—¡Dios mío, cómo pesas! —alcanzó a decir.

No hubo ninguna respuesta. Vio que Winterborne estaba luchando por no perder la consciencia.

Devon notó que, a medida que iba respirando, las punzadas en el pecho se le iban alargando hasta convertirse en una agonía constante. Se le agarrotaron y contrajeron los músculos.

Se le estaban acumulando las complicaciones... el río, el frío, las heridas de Winterborne y, ahora, lo que fuera que le dolía tanto. Pero no tenía más remedio que seguir adelante.

Apretando los dientes, logró izar a Winterborne y sacarlo del vagón. Juntos se metieron en el agua, lo que provocó un grito quejumbroso de su amigo.

Sin soltarlo, Devon procuró desesperadamente sostenerse y, para ello, afianzó los pies en el fondo pegajoso del río. Era más hondo de lo que había calculado, ya que el agua le llegaba hasta más arriba de la cintura.

Por un momento, el impacto del frío lo paralizó. Se concentró en obligar a sus músculos agarrotados a moverse.

—Winterborne —dijo con los dientes apretados—, no estamos lejos. Lo conseguiremos.

Su amigo contestó con una sucinta maldición, lo que le hizo sonreír un instante. Luchando contra la corriente, Devon avanzó hacia el juncal de la orilla, donde otros supervivientes del accidente estaban llegando con dificultades.

Era una empresa dura, agotadora, puesto que se le hundían los pies en el barro y el agua helada le impedía coordinar bien los movimientos y le insensibilizaba el cuerpo.

—¡Milord! ¡Aquí, milord! —Sutton, su ayuda de cámara, estaba al borde del río, haciéndole ansiosamente gestos con la mano. Al parecer, había descendido hasta allí desde los vagones descarrilados que se mantenían todavía en lo alto del puente.

Se sumergió en el agua poco profunda y soltó un grito al notar lo fría que estaba el agua.

—Llévelo —soltó Devon con brusquedad, arrastrando a su amigo medio inconsciente por el juncal.

Sutton rodeó el pecho del otro hombre con los brazos y tiró de él hacia un terreno seguro.

Devon notó que las rodillas le cedían y se tambaleó entre los juncos, intentando no caer redondo. Su cerebro exhausto logró reunir las pocas fuerzas que todavía le quedaban y se dirigió, vacilante, hacia la orilla.

Se detuvo al oír unos gritos agudos, frenéticos. Al volver la vista atrás, se percató de que todavía había pasajeros en el interior de uno de los compartimentos de un vagón inundado que había aterrizado inclinado en el río.

No habían podido abrir la puerta cerrada con llave. Nadie había ido a ayudarlos; los supervivientes que habían logrado salir del agua habían sufrido un colapso debido al frío. Apenas estaban empezando a llegar al lugar del siniestro las personas que acudían al rescate, y para cuando hubieran bajado el terraplén, ya sería demasiado tarde.

Sin pensarlo ni un segundo, Devon se volvió y se metió de nuevo en el agua.

—Señor —oyó que lo llamaba Sutton.

—Cuide de Winterborne —soltó con brusquedad.

Cuando alcanzó el vagón, tenía entumecido el cuerpo de cintura para abajo y se desenvolvía completamente aturdido. Por pura fuerza de voluntad, se metió en un compartimento del vagón por un hueco que había abierto en una pared el impacto del accidente.

Se dirigió hacia una ventana y sujetó uno de los barrotes metálicos. Precisó una concentración enorme para rodearlo convenientemente con la mano. De algún modo consiguió arrancarlo y cruzó de nuevo el vagón para salir de nuevo al río.

Mientras usaba el barrote a modo de palanca para abrir la puerta del compartimento cerrado, oía gritos de alivio procedentes del interior. La puerta se abrió con un chirrido metálico de protesta, y los pasajeros se agolparon en ella. La mirada agotada de Devon divisó a una mujer de mediana edad que cargaba a un bebé que berreaba, acompañada de dos niñas llorosas y de un chico adolescente.

—¿Hay alguien más ahí dentro? —preguntó al chico. Hablaba arrastrando las palabras, como si estuviera borracho.

—Nadie vivo, señor —respondió el muchacho, tiritando.

—¿Ves a esas personas en la orilla del río?

—Creo que sí, señor.

—Id hacia allí. Toma a las niñas del brazo. Avanzad con cuidado... que no se os ocurra ir contra la corriente. Vamos.

El chico asintió y se zambulló en el río, soltando un grito ahogado al notar el frío intenso que le llegaba hasta el pecho. Las niñas, asustadas, lo siguieron con chillidos, aferradas a sus brazos. Junto, el trío se dirigió hacia la orilla del río, sosteniéndose unos a otros contra la corriente.

Devon se volvió entonces hacia la mujer aterrada.

—Deme el bebé —ordenó lacónicamente.

—Por favor, señor, no… —replicó la mujer, negando frenéticamente con la cabeza.

—Démelo. —Devon sabía que no podría sostenerse en pie mucho más.

La mujer lo obedeció, sollozando, y el bebé siguió berreando mientras rodeaba el cuello de Devon con los bracitos. Su madre sujetó el brazo libre de Devon y salió del vagón, soltando un alarido al sumergirse en el agua. Paso a paso, Devon tiró de ella por el río, a pesar de que el peso de la falda dificultaba su avance. Pronto perdió la noción del tiempo.

No estaba demasiado seguro de dónde se hallaba, ni de qué estaba sucediendo. No tenía la certeza de que las piernas le siguieran funcionando; no las notaba. El bebé había dejado de llorar, y le tanteaba la cara con la manita como si fuera una estrella de mar migratoria. Fue vagamente consciente de que la mujer estaba gritando algo, pero sus palabras se perdieron bajo el lento palpitar de su pulso en sus oídos.

Había gente a lo lejos… lámparas de mano… luces que bailaban y se meneaban en el aire oscurecido por el humo. Siguió adelante, impulsado por la certeza de que vacilar siquiera un momento le supondría perder del todo la conciencia.

Sintió que algo tiraba del bebé que llevaba en brazos. Hubo otro tirón más fuerte, al que se resistió un instante. Unos desconocidos se estaban haciendo con el bebé, mientras que otros se habían acercado a ellos para ayudar a la mujer a avanzar por los juncos y el barro.

Devon perdió el equilibrio y se tambaleó hacia atrás. Los músculos ya no le obedecían. El agua se apoderó de él al instante, le cubrió la cabeza y lo arrastró con ella.

Mientras la corriente se lo llevaba, él contemplaba mentalmente la escena desde arriba y veía un cuerpo, el suyo, girar despacio en las aguas impenetrables. Comprendió, aturdido, que no podía salvarse. Nadie iba a rescatarlo. Había encontrado la muerte, como todos los hombres de la familia Ravenel, de forma prematura, dejando demasiadas cosas sin terminar, pero ni siquiera tenía fuerzas para que eso le importara. En medio de todos aquellos pensamientos inconexos, sabía que West saldría adelante sin él. West sobreviviría.

Pero Kathleen...

Nunca sabría lo que había significado para él.

Esta idea hizo mella en la poca consciencia que le quedaba. Por Dios, ¿por qué había esperado, dando por sentado que disponía de tiempo? Solo pedía cinco minutos para decirle... qué narices, un minuto... pero ya era demasiado tarde.

Kathleen seguiría adelante con su vida sin él. Algún hombre se casaría con ella... envejecería con ella... y él solo sería un recuerdo desvanecido.

Eso sí lo recordaba.

Se resistió y se revolvió, con un grito silencioso atrapado en su interior. Kathleen era su destino, suyo y de nadie más. Se enfrentaría a todos los males del mundo para estar con ella. Pero era inútil; el río lo arrastraba irremediablemente hacia la oscuridad.

Algo lo atrapó. Unas extremidades fuertes y vigorosas le rodearon el brazo y el pecho como un monstruo de las profundidades. Una fuerza inexorable tiró de él dolorosamente hacia atrás. Se sintió sujetado con fuerza contra la corriente.

—¡Oh, no, ni lo sueñes! —le gruñó un hombre cerca de la oreja, jadeando debido al esfuerzo. El fuerte abrazo le oprimió más aún el tórax, y empezó a toser. Mientras un dolor agónico le atravesaba el cuerpo, la voz añadió—: No vas a dejarme solo manejando esa puñetera finca.

17

—El tren debe de haberse retrasado —comentó Pandora, enojada mientras jugaba con los perros en el suelo de la sala de visitas—. No soporto esperar.

—Podrías hacer algo provechoso —sugirió Cassandra, apartando los ojos de su labor de costura—. Así la espera se hace más corta.

—La gente siempre dice eso, y no es verdad. La espera es igual de larga tanto si se hace algo provechoso como si no.

—A lo mejor los caballeros se han detenido a tomar algo al salir de Alton —comentó Helen, que se inclinó sobre el bastidor de bordar para ejecutar una puntada complicada.

Kathleen alzó la vista de un libro sobre agricultura que le había recomendado West.

—Pues más les valdrá llegar muertos de hambre —soltó con una fingida indignación—. La cocinera les ha preparado un banquete pantagruélico. —Hizo una mueca al ver que *Napoleón* se instalaba entre los pliegues del vestido de Pandora—. Estarás cubierta de pelo de perro cuando lleguen los caballeros, cielo.

—No se darán cuenta —le aseguró Pandora—. El vestido es negro, lo mismo que el perro.

—Puede, pero aun así... —Kathleen se detuvo cuando *Ham-*

let entró trotando en la sala de visitas con su perpetua sonrisa. Con todo el ajetreo de los preparativos para aquel día, se había olvidado del cerdo. Se había acostumbrado tanto a verlo seguir a *Napoleón* y *Josefina* por todas partes que había empezado a considerarlo un tercer perro—. Madre mía —soltó—, hay que hacer algo con *Hamlet*. No puede pasearse por la casa mientras el señor Winterborne esté aquí.

—*Hamlet* es muy limpio —dijo Cassandra, que se agachó hacia la mascota cuando se acercó a ella gruñendo cariñosamente—. Más limpio que los perros, en realidad.

Era cierto. *Hamlet* se portaba tan bien que parecía injusto sacarlo de la casa.

—No hay más remedio —insistió Kathleen con pesar—. Me temo que no podemos esperar que el señor Winterborne comparta nuestro progresista punto de vista sobre los cerdos. *Hamlet* tendrá que dormir en el establo. Puedes prepararle una buena cama con paja y mantas.

Las gemelas se horrorizaron y se pusieron a protestar a la vez.

—Pero eso herirá sus sentimientos...

—¡Creerá que está castigado!

—Estará la mar de cómodo... —empezó a decir Kathleen, pero se detuvo al darse cuenta de que los dos perros, alertados por un ruido, habían salido corriendo de la habitación meneando el rabo. *Hamlet* los siguió a toda velocidad con un chillido resuelto.

—Hay alguien en la puerta principal —soltó Helen, que dejó a un lado su bordado y se dirigió hacia la ventana para echar un vistazo al camino de entrada y al pórtico.

Tenían que ser Devon y su invitado. Kathleen se puso de pie de un salto y apremió a las gemelas:

—¡Llevad el cerdo al sótano! ¡Deprisa!

Contuvo una sonrisa cuando se apresuraron a obedecerla. Se alisó la falda y se tiró de las mangas antes de acercarse a

Helen, junto a la ventana. Para su sorpresa, en el camino no había ningún carruaje ni tiro de caballos, sino solamente un potro robusto que jadeaba con los costados sudados.

Reconoció el animal. Pertenecía a Nate, el hijo del administrador de correos, a quien su padre enviaba a menudo a entregar telegramas. Pero el joven Nate no solía cabalgar como un loco al hacer sus repartos.

Sintió un profundo desasosiego.

—Milady —dijo el mayordomo, que había aparecido en la puerta.

Se le hizo un nudo en la garganta al ver que el hombre mayor sostenía un telegrama en la mano. Desde que lo había conocido, Sims jamás le había dado una carta o un telegrama directamente con la mano, sino que siempre se lo había llevado en una bandejita de plata.

—El muchacho dice que es un asunto muy urgente —la informó Sims con la cara tensa debido a la emoción reprimida mientras le entregaba el telegrama—. El administrador ha recibido una noticia. Al parecer, ha habido un accidente ferroviario en Alton.

Kathleen se quedó lívida y notó un zumbido en los oídos. Torpe por culpa de las prisas, arrebató el telegrama a Sims y lo abrió.

Descarrilamiento cerca estación Alton. Trenear y Winterborne heridos. Tengan médico dispuesto para su llegada. Yo regresaré en coche alquilado.

SUTTON

Devon... herido.

Kathleen cerró los puños como si aquella idea aterradora fuera algo que pudiera alejar físicamente a golpes. El corazón empezó a latirle con fuerza.

—Sims, envíe a un lacayo a buscar al médico. —Tuvo que obligar a las palabras a salir a través de una capa asfixiante de pánico—. Que venga sin demora; lord Trenear y el señor Winterborne precisarán de sus cuidados.

—Sí, milady —dijo el mayordomo, que salió de la sala de visitas moviéndose con una admirable prontitud para un hombre de su edad.

—¿Puedo leerlo? —pidió Helen.

Kathleen le entregó el telegrama, cuyas puntas se agitaban como una mariposa aprisionada.

La voz sin aliento de Nate les llegó desde la puerta. Era un muchacho bajo, enjuto y nervudo con una mata de pelo de color orín y una cara redonda cubierta de una constelación de pecas.

—Mi padre me contó la noticia que le han telegrafiado —anunció, y al ver que había captado la atención de las dos mujeres, prosiguió con excitación—: Ha sido en el puente, justo antes de la estación. Un tren con vagones de balasto cruzaba la línea y no la despejó a tiempo. El tren de pasajeros chocó con él, y algunos de los vagones se precipitaron al río Wey desde el puente. —El chaval tenía los ojos desorbitados de la impresión—. Han muerto más de doce personas, y otras tantas han desaparecido. Mi padre dice que seguramente algunas morirán los próximos días: puede que hayan perdido los brazos y las piernas, y que tengan los huesos destrozados...

—Nate —lo interrumpió Helen mientras Kathleen se volvía rápidamente—, ¿por qué no vas a la cocina y pides a la cocinera una galleta o un trocito de pan de jengibre?

—Gracias, lady Helen.

Kathleen se apretó los ojos con los puños cerrados, presionándose las cuencas con los nudillos. Un temor angustiado la hizo temblar de pies a cabeza.

No soportaba saber que Devon estaba herido. En aquel mismo instante, aquel hombre atractivo, arrogante y extraordinariamente sano estaba sufriendo... quizás asustado... quizá muriendo. Soltó el aire de sopetón una vez, y otra, y unas cálidas lágrimas le resbalaron entre los nudillos. No, no podía permitirse llorar, había demasiado que hacer. Tenían que estar preparadas cuando llegaran. Todo lo necesario para ayudarlo tenía que estar disponible al instante.

—¿Qué puedo hacer? —oyó que Helen le preguntaba.

Se secó las mejillas con los puños del vestido. Le costaba pensar; tenía la mente nublada.

—Explica lo sucedido a las gemelas, y asegúrate de que no estén presentes cuando entren en casa a los hombres. No sabemos cuál es su estado, o lo graves que son sus heridas, y... no me gustaría que las chicas vieran...

—Naturalmente.

Kathleen se volvió hacia ella. El pulso le repiqueteaba en las sienes.

—Yo me encargaré de hablar con la señora Church —indicó con voz ronca—. Tenemos que reunir los suministros médicos que haya en la casa, sábanas y trapos limpios... —No pudo seguir.

—West está con ellos —dijo Helen, poniéndole una mano en el hombro con cariño. Estaba muy tranquila, aunque tenía el semblante pálido y tenso—. Él cuidará bien de su hermano. No olvides que el conde es corpulento y muy fuerte. Sobreviviría a peligros ante los que otros hombres sucumbirían.

Kathleen asintió automáticamente. Pero aquellas palabras no la reconfortaron. Sí, Devon era un hombre corpulento y fornido, pero un accidente ferroviario era diferente de cualquier otra clase de siniestro. Las heridas de los choques y los descarrilamientos solían revestir importancia. Daba igual lo fuerte, valiente o inteligente que fuera alguien, cuando viajaba a sesenta millas por hora. Todo se reducía a la suerte... que siempre había escaseado en la familia Ravenel.

Para alivio de Kathleen, el lacayo que había enviado a buscar al doctor Weeks regresó enseguida con él. Weeks era un médico diestro y competente que se había formado en Londres. Había ido a la finca la mañana del accidente de Theo, y había sido quien había dado a las chicas la noticia sobre la muerte de su hermano. Siempre que un miembro de la casa estaba enfermo, Weeks acudía enseguida, y trataba a los criados con la misma consideración y el mismo respeto que mostraba a la familia Ravenel. A Kathleen le había caído rápidamente bien y confiaba en él.

—Todavía no he tenido el gusto de conocer a lord Trenear —comentó Weeks cuando abrió el maletín médico en una de las habitaciones que habían sido preparadas para los pacientes que estaban a punto de llegar—. Lamento que vaya a ser en estas circunstancias.

—Yo también —aseguró Kathleen, que miraba fijamente el contenido del gran maletín negro: escayola, sutura y agujas, relucientes instrumentos de metal, tubos de vidrio llenos de polvos y frasquitos de productos químicos. Invadida por la sensación de vivir algo irreal, se preguntó cuándo llegaría Devon y qué clase de heridas habría sufrido.

Dios mío, aquello era terriblemente parecido a lo sucedido la mañana que Theo había fallecido.

Cruzó los brazos y se sujetó los codos para intentar aplacar los temblores que le sacudían el cuerpo. Pensó que la última vez que Devon se había ido de Eversby Priory había estado demasiado enojada para despedirse de él.

—Lady Trenear —dijo el médico con dulzura—. Estoy seguro de que esta situación desafortunada, y mi presencia aquí, debe recordarle el accidente de su marido. ¿Le sería de ayuda que le preparara un sedante suave?

—No, gracias. Quiero estar con plenas facultades. Es solo que... no puedo creer que... otro Ravenel... —No pudo terminar la frase.

—Los hombres de esta familia no parecen tener el don de la longevidad —comentó Weeks con el ceño fruncido mientras se mesaba la barba bien cuidada—. Pero, no nos pongamos aún en lo peor. Pronto sabremos cuál es el estado de lord Trenear.

Mientras el médico disponía diversos objetos en una mesa, Kathleen oyó que Sims, en alguna habitación distante, pedía a un lacayo que fuera corriendo a las cuadras a buscar un montón de palos para improvisar unas camillas. Percibió el ruido de pasos rápidos en la escalera, y el sonido metálico de recipientes de agua caliente y de cubos de carbón. La señora Church estaba regañando a una criada que le había llevado unas tijeras romas, pero se detuvo a media frase.

El silencio repentino puso tensa a Kathleen. Pasado un instante, le llegó la voz apremiante del ama de llaves desde el pasillo.

—¡El coche de la familia está subiendo por el camino, milady!

Kathleen saltó hacia delante como si se hubiera escaldado y salió corriendo de la habitación. De camino a la escalera principal, adelantó a la señora Church.

—¡Lady Trenear, no vaya a caerse! —exclamó el ama de llaves, que la seguía.

Sin prestar atención a la advertencia, Kathleen corrió escalera abajo y salió al pórtico, donde se estaban reuniendo Sims y un grupo de criadas y lacayos. Todas las miradas estaban puestas en el vehículo que se aproximaba.

Ya antes de que las ruedas cesaran de moverse, el lacayo que iba detrás había saltado al suelo, y alguien había abierto la portezuela del carruaje desde dentro.

Se oyó un montón de exclamaciones cuando West salió del vehículo. Estaba en un estado lamentable, con la ropa sucia y mojada. Inmediatamente todos intentaron rodearlo.

West levantó una mano para detenerlos, apoyado en el costado del carruaje. Temblaba de pies a cabeza y los dientes le castañeteaban ruidosamente:

—No. A-atiendan antes al conde. ¿Dó-dónde está el puñetero médico?

—Aquí, señor Ravenel —respondió el doctor Weeks, ya a su lado—. ¿Está herido?

—Solo helado —aseguró West, asintiendo con la cabeza—. Tu-tuve que sacar a mi-mi hermano del río.

Tras abrirse paso entre el grupo, Kathleen tomó del brazo a West para ayudarlo a sostenerse. Tiritaba y se balanceaba, con la tez gris. Estaba impregnado de un fétido olor a río; su ropa apestaba a barro y a agua corrompida.

—¿Cómo está Devon? —preguntó con urgencia.

—Apenas co-consciente —contestó West, apoyado en ella—. No está co-coherente. Demasiado rato en el agua.

—Señora Church —dijo Weeks al ama de llaves—. Hay que meter al señor Ravenel inmediatamente en la cama. Tápenlo con mantas y échenle carbón a la chimenea. Que nadie le dé bebidas alcohólicas de ningún tipo. Esto es muy importante, ¿entendido? Pueden darle té dulce templado, no caliente.

—No hace falta que me lle-lleven —se quejó West—. ¡Mírenme, me so-sostengo de pie! —Pero antes de terminar de hablar ya había empezado a desplomarse. Kathleen lo apuntaló con las piernas para intentar evitar que se cayera. Rápidamente un par de lacayos lo sujetaron y lo acostaron en una camilla.

—Estese quieto, señor Ravenel —ordenó con severidad el médico al ver que West se resistía—. Hasta que no haya entrado totalmente en calor, cualquier esfuerzo podría causarle la muerte. Si la sangre fría de las extremidades le llega demasiado rápido al corazón... —Se detuvo con impaciencia y añadió a los lacayos—: Llévenlo dentro.

Kathleen había empezado a subirse al estribo del carruaje. El interior oscuro estaba sumido en un silencio inquietante.

—¿Milord? Devon, ¿puedes...?

—Permítame verlos antes —dijo el médico mientras la apartaba con firmeza del vehículo.

—Dígame cómo está lord Trenear —pidió Kathleen.

—En cuanto pueda. —Weeks se subió al carruaje.

Kathleen tensó todos los músculos, esforzándose por ser paciente. Se mordió el labio hasta que le dolió.

Medio minuto después, le llegó la voz del médico desde dentro con un nuevo tono de urgencia.

—Sacaremos antes al señor Winterborne. Necesito que un hombre fuerte me ayude, inmediatamente.

—Peter —dijo Sims, y el lacayo se apresuró a obedecer.

Pero ¿y Devon? La preocupación estaba volviendo loca a Kathleen. Trató de echar un vistazo al interior del carruaje, pero con el médico y el lacayo delante, no podía ver nada.

—Doctor Weeks...

—Enseguida, milady.

—Sí, pero... —Una gran figura oscura que salió del carruaje la obligó a dar un paso atrás.

Era Devon, andrajoso y casi irreconocible, que había oído su voz.

—Lord Trenear, no se esfuerce —ordenó lacónicamente el médico—. Me ocuparé de usted en cuanto haya atendido a su amigo.

Devon, que lo ignoró, se tambaleó al poner los pies en el suelo. Se aferró al borde de la abertura de la portezuela para no caerse. Iba sucio, estaba magullado por todas partes y llevaba la camisa empapada y manchada de sangre. Pero, al examinarlo frenéticamente, Kathleen comprobó, aliviada, que no le faltaba ninguna extremidad ni tenía heridas abiertas. Estaba de una pieza.

La mirada desorientada de Devon encontró la suya con un derroche de azul pecaminoso, y esbozó su nombre con los labios.

Kathleen se le acercó con dos pasos, y él la sujetó bruscamente. Con una mano se aferró al recogido trenzado de Kathleen, y le hizo realmente daño. Después de que un tenue gemido le vibrara en la garganta, cubrió la boca de Kathleen con la suya para darle un beso desesperado, sin importarle quién pudiera verlos. Se estremeció, le falló el equilibrio y Kathleen lo apuntaló con las piernas.

—No deberías estar de pie —soltó, insegura—. Déjame que te ayude; nos sentaremos en el suelo. Devon, por favor...

Pero él no la estaba escuchando. Con un gruñido apasionado, primitivo, se volvió y la apretujó contra el costado del carruaje para besarla de nuevo. Aunque estaba herido y exhausto, era increíblemente fuerte. Le tomó la boca con una fuerza impetuosa, y solo se detuvo cuando tuvo que respirar. Detrás de él, Kathleen vio que la señora Church y un par de lacayos acudían a ellos con una camilla.

—Devon —suplicó—, tienes que acostarte; aquí mismo hay una camilla. Tienen que meterte en casa. Yo me quedaré contigo, te lo prometo.

No se movió, salvo por los violentos escalofríos que le sacudían el cuerpo.

—Cariño —le susurró Kathleen al oído con angustia—, suéltame, por favor.

Le respondió con un sonido indescifrable, afianzó más los brazos alrededor de su cuerpo... y empezó a desplomarse, inconsciente.

Afortunadamente, los lacayos llegaron a tiempo para sujetar a Devon antes de que aplastara a Kathleen con su peso. Mientras lo apartaban de ella y lo acostaban en la camilla, Kathleen, aturdida, entendió la palabra que le había dicho:

«Nunca.»

18

Mientras lo acostaban en la camilla, a Devon se le subió la camisa. Kathleen y la señora Church soltaron a la vez un grito ahogado al ver un espantoso cardenal del tamaño de un plato que le cubría el costado izquierdo de la caja torácica y el pecho.

Kathleen palideció al pensar en la terrible fuerza que debió de ser necesaria para causarle tanto daño. Seguro que tenía algunas costillas rotas. Se preguntó desesperadamente si podría tener un pulmón colapsado. Con cuidado, se agachó para ponerle junto al cuerpo uno de los brazos que tenía extendidos hacia fuera. Era horrible ver a un hombre de su vitalidad así tumbado, sin fuerzas e inmóvil.

—Llévenlo a la habitación principal —ordenó la señora Church a los lacayos tras taparlo con una manta—. Con cuidado... sin movimientos bruscos. Tratadlo como si fuera un recién nacido.

Tras contar al unísono, los lacayos levantaron la camilla.

—Un bebé que pesa noventa kilos —gruñó uno de ellos.

La señora Church trató de mostrarse severa, pero las patitas de gallo se le acentuaron un instante.

—Esa lengua, David —dijo.

Mientras seguía a los lacayos, Kathleen se apartaba con movimientos bruscos las lágrimas que le humedecían los ojos.

—Vamos, vamos —murmuró el ama de llaves, a su lado, para consolarla—. No se aflija, milady. Pronto lo tendremos vendado y como nuevo.

—Está tan magullado y débil... Podría tener lesiones internas —susurró Kathleen, aunque quería creerla.

—No parecía estar tan débil hace un momento —observó irónicamente el ama de llaves.

—Estaba alterado —replicó Kathleen, coloradísima—. No sabía lo que hacía.

—Si usted lo dice, milady. —La sonrisa de la señora Church se desvaneció—. Creo que deberíamos preocuparnos por el señor Winterborne. Justo antes de que lo entraran en la casa, el señor Ravenel dijo que tenía una pierna rota y que, además, había perdido la vista.

—Oh, no. Tenemos que averiguar si quiere que vayamos a buscar a alguien.

—Me sorprendería que quisiera —afirmó el ama de llaves pragmáticamente mientras entraban en la casa.

—¿Por qué lo dice? —se sorprendió Kathleen.

—Si tuviera a alguien, no habría venido solo a pasar las Navidades para empezar.

Mientras el doctor Weeks se ocupaba de las heridas de Devon, Kathleen fue a ver a West.

Antes de llegar a la puerta de su habitación, oyó barullo y risas desde el pasillo. Se quedó en el umbral y observó con una pizca de afectuosa resignación cómo West, incorporado en la cama, entretenía a un grupo que incluía a un puñado de criados, Pandora, Cassandra, los dos perros y *Hamlet*. Helen estaba de pie junto a una lámpara leyendo la temperatura de un termómetro de cristal.

Afortunadamente, West ya no tiritaba, y le había mejorado el color de la cara.

—... entonces vi a un hombre que volvía a meterse en el río —estaba contando—. Se dirigía hacia un vagón medio sumergido con gente atrapada en su interior. Y me dije a mí mismo: «Ese hombre es un héroe. Y también un idiota. Porque ya ha estado demasiado rato en el agua, y no podrá salvarlos, y va a sacrificar su vida por nada.» Bajé por el terraplén y me encontré a Sutton. Le pregunté dónde estaba el conde. —Hizo una pausa para dar dramatismo a sus palabras, encantado de que su público lo escuchara embelesado—. ¿Y hacia dónde creéis que señaló Sutton? Hacia el río, donde aquel tonto temerario acababa de salvar a tres niños y los seguía por el agua cargando un bebé en un brazo y tirando de una mujer con el otro.

—¿El hombre era lord Trenear? —se asombró una de las criadas.

—El mismo.

Todo el grupo exclamó lleno de placer y de orgullo.

—Eso no es nada para un hombre tan corpulento como el señor —dijo uno de los lacayos con una sonrisa.

—Tendría que salir en el periódico por esto —exclamó otro.

—Eso espero —corroboró West—, aunque solo sea porque sé que no le gustaría nada.

Se detuvo al ver a Kathleen en la puerta, y esta se dirigió entonces en voz baja a los criados:

—Será mejor que se vayan antes de que Sims o la señora Church les pillen aquí dentro.

—Pero si estaba llegando a la mejor parte —se quejó West—. Iba a describir la forma emocionante, aunque patética, en que rescaté al conde.

—Ya se la describirás después —insistió Kathleen, que seguía en la puerta mientras los criados se apresuraban a salir en fila india de la habitación—. Ahora tendrías que descansar. —Se dirigió entonces a Helen—: ¿A qué temperatura está?

—Tiene que subir otro grado.

—Y qué más —soltó West—. Con el fuego de la chimenea

tan vivo, la habitación es un horno. Pronto estaré más asado que el pavo de Nochebuena. Y hablando de eso... me muero de hambre.

—El médico dijo que no podías comer nada hasta haber alcanzado la temperatura correcta —le informó Pandora.

—¿Te apetece otra taza de té? —preguntó Cassandra.

—Me apetece un coñac —replicó West—, junto con un pedazo de pastel de grosellas, un plato de queso, un cuenco de puré de nabo y patatas, y un bistec.

—Le preguntaré al médico si puedes tomar un poco de caldo —sonrió Cassandra.

—¿Caldo? —repitió West, indignado.

—Vamos, *Hamlet* —dijo Pandora—, antes de que West decida que también quiere comer beicon.

—Espera —soltó Kathleen con el ceño fruncido—. ¿No tendría que estar *Hamlet* en el sótano?

—La cocinera no lo ha permitido —explicó Cassandra—. Dijo que encontraría la forma de tirar los cubos y comerse todos los tubérculos. —Dirigió una mirada orgullosa al animal de aspecto risueño—. Porque es un cerdo muy ingenioso y con mucha iniciativa.

—La cocinera no dijo esta última parte —la contradijo Pandora.

—No —admitió Cassandra—, pero se sobreentendía.

Las gemelas sacaron a los perros y al cerdo de la habitación y se marcharon.

Helen alargó el termómetro a West.

—Abre la boca, por favor —le pidió, muy seria.

Él la obedeció con cara de resignación.

—Cielo —dijo Kathleen a Helen—, ¿hablarás con la señora Church sobre la cena? Con tres inválidos en la casa, creo que hoy tendríamos que comer de forma informal.

—Dos inválidos —masculló West, indignado, con el termómetro en la boca—. Yo estoy perfectamente bien.

—Sí, por supuesto —contestó Helen a Kathleen—. Y ordenaré que suban algo de comer al doctor Weeks. Puede que tarde un rato en atender a lord Trenear y al señor Winterborne, y sin duda se ha ganado la cena.

—Buena idea —aseguró Kathleen—. No olvides incluirle sorbete de limón. Si no recuerdo mal, el doctor Weeks es goloso.

—Claro que sí —se quejó West, todavía con el termómetro puesto—, hablemos de comida delante de un hombre hambriento.

Antes de irse, Helen se detuvo y le empujó con suavidad el mentón hacia arriba para cerrarle la boca.

—No hables —ordenó.

Una vez Helen se hubo marchado, Kathleen llevó un poco de té a West, le sacó el termómetro de la boca y observó con atención la línea de mercurio.

—Medio grado más y podrás comer —aseguró.

West se recostó en la almohada y la tensión se le reflejó en el semblante, normalmente animado.

—¿Cómo está mi hermano?

—El doctor Weeks lo está atendiendo. La señora Church y yo vimos que tenía un cardenal espantoso en el pecho y el costado; creemos que pueda tener algunas costillas rotas. Pero estaba consciente cuando salió del carruaje, y abrió los ojos cuando lo llevaron a su habitación.

—Gracias a Dios —exclamó West con un profundo suspiro—. Es un milagro que solo tenga unas costillas rotas. Ese accidente... Dios mío, los vagones estaban esparcidos como si fueran juguetes infantiles. Y la gente que no sobrevivió... —Se detuvo y tragó saliva con fuerza—. Ojalá pudiera olvidar lo que vi.

—Estás agotado —murmuró Kathleen, que se había sentado en una silla, junto a la cama, y le apretaba la mano con cariño.

West soltó una carcajada breve y triste.

—Estoy tan hecho polvo que estar solo agotado sería un alivio.

—Tendría que dejarte descansar.

—Todavía no —murmuró West, que volvió la mano para tomarle la suya—. No quiero estar solo.

Kathleen asintió y permaneció en la silla.

Tras soltarla, West alargó la mano hacia la taza de té.

—¿Es cierta? —preguntó Kathleen—. ¿La historia que estabas contando sobre Devon?

Después de tomarse el té con dos tragos, West le dirigió una mirada de angustia.

—Es completamente cierta. El muy cabrón casi consigue acabar con su propia vida.

Kathleen le quitó la taza de los dedos apáticos.

—No sé cómo lo hizo —prosiguió West—. Yo no estuve en el agua más de dos minutos, y se me quedaron las piernas entumecidas del todo. Era una tortura. Según todos los presentes, el idiota de Devon estuvo en ese río por lo menos un cuarto de hora.

—Salvando niños —soltó Kathleen, fingiendo desprecio—. ¿Cómo se atreve?

—Sí —dijo West sin rastro de humor. Contempló, pensativo, las danzarinas llamas de la chimenea—. Ahora comprendo lo que me dijiste una vez sobre todas las personas que dependen de él, y yo me he convertido en una de ellas. Maldito sea. Si mi hermano vuelve a poner su vida en peligro de una forma tan estúpida, juro que lo mato.

—Te entiendo —aseguró Kathleen, consciente del miedo que se escondía bajo aquellas palabras sarcásticas.

—No. Tú no estabas allí. Dios mío, casi no lo alcancé a tiempo. Si hubiera llegado unos segundos después... —Inspiró tembloroso y volvió la cara para que no lo viera—. Antes no habría hecho esto, ¿sabes? Solía ser lo bastante sensato como para no arriesgar la vida por otra persona. Especialmente por unos desconocidos. ¡Será zoquete!

Kathleen sonrió. Con un nudo en la garganta, alargó la mano y le apartó el pelo de la cara.

—Mi querido amigo —susurró—, siento tener que decírtelo... pero tú habrías hecho exactamente lo mismo.

Pasada la medianoche, Kathleen se levantó de la cama para ir a ver cómo estaban los pacientes. Se abrochó una bata sobre el camisón, tomó una palmatoria de la mesilla de noche y recorrió el pasillo.

Primero asomó la cabeza en la habitación de Winterborne.

—¿Puedo entrar? —preguntó al doctor Weeks, que estaba sentado junto a la cama.

—Por supuesto, milady.

—Por favor, no se levante —dijo Kathleen antes de que pudiera ponerse de pie—. Solo quería preguntarle por el paciente.

Sabía que había sido una noche de arduo trabajo para el médico, que había necesitado la ayuda del mayordomo y de dos lacayos para recomponer la pierna rota de Winterborne. Según Sims había contado después a Kathleen y a la señora Church, los músculos grandes de la pierna herida se habían contraído, y había sido necesario mucho esfuerzo para estirarlos lo suficiente para devolver el hueso a su posición original. Una vez estuvo la pierna estabilizada, Sims había ayudado al médico a envolverla con cintas de tela empapada en yeso, que, al endurecerse, habían formado una escayola.

—El señor Winterborne está evolucionando como cabría esperar —murmuró el doctor Weeks—. Tuvo suerte de que la fractura del peroné fuera limpia. Además, debido al frío extremo al que estaba expuesto, su tensión arterial era tan baja que redujo la pérdida de sangre. Si no hay complicaciones, espero que su pierna sane bien.

—¿Y qué hay de su vista? —Kathleen se acercó a la cama para mirar a Winterborne con preocupación. Dormía sedado, y tenía la mitad superior de la cara oculta por los vendajes que le cubrían los ojos.

—Tiene abrasiones en la córnea debido al impacto de cristales rotos —respondió el médico—. Le quité varios fragmentos y le apliqué ungüento. Ninguna de las lesiones parece ser especialmente profunda, lo que me da motivos para esperar que vuelva a ver. Para que tenga más posibilidades de recuperarse, tiene que permanecer quieto y sedado los próximos días.

—Pobre hombre —dijo Kathleen en voz baja—. Cuidaremos bien de él. —Volvió a mirar al médico—. ¿Tendrá que estar sedado también lord Trenear?

—Solo si presenta dificultades para conciliar el sueño por la noche. Creo que tiene las costillas fisuradas pero no rotas. Normalmente se nota que una costilla está rota cuando se mueve al palparla. Lo que tiene es doloroso, sin duda, pero en unas cuantas semanas estará como nuevo.

La vela le tembló un poco en la mano y una gota de cera caliente le salpicó la muñeca.

—No se imagina lo feliz que me hace oír eso.

—Creo que sí —replicó el doctor Weeks con sequedad—. Es imposible no darse cuenta del cariño que siente por lord Trenear.

—Oh, no es cariño —soltó Kathleen, que había perdido la sonrisa—, es solo que... bueno, me preocupa la familia, y la finca, y... no podría tomarle... cariño... a un hombre estando como estoy de luto. Eso estaría muy mal.

—Milady. —El doctor Weeks la observó un buen rato con ojos cansados y amables antes de proseguir—. Conozco muchos datos científicos sobre el corazón humano, y puedo decirle que es más fácil lograr que un corazón deje de latir por completo que impedirle amar a la persona equivocada.

Kathleen fue después a la habitación de Devon. Como no obtuvo respuesta al llamar con suavidad a la puerta, entró sin más. Devon dormía de lado, y se distinguía su larga figura inmóvil bajo las sábanas. Su respiración era reconfortantemente profunda y regular.

Se acercó a la cama para observarlo con una actitud tierna y protectora. Vio las líneas relajadas que formaban sus labios entre la barba incipiente que le cubría la mandíbula. Tenía las pestañas largas y negras como la noche. Le habían colocado dos pequeños apósitos blancos en sendos cortes de la mejilla y la frente. El mechón de pelo que tenía en el lado derecho de la frente le sobresalía de una forma que él jamás habría permitido de día. Trató con todas sus fuerzas de no alisárselo. Pero pudieron más sus ganas y le acarició con cuidado el tentador mechón.

A Devon se le alteró la respiración. Empezó a salir de su profundo sueño y abrió los ojos, adormilado debido al agotamiento y al opiáceo que le habían suministrado.

—Kathleen —dijo con voz grave y rasposa.

—Solo quería ver cómo estabas. ¿Necesitas algo? ¿Un vasito de agua?

—A ti. —Le sujetó la mano libre y la acercó hacia él para llevársela a los labios—. Tengo que hablar contigo.

—Te... te han dado láudano suficiente para sedar un elefante —dijo, intentando aparentar normalidad. Pero se había quedado sin aliento, y algo había empezado a palpitarle en todos los puntos vulnerables de su cuerpo—. Sería más prudente que no me dijeras nada en este momento. Duérmete y por la mañana...

—Acuéstate conmigo.

—Ya sabes que no puedo —susurró con un nudo en el estómago debido a su anhelo.

Sin inmutarse, Devon le aferró la muñeca para tirar de ella hacia él con una determinación apenada.

—Espera, te vas a lastimar. —Kathleen dejó como pudo la vela en la mesilla de noche mientras él seguía ejerciéndole presión en el brazo—. No hagas eso; tus costillas... ¡Oh! ¿Por qué tienes que ser tan terco? —Alarmada y angustiada, se tumbó en la cama para evitar el riesgo de que Devon se lastimara con el forcejeo—. Solo un minuto —le advirtió—. Uno.

Devon se calmó, aunque siguió rodeándole la muñeca con los dedos como si fueran unas esposas aflojadas.

Al ponerse de lado para mirarlo, Kathleen lamentó al instante su decisión. Estar allí echada tan cerca de él era algo terriblemente íntimo. Mientras contemplaba sus somnolientos ojos azules, un doloroso anhelo le recorrió el cuerpo.

—Temí por ti —dijo débilmente.

Devon le tocó la cara con la punta de un dedo, con el que le siguió el contorno de la mejilla.

—¿Cómo fue? —preguntó a Devon.

Este le deslizó la punta del dedo por la nariz hasta llegar al sensible borde del labio superior.

—Todo era normal hasta que, de golpe... el mundo explotó —explicó Devon despacio—. Ruido... cristales que saltaban por los aires... cosas que caían y volvían a caer... dolor... —Se detuvo cuando Kathleen le tomó la mano y se la llevó a la mejilla—. Lo peor era el frío —prosiguió—. No sentía nada. Estaba demasiado cansado para seguir adelante. Empezó a parecerme que... no era tan terrible... dejarme vencer.

El cansancio se apoderó de él y la voz se le empezó a apagar.

—Mi vida... no me pasó delante de los ojos. Solo te veía a ti —aseguró mientras se adormilaba y le resbalaba la mano con la que tocaba la cara de Kathleen. Pero logró susurrar algo más antes de quedarse dormido—: En el último instante, pensé que... me moriría deseándote.

19

Ha sido el láudano.

Era lo que Kathleen se estuvo repitiendo la noche anterior hasta conciliar el sueño y lo primero que pensó al despertarse. Bajo la tenue luz gris del alba, se levantó de la cama y buscó las zapatillas, que no estaban por ninguna parte.

Medio dormida, se dirigió descalza hacia el lavamanos de mármol del rincón, se lavó la cara y se cepilló los dientes. Al mirarse en el espejo ovalado, vio que estaba ojerosa y tenía los ojos enrojecidos.

«Pensé que me moriría deseándote.»

Seguramente no lo recordaría. La gente rara vez se acuerda de lo que ha dicho bajo la influencia del opio. Puede que ni tan solo recordara haberla besado junto al carruaje, aunque los criados cotillearían interminablemente sobre ello. Fingiría que nada había pasado y, con un poco de suerte, Devon lo habría olvidado o tendría la delicadeza de no mencionarlo.

Alargó la mano hacia el tirador de la campanilla para llamar a Clara, aunque se lo pensó mejor y trató de olvidar aquel impulso. Antes de iniciar el complicado proceso de vestirse y peinarse, iría a ver a los pacientes. Se puso el chal de cachemir sobre el camisón y se dirigió en primer lugar hacia la habitación de Devon.

Aunque no esperaba que estuviera despierto, tenía la puerta de su dormitorio entreabierta y las cortinas descorridas.

Devon estaba incorporado en la cama, recostado en unos cojines. Llevaba los gruesos mechones de pelo mojados y limpios, y un escrupuloso afeitado le había dejado la piel reluciente. Incluso convaleciente, tenía un aspecto robusto y algo inquieto, como si su confinamiento le irritara.

Kathleen se detuvo en el umbral. En medio del tenso silencio que llenó el espacio que los separaba, una oleada de insoportable timidez hizo que se ruborizara. No le facilitó las cosas que él la mirara como nunca había hecho hasta entonces... de forma atrevida y vagamente posesiva. Algo había cambiado.

Una tenue sonrisa iluminó el rostro de Devon al contemplarla y posar la mirada en el chal de colores.

Tras cerrar la puerta, Kathleen vaciló un instante, sin atreverse a acercarse a él.

—¿Por qué estás despierto tan pronto? —preguntó.

—Me despertó el hambre, y necesitaba lavarme y afeitarme, así que llamé a Sutton.

—¿Te duele? —quiso saber, preocupada.

—Sí —afirmó con rotundidad—. Ven aquí y hazme sentir mejor.

Lo obedeció con cautela, con los nervios tensos como cuerdas de piano. Al aproximarse a la cama, detectó una fragancia intensa que no era típica de él y que, aun así, le resultaba extrañamente familiar: un preparado de poleo y alcanfor.

—Hueles a linimento —soltó, perpleja—. Del tipo que usamos para los caballos.

—El señor Bloom ordenó que me trajeran un frasco de las cuadras para que me lo aplicaran en las costillas en forma de cataplasma. No me atreví a negarme.

—Oh, va muy bien —le aseguró, más tranquila—. Les sana los tirones musculares en la mitad de tiempo.

—Estoy seguro de ello —dijo, esbozando una sonrisa triste—. Pero ojalá el alcanfor no me estuviera quemando el pellejo.

—¿Te lo aplicó Sutton tal cual? —preguntó Kathleen con el ceño fruncido—. Esa concentración está pensada para los caballos; tendría que haberla rebajado con aceite o cera blanca.

—Nadie se lo dijo.

—Habría que quitártela enseguida. Deja que te ayude. —Alargó las manos hacia él pero se detuvo, insegura. Llevaba la cataplasma sujeta bajo la camisa de dormir. O tendría que subírsela o tendría que desabrochársela por delante.

Al notar su desazón, Devon sonrió y negó con la cabeza.

—Esperaré a que Sutton regrese —dijo.

—No, puedo hacerlo perfectamente —insistió Kathleen, sonrojada—. Después de todo, estuve casada.

—Tienes mucho mundo —se burló Devon con cariño mientras la acariciaba con la mirada.

Procurando parecer tranquila, apretó los labios con decisión y empezó a desabrocharle los botones delanteros. La prenda estaba hecha de un lino blanco excepcionalmente suave y con un ligero brillo.

—Esta camisa de dormir es espléndida —comentó como una tonta.

—Ni siquiera sabía que tenía una hasta que Sutton la sacó.

—¿Qué te pones para dormir, entonces? —Kathleen se había detenido, perpleja.

Devon le dirigió una mirada elocuente, con una media sonrisa en los labios.

Al entender lo que estaba diciendo, Kathleen se quedó boquiabierta.

—¿Eso te escandaliza? —preguntó Devon con un brillo divertido en los ojos.

—Claro que no. Ya sabía que eres un bárbaro —soltó, pero mientras se concentraba con determinación en los botones, se puso como un tomate. Cuando la camisa de dormir se abrió, dejó al descubierto un pecho fornido y cubierto de un ligero vello. Carraspeó antes de preguntar—: ¿Puedes incorporar un poco el cuerpo?

A modo de respuesta, Devon se separó de los cojines gruñendo debido al esfuerzo.

Kathleen dejó caer el chal y le pasó un brazo por detrás en busca del extremo del vendaje. Estaba unido en el centro.

—Un momento —pidió, y le rodeó el cuerpo con el otro brazo para tirar de la punta de tela. Era más larga de lo que había esperado, por lo que tuvo que insistir varias veces para soltarla.

Incapaz de seguir manteniendo esa postura, Devon se recostó de nuevo en los cojines con un gemido de dolor y le atrapó las manos debajo.

—Perdona —alcanzó a decir.

—No te preocupes. —Kathleen trató de liberar sus brazos, aprisionados por el cuerpo de Devon—. Pero si no te importa...

Como estaba recuperando el aliento, a Devon le costó evaluar la situación y tardó en reaccionar.

Al ver el brillo travieso que finalmente iluminó sus ojos, Kathleen se debatió entre la diversión y la rabia.

—Déjame levantar, granuja.

—Métete en la cama conmigo —pidió al ponerle las manos cálidas en los omoplatos para acariciárselos despacio describiendo círculos.

—¿Te has vuelto loco?

Mientras ella intentaba zafarse, Devon le tomó la trenza suelta que le colgaba sobre el hombro y jugueteó distraídamente con ella.

—Anoche lo hiciste —señaló entonces.

Kathleen se quedó inmóvil, con los ojos desorbitados.

De modo que se acordaba.

—No esperarías que me lo tomara por costumbre —comentó sin aliento—. Además, mi doncella vendrá pronto a buscarme.

219

—No entrará aquí —dijo Devon, que se volvió de lado y tiró de ella hasta tenerla totalmente acostada con él.

—¡Eres imposible! —exclamó con el ceño fruncido—. Tendría que dejar que el alcanfor te quemara unas cuantas capas de piel.

—Creía que me tratarías por lo menos igual de bien que a uno de los caballos.

—Cualquiera de los caballos se porta mejor que tú —le informó, rodeándole el cuerpo por debajo de la camisa de dormir con un brazo—. Hasta la mula es más obediente. —Tiró de la punta de la venda hasta soltarla. La cataplasma se aflojó, y logró quitársela y dejarla caer al suelo.

Devon permaneció quieto para recibir sus cuidados, evidentemente satisfecho consigo mismo.

Al mirar a aquel apuesto sinvergüenza, Kathleen estuvo tentada de devolverle la sonrisa. Pero le dirigió una mirada llena de reproches.

—El doctor Weeks dijo que tienes que evitar efectuar movimientos que te presionen las costillas. Nada de tirar de algo, ni de levantar cosas. Tienes que descansar.

—Descansaré siempre y cuando te quedes conmigo.

La sensación de tenerlo cerca era tan agradable, cálida y tentadora que notó que flaqueaba. Con cuidado se acomodó en la parte interior del codo de Devon.

—¿Te duele esto?

—Cada vez me siento mejor. —Tiró de las sábanas y la envolvió, junto con él, bajo las suaves mantas de lana.

Estaba recostada de cara a él, estremeciéndose de placer y de nervios al notar lo perfectamente que su cuerpo encajaba con el contorno cálido y fuerte del de Devon.

—Nos van a ver —se quejó.

—La puerta está cerrada. —Devon empezó a toquetearle las delicadas curvas de la oreja—. No me tienes miedo, ¿verdad?

Sacudió la cabeza, aunque se le había acelerado el pulso.

Devon le acarició el pelo con la nariz.

—Me preocupaba que pudiera haberte lastimado o asustado ayer, con mi... —Se detuvo en busca de la palabra— entusiasmo —dijo por fin secamente.

—No... No sabías lo que estabas haciendo.

—Sabía exactamente lo que estaba haciendo. Solo que no podía hacerlo bien —la contradijo, burlándose de sí mismo. Le acarició el labio inferior con el pulgar. Contuvo el aliento mientras se lo recorría por completo y descendía después por la mandíbula, le levantaba con suavidad la cabeza y seguía por la delicada piel bajo el mentón—. Quería besarte más bien... así.

Le cubrió la boca con la suya con una presión incitante. Apasionada y lentamente, sus labios obtuvieron de ella una reacción antes de que, impotente, pudiera pensar siquiera en reprimirla. Suavemente, la boca de Devon, firme y excitante, le provocó un agradable cosquilleo en partes del cuerpo cuyos nombres incluso desconocía. Le siguió dando más y más besos, de modo que el siguiente empezaba antes de que el último hubiese terminado del todo. Bajo las sábanas, le rozó una pierna con una de sus peludas extremidades. Y ella le rodeó el cuello con las manos y hundió los dedos en su sedoso pelo oscuro para acariciarle la cabeza.

Devon le recorrió la espalda con una mano hasta haberle dispuesto las caderas contra las de él. A pesar de las capas de franela y de lino que los separaban, sintió que sus cuerpos se unían íntimamente, y que la suavidad daba paso a la dureza. Él la besó con más agresividad, tanteándola con la lengua, introduciéndosela más, y ella gimió de placer.

No existía nada fuera de aquella cama. Solo había la fricción sensual de sus extremidades entrelazadas y el movimiento suavemente errático de sus manos. Gimió cuando Devon le rodeó el trasero con las manos y la situó contra su entrepierna excitada. Le guio las caderas para que, con una lenta cadencia, frotaran sensualmente la zona en contacto hasta que empezó a gemir con cada roce. Empezó a notar una sensación anhelante en la parte sensible que él le estaba excitando, y se ruborizó de vergüenza. No debería sentirse así, no debería querer... lo que quería. Daba igual lo mucho que la apretujara contra él, necesitaba más. El deseo era tan intenso que casi tenía ganas de agredirlo.

Al retorcerse contra él, Devon se estremeció y soltó un grito ahogado, y se dio cuenta de que le había apretado, sin querer, las costillas.

—Oh... perdona —se disculpó, y quiso moverse, jadeando, para alejarse de él.

—No ha sido nada. —Devon la retuvo donde estaba—. No te vayas —pidió. Respiraba con dificultad; debía de dolerle, pero no parecía importarle.

—Tenemos que parar —protestó Kathleen—. Esto está mal, y es peligroso para ti. Además, me siento... —Se detuvo. No había ninguna palabra en su vocabulario que expresara la profunda desesperación que la invadía, la angustiosa tensión que crecía en su interior.

Devon le dio un golpecito cariñoso, y aquel sutil movimiento íntimo le provocó un escalofrío.

—Quieto —gimió—. Me siento acalorada y enferma, y no puedo pensar. Ni siquiera puedo respirar.

No pudo entender qué hacía gracia a Devon, pero cuando le rozó la mejilla con los labios, notó que esbozaban una sonrisa.

—Deja que te ayude, cariño.

—No puedes —dijo con la voz apagada.

—Sí que puedo. Confía en mí.

La puso boca arriba y le deslizó los labios abiertos por la garganta y el pecho. No se había dado cuenta de que había estado desabrochándole la ropa hasta que le abrió el camisón.

—Devon... —Dio un respingo cuando el aire frío le recorrió la piel desnuda.

—Chitón —ordenó él, y le sopló la palabra en los senos.

Gimió cuando Devon le cubrió la piel de esa zona sensible con la boca y le tiró de ella con firmeza.

Al parecer, para él, ayudarla era infligirle un tormento todavía mayor. Le rodeó los pechos con las manos y se los chupó con tirones ligerísimos hasta que movió sin poder contenerse las caderas para aliviar aquella tensión implacable. Devon deslizó una mano por debajo de su camisón para sujetarle la cadera desnuda.

—¡Qué hermosa eres! —susurró—. Tu piel, tu figura, toda tú. —Le introdujo la mano entre los muslos para separárselos con cuidado—. Abre las piernas... un poco más... sí... Dios mío, ¡qué suave eres aquí! Y aquí...

Examinó cuidadosamente los rizos apretados de su vello y le acarició el delicado surco para separar con las yemas de los dedos los complacientes labios húmedos hasta dejar al descubierto el sensible capuchón. Con gran pericia, le recorrió suavemente los pliegues suaves hasta la abertura y le introdujo en ella la punta de un dedo. Kathleen abrió los ojos de golpe, sorprendida, y bajó la mano instintivamente para sujetar la muñeca musculosa de Devon.

Él se quedó quieto, aparentemente confundido al mirarle la cara ruborizada. Su rostro adoptó una expresión de asombro, placer y deseo a la vez.

—¿Te duele, vida? —preguntó con voz ronca.

—Un... un poco. —Su cuerpo se había cerrado alrededor de la intrusión vibrando y resintiéndose. Kathleen tiró con torpeza de la muñeca de Devon, pero este se resistió a su súplica silenciosa.

Con suavidad, giró el pulgar por el sensible capuchón e introdujo más el dedo en ella, acariciándola, provocando tanta humedad que le dio miedo y quiso mirar lo que le tapaba el camisón enmarañado alrededor de la cintura.

—No, no te preocupes —la tranquilizó Devon, jadeante. Y, antes de proseguir, le dio un beso en la frente—. Esta parte... se humedece... cuando tu cuerpo está preparado para mí. Es encantador, hace que te desee todavía más. Oh, cariño... noto cómo te aferras a mí.

Ella también lo notaba. Su cuerpo se movía lascivamente para acogerlo en su interior. El dedo invasivo retrocedió un instante y, acto seguido, sintió que Devon le introducía dos, lo que le provocó una tensión incómoda. Pero entonces él le rodeó el sexo con la mano de modo que le presionaba el tierno capuchón con el pulpejo mientras le introducía más y más los dedos, y no pudo evitar arquear el cuerpo en medio de una confusión abrasadora. Eran demasiadas sensaciones a la vez, y el corazón desbocado le latía de tal modo que se asustó.

—Para —susurró con la boca reseca—. Por favor... voy a desmayarme...

—Pues desmáyate. —Su susurro burlón le hizo cosquillas en la oreja.

La tensión aumentó de un modo insoportable. Abrió las piernas, balanceándose sin poder contenerse contra la mano de Devon. Todo sucedió con una fuerza increíble que la lanzó de cabeza a un clímax tan arrollador que tuvo la impresión de que se estaba muriendo. Aquella sensación, que siguió extendiéndose y creciendo, hizo que se estremeciera incontrolablemente de placer. Mientras gemía y jadeaba, Devon la besaba, succionándole los labios como si pudiera saborear los sonidos de su deleite. Otra oleada de placer le recorrió el cuerpo, y el calor le cubrió la cabeza, los pechos, el vientre y las ingles, mientras la boca de Devon no dejaba de apoderarse de la de ella.

Una vez dejó de estremecerse, le daba vueltas la cabeza y se sintió desfallecer. Fue vagamente consciente de haberse puesto de costado y haber apoyado la cara en el vello ligeramente mullido del pecho de Devon. Él le había bajado el camisón hasta las piernas mientras le acariciaba el trasero describiéndole círculos reconfortantes con una mano y su respiración recuperaba el ritmo normal. Kathleen nunca había tenido tantas ganas de dormir como entonces, arropada por la calidez del cuerpo de Devon y acurrucada entre sus brazos. Pero oyó, a lo lejos, el ruido de las criadas que iniciaban sus tareas matutinas, limpiaban las chimeneas y barrían las alfombras. Si se quedaba mucho rato más, la pillarían.

—Se te ha tensado el cuerpo como una cuerda de arco —le comentó Devon, medio adormilado—. Con todo lo que me he esforzado por relajarte. —Se rio entre dientes al notar el silencio avergonzado de Kathleen. Le recorrió la espalda con una mano a modo de caricia—. ¿Nunca te había pasado esto?

—No sabía que fuera posible para las mujeres —comentó, negando con la cabeza. Su voz, grave y lánguida, le sonó extraña hasta a ella misma.

—¿Nadie te lo explicó antes de la noche de bodas?

—Lady Berwick, pero estoy segura de que no tenía ni idea de esto. O quizá... —Se detuvo al ocurrírsele algo desconcertante—. Quizá no es algo que les suceda a las mujeres respetables.

Devon le seguía deslizando lenta y tranquilizadoramente la mano hacia arriba y hacia abajo por la espalda.

—No veo por qué no —soltó y, tras agachar la cabeza, le susurró al oído—. Pero no se lo diré a nadie.

Tímidamente, Kathleen le recorrió con los dedos el contorno del enorme cardenal que tenía en el costado.

—¿Saben otros hombres cómo hacer... esto?

—¿Te refieres a dar placer a una mujer? Sí, solo hay que tener paciencia. —Jugueteó con unos cuantos mechones de pelo que se le habían soltado de la trenza—. Pero vale la pena. Que una mujer disfrute hace que el acto sea más placentero.

—¿Ah, sí? ¿Por qué?

—A un hombre le enorgullece saber que puede hacer que una mujer lo desee —respondió mientras deslizaba la mano hacia el suave valle de sus muslos y la acarició por encima del camisón—. Además, la forma en que te contrajiste alrededor de mis dedos... es agradable para un hombre cuando está dentro de ti.

—Lady Berwick hizo que todo pareciera muy sencillo —explicó, ocultando la cara en su hombro—. Pero estoy empezando a pensar que omitió algunos detalles importantes.

—Cualquiera que diga que el acto sexual es sencillo nunca lo ha hecho como es debido —comentó Devon con una carcajada.

Yacían juntos en la cama, escuchando los ruidos del exterior de la habitación. Los jardineros empezaron a empujar segadoras y cortabordes con ruedas por el césped, y los cilindros afilados zumbaban suavemente. El cielo lucía el color del acero, y un fuerte viento zarandeaba las últimas hojas secas de un roble que había cerca de la ventana.

Devon le dio un beso en el pelo.

—Kathleen... me contaste que la última vez que Theo habló contigo, te dijo: «No eres mi esposa.»

Se quedó paralizada con una creciente sensación de alarma porque se imaginó lo que le iba a preguntar.

—¿Era cierto? —le preguntó Devon con delicadeza.

Trató de separarse de él, pero él la retuvo firmemente a su lado.

—No tiene importancia lo que respondas —aseguró Devon—. Solo quiero saber qué pasó.

Lo arriesgaría todo si se lo contaba. Tenía demasiado que perder. Pero, en el fondo, ansiaba explicarle la verdad.

—Sí —se obligó a sí misma a decir con voz tenue—. Era cierto. Nuestro matrimonio no llegó a consumarse.

20

—De modo que este era el motivo de vuestra discusión —murmuró Devon, que le acariciaba despacio la espalda con la mano.

—Sí. Porque no permitía que Theo... —Se detuvo con un suspiro tembloroso—. No tengo derecho a que me llamen lady Trenear. No tendría que haberme quedado en Eversby Priory después, solo que... no sabía si podría quedarme la dote, y no quería volver a vivir con lord y lady Berwick, y además de eso, estaba avergonzada. Así que mentí sobre lo de ser esposa de Theo.

—¿Te llegó a preguntar alguien si te habías acostado con él? —preguntó, incrédulo.

—No, pero mentí por omisión. Lo que está igual de mal que la otra forma de mentir. La deplorable verdad es que soy virgen. Una farsante. —Se quedó de piedra al notar que Devon contenía una carcajada—. ¡No entiendo cómo todo esto te puede parecer gracioso!

—Lo siento —se disculpó Devon, pero su voz seguía reflejando diversión—. Estaba pensando que, con los arrendatarios, la cuestión del drenaje, los fontaneros, las deudas de la finca y los cientos de otros asuntos a los que me estoy enfrentando... por fin hay un problema sobre el que puedo hacer algo.

Le dirigió una mirada de reproche, y él sonrió. La besó antes de buscar una postura más cómoda, algo más incorporado. Kathleen le puso enseguida las almohadas detrás de los hombros. Se sentó para mirarlo con las piernas medio dobladas debajo de ella, y volvió a abrocharse el camisón.

—Cuéntame qué pasó, mi vida —pidió Devon a la vez que le apoyaba una mano en el muslo.

Ahora era imposible ocultarle nada. Desvió la mirada y sujetó con los dedos la solapa del canesú.

—Tienes que saber que nunca había estado a solas con Theo hasta la noche de bodas. Lady Berwick nos acompañó a todas horas hasta después de las nupcias. Nos casamos en la capilla de la finca. Fue un enlace espléndido, de una semana de duración, y... —Se detuvo al ocurrírsele otra cosa—. Tendríamos que haberos invitado a West y a ti. Lamento que no lo hiciéramos.

—Yo, no —aseguró Devon—. No sé qué habría hecho si te hubiera conocido antes de la boda.

Al principio, pensó que Devon bromeaba, pero estaba muy serio.

—Adelante —le dijo este.

—Después de la ceremonia, Theo fue a una taberna con sus amigos y se pasó allí toda la tarde hasta bien entrada la noche. Yo me vi obligada a quedarme en mi habitación porque... es muy embarazoso para la novia, ¿sabes? Está mal visto que se quede y hable con la gente antes de la noche de bodas. Así que me bañé, Clara me rizó el pelo con unas tenacillas calientes, me puse un camisón de encaje blanco, me senté sola y esperé... y esperé... y esperé... Estaba demasiado agitada para comer nada, y no había nada que hacer. Me acosté a medianoche. No podía dormir, solo estaba echada en la cama, poniéndome nerviosa.

Devon le apretujó ligeramente el muslo con la mano.

Alzó rápidamente los ojos, y al ver la preocupación con que la contemplaba, se derritió por dentro.

—Finalmente Theo entró en la habitación —prosiguió—. Estaba bebido. Llevaba la ropa sucia y apestaba, y ni siquiera se lavó. Se limitó a quitarse la ropa, y se metió en la cama y empezó a... —Kathleen se detuvo y empezó a toquetearse la punta de la trenza. No había forma de explicar la espantosa sorpresa de verse sobada y agobiada, sin oportunidad de acostumbrarse a la sensación del cuerpo desnudo de un hombre. Theo no la había besado... aunque ella tampoco había querido que lo hiciera... ni siquiera había parecido ser consciente de ella como persona.

»Al principio traté de quedarme quieta —contó—. Eso es lo que lady Berwick me dijo que tenía que hacer. Pero él pesaba mucho y fue brusco. Estaba enfadado porque yo no sabía qué hacer. Empecé a protestar, y quiso acallarme. Me tapó la boca con la mano, y entonces perdí el control. No pude evitarlo. Me resistí y le di un puntapié. De repente, se apartó de mí, con el cuerpo doblado. Le dije que apestaba más que un estercolero y que no quería que me tocara.

Hizo una pausa y alzó los ojos para mirar a Devon con temor, esperando desaprobación o burla. Pero su expresión era inescrutable.

—Salí corriendo de la habitación y me pasé el resto de la noche en el diván que hay en el dormitorio de Helen —continuó explicando—. Ella fue muy amable y no hizo preguntas, y a la mañana siguiente me ayudó a remendar el encaje roto de mi camisón antes de que las criadas pudieran verlo. Al día siguiente Theo estaba furioso conmigo, pero admitió que no tendría que haber bebido tanto. Me pidió que empezáramos de nuevo. Y yo... —Tragó saliva con fuerza, y confesó llena de vergüenza—: Rechacé sus disculpas. Dije que nunca compartiría la cama con él, ni esa ni ninguna otra noche.

—Bien hecho —soltó Devon, en un tono diferente a ninguno que le hubiera escuchado antes. Había dejado de mirarla, como si no quisiera que ella viera lo que había en sus ojos, pero su expresión era dura.

—No, fue terrible por mi parte. Cuando acudí en busca de

lady Berwick y le pregunté qué debería hacer, me respondió que una esposa tiene que tolerar las insinuaciones de su marido aunque este haya empinado el codo, y que nunca es agradable, pero que el matrimonio es así. Una mujer entrega su libertad a cambio de la protección de su esposo.

—¿No debería el esposo protegerla de sí mismo, si es preciso? —le preguntó Devon en voz baja.

—No lo sé —respondió Kathleen con el ceño fruncido.

Devon se quedó callado a la espera de que ella prosiguiera su relato.

—Los dos días siguientes, se marcharon todos los invitados a la boda —dijo—. Fui incapaz de acostarme con Theo. Él estaba dolido y enfadado, y me exigía sus derechos. Pero seguía bebiendo mucho, y le aseguré que no quería tener nada con él hasta que estuviera sobrio. Tuvimos una discusión terrible. Me dijo que nunca se habría casado conmigo si hubiera sabido que era frígida. La tercera mañana, quiso montar a *Asad* y... ya sabes el resto.

Devon deslizó una mano bajo el camisón de Kathleen para acariciarle con suavidad el muslo desnudo. La observó con una mirada cálida, lleno de interés.

—¿Quieres saber qué habría hecho yo si hubiese cometido el mismo error que Theo? —preguntó al final. Y prosiguió cuando ella asintió prudentemente—. Te habría suplicado perdón, de rodillas, y te habría jurado que nunca volvería a ocurrir. Habría comprendido que estuvieras enojada y asustada, con motivo. Habría esperado todo el tiempo que hubieras necesitado, hasta haber recuperado tu confianza... y después te habría llevado a la cama y te habría hecho el amor días seguidos. En cuanto a lo de que eres frígida... creo que lo hemos desmentido de un modo concluyente.

—Antes de irme... —dijo Kathleen, ruborizada—. Sé que un hombre tiene necesidades. ¿Hay algo que deba hacer por ti?

—Te agradezco la oferta —aseguró Devon con una sonrisa

apesadumbrada en los labios—. Pero ahora mismo me duele hasta respirar. Que tú me dieras placer acabaría de rematarme para siempre. —Le oprimió con suavidad el muslo—. La próxima vez será.

—Pero no puede haber una próxima vez —replicó Kathleen en tono sombrío—. Todo tiene que volver a ser como era antes.

—¿Lo crees posible? —preguntó Devon, arqueando un poco las cejas.

—Sí, ¿por qué no?

—Hay ciertos apetitos que, una vez despertados, son difíciles de ignorar.

—No importa. Estoy viuda; no puedo volver a hacerlo.

Devon le sujetó un tobillo y tiró de ella hacia él, a pesar de lo que debía de dolerle hacerlo.

—Para —le susurró Kathleen con brusquedad, mientras intentaba bajarse el camisón, que se le estaba subiendo hasta las caderas—. Te vas a hacer daño...

—Mírame.

Le había tomado los hombros con las manos. A regañadientes, Kathleen se obligó a mirarlo a los ojos, y sintió un calor que le provocó mariposas en el estómago.

—Sé que lamentas la muerte de Theo —dijo Devon en voz baja—. Sé que te casaste con él con la mejor de las intenciones, y que has tratado de llorar su muerte sinceramente. Pero Kathleen, vida mía... No eres su viuda, lo mismo que jamás fuiste su esposa.

Estas palabras la hirieron como un bofetón en la cara. Escandalizada y ofendida, se levantó con dificultad de la cama y recuperó el chal.

—Jamás debí confiarte nada —exclamó.

—Solo te estoy haciendo notar que, por lo menos en privado, no tienes que cumplir las mismas obligaciones que una verdadera viuda.

—¡Soy una verdadera viuda!

—Apenas conocías a Theo —replicó Devon, sarcástico.

—Lo amaba —insistió.

—¿Ah, sí? ¿Qué es lo que más amabas de él?

Kathleen abrió, enfadada, la boca para contestar... pero no le salió ni una sola palabra. Se oprimió el vientre con la palma de la mano al caer en la cuenta de algo horrible. Ahora que la culpa por la muerte de Theo se había mitigado por lo menos en parte, no lograba identificar ningún sentimiento concreto hacia él aparte de la pena distante que sentiría por un total desconocido que hubiera corrido su suerte.

A pesar de eso, había ocupado el lugar de viuda de Theo, viviendo en su casa, haciéndose amiga de sus hermanas, disfrutando de todas las ventajas de ser lady Trenear. Theo supo que era una impostora. Supo que no lo amaba, antes incluso de que ella lo supiera. Por eso sus últimas palabras habían sido una acusación.

Furiosa y avergonzada, se volvió y se dirigió hacia la puerta. La abrió de golpe sin pararse a pensar que tenía que ser discreta, y salió como una exhalación de la habitación. Se quedó prácticamente sin aliento al chocar con una figura corpulenta.

—¿Pero qué...? —oyó que West decía, a la vez que alargaba la mano para evitar que se cayera—. ¿Qué te pasa? ¿Puedo ayudarte?

—Sí —le espetó—. Puedes volver a tirar a tu hermano a ese río. —Se alejó a grandes zancadas antes de que West pudiera contestar.

West entró en la habitación principal.

—Veo que has vuelto a ser tan encantador como de costumbre —soltó.

Devon le sonrió y soltó el aire entrecortadamente, ansioso porque el calor de los últimos minutos remitiera. Tener a Kathleen allí, en la cama, había sido la tortura más exquisita que podía imaginar. Su cuerpo se debatía entre dolores, punzadas y anhelos diversos.

Nunca se había sentido mejor en toda su vida.

—¿Por qué estaba enfadada? —preguntó West—. Da igual, no quiero saberlo. —Levantó la silla que había junto a la cama con una mano y la giró—. Me debes un par de zapatos —soltó mientras se sentaba a horcajadas y apoyaba los brazos en el respaldo.

—Te debo más que eso. —Devon dudaba que unos meses atrás West hubiera tenido la fortaleza física, por no hablar de la presencia de ánimo, para sacarlo del río—. Gracias —dijo con sencillez, sosteniendo la mirada a su hermano.

—Fue un gesto totalmente interesado, te lo aseguro. No quiero ser el conde de Trenear.

—Yo tampoco —soltó Devon con una carcajada.

—¿Ah, no? Últimamente parece que el papel te va mucho más de lo que habría esperado. —West le dirigió una mirada interrogativa—. ¿Qué tal las costillas?

—Fisuradas, pero no rotas.

—Has salido mucho mejor parado que Winterborne.

—Él estaba sentado junto a la ventanilla. —Al recordar el momento en que los trenes chocaron, Devon hizo una mueca—. ¿Cómo está?

—Durmiendo. Weeks quiere mantenerlo sedado para ahorrarle dolor y mejorar sus posibilidades de sanar como es debido. También nos aconsejó que hiciéramos venir a un oculista de Londres.

—¿Recuperará la vista?

—El médico cree que sí, pero es imposible saberlo con certeza hasta que le hagan pruebas.

—¿Y la pierna?

—La fractura fue limpia; sanará bien. Pero Winterborne estará con nosotros bastante más de lo que habíamos previsto. Por lo menos un mes.

—Excelente. Así tendrá más tiempo para conocer a Helen.

—¿Vuelves con esas? ¿Pretendes concertar un matrimonio entre ellos? ¿Y si Winterborne acaba siendo cojo y ciego? —preguntó West, con una expresión vaga en el semblante.

—Seguirá siendo rico.

—Está claro que un escarceo con la muerte no ha cambiado tus prioridades —soltó West con sarcasmo.

—¿Por qué tendría que haberlo hecho? El matrimonio beneficiará a todo el mundo.

—¿Cómo te beneficiaría a ti exactamente?

—Pondré como condición que Winterborne haga una gran donación a Helen y me nombre fideicomisario de las finanzas de su esposa.

—¿Y entonces usarás el dinero según mejor te convenga? —dijo West, incrédulo—. Madre mía, ¿cómo puedes arriesgar la vida un día para salvar a unos niños que se están ahogando y tramar algo tan cruel el siguiente?

—No tienes por qué hablar como si fuera a arrastrar a Helen encadenada hasta el altar —se quejó Devon, enojado, mirando a su hermano con los ojos entrecerrados—. Ella tendrá voz en el asunto.

—Las palabras adecuadas pueden atenazar a alguien mucho mejor que las cadenas. La manipularás para que haga lo que quieres sin importar lo que sienta.

—Disfruta de la vista desde tu pedestal moral —replicó Devon—. Por desgracia, yo tengo que tener los pies en el suelo.

West se levantó y se acercó a la ventana, desde donde contempló el paisaje con el ceño fruncido.

—Tu plan tiene un fallo —dijo—. Winterborne puede decidir que Helen no es de su agrado.

—Oh, claro que la aceptará —le aseguró Devon—. Casarse con la hija de un noble es la única forma que tiene de ascender socialmente. Piénsalo, West: Winterborne es uno de los hombres más ricos de Londres y la mitad de la nobleza le debe dinero; aun así, los mismos aristócratas que le suplican que les prorrogue el crédito se niegan a recibirlo en el salón de sus casas. Ahora bien, si se casa con la hija de un conde, se le abrirán al instante puertas que siempre ha tenido cerradas. —Devon hizo una pausa con actitud pensativa—. Helen sería ventajosa para él.

—Tal vez ella no lo acepte.

—¿Preferiría ser una solterona sin dinero?

—A lo mejor —respondió West, malhumorado—. ¿Cómo voy a saberlo?

—Era una pregunta retórica. Claro que Helen estará de acuerdo en casarse con él. Los aristócratas siempre conciertan los matrimonios en beneficio de la familia.

—Sí, pero se suele aparejar a las novias con hombres que están a su mismo nivel social. Lo que tú estás proponiendo es rebajar a Helen vendiéndola a cualquier palurdo de la plebe con los bolsillos llenos en tu propio provecho.

—No a cualquier palurdo de la plebe —lo corrigió Devon—. A uno de nuestros amigos.

West soltó con desgana una carcajada y se volvió hacia su hermano.

—Ser amigo nuestro no es lo que se dice una buena recomendación. Preferiría que Winterborne se casara con Pandora o con Cassandra; por lo menos ellas tienen el carácter suficiente para plantarle cara.

Helen se sintió feliz y aliviada al saber que la fiesta de Nochebuena y el baile del servicio se celebraría según lo previsto. Se había estado comentando en familia, dada la difícil situación del pobre señor Winterborne en su estado actual de invalidez. Sin embargo, tanto Devon como West habían afirmado categóricamente que Winterborne sería la última persona que querría que se cancelara una fiesta por su culpa, y más cuando significaba tanto para los criados y los arrendatarios que habían trabajado duro todo el año. Seguir adelante con la celebración como estaba previsto sería bueno para la moral de toda la casa, y a parecer de Helen, era importante honrar el espíritu navideño. Nunca podía haber nada malo en fomentar el amor y la buena voluntad.

La casa vivía un bullicio renovado; todos envolvían regalos y hacían preparativos mientras desde la cocina les llegaban ricos olores de pasteles y asados. En el vestíbulo se situaron cestos con naranjas y manzanas, junto con otros que contenían peonzas, animales tallados en madera, combas de saltar y boliches.

—Me da pena el señor Winterborne —observó Pandora. Ella y Cassandra estaban atareadas envolviendo almendras garrapiñadas en cucuruchitos de papel, mientras Helen disponía flores en un gran jarrón—. Estará solo en una habitación oscura mientras los demás disfrutamos de los adornos que él nos envió, ¡y ni siquiera puede ver!

—A mí también me da pena —corroboró Cassandra—. Pero su dormitorio queda lo bastante lejos como para que el ruido no lo moleste. Y como el medicamento del doctor Weeks le hace dormir la mayoría del rato, seguramente ni siquiera sabrá lo que está pasando.

—Ahora no está dormido —replicó Pandora—. Según la señora Church, se ha negado a tomar la dosis de la tarde. Le tiró una taza de la mano, le dijo algo espantoso ¡y ni siquiera se disculpó!

Helen dejó de arreglar el gran jarrón de rosas rojas, ramas de hojas perennes, lirios y crisantemos.

—Sufre dolores muy fuertes —dijo—, y seguramente estará asustado, como estaría cualquier hombre en su situación. No seas injusta con él, cielo.

—Supongo que tienes razón —admitió Pandora—. Debe de ser aburridísimo estar en la cama sin nada con lo que entretenerse. ¡Sin poder siquiera leer! Kathleen dijo que iría a verlo e intentaría persuadirlo de que se tomara un caldito o un té. Espero que tuviera más suerte que la señora Church.

Helen cortó el tallo de otra rosa y lo dispuso en el jarrón con el ceño fruncido.

—Iré arriba y preguntaré si puedo hacer algo para ayudar —comentó—. Cassandra, ¿te importaría terminar de arreglar las flores por mí?

—Si al señor Winterborne le apetece, Cassie y yo podríamos leerle *Los papeles del Club Pickwick* —se ofreció Pandora—. Haríamos las voces de todos los personajes para que resultara muy divertido.

—Yo podría llevarle a *Josefina* cuando haya terminado con las flores —sugirió Cassandra—. Es mucho más tranquila que *Napoleón*, y a mí siempre me hace sentir mejor contar con la compañía de un perro cuando estoy enferma.

—A lo mejor le gustaría conocer a *Hamlet* —exclamó Pandora.

—Sois las dos muy amables. Seguro que el señor Winterborne agradecerá todo este entretenimiento cuando haya hecho un poco más de reposo —indicó Helen, sonriendo a sus dos hermanas, que estaban muy serias.

Dejó el comedor y cruzó el vestíbulo, encantada de ver el árbol reluciente. Bajo las ramas adornadas, una criada que barría las agujas caídas tarareaba un villancico. Subió la escalera y se encontró a Kathleen y a la señora Church frente a la puerta del dormitorio de Winterborne. Ambas estaban hablando entre sí en voz baja con aspecto preocupado y exasperado.

—He venido a ver cómo está nuestro invitado —dijo Helen al reunirse con ellas.

—Tiene fiebre y lo devuelve todo. No puede tomar ni un sorbo de agua siquiera. Es alarmante —explicó Kathleen con el ceño fruncido.

Helen echó un vistazo a la habitación en penumbra por la

puerta entreabierta. Oyó un ruido tenue, algo entre un gemido y un gruñido que le erizó el vello de la nuca.

—¿Hago llamar al doctor Weeks? —preguntó la señora Church.

—Supongo que sí —respondió Kathleen—, aunque se ha pasado la mayoría de la noche cuidando al señor Winterborne y necesita urgentemente unas horas de descanso. Además, si no logramos convencer a nuestro paciente para que tome ninguna medicina o agua, no sé cómo lo va a hacer el doctor Weeks.

—¿Puedo intentarlo yo? —se ofreció Helen.

—No —respondieron las otras dos mujeres a la vez.

—Lo único que le he oído decir hasta ahora al señor Winterborne son blasfemias —explicó Kathleen a Helen—. Por fortuna, la mitad son en galés, pero aun así, es demasiado vulgar para ti. Además, todavía eres soltera y él no va vestido decentemente, de modo que ni hablar.

Una palabrota salió de las profundidades de la habitación, seguida de un gemido lastimero.

—La habitación de un enfermo no puede depararme ninguna sorpresa —replicó Helen, compadecida—. Después de que madre nos dejara, cuidé a padre en más de una enfermedad.

—Sí, pero Winterborne no es ningún familiar.

—No está en situación de comprometer la reputación de nadie... y tú y la señora Church ya tenéis que cargar con muchas cosas. —Dirigió una mirada de súplica a Kathleen—. Déjame atenderlo.

—Muy bien —accedió Kathleen a regañadientes—. Pero deja la puerta abierta.

Helen asintió y entró en la habitación.

El ambiente era cálido y estaba cargado, la habitación olía a sudor, medicinas y escayola. La figura corpulenta y morena de Winterborne se retorcía en la cama en medio de un revoltijo de sábanas. Aunque llevaba una camisa de dormir, con una pierna escayolada de rodilla para abajo, Helen alcanzó a verle las extremidades peludas. Tenía el cabello negro y ondulado. Con los dientes apretados debido al esfuerzo, estaba intentando quitarse las vendas de los ojos. Helen dudó. A pesar de lo mal que estaba, parecía un animal salvaje. Pero al ver lo torpes y temblorosas que tenía las manos, se compadeció de él.

—No, no... —dijo, y corrió a su lado. Le puso con ternura una mano en la frente, que estaba tan seca y caliente como una bandeja de horno—. Estese tranquilo. Estese quieto.

Winterborne había hecho ademán de apartarla de un empujón, pero al notar sus dedos frescos, soltó un sonido grave y se quedó inmóvil. Medio deliraba de fiebre. Tenía los labios agrietados. Tras apoyarle la cabeza en su hombro para que no se le moviese, le volvió a poner bien la venda de los ojos y se la ató de nuevo.

—No tire de ella —le murmuró—. Tiene que llevar tapados los ojos mientras sanan. —Él permaneció recostado en ella, respirando entrecortadamente—. ¿Quiere probar de beber un poco de agua? —le preguntó.

—No puedo —alcanzó a decir, desconsolado.

Helen se volvió hacia el ama de llaves, que se había quedado en el umbral.

—Señora Church, abra la ventana, por favor.

—El doctor Weeks dijo que mantuviéramos caldeada la habitación.

—Tiene fiebre —insistió Helen—. Creo que le iría bien estar más cómodo.

La señora Church se dirigió a la ventana. Cuando levantó el pestillo y la abrió, entró una ráfaga de aire gélido que se llevó de inmediato el olor a enfermo.

Helen notó cómo Winterborne movía el pecho al inspirar hondo. Los fuertes músculos de su espalda y sus brazos se crisparon de alivio y la enorme tensión que lo atenazaba empezó a remitir. Aposentó la cabeza en el hombro de Helen como si fuera un niño exhausto. Consciente de la poca ropa que llevaba, Helen no se atrevió a bajar la mirada.

Mientras lo sostenía, tomó la taza con agua de la mesilla de noche.

—Trate de tomar unas gotitas de agua —sugirió. Al notar que le llevaba la taza a la boca, Winterborne soltó un tenue quejido, pero permitió que le humedeciera los labios.

Como vio que el enfermo no podía hacer más, dejó la taza.

—Así, eso está mejor. —Siguió sujetándolo mientras el ama de llaves se acercaba sin mediar palabra y empezaba a poner bien las sábanas.

Helen sabía que era escandaloso que estuviera de aquella forma con un hombre, y todavía más con un desconocido. Era indudable que Kathleen se habría horrorizado. Pero había vivido apartada de la sociedad toda su vida, y aunque estaba dispuesta a seguir las normas siempre que fuera posible, también lo estaba a prescindir de ellas cuando fuera necesario. Además, aunque Winterborne era un hombre poderoso e influyente en su vida diaria, en aquel momento estaba muy enfermo y sufriendo, y casi podía pensar en él como en un niño necesitado de ayuda.

Intentó dejarlo recostado en las almohadas, pero él se resistió con un gruñido. Le sujetó la muñeca con una mano. Aunque no le hacía daño, Helen notó la fuerza con que lo hacía. Si quisiera, le partiría los huesos fácilmente.

—Iré a buscar algo para que se sienta mejor —dijo con dulzura—. Volveré en un rato.

Winterborne permitió que lo dejara apoyado en las almohadas pero no la soltó. Inquieta, Helen le contempló la mano antes de desplazar la mirada hacia su cara. Tenía la frente y los ojos ocultos bajo las vendas, pero la estructura ósea de su rostro magullado y rasguñado era muy marcada y austera, con los pómulos prominentes y la mandíbula robusta y contundente. No tenía arruguitas de reírse alrededor de la boca, ni ningún atisbo de ternura por ninguna parte.

—Volveré en media hora —anunció Helen—. Se lo prometo.

Winterborne no la soltó.

—Se lo prometo —repitió Helen. Con la mano que tenía libre, le acarició suavemente los dedos para intentar lograr que los aflojara.

Winterborne trató de humedecerse los labios con la lengua antes de hablar.

—¿Quién es usted? —preguntó con voz ronca.

—Lady Helen.

—¿Qué hora es?

Helen dirigió una mirada a la señora Church a modo de pregunta y esta se acercó al reloj de la repisa de chimenea.

—Son las cuatro —informó el ama de llaves.

Helen supo que iba a cronometrarla. Y que Dios la ayudara si llegaba tarde.

—Volveré a las cuatro y media —afirmó. Pasado un momento, añadió en voz baja—: Confíe en mí.

Poco a poco, Winterborne abrió la mano y la liberó.

21

Lo primero de lo que Rhys había sido consciente después del accidente ferroviario fue que alguien, un médico quizá, le preguntaba si quería que fueran a buscar a alguien. Había sacudido la cabeza al instante. Su padre estaba muerto, y su madre, una mujer dura y arisca de edad avanzada que vivía en Londres, era la última persona a la que quería ver. Aunque le hubiera pedido que lo confortara, ella no habría sabido cómo hacerlo.

Rhys nunca había estado lesionado ni enfermo de gravedad en su vida. Hasta de niño había sido fuerte y físicamente intrépido. Sus padres galeses lo azotaban con una duela de barril por cada fechoría o momento de pereza, y había recibido los peores castigos sin inmutarse. Su padre había sido tendero; vivían en una calle llena de comerciantes donde Rhys, más que aprender las aptitudes de comprar y vender, las había absorbido con la misma naturalidad con la que respiraba.

Después de haber levantado su propio negocio, nunca permitía que ninguna relación personal la apartara de él. Había habido mujeres, claro, pero solo las que estaban dispuestas a tener una aventura según las condiciones que él ponía a la relación: que fuera puramente sexual y desprovista de sentimientos. Ahora, mientras yacía en la cama de una habitación desconocida, transido de dolor, se le ocurrió que tal vez había sido demasiado independiente. Tendría que haber alguien a quien pudiera avisar, alguien que se preocupara por él en aquella inexplicable situación de estar herido.

A pesar de la brisa fresca que entraba por la ventana, le abrasaba todo el cuerpo. El peso de la escayola en la pierna lo sacaba de quicio tanto como el dolor constante del hueso roto. La habitación parecía dar vueltas y oscilar, lo que le provocaba unas náuseas violentas. Impotente, solo podía esperar minuto a minuto a que aquella mujer regresara.

Lady Helen... una de las personas de aquel círculo exclusivo que él personalmente había despreciado siempre. Una de sus superiores.

Pasado lo que le pareció una eternidad, notó que alguien entraba en la habitación. Oyó un tenue repiqueteo, como de cristal o porcelana contra metal.

—¿Qué hora es? —preguntó con brusquedad.

—Las cuatro y veintisiete minutos. —Era la voz de lady Helen, luminosa con una nota de diversión—. Me han sobrado tres minutos.

Escuchó atentamente el frufrú de un vestido... el sonido de verter y remover algo... el borboteo de agua con hielo. Si esperaba que bebiera algo, se equivocaba: la idea de tragar líquido le hacía estremecer de asco.

La tenía cerca; sintió que se inclinaba hacia él. Un paño húmedo y fresco empezó a recorrerle la frente, las mejillas y el cuello, y era tan agradable que se le escapó un suspiro desgarrador. Cuando le apartó el paño de la piel, alargó la mano para intentar evitarlo.

—No pare —pidió, jadeando. Por dentro estaba furioso por haberse visto reducido a suplicar pequeños favores.

—Shhh... —Había refrescado y humedecido de nuevo el paño, y al volver a pasárselo lentamente por la cara, Winterborne le rodeó los pliegues del vestido con los dedos y los cerró con tanta fuerza que habría sido imposible liberar la tela. Entonces

Helen le deslizó una delicada mano bajo la cabeza y lo levantó lo suficiente para aplicarle el paño en la nuca. Sintió tanto placer que soltó un humillante gemido de alivio.

Cuando se hubo relajado y estuvo respirando profundamente, el paño desapareció. Notó que ella maniobraba a su alrededor: le levantaba la cabeza y los hombros, le mullía las almohadas. Al darse cuenta de que pretendía darle más agua o quizás aquel repugnante preparado de láudano de antes, se quejó.

—No... maldita sea... —soltó entre dientes.

—Inténtelo. —Fue dulce pero implacable. Hundió con su ligero peso el borde del colchón y un brazo esbelto le rodeó la espalda. Al verse así, medio acunado, se planteó echarla de la cama de un empujón. Pero le tocó la mejilla con una ternura que socavó de algún modo su voluntad de lastimarla.

Le acercó un vaso a la boca, y un líquido dulce, muy frío, le tocó los labios. Dio un sorbo cauteloso, y la superficie áspera de su lengua absorbió la bebida ligeramente astringente al instante. Era deliciosa.

—Más despacio —le advirtió lady Helen.

Estaba tan sediento, tan reseco que necesitó más. Le sujetó con torpeza la mano con la que sostenía el vaso, y dio un trago con avidez antes de que ella pudiera detenerlo.

—Espere. —Le apartó el vaso de la mano—. Veamos antes si no lo devuelve.

Estuvo tentado de maldecirla por negarle la bebida, aunque en el fondo sabía que era lógico hacerlo así.

Al final el vaso le regresó a los labios.

Se obligó a sí mismo a vaciar el contenido despacio. Cuando hubo terminado, lady Helen esperó pacientemente, sin dejar de sostenerlo. El movimiento de su respiración era suave y regular, sus pechos, un cojín blando en el que él apoyaba la cabeza. Olía a vainilla y a una tenue fragancia floral. Desde que era adulto, nunca había estado en tanta desventaja... Siempre iba bien vestido y tenía un pleno dominio de la situación, pero aquella mujer solo veía un inválido indefenso y sumamente descuidado. Era exasperante.

—¿Mejor? —le preguntó.

—*Ywd* —contestó Rhys en galés sin pensar. Sí. Parecía imposible, pero la habitación había dejado de dar vueltas. A pesar de que unas punzadas de dolor le seguían subiendo por la pierna como si le estuvieran disparando balas a intervalos, podía soportar cualquier cosa siempre y cuando las náuseas hubieran remitido.

Cuando empezó a apartarlo de su regazo para levantarse, él extendió un brazo para retenerla. Necesitaba que todo siguiera exactamente como estaba, por lo menos unos minutos. Para su satisfacción, Helen se detuvo y se quedó sentada.

—¿Qué me ha dado? —quiso saber.

—Una infusión que preparé con orquídeas.

—Orquídeas —repitió, desconcertado.

Nunca había oído que aquellas flores raras y feas tuvieran otra utilidad aparte de servir como adornos exóticos.

—De dos variedades de *Dendrobium* y un *Spiranthes*. Muchas orquídeas poseen propiedades medicinales. Mi madre las coleccionaba, y llenó un montón de libretas con información que había obtenido.

¡Cómo le gustaba su voz! Era una melodía grave y sosegada. Notó que se movía de nuevo para intentar, una vez más, apartarlo de ella, y se dejó caer con más fuerza en su regazo para sujetarle el brazo con la cabeza, resuelto a que se quedara como estaba.

—Señor Winterborne, ahora tendría que dejarlo descansar...

—Hábleme.

—Como quiera —dijo tras titubear—. ¿De qué quiere que hablemos?

Quería preguntarle si se quedaría ciego para siempre. Si alguien le había comentado algo al respecto, había estado demasiado drogado para recordarlo. Pero no fue capaz de poner voz a la pregunta. Le daba demasiado miedo la respuesta. Y no había forma de dejar de pensar en ello mientras estaba solo en aquella habitación silenciosa. Necesitaba distracción y consuelo.

La necesitaba.

—¿Quiere que le hable de las orquídeas? —preguntó Helen, que prosiguió sin esperar una respuesta mientras adoptaba una postura más cómoda—. La palabra procede de la mitología griega. Orchis era el hijo de un sátiro y de una ninfa. Durante un banquete en honor a Baco, Orchis bebió demasiado vino y quiso imponer sus atenciones a una sacerdotisa. Baco se disgustó mucho, y reaccionó despedazando a Orchis. Los pedazos fueron esparcidos por doquier y, donde aterrizaba alguno, crecía una orquídea. —Hizo una pausa y se inclinó hacia otro lado unos segundos para alcanzar algo. Winterborne notó que algo suave y delicado le tocaba los labios agrietados... Le estaba aplicando una pomada balsámica con la punta del dedo—. La mayoría de gente desconoce que la vainilla es el fruto de una orquídea trepadora. Tenemos una en un invernadero de la finca, es tan larga que crece de costado en la pared. Cuando una de las flores ha crecido totalmente, se abre por la mañana, y si no está polinizada, se cierra por la noche y ya no vuelve a abrirse más. Las flores blancas y las vainas de vainilla que contienen tienen la fragancia más dulce del mundo...

Mientras su voz tierna seguía hablando, Rhys tuvo la sensación de flotar al mismo tiempo que la fiebre remitía. ¡Qué extraño y encantador era yacer prácticamente dormitando en sus brazos! Puede que mejor incluso que hacer el amor... pero esta idea lo llevó a la indecente pregunta de cómo sería hacerlo con ella... cómo podría estar acostada tranquilamente debajo de él mientras él devoraba toda aquella suavidad de pétalos y dulzura de vainilla... y poco a poco se quedó dormido en los brazos de lady Helen.

22

A última hora de la tarde, Devon se levantó de la cama con la intención de reunirse con el resto de la familia en el comedor para tomar el té de Nochebuena. Logró vestirse con la colaboración de su ayuda de cámara, pero tardó más de lo que había previsto. Para hacerlo tuvo que vendarse primero firmemente la parte superior del cuerpo para proteger las costillas fisuradas y limitar los movimientos bruscos. Incluso con la asistencia de Sutton le resultó insoportable pasar los brazos por las mangas de la camisa. Hasta el menor giro del torso era una tortura. Antes de poder ponerse la chaqueta, se vio obligado a tomar media dosis de láudano para mitigar el dolor.

Al final, Sutton le anudó con precisión la corbata y retrocedió un paso para examinarlo.

—¿Cómo se siente, milord?

—Lo bastante bien como para bajar un rato —respondió Devon—. Pero no estoy lo que podría decirse ágil. Y si estornudo, estoy bastante seguro de que me echaré a berrear como un bebé.

—No le faltará gente ansiosa por ayudarlo —aseguró el ayuda de cámara con una ligera sonrisa—. Los lacayos echaron literalmente a suertes cuál de ellos tendría el privilegio de acompañarlo hasta abajo.

—No necesito que nadie me acompañe —se quejó Devon, al que disgustaba la idea de que lo trataran como a un vejete gotoso—. Me agarraré a la barandilla para no perder el equilibrio.

—Me temo que Sims es inflexible al respecto. Sermoneó a todo el servicio sobre la necesidad de protegerlo para evitar que se hiciera más daño. Además, no puede decepcionar a los criados negándose a recibir su ayuda. Se ha convertido en todo un héroe después de salvar a esa gente.

—No soy ningún héroe —se mofó Devon—. Cualquiera habría hecho lo mismo.

—Me parece que no lo entiende, milord. Según cuentan los periódicos, la mujer a la que rescató es la esposa de un molinero que había ido a Londres a buscar a su sobrinito tras la reciente muerte de la madre del pequeño. Y el niño y sus hermanas son hijos de obreros de una fábrica. Los habían enviado a vivir al campo con sus abuelos. —Sutton hizo una pausa antes de añadir con más énfasis—: Todos ellos pasajeros de segunda clase.

Devon lo miró atónito.

—Que arriesgara la vida para salvar a alguien fue heroico —dijo el ayuda de cámara—. Pero que un hombre de su rango estuviera dispuesto a sacrificarlo todo por personas tan humildes... Bueno, en lo que a todo el servicio de Eversby Priory se refiere, es como si lo hubiera hecho por cualquiera de ellos. —Sutton empezó a sonreír al ver la expresión perpleja de Devon—. Por eso vivirá rodeado del homenaje y la adoración de sus criados las próximas décadas.

—Dios santo —murmuró Devon, acalorado—. ¿Dónde está el láudano?

El ayuda de cámara sonrió y usó el tirador para llamar a los criados.

En cuanto salió de su dormitorio, Devon se vio agobiado por un exceso de atención no deseada. No uno, sino dos lacayos lo acompañaron escalera abajo, señalándole con prontitud peligros tales como el borde de un peldaño concreto que no era bastante liso o una parte del pasamanos que podría estar resbaladiza porque acababan de pulirla. Tras sortear los supuestos riesgos de la escalera, Devon cruzó el vestíbulo y se vio obligado a detenerse por el camino cuando una hilera de criadas hicieron una genuflexión y le dijeron a coro «Feliz Navidad» y «Que Dios lo bendiga, milord» antes de manifestarle sus muchos deseos de que se mejorara.

Avergonzado por el papel que parecía haberle tocado interpretar, Devon sonrió y les dio las gracias. Prosiguió su esforzado recorrido hasta el comedor, que lucía unos espectaculares centros de plantas de Navidad, y unas guirnaldas de ramas de hojas perennes entrelazadas con cintas doradas. Kathleen, West y las gemelas estaban sentados riendo y charlando relajada y animadamente.

—Hemos sabido que te acercabas por todas las voces de júbilo que se oían en el vestíbulo —le dijo Pandora.

—No está acostumbrado a que la gente exclame de alegría al verlo llegar —soltó West muy serio—. Normalmente lo hace al verlo partir.

Devon dirigió a su hermano una mirada fingidamente amenazadora y fue a sentarse en el lugar vacío que había junto a Kathleen. Inmediatamente el primer lacayo, que estaba esperando en un lado de la habitación, retiró la silla hacia atrás y lo ayudó a sentarse con una cautela exagerada.

A Kathleen parecía costarle mirar a Devon a los ojos.

—No debes excederte —indicó con preocupación.

—No lo haré —aseguró Devon—. Voy a tomar té, y a ayudar a la familia a recibir a los arrendatarios cuando lleguen. Después, supongo que ya habré terminado. —Echó un vistazo alrededor de la mesa—. ¿Dónde está Helen?

—Está haciendo compañía al señor Winterborne —respondió Cassandra, radiante.

¿Cómo había sido eso? Devon interrogó con los ojos a West, que se encogió ligerísimamente de hombros.

—El señor Winterborne ha pasado un día bastante difícil —explicó Kathleen—. Tiene fiebre, y el láudano le sienta mal. No es nada decoroso, desde luego, pero Helen me preguntó si podría intentar ayudarlo.

—Es muy amable por su parte —aseguró Devon—. Y muy amable por la tuya permitirlo.

—La señora Church me dijo que el señor Winterborne ha dejado de soltar improperios y de gruñir —intervino Pandora—. Está reposando y tomando infusión de orquídeas. Y Helen lleva horas charlando como una cotorra.

—¿Helen lleva horas charlando? No es posible —soltó Cassandra, estupefacta.

—Jamás se me habría ocurrido que tuviera tanto que decir —confirmó Pandora.

—A lo mejor es que nunca le habéis dejado meter baza —comentó West débilmente.

Unos segundos después, le caía encima una lluvia de terrones de azúcar.

—Chicas, ¡parad ahora mismo! —exclamó Kathleen con indignación—. ¡West, no te atrevas a animarlas riéndote! —Miró amenazadoramente a Devon, que estaba intentando con todas sus fuerzas contener la risa—. Ni se te ocurra —le recriminó muy seria.

—No lo haré —le prometió, haciendo una mueca y pensando con tristeza que quien afirmó que la risa es la mejor medicina jamás se había roto una costilla.

A Kathleen le pareció increíble que la familia hubiera conseguido adoptar una apariencia razonablemente digna cuando empezaron a llegar los arrendatarios y los vecinos.

Mientras recibían el desfile de invitados, Devon se mostró cortés y seguro de sí mismo, sin el menor atisbo de arrogancia. Se esforzó por estar encantador, y recibió las alabanzas y los comentarios de admiración con una enorme y genuina modestia. Le presentaron chiquillos bien limpios; los niños le hacían una reverencia, y las niñas, una genuflexión; Devon les respondía el saludo sin dar ninguna muestra del dolor que tenía que estar sintiendo.

Sin embargo, pasada una hora y media, Kathleen notó que le aparecían unas sutiles arruguitas de tensión en el rostro y creyó que había llegado el momento de que parara. West y las chicas podrían encargarse de las últimas visitas sin él.

Pero antes de que pudiera llevarse a Devon, una pareja se acercó con un bebé de mejillas rosadas, una niñita con los rizos rubios recogidos con una cinta.

—¿Podría tenerla en brazos, milord? —le pidió, esperanzada, la joven madre—. Para darle suerte. —Evidentemente no sabía nada sobre las heridas que había sufrido Devon en el accidente ferroviario.

—Oh, déjeme cargarla a mí —exclamó Kathleen antes de que él pudiera contestar. Alargó los brazos hacia aquel querubín, sintiéndose un poco incómoda dado que sabía muy poco sobre niños de tan corta edad. Pero la pequeña se relajó satisfecha en sus brazos y alzó unos ojitos redondos como botones hacia ella. Kathleen la miró sonriente, maravillada al ver la delicadeza de su piel y la forma perfecta de su boquita.

Miró a Devon y levantó el bebé hacia él.

—¿Un beso para darle suerte? —sugirió.

Sin dudarlo, Devon se agachó para plantar un beso en la cabeza de la pequeña.

Al incorporarse, sin embargo, dirigió la vista del bebé al rostro de Kathleen, y por un breve instante, su mirada fue completamente gélida. Escondió con destreza su expresión, pero no antes de que ella la hubiera visto. Instintivamente, Kathleen supo que verla con el bebé había abierto una puerta de emociones a las que no se quería enfrentar.

—Es una niña preciosa —exclamó Kathleen mientras devolvía a la pequeña a su orgullosa madre, obligándose a esbozar una sonrisa—. ¡Un ángel!

Por suerte, hubo un momento de calma en la cola de invitados, y Kathleen lo aprovechó al instante.

—Vamos —ordenó en voz baja tras tomar el brazo de Devon.

Él la acompañó fuera sin decir ni una palabra, y soltó un suspiro de alivio cuando cruzaron el vestíbulo.

La intención de Kathleen era encontrar un sitio tranquilo donde sentarse sin ser molestados, pero Devon la sorprendió llevándola detrás del abeto navideño. La situó en el hueco de la escalera, donde las frondosas ramas los tapaban.

—¿Qué estás haciendo? —le preguntó, aturdida.

—Tengo un regalo para ti. —En los ojos le brillaban las luces de cientos de velitas.

—Oh —soltó, desconcertada—, pero la familia se dará los regalos mañana por la mañana.

—Por desgracia, los presentes que traía de Londres se perdieron en el accidente. —Se metió la mano en el bolsillo de la chaqueta—. Este es el único que pude conservar. Como no tengo nada para los demás, preferiría dártelo a solas.

Titubeante, aceptó el objeto que le ofrecía con la palma de la mano.

Era un exquisito camafeo negro bordeado de perlas. Una mujer a caballo.

—La amazona es Atenea —explicó Devon—. Según el mito, inventó la brida y fue la primera persona que domó un caballo.

Kathleen observó el regalo con asombro. Primero un chal... ahora esto. Cosas personales, hermosas, que eran todo un detalle. Nunca nadie había conocido tan bien sus gustos.

Maldito fuera Devon.

—Es encantador —dijo con inseguridad—. Gracias.

Entre sus incipientes lágrimas, vio que Devon sonreía.

Abrió el camafeo y trató de abrochárselo en el centro del cuello del vestido.

—¿Está recto?

—No del todo. —Le rozó la garganta con el dorso de los dedos al ponerle bien el camafeo y abrochárselo—. Todavía no te he visto montar —comentó—. West afirma que lo haces mejor que nadie que haya visto.

—Exagera.

—Lo dudo. —Le apartó los dedos del cuello—. Feliz Navidad —murmuró, y se agachó para darle un beso en la frente.

Cuando la presión de los labios de Devon menguó, Kathleen retrocedió para procurar establecer la distancia necesaria entre ellos. Rozó con el tacón un robusto ser vivo, y un chillido agudo de indignación la sobresaltó.

—¡Oh! —Kathleen saltó instintivamente hacia delante y se dio de bruces con Devon. Él la rodeó automáticamente con los brazos, aunque se le escapó un gruñido de dolor—. Oh, perdona... ¿Qué demonios...? —Se detuvo cuando, al volverse, vio a *Hamlet*, que había ido a hozar bajo el abeto en busca de dulces que habían caído al quitar los cucuruchos de papel de las ramas. El cerdo estaba husmeando entre los pliegues del faldón del pie del árbol y los regalos envueltos en papeles de colores que había allí esparcidos. Al encontrar una golosina que consumir, gruñó de satisfacción.

Kathleen meneó la cabeza y se aferró a Devon mientras ambos se carcajeaban.

—¿Te he hecho daño? —le preguntó, poniéndole la mano con suavidad en el costado del chaleco.

—Claro que no, mi cosita linda. —Rozó la sien de Kathleen con sus labios sonrientes.

Permanecieron juntos durante aquel delicioso momento de luz diseminada, agujas fragantes y atracción irresistible. El vestíbulo estaba ahora en calma; los invitados habían pasado en masa al salón.

Devon agachó la cabeza y le besó un lado del cuello.

—Quiero volver a tenerte en la cama —le susurró. Le recorrió el cuello con los labios hasta encontrar un punto sensible que la hizo estremecer y arquearse cuando se lo acarició con la lengua. Era como si su cuerpo estuviera en sintonía con el de Devon, se excitaba en cuanto lo tenía cerca y la invadía un deleite apasionado. Qué fácil sería dejarle que tomara lo que quisiera de ella. Sucumbir al placer que él podía proporcionarle y pensar solo en el presente.

Y, después, algún día... todo se vendría abajo, y eso la destrozaría.

—No puedo tener una aventura contigo —dijo, mirándolo con tanta tristeza como resolución, tras obligarse a sí misma a separarse de él.

—¿Quieres algo más de mí? —preguntó Devon, que adoptó al instante una expresión distante.

—No —respondió con honda emoción—. No concibo ninguna clase de relación contigo que no termine de otra forma que no sea sufriendo.

Esto pareció traspasar su indiferencia como una flecha afilada.

—¿Quieres referencias que den fe de mi rendimiento satisfactorio en la cama? —preguntó en un tono cargado de frialdad.

—Claro que no —respondió secamente—. No seas cínico.

—¿Entonces por qué me rechazas? —soltó con un brillo intenso en sus malhumorados ojos—. ¿Y por qué negarte a ti misma algo que deseas? Has estado casada; nadie esperaría que fueras virgen. No perjudicaría a nadie que tú y yo disfrutáramos juntos.

—Me perjudicaría a mí a la larga.

—¿Por qué dices eso? —La miró entre desconcertado y enojado.

—Porque me conozco —contestó Kathleen—. Y te conozco lo bastante bien como para saber con certeza que jamás lastimarías intencionadamente a ninguna mujer. Pero eres peligroso para mí. Y cuanto más tratas de convencerme de lo contrario, más evidente es.

Helen se pasó tres días en la habitación de Rhys Winterborne, parloteando sin cesar mientras él yacía febril y casi todo el rato callado. Acabó totalmente harta del sonido de su propia voz, y comentó algo a tal efecto hacia el final del segundo día.

—Yo no —respondió él secamente—. Siga hablando.

Debido a la fiebre, la pierna rota y el obligado reposo en cama, Winterborne estaba de mal genio. Cuando Helen no lo acompañaba para entretenerlo, desahogaba su frustración en quien tuviera a su alcance, de modo que hasta soltaba exabruptos a la pobre criada que iba por la mañana a limpiar y encender la chimenea.

Tras haber repasado anécdotas de su niñez, relatado historias detalladas de la familia Ravenel y dado descripciones de todos sus profesores particulares, de sus mascotas favoritas y de los paseos más pintorescos por los alrededores de Eversby, Helen había ido en busca de material de lectura. Aunque había intentado interesar a Winterborne en una novela de Dickens, él la había rechazado rotundamente, dado que no tenía ninguna afición por la ficción ni por la poesía. Helen había probado después con los periódicos, que habían sido considerados aceptables. De hecho, el paciente quería que le leyera hasta la última palabra, incluidos los anuncios.

—Me sorprende que estés dispuesta a leerle —dijo Kathleen cuando Helen se lo contó después—. Yo, en tu lugar, no me molestaría en hacerlo.

Helen la observó ligeramente asombrada. Se encontraban en el invernadero de las orquídeas, donde Kathleen la estaba ayudando en la pesada tarea de polinizar a mano flores de vainilla.

—Hablas como si no te cayera bien el señor Winterborne.

—Ha aterrorizado a las criadas, maldecido a la señora Church, insultado a Sims, y estuvo bastante irritable conmigo —dijo Kathleen—. Estoy empezando a pensar que al único miembro de la casa al que no ha ofendido es el cerdo, y eso solo porque *Hamlet* todavía no ha entrado en su habitación.

—Tenía fiebre —protestó Helen.

—Tendrás que admitir, por lo menos, que es gruñón y exigente.

—Puede que un poco exigente —concedió Helen, que esbozó una sonrisa.

—Nunca me había impresionado tanto como ahora tu capacidad de manejar a personas difíciles —aseguró Kathleen con una carcajada.

—Si vivir en una casa llena de miembros de la familia Ravenel no ha sido preparación suficiente, no se me ocurre qué lo sería —comentó mientras hurgaba en una flor amarilla abierta para encontrar la antera cargada de polen de su interior. Con un palillo recogió los granos de polen y los aplicó al néctar, que estaba oculto bajo una fina lengüeta en el estigma. Sus manos eran expertas debido a los años de práctica.

Tras terminar con una flor, Kathleen miró, desconcertada, a su cuñada.

—Siempre me he preguntado por qué eres la única que no tiene mal genio. Nunca te he visto furiosa.

—Yo también soy capaz de enojarme —le aseguró Helen con ironía.

—De enojarte, sí. Pero no de ponerte tan furiosa como para gritar y tirar cosas, y hacer comentarios desagradables que luego lamentarás.

Helen se ocupó diligentemente de la orquídea trepadora mientras hablaba.

—A lo mejor soy una planta de flor tardía. Tal vez me salga el mal genio más adelante.

—Dios mío, espero que no. Si lo haces, no tendremos a ninguna persona tranquila y amable que apacigüe animales salvajes como el señor Winterborne.

—No es salvaje —replicó Helen, que le dirigió una rápida sonrisa—. Está acostumbrado a tener mucha actividad. A un hombre enérgico le cuesta mucho estar ocioso y enfermo.

—¿Pero está mejor hoy?

—Indudablemente. Y el oftalmólogo llega hoy para examinarle la vista. —Helen hizo una pausa mientras abría otra flor—. Espero que el carácter del señor Winterborne mejore muchísimo cuando pueda volver a ver.

—¿Y si no puede?

—Rezo para que pueda. —Tras plantearse un momento la pregunta, Helen pareció preocupada—. Creo que es un hombre que no soportaría nada que considerara una debilidad suya.

Kathleen la contempló con tristeza.

—Hay ocasiones en que todos tenemos que soportar lo insoportable —sentenció.

Después de haber polinizado las últimas flores de vainilla, Helen y Kathleen regresaron a la casa y se enteraron de que el doctor Janzer, el oftalmólogo, ya había llegado. Estaba examinando los ojos de Winterborne, acompañado del doctor Weeks y de Devon. A pesar de haber intentado varias veces sin la menor vergüenza escuchar a través de la puerta, nadie había podido oír nada de lo que ocurría en la habitación.

—La cantidad de especialistas oculares con el nivel de competencia de Janzer que hay en Inglaterra pueden contarse con los dedos de una mano —dijo West mientras él y el resto de la familia aguardaba en el salón privado del primer piso—. Ha recibido formación para utilizar un oftalmoscopio, que es un aparato que refleja la luz y le permite mirar directamente el interior del ojo.

—¿Dentro de la pupila? —preguntó Cassandra, admirada—. ¿Qué puede verse ahí?

—Los nervios y los vasos sanguíneos, me imagino.

Pandora, que había dejado el salón unos minutos antes, corrió hasta la puerta y anunció teatralmente: «¡El señor Winterborne ve!»

—¿Cómo lo sabes, cielo? —preguntó Helen con calma, a pesar de que había inspirado de golpe y tenía el corazón desbocado.

—Le he oído leer letras de una tabla optométrica.

—Te pedí que no escucharas detrás de la puerta, Pandora —la reprendió Kathleen.

—No lo he hecho —se excusó Pandora, levantando un vaso vacío—. Entré en la habitación contigua y puse esto en la pared. Si acercas lo suficiente la oreja, puedes distinguir lo que están diciendo.

—¡Yo quiero probarlo! —exclamó Cassandra.

—No harás tal cosa —le dijo Kathleen a la vez que indicaba a Pandora con un gesto que entrara en el salón y se sentara—. El señor Winterborne tiene derecho a gozar de privacidad. Si tiene la vista intacta nos enteraremos enseguida.

—La tiene intacta —aseguró Pandora con petulancia.

—¿Estás segura? —preguntó Helen, incapaz de contenerse.

Pandora le respondió asintiendo enérgicamente con la cabeza.

Sin abandonar la postura propia de una dama, Helen languidecía por dentro mientras rezaba en silencio dando gracias.

—Gracias a Dios —oyó que decía en voz baja West, que estaba repantingado a su lado en el sofá.

—¿No eras optimista en cuanto a la vista del señor Winterborne? —le preguntó mientras las demás proseguían su conversación.

—Esperaba que todo acabara bien, pero cabía la posibilidad de que algo fuera mal. Habría detestado que le pasara eso a Winterborne. No es de los que sufren un duro golpe con paciencia y elegancia.

—Había imaginado que un hombre que es propietario de unos grandes almacenes sería encantador y haría sentirse cómoda a la gente —soltó al deducir que no toda la impaciencia de Winterborne era consecuencia de estar confinado en una habitación debido a que estaba enfermo.

—Puede serlo. —West había sonreído al oírle decir aquello—. Pero cuando es encantador y hace sentir cómoda a la gente es cuando más peligroso es. No te fíes nunca de él cuando sea amable.

—Creía que era amigo tuyo —se sorprendió Helen.

—Y lo es. Pero no me hago ilusiones en cuanto a Winterborne. No es como ningún hombre que hayas conocido, ni es alguien con quien tus padres te hubieran permitido relacionarte.

—Mis padres no tenían intención de permitirme relacionarme con nadie —comentó Helen.

—Me pregunto por qué —quiso saber West, mirándola fijamente.

Ella se quedó callada, lamentando su comentario.

—Siempre me ha parecido extraño que te obligaran a vivir como una monja de clausura —comentó West—. ¿Por qué no te llevó tu hermano a Londres para que participaras en la temporada cuando estaba cortejando a Kathleen?

—La ciudad no me interesaba. —Lo miró directamente a los ojos—. Era más feliz quedándome aquí.

West le cubrió las manos con la suya y se las apretó un momento.

—Amiga mía... permíteme que te dé un consejo que puede resultarte útil en el futuro, cuando te hayan presentado en sociedad. Cuando mientas, no juguetees con las manos. Tenlas quietas y relajadas en el regazo.

—No estaba... —Se detuvo bruscamente. Tras inspirar despacio, habló con tranquilidad—: Quería ir, pero Theo creía que no estaba preparada.

—Mejor —le sonrió—. Sigue siendo mentira... pero mejor.

Helen se evitó tener que responder porque Devon llegó a la puerta. Sonriente, se dirigió a todos los presentes en general:

—Según el doctor Janzer, los ojos de Winterborne han sanado bien, y su vista es excepcional. —Hizo una pausa mientras las exclamaciones de alegría recorrían el grupo—. Winterborne está cansado debido al reconocimiento. Después, podremos visitarlo de modo espaciado, en lugar de ir todos a la vez a contemplarlo boquiabiertos como si fuera un gibón en el zoo de Bristol.

23

Una vez recuperada la vista y sin fiebre, Rhys se sentía casi él mismo. Una oleada de impaciencia lo invadió mientras el cerebro no le daba abasto pensando en su tienda. Tenía que comunicarse con sus encargados, su agente de prensa, su secretaria particular, sus proveedores y fabricantes. Aunque confiaba en que su personal llevaría competentemente el negocio a corto plazo, quizá su trabajo pronto iría perdiendo calidad si él no estaba allí para supervisarlo. Los almacenes acababan de inaugurar una sección de libros. También deseaba saber cómo habrían ido las ventas aquellas dos primeras semanas. En un mes iba a abrirse una sala de refrigerios ampliada y totalmente remodelada. ¿Habrían cumplido el calendario previsto los carpinteros y los técnicos?

Al frotarse la mandíbula, notó que tenía la barba rasposa como un seto. Contrariado, tocó la campanilla que tenía en la mesilla de noche. Pasó media hora sin que nadie acudiera y, cuando iba a llamar de nuevo, llegó un hombre canoso de edad avanzada. Era bajo y fornido, y llevaba una chaqueta con faldones y unos pantalones de color gris oscuro. Su rostro, corriente y poco atractivo, tenía el aspecto de una hogaza de pan irregularmente levantada, con la nariz algo protuberante... pero los ojos oscuros situados bajo las cejas nevadas eran inteligentes y amables. Tras decir que se llamaba Quincy, el ayuda de cámara le preguntó en qué podía ayudarlo.

—Necesito lavarme y afeitarme —dijo Rhys. Y en un raro momento de humildad, añadió—: Evidentemente, usted ya tendrá un trabajo asignado.

—En absoluto, señor —respondió agradablemente el ayuda de cámara, aunque no sonrió.

Quincy se marchó para prepararlo todo y volvió poco después con una bandeja con los útiles de afeitar, unas tijeras, instrumentos relucientes de metal y botellas de cristal llenas de diversos líquidos. Siguiendo las instrucciones del ayuda de cámara, un lacayo llevó un montón de toallas, dos recipientes grandes de agua caliente y una bañera.

Era evidente que el ayuda de cámara pretendía emperifollarlo y no limitarse a lavarlo y afeitarlo. Rhys echó una ojeada a aquel despliegue de objetos con algo de recelo. Él no tenía ayuda de cámara, algo que siempre había considerado una afectación de clase alta, por no hablar de una invasión de su intimidad. Normalmente, se afeitaba y se cortaba las uñas él mismo, se lavaba con jabón corriente, se cepillaba los dientes y dos veces al mes iba a un barbero de Mayfair a que le cortara el pelo. Aquel era el límite de su acicalamiento.

El ayuda de cámara se dispuso a empezar por el pelo, así que le cubrió los hombros y le humedeció los rebeldes mechones.

—¿Tiene alguna preferencia en cuanto a la longitud y el estilo, señor?

—Haga lo que le parezca mejor —respondió Rhys.

Tras ponerse unos lentes, Quincy empezó a cortarle el pelo, usando las tijeras capa tras capa con seguridad y tranquilidad. Al responderle de buena gana sus preguntas, le informó de que había trabajado como ayuda de cámara del difunto conde de Trenear, y del anterior conde, con lo que llevaba sirviendo a la familia Ravenel desde hacía treinta y cinco años. Ahora que el actual conde había llevado con él a su propio ayuda de cámara, lo habían relegado a atender a los invitados que estuvieran de visita y, si no, efectuaba tareas del primer lacayo tales como pulir la plata y ayudar al ama de llaves a remendar.

—¿Sabe coser? —le preguntó Rhys.

—Por supuesto, señor. Es responsabilidad de un ayuda de cámara mantener las prendas de su señor en perfecto estado, sin costuras que estén deshilachadas y sin que les falte ningún botón. Si son necesarios arreglos, un ayuda de cámara debe poder hacerlos al instante.

A lo largo de las dos horas siguientes, el hombre mayor le lavó el pelo, se lo suavizó con un poco de pomada, le aplicó toallas calientes en la cara, lo afeitó y le trató las manos y los pies con diversos útiles. Finalmente Quincy sostuvo en alto un espejo, en el que Rhys contempló su reflejo con cierto asombro. Llevaba el cabello más corto y bien peinado, y tenía la mandíbula afeitada suave como el culito de un bebé. Jamás había lucido unas manos tan limpias, con un suave brillo en las uñas lustradas.

—¿Es de su agrado, señor? —quiso saber Quincy.

—Sí.

El ayuda de cámara empezó a guardar los útiles que había usado, mientras Rhys lo observaba, pensativo, con el ceño fruncido. Al parecer, estaba equivocado sobre los ayudas de cámara. Con razón Devon Ravenel y la gente como él iban siempre impecables y elegantes.

Quincy lo ayudó a ponerse una camisa de dormir limpia, que le había cedido West, y un batín con acolchado de rombos de terciopelo negro, cuello esmoquin y cinturón de seda, y un ribete de seda. Ambas prendas eran mejores que ninguna de las que Rhys había tenido jamás.

—¿Cree que un plebeyo debe atreverse a vestir como la gente de sangre azul? —preguntó mientras Quincy le tiraba hacia abajo el batín para alisárselo.

—Creo que cualquier hombre debe vestir lo mejor que pueda.

—¿Cree que está bien que la gente juzgue a un hombre por

lo que lleva puesto? —insistió Rhys con los ojos entrecerrados.

—No soy nadie para decir qué está bien y qué está mal, señor. Pero lo cierto es que la gente lo hace.

Ninguna respuesta habría complacido más a Rhys; era la clase de pragmatismo que siempre había entendido y del que siempre se había fiado.

Iba a contratar a Quincy a como diera lugar. No quería a nadie más: necesitaba a alguien mayor y con experiencia, que estuviera familiarizado con las intrincadas normas de etiqueta y moda de la aristocracia. Quincy, que había sido ayuda de cámara de dos condes, le proporcionaría las garantías necesarias para evitar hacer el ridículo.

—¿Cuál es su salario anual? —le preguntó.

—¿Señor? —soltó el ayuda de cámara, desconcertado.

—Treinta libras, me imagino. —Por la expresión del otro hombre, Rhys dedujo que la cifra era un poco alta—. Si me presta sus servicios como ayuda de cámara en Londres, le daré cuarenta —anunció con frialdad—. Necesito su orientación y su pericia. Soy un jefe exigente, pero justo, pago bien y le daré oportunidades de ascender.

Para ganar tiempo, Quincy se quitó las gafas, limpió los cristales y se las guardó en el bolsillo de la chaqueta.

—A mi edad —dijo tras carraspear—, un hombre no suele plantearse cambiar de vida y trasladarse a un lugar desconocido.

—¿Tiene esposa? ¿Familia?

—No, señor —respondió después de un titubeo revelador—. Pero tengo amigos en Hampshire.

—Podrá hacer nuevos amigos en Londres —aseguró Rhys.

—¿Puedo preguntarle si reside en una casa privada, señor?

—Sí, está al lado de mis almacenes, en un edificio separado pero conectado con ellos. Me pertenecen todas las propiedades de Cork Street y de las callejuelas de detrás, y recientemente compré la manzana de Clifford que sube hasta Savile Row. Mi servidumbre trabaja seis días a la semana con los habituales días libres. Como los empleados de los almacenes, tendrá derecho a disponer de un médico particular y un dentista. Podrá comer gratuitamente en el comedor del personal y tendrá descuento en todo lo que desee comprar en los almacenes Winterborne. —Rhys hizo una pausa, capaz de olfatear la indecisión con la misma habilidad que un perro raposero durante la caza—. Vamos, hombre —añadió en voz baja—. Aquí se está desaprovechando su talento. ¿Por qué pasarse los años que le quedan consumiéndose en el campo, cuando podría serme útil? Le queda mucho trabajo por hacer, y no es demasiado viejo para los placeres de Londres. —Al captar las dudas de Quincy, entró a matar—. Cuarenta y cinco al año. Es mi última oferta.

El ayuda de cámara tragó con fuerza mientras se planteaba la propuesta.

—¿Cuándo quiere que empiece? —preguntó por fin.

—Hoy mismo —sonrió Rhys.

La noticia corrió como un reguero de pólvora por la casa. Cuando Devon fue a ver a Rhys a última hora de la tarde, ya sabía el nuevo cargo que ocupaba Quincy.

—Parece que has empezado a robarme los criados —dijo a su amigo irónicamente.

—¿Te molesta? —Rhys se llevó una copa de vino a los labios. Acababa de terminar la cena, y estaba intranquilo y agitado. Contratar un ayuda de cámara le había proporcionado una satisfacción que solo había durado unos minutos. Ahora tenía ganas de tomar decisiones, conseguir cosas, volver a tomar las riendas de la situación. Era como si fuera a estar atrapado para siempre en aquel reducido dormitorio.

—¿Bromeas? —dijo Devon—. Tengo demasiados criados. Contrata a diez más, y bailaré de alegría.

—Por lo menos uno de los dos puede bailar —murmuró Rhys.

—Tú ya no podías antes de romperte la pierna.

Rhys sonrió a regañadientes; Devon era uno de los pocos hombres en el mundo que no temían burlarse de él.

—No te has equivocado con Quincy —prosiguió Devon—. Es un hombre serio. —Se acomodó en la silla que había junto a la cama, extendió las piernas y las cruzó a la altura de los tobillos.

—¿Cómo estás? —preguntó Rhys al observar que se movía con un cuidado nada propio de él.

—Contento de seguir con vida. —Parecía más relajado y satisfecho de lo que Rhys lo había visto nunca—. Le di vueltas al asunto y me di cuenta de que no puedo morirme en cuarenta años por lo menos: hay demasiado que hacer en Eversby Priory.

Rhys suspiró, pensando de nuevo en sus almacenes.

—Aquí me voy a volver loco, Trenear. Tengo que volver a Londres lo antes posible.

—El doctor Weeks indicó que podrías empezar a andar escayolado, con la ayuda de muletas, de aquí a tres semanas.

—Tengo que hacerlo en dos.

—Te entiendo —aseguró Devon.

—Si no tienes ninguna objeción, me gustaría que avisaras a parte de mi personal para que viniera a verme un día. Tengo que averiguar qué está pasando durante mi ausencia.

—Naturalmente. Dime cómo puedo ayudarte.

Rhys estaba más agradecido a Devon de lo que lo había estado nunca a nadie. No era una sensación cómoda: no le gustaba tener obligaciones con ningún hombre.

—Me has ayudado más que suficiente al salvarme la vida. Ahora quiero devolverte el favor.

—Estaremos en paz si me sigues aconsejando sobre el asunto de arrendar tierras a la compañía ferroviaria de Severin.

—Haré más si me permites echar un vistazo a las finanzas de la finca y a los cálculos de los ingresos por alquiler. La agricultura es una mala inversión en Inglaterra. Necesitas otros ingresos que no procedan de la explotación agrícola.

—West está realizando cambios que aumentarán el rendimiento anual un cincuenta por ciento por lo menos.

—Es un buen comienzo. Con habilidad y suerte, puedes llegar a conseguir que la finca cubra gastos. Pero jamás obtendrás beneficios de ella. Eso solo lo lograrás con operaciones que no tengan que ver con las tierras, como la industria o las propiedades urbanas.

—El capital es un problema.

—No tiene por qué serlo.

La mirada de Devon se volvió penetrante debido a su interés. Pero antes de que pudiera explicarle más, Rhys divisó una figura esbelta que pasaba por delante de la puerta. Apenas la vislumbró un momento, pero bastó para que la reconociera.

—Usted —dijo en un tono que llegó al pasillo—. Quien sea que acaba de pasar ante la puerta, venga aquí.

En medio del cautivador silencio, apareció una joven en el umbral. Sus rasgos eran delicadamente angulosos, y tenía los ojos separados, de un color azul plateado. Allí de pie, donde apenas la alcanzaba la luz de la lámpara, su piel blanca y su cabello rubio claro parecían irradiar brillo propio, un efecto que Rhys había visto en cuadros de ángeles del Viejo Testamento.

«Tiene algo», decía siempre su padre cuando quería describir algo bello, refinado y perfecto, algo de la mejor calidad. Oh, sin duda aquella mujer tenía algo. Era de mediana estatura, pero dada su esbeltez, parecía más alta. El pecho, elevado y suavemente redondeado, se le adivinaba bajo el vestido de cuello alto, y, por un momento, Rhys recordó, entre complacido y desorientado, haber apoyado la cabeza en él cuando le ofrecía sorbos de infusión de orquídeas.

—Diga algo —ordenó bruscamente.

—Me alegro de ver que está mejor de salud, señor Winterborne. —El brillo tímido de su sonrisa iluminó el ambiente.

Era la voz de Helen.

Era más hermosa que una estrella, e igual de inalcanzable.

Mientras la contemplaba, Rhys pensó con amargura en las mujeres de clase alta que lo miraban con desprecio cuando era un joven dependiente, y que apartaban la falda si se cruzaba con ellas por la calle como harían para esquivar un chucho sarnoso.

—¿Puedo hacer algo por usted? —preguntó Helen.

Rhys negó con la cabeza, incapaz aún de apartar los ojos de ella.

—Solo quería poner rostro a la voz.

—Quizás esta semana podrías tocar el piano para Winterborne cuando pueda sentarse en el salón —sugirió Devon a Helen.

—Sí, si al señor Winterborne no le importa escuchar una interpretación mediocre —sonrió la muchacha.

—Que no te engañe su falsa modestia —dijo Devon a Rhys—. Lady Helen es una pianista de muchísimo talento.

—No es falsa modestia —protestó Helen con una carcajada—. La verdad es que tengo poco talento. Es solo que he pasado muchas horas practicando.

Rhys echó un vistazo a las manos pálidas de la joven y recordó la forma en que le había aplicado cuidadosamente el bálsamo en los labios con la punta de un dedo. Había sido uno de los momentos más eróticos de su vida. Y, para ser un hombre que había dado rienda suelta a sus placeres carnales sin moderación alguna, eso era decir mucho.

—Trabajar duro suele dar mejores resultados que tener talento —comentó como respuesta a su comentario.

Helen se ruborizó un poco y bajó los ojos.

—Buenas noches, entonces. Dejaré que sigan hablando.

Rhys no respondió, solo alzó la copa de vino y dio un buen trago. Pero no dejó de seguirla con la mirada hasta que se marchó de la habitación.

—Lady Helen es una joven con una formación muy completa —señaló Devon tras recostarse y ponerse las manos entrelazadas sobre la tripa—. Ha estudiado historia, literatura y arte, y domina el francés. También sabe dirigir la servidumbre y llevar una casa de clase alta. Cuando termine el período de luto, tengo intención de llevarla a Londres, junto con las gemelas, para su primera temporada.

—No dudo que tendrá muchas propuestas espléndidas —dijo Rhys con amargura.

—En el mejor de los casos, tendrá algunas aceptables. —Devon sacudió la cabeza—. Ninguna será espléndida, ni siquiera apropiada para una chica con sus cualidades —prosiguió. Y, como respuesta a la expresión perpleja de Rhys, explicó—: El difunto conde no le dejó estipulada ninguna dote.

—Es una lástima. —Si Devon iba a querer que le prestara dinero para mejorar las posibilidades de lady Helen de casarse con un noble, lo enviaría a la porra—. ¿Qué tiene eso que ver conmigo?

—Nada, si ella no te gusta. —Al ver la expresión desconcertada de Rhys, negó con la cabeza con una carcajada exasperada—. Maldita sea, Winterborne, no seas obtuso. Estoy intentando señalarte una oportunidad si estás algo interesado en lady Helen.

Rhys se quedó callado. Pasmado.

—A primera vista, no es el enlace más obvio. —Devon había elegido sus palabras con gran cuidado.

¿Enlace? ¿Estaba hablando de matrimonio? Era evidente que aquel cabrón no sabía lo que estaba sugiriendo. Aun así... notó que en el fondo se aferraba a la idea.

—Ahora bien —prosiguió Devon—, tiene ventajas para ambas partes. Helen tendría una vida segura, rodeada de comodidades. Tendría su propia casa. Por tu parte, tú tendrías una esposa cultivada, cuyo linaje te abriría muchas de las puertas que ahora están cerradas para ti. —Tras una breve pausa, añadió de pasada—: Como hija de un conde, conservaría el título, incluso después de convertirse en tu esposa. Lady Helen Winterborne.

Winterborne sabía que Devon era lo bastante astuto como para imaginar el impacto que aquello tendría en él. Lady Helen Winterborne... Sí, eso le encantaba, maldita sea. Nunca había soñado casarse con una mujer respetable, y menos aún con una joven de la nobleza.

Pero no era adecuado para ella. Era un galés con un fuerte acento y malhablado, de origen vulgar. Un comerciante. Daba igual cómo se vistiera o lo mucho que mejorara sus modales, siempre sería ordinario y competitivo. La gente susurraría al verlos juntos... Coincidirían en que casarse con él la había degradado. Mirarían a Helen con lástima y tal vez con desdén.

Ella lo odiaría en secreto por ello.

Y a Rhys eso le importaba un comino.

No se hacía ilusiones, claro, de que Devon le estuviera ofreciendo la mano de lady Helen sin condiciones. Tendría que pagar un precio elevado: los Ravenel necesitaban dinero desesperadamente. Pero Helen valía con creces lo que tuviera que pagar. Su fortuna era mayor aún de lo que la gente imaginaba; si quisiera, podría comprarse un país pequeño.

—¿Has hablado ya de esto con lady Helen? —preguntó—. ¿Es por eso que hizo de Florence Nightingale mientras tenía fiebre? ¿Para ablandarme antes de la negociación?

—¡Qué va! —aseguró Devon con un bufido—. Helen está por encima de esta clase de manipulaciones. Te ayudó porque es compasiva por naturaleza. No, no tiene la menor idea de que me he planteado concertar este matrimonio para ella.

—¿Qué te hace pensar que estaría dispuesta a casarse con alguien como yo? —preguntó Rhys, que quiso ser directo.

—Actualmente tiene pocas opciones —respondió Devon con franqueza—. No hay ninguna ocupación adecuada para una joven de buena familia que le permita ganarse decentemente la vida, y jamás se rebajaría a dedicarse a la prostitución. Además, su conciencia jamás le permitiría ser una carga para otra persona, lo que significa que tendrá que casarse. Sin dote, o bien se verá obligada a hacerlo con algún viejo chocho al que ya no se le levante o bien con el hijo de cuarta generación endogámica de alguien. O... tendrá que casarse con alguien que no pertenezca a su clase. —Se encogió de hombros y sonrió agradablemente. Era la sonrisa de un hombre que tenía una buena mano en una partida de cartas—. No estás obligado a hacerlo, claro; siempre puedo presentarle a Severin.

Aunque la sugerencia lo llenó de indignación, Rhys era un negociador demasiado experto como para mostrar ninguna reacción.

—Tal vez deberías hacerlo —murmuró, conservando un aspecto relajado—. Severin la aceptaría en el acto. Mientras que es probable que a mí me conviniera más casarme con la clase de mujer que merezco. —Hizo una pausa para contemplar su copa de vino, que giró hasta que una última gotita roja resbaló por su interior—. Sin embargo, siempre quiero algo mejor de lo que merezco —sentenció.

Toda su ambición y su resolución habían convergido en un único deseo: casarse con lady Helen Ravenel. Ella daría a luz a sus hijos, unos guapos niños de sangre azul. Y él se encargaría de que se educaran y criaran rodeados de lujos, y les pondría el mundo a sus pies.

Como que se llamaba Rhys que algún día la gente suplicaría casarse con un Winterborne.

24

Una semana después del accidente de ferrocarril, Devon todavía no había sanado lo suficiente para dar su habitual paseo matutino a caballo. Estaba acostumbrado a empezar el día con alguna forma de ejercicio físico, y una simple caminata no le bastaba. La inactividad forzada lo ponía de mal genio, y para empeorar las cosas, iba caliente, sin tener forma de solucionar ninguno de los dos problemas. Seguía desconcertado por la negativa de Kathleen de plantearse siquiera tener una aventura con él. «Eres peligroso para mí...» La frase lo había desorientado y enfurecido. Nunca le haría daño. ¿Cómo podía ella pensar lo contrario?

Decidió que, debido a la correcta educación de lady Berwick, Kathleen tenía una conciencia febril. Estaba claro que necesitaba tiempo para adaptarse a la idea de que ya no tenía que seguir constreñida por las mismas normas que siempre había seguido de modo tan estricto.

Por su parte, Devon sabía que tendría que ganarse su confianza.

O seducirla.

Lo que ocurriera primero.

Se dirigió con decisión al campo por un sendero que cruzaba el bosque y pasaba por los restos de un granero medieval. El día era húmedo, con el aire cargado de escarcha, pero el paseo enérgico le conservaba agradablemente el calor corporal. Al ver un aguilucho pálido que volaba bajo, se detuvo para ver cómo cazaba. El pájaro parecía ir a la deriva en busca de una presa, y su plumaje blanco y gris resultaba fantasmagórico en medio de la luz de la mañana. A lo lejos, una manada de pinzones reales surcaba con un movimiento irregular el cielo.

Mientras seguía por el sendero, Devon pensó que le había tomado apego a la finca. La responsabilidad vitalicia de conservarla, y de restaurar la casa, había dejado de parecerle un castigo. Le había despertado un arraigado instinto ancestral.

Ojalá las últimas generaciones de la familia Ravenel no hubieran sido tan tontas ni hubieran tenido tan poca visión de futuro. Como mínimo catorce habitaciones de Eversby Priory habían acabado siendo inhabitables. El agua que se filtraba había provocado humedades y podredumbre en las paredes, lo que había arruinado los enlucidos y los muebles. Había que restaurarlas pronto, antes de que los daños fueran irreparables.

Necesitaba dinero, en gran cantidad, y rápido. Le habría encantado vender la Casa Ravenel de Londres y destinar inmediatamente los beneficios a restaurar Eversby Priory, pero eso sería visto como una debilidad por los posibles prestamistas o socios. ¿Quizá podría arriesgarse a vender sus tierras de Norfolk? Eso pasaría mucho más desapercibido. Pero las ganancias serían insignificantes... y ya podía oír los alaridos de queja de Kathleen y West si decidía desahuciar a los arrendatarios de Norfolk.

Se burló de sí mismo con una sonrisa al recordar que, no hacía demasiado tiempo, sus problemas consistían en cosas como que la sirvienta le llevara un té poco cargado o que su caballo necesitara herraduras nuevas.

Pensativo, enfiló el camino de vuelta a Eversby Priory, cuya intrincada silueta se recortaba contra el cielo de diciembre. Mientras observaba la proliferación de antepechos enrejados, arcadas y chimeneas esbeltas provistas de coronamientos decorativos, se preguntó con tristeza qué partes era más probable que se derrumbaran antes. Pasó frente a unos cobertizos y se acercó a la hilera de potreros situados detrás de las cuadras. Un mozo de cuadra estaba en la valla del recinto principal, observando cómo un jinete menudo y delgado ponía a prueba un caballo.

Kathleen y *Asad*.

El pulso se le aceleró debido al interés. Fue a reunirse con el muchacho en la valla y apoyó los antebrazos en ella.

—Milord —dijo el muchacho, que se apresuró a quitarse la gorra para saludarlo respetuosamente con la cabeza.

Devon asintió a su vez mientras miraba fijamente cómo Kathleen montaba al árabe dorado al otro lado del potrero.

Iba vestida con una chaqueta de montar ajustada y un sombrero pequeño de copa estrecha... y, en la parte inferior, llevaba pantalones y botines. Como las calzas que le había visto puestas antes, aquellos pantalones habían sido pensados para cubrirlos con una falda de montar, nunca solos. Sin embargo, Devon tenía que admitir que aquel conjunto algo estrafalario proporcionaba a Kathleen una libertad, una agilidad y una soltura que una pesada falda jamás le habría permitido.

Ordenaba a *Asad* describir una serie de semicírculos, mientras desplazaba el peso con pericia en cada giro, y levantaba hacia delante las caderas con un fuerte movimiento de las rodillas. Lo hacía con tanta perfección y fluidez que a Devon se le erizó el vello de la nuca. Nunca había visto a nadie, hombre o mujer, que montara con semejante economía de movimientos. El árabe era muy sensible a las sutiles presiones de las rodillas y muslos de su amazona, y seguía sus instrucciones como si le leyera el pensamiento. Formaban un dúo perfecto, ambos estilizados, elegantes y rápidos.

Al detectar la presencia de Devon, Kathleen le envió una sonrisa radiante. Para presumir, puso el caballo a trote suave, con las rodillas elevadas y las patas traseras flexionadas. Tras completar una figura serpenteante, *Asad* trotó sin moverse de sitio antes de ejecutar un giro perfecto sobre las patas traseras, describiendo un círculo hacia la derecha y, después, una vuelta completa hacia la izquierda, mientras sacudía espectacularmente la cola dorada.

El maldito caballo estaba bailando.

Devon negó ligeramente con la cabeza mientras los contemplaba, deslumbrado.

Tras recorrer el potrero elegantemente a medio galope, Kathleen puso al animal al trote y lo condujo hasta la valla. *Asad* relinchó al reconocer a Devon y pasó el hocico por la cerca.

—Muy bien —dijo Devon a la vez que acariciaba la piel dorada del animal. Alzó los ojos hacia Kathleen—. Montas de maravilla. Como una diosa.

—*Asad* haría que cualquiera pareciera un experto.

—Solo tú puedes montarlo como si tuviera alas —aseguró sosteniéndole la mirada.

—Freddie, ¿podrías llevar a *Asad* de las riendas y conducirlo hasta el otro potrero? —pidió Kathleen, ruborizada, al mozo de cuadra.

—¡Sí, milady! —El muchacho se coló por la valla, mientras Kathleen desmontaba con desenvoltura.

—Yo podría haberte ayudado —soltó Devon.

—No necesito ayuda —replicó Kathleen con cierto aire de suficiencia que a Devon le pareció adorable mientras pasaba por encima de la valla.

—¿Regresas a la casa? —le preguntó.

—Sí, pero antes recogeré la falda del cuarto para sillas.

Devon la acompañó, mirándole furtivamente el trasero y las caderas. El contorno evidente de unas firmes curvas femeninas le aceleraron el pulso.

—Me parece recordar una norma acerca de las calzas —comentó.

—No son calzas, son pantalones.

—¿Así que crees que puedes saltarte el espíritu de la ley siempre y cuando cumplas lo que dice la letra? —preguntó con una ceja arqueada.

—Sí. Además, para empezar, tú no tienes ningún derecho a dictar normas sobre mi atuendo.

Devon reprimió una sonrisa. Si su insolencia tenía la finalidad de desalentarlo, estaba logrando el efecto contrario. Al fin y al cabo era un hombre, y un Ravenel para más señas.

—Sin embargo, habrá consecuencias —soltó.

Kathleen le dirigió una mirada indecisa.

Cruzaron las cuadras en dirección al cuarto para sillas mientras Devon seguía imperturbable.

—No es necesario que me acompañes —dijo Kathleen, acelerando el paso—. Estoy segura de que tienes mucho que hacer.

—Nada tan importante como esto.

—¿Como qué? —preguntó Kathleen con cautela.

—Conocer la respuesta a una pregunta.

Cuando llegó cerca de la pared donde colgaban las sillas, Kathleen se detuvo, irguió la espalda y se volvió para mirarlo con resolución.

—¿Qué pregunta? —quiso saber mientras tiraba meticulosamente de los dedos de los guantes de montar y se los quitaba.

A Devon le encantaba lo dispuesta que estaba a plantarle cara, a pesar de que era la mitad de corpulenta que él. Alargó despacio una mano para quitarle el sombrero y lo lanzó hacia el rincón. Al darse cuenta de que estaba jugando con ella, parte de la tensión desafiante abandonó la menuda figura de Kathleen. Parecía muy joven con las mejillas sonrojadas y el pelo algo despeinado debido al ejercicio a caballo.

Avanzó y la apretujó contra la pared entre dos hileras vacías de sillas, de modo que la acorraló en aquel reducido espacio. Tras sujetarle las solapas de la chaqueta de montar, le puso la boca en la oreja para preguntarle en voz baja:

—¿Qué llevan las damas debajo de los pantalones de montar?

—Creía que un calavera infame ya lo sabría —respondió tras soltar una carcajada. Los guantes se le cayeron al suelo.

—Nunca he sido infame. De hecho, soy bastante normal en lo que a calaveras se refiere.

—Los que lo niegan son los peores. —Se puso tensa cuando él empezó a recorrerle un lado del cuello a besos. Tenía la piel acalorada del ejercicio, y un poco salada, y su olor era divinamente excitante: caballos, aire frío del invierno, sudor, rosas—. Estoy segura de que provocaste el caos en Londres, bebiendo, jugando, yendo de juerga y persiguiendo mujeres ligeras de cascos...

—Bebiendo con moderación —aclaró Devon con la voz apagada—. Jugando muy poco. Admito lo de ir de juerga.

—¿Y las mujeres ligeras de cascos?

—Ninguna. —Al oír su bufido escéptico, Devon alzó la cabeza—. Ninguna desde que te conocí.

Kathleen levantó la cabeza para mirarlo, perpleja.

—¿No ha habido ninguna mujer desde...?

—No. ¿Cómo podría acostarme con nadie más? Por la mañana, me despertaría deseándote. —Se acercó más y le encerró los pies entre los de él—. No has contestado mi pregunta.

—Ya sabes que no puedo. —Kathleen retrocedió hasta que apoyó la cabeza en la pared de tablas de madera.

—Pues tendré que averiguarlo por mí mismo. —La rodeó con los brazos y le pasó una mano por debajo de la chaqueta de montar para ponérsela en la zona lumbar. Le recorrió con los dedos el corsé de montar, más corto y ligero que los habituales. Empezó a explorar bajo la cinturilla de los pantalones hasta encontrar una fina tela sedosa donde habría esperado hallar lino o algodón. Fascinado, usó una mano para desabrochar los botones de la parte delantera de los pantalones mientras le desplazaba la otra hacia la espalda—. ¿Son calzones? ¿De qué son?

Hizo ademán de empujarlo, pero recordó que estaba herido

y se detuvo. Todavía tenía las manos suspendidas en el aire cuando Devon tiró de ella hacia él. Al notar lo excitado que estaba, Kathleen inspiró de golpe.

—Nos verán —siseó.

Pero él estaba demasiado ocupado con sus calzones como para que le importara.

—Seda —soltó mientras le introducía mucho más la mano bajo los pantalones.

—Sí, para que no se arremanguen debajo de... Oh, para... —Las perneras de la prenda íntima estaban confeccionadas de modo que le llegaban solo hasta la parte superior de los muslos. Devon siguió explorando y descubrió que no estaban abiertas—. Están cosidos.

Al ver que estaba verdaderamente desconcertado, una risita nerviosa logró superar la indignación de Kathleen.

—No es agradable tener una abertura ahí cuando se monta a caballo —explicó con un escalofrío cuando Devon le acarició el vientre con una mano por encima de la seda.

Devon recorrió las delicadas formas de su figura femenina y notó, a través de la tela, el calor que irradiaba su cuerpo. Jugueteó en su piel con las yemas de los dedos, haciéndole cosquillas y calmándola, y notó un cambio en su cuerpo, en la forma en que empezaba a relajarse ante sus atenciones. Volvió a acercarle la boca al cuello para besarle la suave curva que descendía hacia el cuello de la chaqueta. Usó el nudillo para acariciarle con mucha delicadeza el surco de la entrepierna, y el contacto hizo que ella gimiera.

Kathleen fue a decir algo, sin aliento, pero sus palabras se perdieron en la boca de Devon, que la besó con un anhelo intenso. Le puso las manos en los hombros y se aferró a él con la respiración agitada. Sus reticencias se iban desmoronando, desvaneciéndose deliciosamente, y él no le daba ni un segundo de respiro; la besó y acarició hasta que un poco de humedad atravesó la seda.

Forcejeó hasta que él la soltó y retrocedió. Se cerró con la mano la parte delantera de los pantalones, tomó con fuerza la falda que colgaba de la pared y se peleó con aquel montón de tela, incapaz de encontrar los corchetes.

—¿Quieres que te...? —empezó a preguntar Devon.

—No. —Se rindió con un resoplido de frustración y cargó la falda hecha un bulto en sus brazos.

Instintivamente, Devon alargó la mano hacia ella, lo que provocó que Kathleen diera un salto atrás con una carcajada cargada de ansiedad.

Aquel sonido lo excitó insoportablemente, y el calor le recorrió todo el cuerpo.

—Kathleen. —No hizo el menor amago de esconder el deseo en su mirada—. Si te quedas quieta, te ayudaré con la falda. Pero si huyes de mí, te atraparé —aseguró, y tras inspirar tembloroso, añadió en voz baja—: Y haré que te corras otra vez.

A Kathleen se le desorbitaron los ojos.

Cuando Devon dio lentamente un paso adelante, ella salió corriendo como una liebre en una cacería y huyó hacia la puerta más cercana para intentar refugiarse en la cochera. Devon, que le pisaba los talones, la siguió por el taller, con sus largos bancos de carpintero y armarios de herramientas. La cochera olía agradablemente a serrín, grasa para ejes, barniz y abrillantador de piel. Estaba tranquila y sombreada, iluminada solo por un par de tragaluces sobre unas inmensas puertas de bisagras que daban al camino de entrada para carruajes de la finca.

Kathleen corrió entre las hileras de vehículos usados para finalidades distintas; carretas, carros, un ligero cupé, un landó con capota plegable, una calesa cubierta para el verano. Devon dio un rodeo y la interceptó junto al coche de la familia, un enorme y majestuoso carruaje del que solo podían tirar seis caballos. Había sido diseñado como símbolo de poder y de prestigio, con el blasón de los Ravenel, tres cuervos de sable sobre un escudo de plata y oro, pintado a los costados.

Kathleen se detuvo de golpe y lo miró en la media penumbra de la cochera.

Tras quitarle la falda de montar y dejarla caer al suelo, Devon apretujó a Kathleen contra el costado del carruaje.

—La falda de montar —exclamó esta, consternada—. Me la vas a arruinar.

—Tampoco te la ibas a volver a poner —dijo Devon con una carcajada antes de empezar a desabrocharle la chaqueta de montar, mientras ella balbuceaba impotente.

La acalló con la boca mientras le desabrochaba los botones. Una vez le abrió la chaqueta, le puso una mano en la nuca y la besó más apasionadamente, apoderándose de su boca, y ella reaccionó como si no pudiera contenerse. Al notar que le tocaba tímidamente la lengua con la de ella, sintió que lo invadía una oleada de placer, y alargó la mano en busca del tirador en forma de anilla de la portezuela del carruaje.

—No puedes —soltó Kathleen, aturdida, al percatarse de sus intenciones.

Devon estaba más excitado y entretenido de lo que jamás había estado en toda su vida. Tras abrir la portezuela, bajó el estribo.

—Tienes dos opciones —dijo a Kathleen—: aquí fuera, a la vista de cualquiera que pase, o en el carruaje, donde nadie nos verá.

Parpadeó y se lo quedó mirando, con aspecto de estar horrorizada. Pero no había confusión en la profunda excitación que reflejaba su cara.

—Aquí fuera, entonces —indicó Devon implacablemente mientras le sujetaba la cinturilla de los pantalones.

Impulsada a hacer algo, Kathleen se volvió con un gemido y se metió en el carruaje.

Devon la siguió inmediatamente.

El interior del carruaje estaba lujosamente tapizado de piel y de terciopelo, con taraceas en madera lacada, compartimentos para copas de cristal y vino, y unas cortinas de damasco con flecos de seda que colgaban de las ventanillas. Al principio, no podía ver nada, pero a medida que los ojos se le adaptaron a la oscuridad, Devon distinguió el pálido brillo de la piel de Kathleen.

Vio cómo Kathleen vacilaba al levantar los brazos cuando él le tiraba de las mangas de la chaqueta para quitársela. Empezó entonces a desabrocharle los botones de la parte trasera de la blusa, y notó que temblaba. Le tomó el lóbulo de la oreja con los dientes y, tras mordisqueárselo con suavidad, se lo tocó con la punta de la lengua.

—Pararé si me lo pides —susurró—. Hasta entonces, seguiremos mis normas. —Se quitó la chaqueta con una mueca de dolor y le apoyó los labios sonrientes en la cabeza al notar que le acercaba las manos al nudo de la corbata.

Con cada prenda de ropa que se quitaba... chaleco... tirantes... camisa... empezó a plantearse seriamente cuánto podría dominarse. Cuando recostó a Kathleen en su pecho desnudo, ella le rodeó el cuerpo con los brazos y apoyó las palmas en sus omoplatos. Con un gemido, la besó hasta las curvas superiores de sus pechos, donde el corsé los elevaba. Ansiaba quitárselo, pero no habría forma humana de poder volver a abrochárselo en la oscuridad.

Buscó bajo la cinturilla abierta de los pantalones hasta encontrar el cordón de los calzones de seda, y lo desabrochó con un tirón habilidoso. Kathleen se puso tensa, pero no protestó cuando él le pasó las prendas por las caderas y se las bajó más todavía, con manos un tanto temblorosas. El corazón le martilleaba en el pecho siguiendo un *staccato* irregular, y tenía todos los músculos agarrotados de ansiedad. Arrodillado en las alfombras del suelo, le recorrió con las palmas de las manos las suaves curvas de las caderas y a lo largo de los muslos. Los pantalones de montar se le habían quedado enredados en los botines, abultándole los tobillos. Gracias a los refuerzos laterales elásticos y a la lengüeta de piel posterior, se los quitó fácilmente.

Tras despojarla de los pantalones, Devon le deslizó un solo dedo por la línea de los muslos cerrados.

—Abre las piernas —le susurró.

No lo hizo.

Comprensivo y tiernamente divertido, Devon le acarició las piernas con manos pacientes.

—No seas tímida. No hay ninguna parte de ti que no sea hermosa. —Le llevó una mano a la parte superior de los muslos y empezó a surcarle los rizos del delicado vello con el pulgar—. Déjame besarte aquí —le pidió—. Solo una vez.

—Oh, Dios mío... no. —Quiso apartarle débilmente la mano con la de ella—. Eso es pecado.

—¿Cómo lo sabes?

—Porque tiene toda la pinta de serlo —logró decir.

Devon rio en voz baja y tiró de las caderas de Kathleen hacia él con tal decisión que ella soltó un chillido.

—En ese caso —soltó—, yo nunca peco a medias.

25

—Vamos a ir al infierno —aseguró Kathleen mientras le besaba la unión de los muslos cerrados.

—Yo siempre supe que iría. —A Devon no parecía preocuparle en absoluto la perspectiva.

Su pérdida de pudor la avergonzó, y se preguntó, consternada, cómo había acabado medio desnuda en un carruaje con él. Hacía frío y se notaba la tapicería de terciopelo helada en el trasero mientras las manos y los labios cálidos de Devon provocaban que se le pusiera la carne de gallina por todo el cuerpo.

Le tomó las piernas con las manos, no para obligarle a separarlas, sino simplemente para apretarle con suavidad los músculos contraídos, y fue tan perturbadoramente agradable que gimió desesperada. Le masajeó con los pulgares el delicado monte de Venus y, ante el placer trémulo que eso le provocó, permitió que le separara las piernas. Estaba perdida, incapaz de pensar, dado que tenía todos los sentidos concentrados en los besos que Devon le daba en la parte interior del muslo, allí donde la piel era fina y sensible. Sacudió las rodillas cuando Devon alcanzó la fina unión de sus labios cerrados y se los lamió hacia arriba para separárselos con la lengua. Se detuvo justo antes de llegar al exquisito capuchón. Jadeante, Kathleen le puso la mano en la cabeza y le hundió los dedos en el pelo sin saber muy bien si quería empujarlo para apartarlo de ella o para acercarlo más. Cuando él le mordisqueó el borde de un pliegue exterior, notó que su aliento cálido le hacía cosquillas. Devon siguió despacio sin acabar de llegar nunca al sitio que más lo deseaba.

Un susurro endemoniado rasgó suavemente la oscuridad:

—¿Quieres que te bese?

—No. —Medio segundo después, jadeó y dijo—: Sí.

Cuando una carcajada le vibró en la piel mojada, casi se desmayó.

—¿Bueno, qué? —le preguntó Devon—. ¿Sí o no?

—Sí. Sí.

No fue agradable descubrir que el propósito moral de una era tan fuerte como una cartulina mojada.

—Enséñame dónde —murmuró Devon.

Sin aliento debido al tormento en que la sumía su excitación, se obligó a sí misma a hacerlo y bajó la mano para indicárselo. Devon la cubrió lenta y tiernamente con la lengua, que apoyó en aquel sitio tan íntimo. Kathleen apartó las manos para sujetar los cojines de terciopelo que tenía debajo, en los que clavó con fuerza la punta de los dedos. Devon le deslizó la lengua por la piel. Una vez. Temblorosa, a punto de desmayarse, soltó un gemido plañidero.

Otro lengüetazo lánguido que terminó con un movimiento rápido.

—Dime que me necesitas. —El aliento de Devon le hacía cosquillas mientras esperaba que ella le respondiera.

—Te necesito —jadeó.

Devon utilizó entonces la lengua para describir un círculo perversamente excitante.

—Ahora di que eres mía.

El deseo la dominaba tanto que habría dicho casi cualquier cosa. Pero había captado un cambio sutil en el tono de voz de Devon, una nota posesiva que le advirtió que ya no estaba jugando.

Al ver que no contestaba, le introdujo un dedo en la abertura de su cuerpo... no, dos... que se abrieron paso entre los sensibles pliegues de su sexo. La sensación de tenerlos dentro era incómoda pero deliciosa. Notaba que sus músculos se contraían para intentar que la penetración de los dedos de Devon fuera más profunda aún. Mientras Devon la exploraba, le tocó algo en su interior, un sitio sumamente sensible que le hizo levantar las rodillas y doblar los dedos de los pies.

—Dilo —le ordenó con la voz más grave... apagada.

—Soy tuya —soltó entrecortadamente.

Devon hizo un sonido de satisfacción, casi un ronroneo.

Ella arqueó las caderas mientras le suplicaba que volviera a tocarle aquel delicado punto interior, y el cuerpo se le tensó cuando Devon lo hizo. Las extremidades le fallaron.

—Oh, sí. Ahí, ahí... —La voz le desapareció al notar los labios de Devon abiertos sobre su piel, chupándola, excitándola. Él la recompensó siguiendo un ritmo regular, con la mano libre situada debajo del trasero cimbreante de Kathleen para guiarla, balanceándola con más firmeza contra su boca. Cada vez que ella descendía las caderas, él la lamía hacia arriba hasta llegarle con la punta de la lengua justo bajo la pequeña perla de su sexo una y otra vez. Kathleen respiraba sollozante y gemía las palabras, sin poder controlar absolutamente nada en aquel momento, ni sus pensamientos ni su voluntad, dominada por una necesidad imperiosa que creció y creció hasta que empezaron los desgarradores espasmos. Con un grito grave, se lanzó contra él y le aprisionó incontrolablemente los hombros con los muslos.

Una vez los largos y violentos estremecimientos hubieron remitido, Kathleen se dejó caer sobre los cojines de terciopelo como una muñeca de trapo. Devon, que no separó la boca de ella, convirtió el placer en relajación. A duras penas, ella reunió la fuerza suficiente para no alargar la mano y acariciarle el pelo.

«Puede que haya valido la pena ir al infierno por esto», pensó, y no se dio cuenta de que lo había mascullado en voz alta hasta que notó que él sonreía.

Unas cuantas palabras guturales hicieron que Helen aminorara el paso al acercarse al salón de arriba. Las palabrotas galesas se habían convertido en algo bastante familiar la última semana, en la que el señor Winterborne se enfrentaba a las limitaciones de sus heridas y la pesada escayola de la pierna. Aunque jamás gritaba, su voz tenía algo que la hacía llegar más lejos que la de la mayoría de los hombres: tenía un timbre grave como el de una campana de bronce. Su acento le resultaba agradable, con aquellas vocales tan cantarinas, aquellas *R* tan especiales y aquellas consonantes suaves como el terciopelo.

La presencia de Winterborne parecía llenar la casa, a pesar de que seguía confinado a las habitaciones del primer piso. Era un hombre vigoroso que se aburría con facilidad y que se impacientaba ante cualquier limitación. Ansiaba la actividad y el bullicio, lo que le había llevado incluso a insistir en que los carpinteros y los fontaneros volvieran a su ruidoso trabajo diario, a pesar de que Devon les había ordenado que pararan mientras su amigo se estuviera recuperando. Al parecer, paz y tranquilidad era lo último que Winterborne quería.

Hasta entonces había enviado al que había sido ayuda de cámara de su padre a hacer recados constantes, lo que habría sido motivo de preocupación si no hubiera sido porque Quincy parecía estar encantado con su nuevo trabajo como criado de Winterborne. Hacía unos días, había dado la noticia a Helen cuando iba al pueblo a enviar unos telegramas de Winterborne.

—Me alegro muchísimo por usted —había exclamado Helen cuando había desaparecido la sorpresa inicial—. Aunque debo confesarle que no puedo imaginarme Eversby Priory sin usted.

—Sí, milady. —El hombre mayor la había observado afectuosamente, con una mirada que le transmitía un cariño que jamás expresaría con palabras. Era disciplinado y reservado, pero siempre había tratado a Helen y a las gemelas con una amabilidad inagotable, que lo había llevado a interrumpir su trabajo para ayudar a buscar una muñeca perdida o a envolver un codo rasguñado con su propio pañuelo. En el fondo, Helen siempre había sabido que, de las tres hermanas, ella era la favorita de Quincy, tal vez porque tenían un carácter bastante parecido. A los dos les gustaba la paz y la tranquilidad y que todo estuviera en su sitio.

El vínculo tácito de Helen con Quincy se había cimentado cuando ambos cuidaron al padre de ella en sus últimos días, después de que hubiera enfermado como consecuencia de un largo día de caza con un tiempo frío y húmedo. Aunque Sims y la señora Church habían hecho lo que habían podido para aliviar el sufrimiento del conde, habían sido Helen y Quincy quienes habían hecho turnos para velarlo. No había habido nadie más: no se había permitido a las gemelas entrar en la habitación por miedo a que la enfermedad del conde fuera contagiosa, y Theo no había llegado de Londres a tiempo para despedirse.

Al saber que Quincy iba a marcharse de Eversby Priory, Helen había intentado alegrarse por él, en lugar de desear de forma egoísta que se quedara.

—¿Le gustará vivir en Londres, Quincy?

—Espero que sí, milady. Me lo tomaré como una aventura. Tal vez sea la forma de despejar la mente.

—Le echaré de menos, Quincy —le había dicho con una sonrisa temblorosa.

El ayuda de cámara se mantuvo sereno pero los ojos le brillaron sospechosamente.

—Cuando visite Londres, espero que recuerde que siempre estaré a su servicio, milady. Solo tendrá que mandar a buscarme.

—Me alegro de que vaya a cuidar del señor Winterborne. Le necesita.

—Sí —dijo Quincy con profunda emoción—. Es verdad.

Helen pensó que Quincy tardaría algo de tiempo en familiarizarse con las costumbres, las preferencias y las rarezas de su nuevo señor. Por suerte, había pasado décadas tratando con temperamentos volubles. Sin duda, Winterborne no podía ser peor que los Ravenel.

Durante los últimos dos días, un grupo de empleados de Winterborne, incluidos encargados de los almacenes, un contable y un agente de prensa, habían ido a verlo desde Londres. Se habían pasado horas con él en el salón de la familia, dándole informes y recibiendo instrucciones. A pesar de que el doctor Weeks le había advertido de que demasiado esfuerzo podía dificultar su curación, parecía que interactuar con sus empleados había dado energías a Winterborne.

—Esos almacenes son más que un mero negocio para él —había explicado West a Helen mientras su amigo estaba arriba hablando con los encargados—. Son su vida. Le consumen todo su tiempo y todo su interés.

—¿Pero para qué lo hace? —había preguntado Helen, perpleja—. Normalmente un hombre desea tener ingresos para conseguir cosas más importantes... tiempo con la familia y los amigos... desarrollar sus talentos, su vida interior...

—Winterborne no tiene vida interior —le había contestado West secamente—. Seguramente le molestaría que se sugiriera que la tiene.

Los empleados se habían ido aquella mañana, y Winterborne se había pasado la mayor parte del día en el salón o en su habitación, moviéndose tercamente con las muletas sin ayuda, a pesar de las indicaciones del médico de que no apoyara el peso en la pierna lesionada.

Al echar un vistazo por la puerta, Helen vio que Winterborne estaba sentado solo en el salón junto a una mesa de nogal con el tablero de mármol. Había tirado sin querer un montón de papeles, que estaban esparcidos a su alrededor en el suelo. Agachado torpemente, trataba de recoger las hojas sin caerse de la silla.

La preocupación de Helen pudo más que su timidez, así que entró en la habitación sin pensárselo.

—Buenas tardes, señor Winterborne. —Se arrodilló para recoger los papeles.

—No se moleste con eso —oyó que le decía bruscamente.

—No es ninguna molestia. —Todavía de rodillas, lo miró vacilante. Su corazón se saltó un latido, y otro, mientras contemplaba los ojos más oscuros que había visto jamás, de un castaño tan intenso que parecía negro, y ensombrecidos por unas tupidas pestañas, que realzaban un rostro moreno. Su brutal atractivo la ponía nerviosa. Podría haber sido el diablo en persona quien estaba allí sentado. Era mucho más corpulento de lo que había pensado; y la pierna escayolada imponía aún más.

Le entregó los papeles, y sus dedos se tocaron un instante. Sobresaltada al adquirir conciencia de ello, retiró la mano enseguida. Él frunció el ceño y adoptó una expresión adusta.

—¿Hay algo que pueda hacer para que esté más cómodo? ¿Quiere que ordene que le traigan té o un refrigerio? —preguntó Helen tras levantarse.

—Quincy no tardará en subirme algo —respondió, negando con la cabeza.

No supo muy bien cómo contestar. Había sido más fácil hablar con él cuando estaba enfermo e indefenso.

—El señor Quincy me contó que trabajará para usted en Londres. Me alegro, por los dos, que le haya dado esta oportunidad. Será un ayuda de cámara excelente.

—Por lo que le pago, más le vale ser el mejor de Inglaterra —soltó Winterborne.

—No tengo la menor duda de que lo será —aventuró Helen tras un momento de desconcierto.

Winterborne ordenó meticulosamente el montón de papeles.

—Quiere empezar por tirar mis camisas.

—Sus camisas —repitió Helen, perpleja.

—Uno de mis encargados me trajo algo de ropa de Londres. Quincy supo enseguida que las camisas eran de confección. —La miró con recelo mientras observaba su reacción—. Para ser exactos, se venden medio terminadas para que puedan adaptarse a las preferencias de cada cliente —prosiguió—. La calidad de la tela es tan alta como la de cualquier camisa hecha a medida, pero Quincy les sigue haciendo ascos.

—Un hombre de la profesión de Quincy es muy exigente en cuanto a los detalles —aseguró Helen, que había reflexionado cuidadosamente su respuesta. Seguramente debería dejarlo ahí. Comentar la vestimenta de un hombre era totalmente indecoroso, pero sintió que tenía que ayudarle a comprender las tribulaciones de Quincy—. No es solo la tela. Las puntadas de una camisa hecha a medida son diferentes: las costuras son perfectamente rectas y planas, y los ojales suelen hacerse a mano con la forma del ojo de una cerradora por un lado para reducir la tensión del relieve del botón. —Se detuvo, sonriente—. Podría extenderme hablándole de las solapas y los puños, pero me temo que se quedaría dormido en la silla.

—Conozco el valor de los detalles. Pero en lo que a camisas se refiere... —vaciló—. Pongo empeño en llevarlas de la clase de las que vendo para que los clientes sepan que cuentan con la misma calidad que el propietario de los almacenes.

—Parece una estrategia de ventas inteligente.

—Lo es. Vendo más camisas que ninguna otra tienda de Londres. Pero no se me había ocurrido que la clase alta se fijara tanto en los ojales.

Helen pensó que su orgullo se había visto herido al haberse puesto en una situación desventajosa al mezclarse con personas de una clase social superior.

—No deberían hacerlo —soltó en tono de disculpa—. Tienen cosas mucho más importantes de las que preocuparse.

—Habla como si no fuera una de ellos —dijo a la vez que le dirigía una mirada burlona.

—He vivido alejada del mundo tantos años de mi vida que en ocasiones me pregunto quién soy, o si mi sitio está en alguna parte, señor Winterborne —afirmó con una leve sonrisa.

—Trenear planea llevarlas a usted y a sus hermanas a Londres cuando haya terminado el período de luto —comentó Winterborne mientras la examinaba.

Helen asintió.

—No he estado en la ciudad desde que era una niña. Recuerdo que es un sitio muy grande y apasionante. —Se detuvo un momento, vagamente asombrada por el hecho de estar haciéndole confidencias—. Creo que ahora puede resultarme... intimidante.

—¿Qué pasa cuando se siente intimidada? —preguntó Winterborne, cuyos labios esbozaban una sonrisa—. Va corriendo a esconderse en el rincón más cercano, ¿verdad?

—Claro que no —dijo, remilgada, preguntándose si le estaría tomando el pelo—. Hago lo que se tenga que hacer, sea cual sea la situación.

La sonrisa de Winterborne se hizo más amplia hasta que Helen le vio el blanco de los dientes reluciendo en medio de su cutis moreno.

—Supongo que yo lo sé mejor que nadie —comentó Winterborne en voz baja.

Como sabía que se estaba refiriendo a la forma en que lo había ayudado a superar la fiebre... y recordar cómo había sostenido aquella cabeza de cabellos negros en el brazo y le había bañado la cara y el cuello, Helen notó que se sonrojaba. No se trataba del rubor corriente que se desvanece poco después, sino que el calor fue aumentando y le fue cubriendo el cuerpo hasta que estaba tan incómoda que apenas podía respirar. Cuando cometió el error de mirar aquellos centelleantes ojos de un color entre café y negro, se sintió verdaderamente inmolada.

Su mirada desesperada se posó en el viejo piano situado en el rincón.

—¿Quiere que le interprete alguna pieza? —Se levantó sin esperar la respuesta. Era la única alternativa a salir pitando de la habitación. Con el rabillo del ojo, vio que Winterborne sujetaba automáticamente los brazos de la silla para levantarse antes de recordar que tenía una pierna escayolada.

—Sí. Me encantaría —dijo. Después, movió un poco la silla para poder verla de perfil mientras tocaba.

El piano pareció ofrecer a Helen cierto grado de protección cuando se sentó ante él y levantó la tapa que ocultaba el teclado. Inspirando despacio para tranquilizarse, se colocó bien la falda, adoptó una buena postura y dispuso los dedos sobre las teclas. Empezó a interpretar una pieza que se sabía de memoria: el Allegro de la suite para piano de Haendel en Fa mayor. Era una obra compleja y llena de vida, lo bastante difícil como para obligarla a pensar en algo que no fuera sonrojarse. Sus dedos bailaron rápidamente sobre las teclas, a un ritmo pletórico que no decayó en dos minutos y medio. Cuando terminó, miró a Winterborne esperando que le hubiera gustado.

—Toca usted muy bien.

—Gracias.

—¿Es esta su pieza favorita?

—Es la más difícil de mi repertorio —respondió Helen—, pero no mi favorita.

—¿Qué toca cuando nadie la oye?

La pregunta hecha con delicadeza y con aquel acento lleno de vocales tan amplias como sus espaldas, provocó que se le hiciera un nudo placentero en el estómago. Perturbada por aquella sensación, tardó en contestar.

—No recuerdo su título —dijo—. Me la enseñó un profesor de piano hace mucho tiempo. Hace años que intento averiguar de qué se trata, pero nadie ha reconocido jamás la melodía.

—Tóquela para mí.

La repescó de su memoria y tocó los acordes dulcemente evocadores paseando las manos con suavidad por el teclado. Aquellas notas siempre la conmovían y la incitaban a anhelar cosas que no sabía identificar. Al terminar, alzó los ojos de las teclas y vio que Winterborne la contemplaba como paralizado. Enseguida ocultó su expresión, pero no antes de que ella viera en él una mezcla de desconcierto, fascinación y algo apasionado e inquietante.

—Es galesa —anunció Winterborne.

Helen, maravillada, asintió con la cabeza con una carcajada sin poder dar crédito a lo que acababa de oír.

—¿La conoce? —preguntó a Winterborne.

—*A Ei Di'r Deryn Du*. Todo galés la sabe nada más nacer.

—¿De qué trata?

—De un hombre que pide a un mirlo que lleve un mensaje a su enamorada.

—¿Por qué no puede dárselo él mismo? —Helen se dio cuenta de que ambos hablaban en voz baja, como si estuvieran intercambiando secretos.

—No sabe dónde está. Está demasiado enamorado; eso le impide ver con claridad.

—¿La encuentra el mirlo?

—La canción no lo dice —respondió Winterborne, encogiéndose de hombros.

—Pero yo quiero saber el final de la historia —se quejó Helen.

Winterborne se rio con ganas. Fue un sonido irresistible, entre ronco, suave y pícaro. Cuando habló, lo hizo con el acento más marcado.

—Eso le pasa por leer novelas. La historia no necesita final. No es eso lo que importa.

—¿Qué importa, entonces? —se atrevió Helen a preguntar.

—Que está enamorado —dijo Winterborne mirándola a los ojos—. Que está buscando. Que como todos nosotros, pobres diablos, no tiene forma de saber si conquistará alguna vez lo que anhela su corazón.

«¿Y usted? —quería preguntarle Helen—. ¿Qué está buscando?» La pregunta era demasiado personal para hacérsela incluso a alguien a quien conociera desde hacía mucho tiempo, y mucho más a un desconocido. Aun así, se le quedaron las palabras en la punta de la lengua, suplicando que las dijera. Desvió la mirada y se esforzó por contenerlas. Cuando se volvió de nuevo hacia Winterborne, él había adoptado de nuevo una expresión distante. Lo que era un alivio, porque, por un momento, había tenido la alarmante sensación de que estaba a punto de confiarle todos los pensamientos y deseos íntimos que nunca había contado a nadie.

Para gran alivio de Helen, Quincy llegó con la cena. El ayuda de cámara arqueó ligeramente las cejas blancas al verla sola en la habitación con Winterborne, pero no dijo nada. Mientras disponía los cubiertos, las copas y el plato en la mesa, Helen recobró la compostura. Se levantó del banco tapizado del piano y dirigió una sonrisa neutra a Winterborne.

—Le dejaré que disfrute de su cena.

—¿Tocará de nuevo para mí otro día? —le preguntó tras recorrerle el cuerpo con la mirada y dejarla fija en su cara.

—Sí, si usted quiere. —Se marchó del salón agradecida, armándose de valor para no echar a correr.

Rhys observó cómo Helen se iba mientras su cerebro repasaba todos los detalles de los últimos minutos. Era bastante obvio que le repugnaba: lo había rehuido cuando se habían tocado, y le costaba mirarlo a los ojos. Había cambiado bruscamente de tema cuando había derivado hacia asuntos personales.

Tal vez su aspecto no era de su agrado. Sin duda, su acento le resultaba odioso. Y como otras jóvenes de su clase criadas entre algodones, consideraría a los galeses unos bárbaros de tercera.

Helen sabía que era demasiado refinada para los hombres como él, y Dios sabía que él no se lo discutiría.

Pero iba a ser suya de todos modos.

—¿Qué opina de lady Helen? —preguntó a Quincy mientras este terminaba de poner la mesa que tenía delante.

—Es la joya de los Ravenel —respondió el ayuda de cámara—. No encontrará una chica más bondadosa en el mundo. Lamentablemente, nunca la han tenido en cuenta. Su hermano mayor gozó de casi todo el interés de sus padres, y el poco que quedaba se lo llevaron las gemelas.

Rhys había conocido a las gemelas unos días antes. Ambas eran vivarachas y divertidas, y le habían preguntado un montón de cosas sobre los grandes almacenes. Le habían caído bien, pero ninguna de las dos había captado su interés. No eran nada parecidas a Helen, cuya reserva era enigmática y seductora. Ella era como una madreperla que parece ser de un color, pero que vista desde distintos ángulos revela delicados brillos de tonos lavanda, rosa, azul y verde. Un hermoso exterior que revelaba poco de su carácter.

—¿Se muestra distante con los desconocidos? —quiso saber mientras se ponía la servilleta en el regazo—. ¿O solo lo hace conmigo?

—¿Distante? —El ayuda de cámara parecía auténticamente sorprendido. Antes de que pudiera continuar, un par de spaniels negros entraron en el salón, jadeando felices mientras daban brincos hacia Rhys—. Dios mío —murmuró con el ceño fruncido.

A Rhys, a quien le gustaban los perros, no le importó la interrupción. Eso sí, lo que lo dejó algo perplejo fue el tercer animal que entró trotando en la habitación tras ellos y se sentó con firmeza junto a su silla.

—Quincy, ¿por qué hay un cerdo en el salón? —preguntó atónito.

—Es una mascota de la familia, señor —dijo distraídamente

el ayuda de cámara, que estaba ocupado ahuyentando a los perros de la habitación—. Intentan tenerlo en el establo, pero él insiste en entrar en la casa.

—Pero ¿por qué...? —Se detuvo a media frase al darse cuenta de que, fuera cual fuese la explicación, no le encontraría el menor sentido. Así que preguntó, en cambio—: ¿Por qué será que si yo tuviera ganado en mi casa, la gente diría que soy un ignorante o que estoy como una cabra, pero si un cerdo se pasea libremente por la mansión de un conde, se dice que es una excentricidad?

—Hay tres cosas que se esperan de un aristócrata —contestó el ayuda de cámara, tirando con fuerza del collar del cerdo—: una casa de campo, una mandíbula débil y alguna excentricidad.
—Empujaba al cerdo y tiraba de él cada vez con más decisión, pero el animal se negaba a moverse—. Te juro que mañana por la mañana te serviré en el desayuno en forma de salchichas y chuletas —resolló, desplazándolo apenas un poquito cada vez.

Sin hacer el menor caso del resuelto ayuda de cámara, el cerdo alzó la cabeza hacia Rhys con ojos pacientes y esperanzados.

—Quincy, rápido —exclamó este, y tomó un panecillo del plato y lo lanzó al aire.

El ayuda de cámara lo atrapó hábilmente con una mano enguantada.

—Gracias, señor —dijo mientras se dirigía a la puerta con el pan en la mano y el cerdo trotando tras él.

Rhys observó la escena con una leve sonrisa en los labios.

—El deseo motiva siempre más que el miedo —afirmó—. Recuérdelo, Quincy.

26

«¡Theo! ¡No, Theo!»

La pesadilla era tan vívida y tan insoportable como siempre. El suelo se movía de modo que le resultaba prácticamente imposible correr hacia las cuadras. Oía cómo *Asad* relinchaba enloquecido a lo lejos. Un par de mozos de cuadra le sujetaban la brida para obligarlo a estarse quieto mientras la figura dominante de su marido se montaba a lomos del animal. La luz de la mañana caía con un brillo amenazador sobre la silueta dorada de *Asad*, que golpeaba agitadamente el suelo con los cascos.

El corazón le latía con fuerza al ver que su marido sujetaba una fusta. *Asad* preferiría la muerte antes que someterse a ella. «Detente», gritaba, pero los mozos de cuadra habían soltado la brida, y el caballo había saltado hacia delante. Con los ojos en blanco y aterrado, *Asad* se encabritaba, bajaba las patas de repente y sacudía el cuerpo para romper la cincha. El brazo con el que Theo sostenía la fusta se levantaba y descendía, una y otra vez.

El árabe giraba y corcoveaba, y Theo salía despedido de la silla. Su cuerpo chasqueaba como un pedazo de felpa antes de golpear el suelo con una fuerza espeluznante.

Kathleen avanzaba tambaleando el último trecho hasta su cuerpo inmóvil, consciente de que ya era demasiado tarde. Se arrodillaba para mirar el rostro de su marido que agonizaba.

Pero no era Theo.

Un grito le abrasó la garganta.

Se despertó y se esforzó por incorporarse en medio del revoltijo de sábanas. Le costaba respirar. Con una mano temblorosa se secó la cara empapada con la punta de la colcha, y apoyó la cabeza en sus rodillas dobladas.

—No era real —se susurró a sí misma mientras aguardaba a que el terror remitiera. Se recostó de nuevo en la cama, pero los músculos agarrotados de la espalda y las piernas no le permitieron tumbarse del todo.

Sorbiéndose la nariz, se giró de costado y se incorporó de nuevo. Acercó una pierna al borde de la cama y luego la otra. «No te levantes», se dijo a sí misma, pero ya estaba bajando los pies al suelo. En cuanto lo tocaron, ya no hubo vuelta atrás.

Salió rápidamente de la habitación y corrió en medio de la oscuridad, perseguida por fantasmas y recuerdos.

No se detuvo hasta llegar a la habitación principal.

Tan solo empezar a golpear la puerta con los nudillos, ya lamentaba el impulso que la había incitado a ir allí, pero fue incapaz de dejar de llamar hasta que la puerta se abrió de golpe.

No podía ver la cara de Devon, solo su contorno enorme y oscuro, pero oyó el conocido tono barítono de su voz.

—¿Qué pasa? —La metió en la habitación y cerró la puerta—. ¿Estás bien?

Le rodeó el cuerpo tembloroso con los brazos y, al apretujarse contra él, se dio cuenta de que iba desnudo salvo por el vendaje del torso. Pero era tan cálido, tan firme y tan reconfortante que no se vio con fuerzas para separarse de él.

—He tenido una pesadilla —susurró, apoyando la mejilla en el vello entre sedoso y áspero del pecho de Devon.

Oyó que él le murmuraba algo tranquilizador, pero indistinguible.

—No tendría que haberte molestado —vaciló—. Perdona. Pero era tan real...

—¿Qué has soñado? —preguntó en voz baja mientras le alisaba el pelo.

—En la mañana que Theo murió. He tenido muchas veces la misma pesadilla. Pero hoy ha sido diferente. Corría hacia él, que estaba en el suelo, y cuando le miraba la cara, no era él, sino que... que... —Se detuvo con un gemido y cerró los ojos con fuerza.

—¿Era yo? —preguntó Devon con calma, rodeándole la parte posterior de la cabeza con una mano.

Kathleen asintió con la respiración entrecortada.

—¿Có-cómo lo has sabido? —se sorprendió.

—Los sueños suelen mezclar los recuerdos con las inquietudes. —Le rozó la frente con los labios—. Después de todo lo que ha pasado recientemente, no es extraño que tu cerebro establezca relaciones con el accidente de tu difunto marido. Pero no era real —aseguró a la vez que le inclinaba la cabeza hacia atrás y le besaba las pestañas mojadas—. Estoy aquí. Y no va a pasarme nada.

Kathleen soltó un suspiro agitado.

Devon la siguió abrazando hasta que notó que dejaba de temblar.

—¿Quieres que te acompañe de vuelta a tu habitación? —preguntó al final.

Pasó un buen rato antes de que Kathleen pudiera contestar. La respuesta correcta era sí, pero la sincera era no. Maldiciéndose a sí misma, se decidió por sacudir ligeramente la cabeza.

Devon se quedó inmóvil. Inspiró hondo y soltó el aire despacio. Sin dejar de rodearla con un brazo, la condujo hasta la cama.

Llena de culpa y de placer, Kathleen se encaramó a ella y se metió bajo las sábanas.

Devon se quedó de pie y encendió una cerilla. Tras el breve chisporroteo azul se vio el brillo de la llama de la vela.

El cuerpo se le tensó cuando Devon se reunió con ella en la

cama. No había ninguna duda de adónde conduciría aquello: una no se acostaba con un hombre desnudo en su máxima plenitud y esperaba acabar la noche siendo virgen. Pero también sabía dónde no iba a conducirla. Había visto la cara de Devon en Nochebuena mientras ella cargaba la hija pequeña del arrendatario. Se había quedado helado de miedo un breve y brutal instante.

Si decidía dejar que las cosas fueran más lejos, tendría que aceptar que, fueran cuales fuesen sus planes para la finca, no incluían casarse y tener hijos.

—Esto no es una aventura —soltó, y hablaba más para sí misma que para él—. Solo será una noche.

A Devon, que estaba acostado de lado, le caía un mechón de pelo sobre la frente mientras la miraba.

—¿Y si quieres más que eso? —preguntó con voz ronca.

—Seguirá sin ser una aventura.

La acarició por encima de las sábanas, siguiéndole con la mano el contorno de las caderas y del vientre.

—¿Por qué te importa tanto esa palabra?

—Porque las aventuras siempre terminan. Llamarlo así haría que fuera más difícil cuando uno de los dos quisiera dejarlo.

La mano de Devon se detuvo. La miró, y sus ojos azules estaban oscuros como boca de lobo. La luz de la vela le parpadeaba sobre las curvas de las mejillas.

—No pienso ir a ninguna parte. —Le tomó la mandíbula con una mano y le plantó un beso fuerte y apremiante en los labios; un beso posesivo. Ella lo aceptó y le dejó hacer lo que quisiera, mientras él la tanteaba con una pasión agresiva.

Tras destaparla, se agachó sobre el pecho de Kathleen. Cuando su aliento, cálido como el vapor, le atravesó la fina batista del camisón, se le irguió el pezón. Devon se lo tocó con los dedos para marcar su tersa forma antes de cubrírselo con la boca y lamérselo por encima de la tela. Una vez le hubo mojado la batista con la lengua, la refrescó sobre su pezón soplándola suavemente.

Con un gemido, intentó desabrocharse los botoncitos del canesú del camisón tirando de ellos frenéticamente.

Devon le sujetó las muñecas a cada lado del cuerpo, y la retuvo así fácilmente mientras le seguía succionando y mordisqueando la piel por encima de la prenda. Después se situó entre sus muslos separados, y el peso de su cuerpo le resultó estimulante. Mientras se movía sin poder soltarse, notó la presión cada vez mayor de su miembro viril, cuya deliciosa fricción los dejó a ambos sin aliento.

Tras soltarle las muñecas, Devon se concentró en la hilera de botones de su canesú, que empezó a desabrochar meticulosamente. El camisón se le había subido hasta las caderas, de modo que notaba el calor tenso e íntimo de su miembro en la parte interior de su muslo.

Cuando el último botón estuvo desabrochado, Kathleen desfallecía y jadeaba.

Finalmente, Devon le pasó la prenda por la cabeza y la echó a un lado. Arrodillado, con las piernas dobladas debajo de los muslos de ella, se le quedó observando fijamente el cuerpo iluminado por la vela. El pudor se apoderó de ella al caer en la cuenta de que era la primera vez que la veía completamente desnuda, y movió las manos instintivamente para taparse. Él se las sujetó y se las separó del cuerpo.

¡Por Dios, cómo la miraba! Lo hacía con dureza y con ternura a la vez mientras la devoraba con los ojos.

—Eres la cosa más bonita que he visto en mi vida —dijo con voz ligeramente ronca.

Le soltó las manos y le deslizó las puntas de los dedos por el vientre dejándole un rastro de fuego en la piel hasta el delicado triángulo de la entrepierna. Se le quedó atrapado un gemido silencioso en la garganta cuando Devon empezó a jugar con ella, acariciándole los finos rizos y hurgándole en la piel íntima que había debajo.

Cerró los puños y los dejó caer a sus costados. La respiración de Devon empezó a ser más brusca debido al deseo, pero sus manos siguieron siendo cariñosas para acariciarle suavemente la piel y masajeársela con los pulgares de modo incitante. Las sensaciones que le provocaba le recorrían todo el cuerpo hasta que ya no pudo evitar retorcerse hacia arriba sin poder contenerse.

—Tranquila —murmuró Devon, poniéndole la palma de la mano en el vientre. Le deslizó los dedos entre los muslos para acariciarle el capuchón de su sexo, lo que le provocó un calor vibrante. Kathleen se estremeció y cerró los muslos a cada lado de las caderas de Devon.

El pulgar de Devon giró en la abertura del sexo de Kathleen y, una vez humedecido, regresó al capuchón excitado.

Las cosas que sabía hacer eran escandalosas.

Cerró los ojos y volvió la cara, acalorada, mientras él la seguía acariciando sensualmente, de modo que estaba cada vez más mojada y excitada, hasta que le dejó el sexo dolorosamente sensible. Notó que descendía de nuevo el pulgar para incitarla y acariciarla... presionando hacia el interior de su cuerpo. Cuando profundizó la penetración, le dolió, pero Devon fue extremadamente tierno. Abrió los dedos sobre el monte de Venus y se lo masajeó con un ritmo suave y pausado. Kathleen soltó un grito ahogado. Se derretía de placer por dentro mientras tensaba y relajaba las nalgas con un anhelo desvergonzado.

Le apartó la mano del cuerpo, y ella gimió para quejarse. La silueta oscura de la cabeza y las espaldas anchas de Devon se cernían sobre ella mientras le sujetaba las rodillas y se las separaba. Ella levantó las caderas hasta que dejó descaradamente dispuesto el sexo. Se oyó gruñir a sí misma cuando él se agachó sobre ella y le pasó la lengua por la suave unión de sus labios. Al llegar al capuchón, se lo chupó y acarició sin piedad para provocarle un éxtasis que le recorrió todo el cuerpo, y siguió haciéndolo sin descanso hasta llevarla al orgasmo.

Cuando el clímax fue remitiendo, Devon le depositó las caderas sobre la cama. Le besó los labios y, al hacerlo, su lengua poseía un sutil sabor erótico. Ella le recorrió con las manos el musculoso vientre hasta tocarle, titubeante, el miembro en erección. Estaba más duro de lo que había imaginado que podía estar la carne humana, y su piel era más suave que la seda. Para su sorpresa, notó un latido fuerte entre los dedos.

Con un sonido grave, Devon se acomodó entre sus piernas y se las separó más.

Torpemente, lo guio para que se situara. Él la presionó hasta que su cuerpo empezó a ceder, insistiendo incluso cuando el creciente dolor la hizo retroceder. Se abrió paso por la abertura cerrada hasta que ella, boquiabierta, soltó un tenue grito y se quedó rígida al notar aquel ardor.

Devon se detuvo y le murmuró palabras cariñosas y tranquilizadoras. Para intentar calmarla, le acarició las caderas y los muslos, mientras su cuerpo se cerraba alrededor del de él con fuerza. La acercó más a él, de modo que sus vientres se tocaban, y ella notaba su calor en lo más profundo de sus entrañas. Poco a poco, sus músculos internos cedieron como si se dieran cuenta de que era inútil resistirse.

—Así —le susurró Devon al notar que se relajaba. Le besó la mandíbula y el cuello, y la miró mientras empezaba a empujar despacio y con cuidado. El placer cubrió sus rasgos duros y le adornó de color rosado las mejillas. Cuando alcanzó el orgasmo, le puso los labios en los de ella mientras su cuerpo se estremecía violentamente.

Se retiró y le depositó el miembro duro en el vientre. Una oleada de calor los invadió, mientras él hundía la cara en el pelo de Kathleen con un gruñido.

Kathleen lo abrazó con fuerza, saboreando los temblores de satisfacción que le recorrían el cuerpo. Cuando Devon recobró el aliento, la besó lentamente como un hombre saciado que disfruta de su botín.

Pasado un rato, Devon se levantó de la cama y regresó con

un vaso de agua y un paño húmedo. Mientras ella bebía ávidamente, él limpió los restos de su acto sexual.

—No quería lastimarte —murmuró mientras le pasaba el paño por la zona dolorida entre los muslos.

—Yo estaba preocupada por ti —confesó Kathleen, que le devolvió el vaso vacío—. Tenía miedo de que te hicieras daño.

—¿Cómo? —se burló mientras dejaba el vaso y el paño—. ¿Cayéndome de la cama?

—No, con toda esa actividad tan enérgica.

—No era enérgica. Era comedida. —Se reunió con ella en la cama y la acercó a él para recorrerle descaradamente el cuerpo con las manos—. Mañana por la noche, te mostraré algo de energía —anunció, besándole el hombro.

Tras rodearle la cabeza con los brazos, Kathleen le besó el reluciente cabello moreno.

—Devon —dijo con cautela—, seguramente no querré compartir tu cama mañana por la noche.

Devon alzó la cabeza para mirarla, preocupado.

—Si te duele demasiado, me limitaré a abrazarte —aseguró.

—No es eso. —Le apartó un mechón que le había caído sobre la frente—. Como ya te dije, no quiero tener una aventura.

—Creo que tendríamos que empezar a definir las cosas —comentó despacio con pinta de estar desconcertado—. Ahora que ya nos hemos acostado juntos, ¿qué diferencia hay si volvemos a hacerlo mañana por la noche?

Kathleen se mordió el labio, preguntándose cómo podría hacérselo entender.

—Devon —dijo por fin—, ¿qué pauta siguen habitualmente tus relaciones con las mujeres?

—No hay ninguna pauta. —Era evidente que no le había gustado la pregunta.

—Estoy segura de que todas empezaron igual —comentó Kathleen en tono neutro mientras le dirigía una mirada escéptica—. Te interesaste por alguien y, después de coquetear e irle detrás, la acabaste seduciendo.

—Siempre estaban muy dispuestas —soltó con el ceño fruncido.

—Estoy segura de ello —afirmó Kathleen al mirar al hombre magníficamente formado que tenía al lado—. No es ningún esfuerzo acostarse contigo, desde luego.

—Entonces ¿por qué...?

—Espera —murmuró—. ¿Cuánto duraba normalmente la relación una vez la iniciabais? ¿Unos años? ¿Unos días?

—Por término medio, unos meses —dijo Devon secamente.

—Y durante ese tiempo, visitabas la cama de la dama en cuestión cuando te iba bien. Hasta que al final te cansabas de ella. —Hizo una pausa—. ¿Supongo que solías ser tú quien le ponía fin?

—Empiezo a sentirme como si estuviera ante el juez —soltó con el ceño fruncido.

—Supongo que eso significa que sí.

Devon apartó los brazos de ella y se incorporó.

—Sí. Siempre era yo quien le ponía fin. Le daba un regalo de despedida, le decía que siempre atesoraría nuestros recuerdos juntos y me iba lo más rápido posible. ¿Qué tiene que ver esto con nosotros?

—A esto me refiero cuando digo que no quiero tener una aventura —respondió con franqueza Kathleen mientras tiraba más de las sábanas para taparse los pechos—. No quiero que creas que estaré disponible cada vez que desees satisfacer tus necesidades. No quiero que ninguno de los dos tenga ningún derecho sobre el otro. No quiero complicaciones ni la posibilidad de un escándalo, y no deseo un regalo de despedida.

—¿Qué diablos quieres?

Empezó a doblar tímidamente la punta de la sábana en pequeños pliegues.

—Supongo que... me gustaría pasar la noche contigo de vez

305

en cuando, cuando ambos lo deseemos. Sin obligaciones ni expectativas.

—Define «de vez en cuando». ¿Una vez a la semana?

—No me gustaría programarlo —dijo con una carcajada tras encogerse de hombros—. ¿No podríamos dejar que pasara de una forma sencilla y natural?

—No —respondió Devon en tono glacial—. A los hombres nos gusta tener las cosas programadas. No nos gustan las preguntas sin respuesta. Preferimos saber qué va a suceder y cuándo.

—¿Incluso en cuestiones íntimas?

—Especialmente en cuestiones íntimas. Maldita sea, ¿por qué no puedes ser como las demás mujeres?

Los labios de Kathleen esbozaron una sonrisa irónica y apesadumbrada.

—¿Y darte todo el control? ¿Meterme en la cama de un brinco cuando chasquees los dedos, tan a menudo como tú quieras, hasta que pierdas el interés en mí? Y después, supongo que tendría que quedarme en la puerta esperando mi regalo de despedida.

—A ti no te trataría así —aclaró Devon, que contrajo un músculo de la mandíbula con ojos centelleantes.

Claro que lo haría. Así era como trataba siempre a las mujeres.

—Lo siento, Devon, pero no puedo hacerlo a tu manera. Tendremos que hacerlo a la mía o no hacerlo.

—¡Que me aspen si entiendo cuál es tu manera! —exclamó, crispado.

—Te he enojado —dijo Kathleen con pesar—. ¿Quieres que me vaya?

—Ni hablar. —Devon la recostó en la cama y se inclinó sobre ella. Después, le quitó la sábana con un movimiento brusco—. Como no tengo ni idea de cuándo volverás a dejarme acostarme contigo tendré que aprovechar al máximo mis oportunidades.

—Pero estoy dolorida —se quejó Kathleen, que se protegió instintivamente los pechos y la entrepierna con las manos.

—No voy a hacerte daño —le gruñó Devon con la cabeza apoyada en el vientre. Le mordisqueó el borde del ombligo y, a continuación, le metió la lengua en el huequecito, lo que le hizo soltar un grito ahogado. Lo repitió lentamente, y una vez más, hasta que notó que ella se estremecía.

Mientras le iba descendiendo la boca por el cuerpo, el corazón empezó a latirle a Kathleen con fuerza, y se le nubló la vista. Apartó las manos y permitió que le separara fácilmente los muslos, que se le habían relajado. Con una delicadeza diabólica, la excitó con los labios, los dientes y la lengua hasta llevarla al borde del clímax, pero sin permitirle nunca alcanzarlo. La sujetaba entre los codos para infligirle aquel tormento enloquecedor hasta que se oyó a sí misma suplicar. La penetró con la lengua profunda y regularmente para provocarle una serie de espasmos desgarradores. Kathleen le sujetó la cabeza con manos temblorosas para que no se apartara de ella. Él la lamió y la saboreó como si no lograra saciarse, y ella ronroneó y arqueó el cuerpo, siguiendo su ritmo. Cuando por fin se calmó se estiró debajo de él con un suspiro de agotamiento.

Devon volvió a empezar.

—No —pidió con una carcajada temblorosa—. Por favor, Devon...

Pero ya le estaba tirando de la piel de aquella zona sensible de una forma tan decidida e implacable que no le quedó otra que rendirse con un gemido. La vela se apagó y las sombras volvieron a apoderarse de la habitación hasta que no quedó nada más que oscuridad y placer.

27

Los días de enero pasaban lentamente y Kathleen se mantenía firme en su negativa de dejar que Devon ocupara su cama. De un plumazo había asumido el control de la relación. Como consecuencia de ello, Devon estaba constantemente dominado por una mezcla de indignación, deseo y auténtico desconcierto, en proporciones variables.

Habría sido más fácil que se hubiera entregado a él por completo o que lo hubiera rechazado del todo, pero en lugar de eso había convertido la situación en algo pasmosamente confuso.

¡Qué típico de una mujer!

«Cuando ambos lo deseemos», había dicho, como si no supiera que él siempre la deseaba.

Si era una estrategia para volverlo loco haciendo que la deseara sin saber cuándo podría tenerla, estaba funcionando a las mil maravillas. Pero la conocía lo bastante bien como para estar seguro de que no era una manipulación deliberada. Saber que estaba intentando protegerse de él empeoraba de algún modo más las cosas. Comprendía sus motivos; hasta creía que podía estar de acuerdo con ellos en principio, pero aun así, lo estaba enloqueciendo.

No podía cambiar su forma de ser, y Dios sabía que tampoco quería hacerlo. Jamás podría entregar su corazón, ni su libertad. Sin embargo, hasta entonces no se había dado cuenta de que era casi imposible tener una aventura con una mujer que estaba igual de decidida a conservar su corazón, y también su libertad.

Por su parte, Kathleen era la misma de siempre: habladora, seria, divertida, dispuesta a discutir cuando no estaba de acuerdo con él.

Era él quien estaba distinto. Se había obsesionado con Kathleen, y estaba tan fascinado con todo lo que pensaba y hacía que no podía apartar los ojos de ella. La mitad del tiempo quería hacer todo lo posible para que fuera feliz, mientras que el resto del tiempo estaba tentando de estrangularla. Nunca había experimentado una frustración tan angustiosa. La deseaba, deseaba mucho más de lo que ella estaba dispuesta a darle.

Se había visto reducido a perseguirla, a intentar pillarla en algún rincón como un lord lascivo haría con una criada. La acariciaba y besaba en la biblioteca, le metía una mano por debajo de la falda en la escalera trasera. Una mañana, después de haber ido a dar con ella un paseo a caballo, la llevó a un rincón oscuro del cuarto para arneses, y la engatusó y acarició hasta que finalmente obtuvo lo que quería apoyándola en la pared. E incluso entonces, en los momentos posteriores a un orgasmo espléndido, quiso más. Cada segundo del día.

El resto de la casa tenía que haberse fijado en lo ensimismado que estaba con Kathleen, pero hasta entonces nadie se había atrevido a decir ni una palabra. West, sin embargo, le preguntó al final por qué había cambiado sus planes de regresar a Londres a mediados de mes.

—Se suponía que te marchabas mañana con Winterborne —dijo—. ¿Por qué no vas con él? Tendrías que estar en Londres, preparando las negociaciones del arrendamiento de las tierras. Lo último que oí es que iban a empezar el día uno de febrero.

—Los abogados y los contables pueden prepararlas sin mí —respondió Devon—. Puedo quedarme aquí, donde se me necesita otra semana más por lo menos.

—¿Se te necesita para qué? —preguntó West con un resoplido.

—Entre las renovaciones de la casa, las zanjas de drenaje, la plantación de setos y la trilla, creo que encontraré algo que hacer —insistió Devon con los ojos entrecerrados.

Regresaban a la casa desde un granero cercano a las cuadras, donde estaba almacenada una trilladora a vapor que acababa de llegar a la finca. Aunque habían comprado el equipo de segunda mano, parecía estar en un estado excelente. West había ideado un plan por el que varias familias usarían y compartirían la máquina por turnos.

—Yo puedo administrar la finca —sostuvo West—. Serías de más utilidad en Londres, encargándote de nuestros problemas económicos. Necesitamos dinero, especialmente ahora que hemos decidido conceder reducciones y exoneraciones del alquiler a los arrendatarios.

—Te dije que deberíamos haber esperado antes de hacerlo —suspiró Devon, tenso.

—Esas familias no pueden esperado. Y, a diferencia de ti, yo no puedo quitarles el pan de la boca a niños hambrientos.

—Hablas como Kathleen —murmuró Devon—. Llegaré a un acuerdo con Severin lo más rápido posible. Sería más fácil si delegara las negociaciones en su director, pero por alguna razón, está decidido a llevarlas en persona.

—Como ambos sabemos, no hay nada que guste más a Severin que discutir con sus amigos.

—Lo que explica por qué no tiene más. —Hizo una pausa frente a la entrada de la casa, se metió las manos en los bolsillos y alzó los ojos hacia la ventana del salón del primer piso. Helen estaba tocando el piano y una exquisita melodía rasgaba el aire con tanta delicadeza que casi podía pasarse por alto que el instrumento estaba desafinado.

Maldita sea, estaba cansado de las cosas que había que reparar.

—¿Hablaste a Winterborne sobre Helen? —preguntó West tras seguir su mirada.

—Sí. Quiere cortejarla.

—Estupendo.

—¿Ahora apruebas un enlace entre ellos? —preguntó Devon con las cejas arqueadas.

—En parte.

—¿Qué quieres decir, en parte?

—La parte de mí que adora el dinero y no quiere ir a parar a la cárcel cree que es una idea espléndida.

—No nos enfrentaríamos a penas de cárcel. Solo a la bancarrota.

—Un destino peor que la deuda —bromeó West, y se encogió de hombros—. He llegado a la conclusión de que no sería un mal partido para Helen. Si no se casa con él, tendrá que elegir entre la escoria de la aristocracia.

Devon dirigió una mirada especulativa hacia la ventana.

—He estado pensando en llevarme a la familia a Londres conmigo —murmuró.

—¿A toda la familia? Dios mío, ¿por qué?

—Haría que Helen estuviera más cerca de Winterborne.

—Y haría que Kathleen estuviera más cerca de ti —soltó West directamente. Al ver la mirada atenta de Devon, prosiguió en tono irónico—: cuando te dije que no la sedujeras, fue porque me preocupaba su bienestar. Ahora parece que me tendría que haber preocupado igualmente por el tuyo. —Hizo una pausa deliberada—. Actualmente no eres el mismo, Devon.

—Déjalo —pidió, tenso.

—Muy bien. Pero te daré otro consejo; yo no mencionaría nada a Kathleen sobre tus planes para Helen. Está decidida a ayudar a esas tres chicas a encontrar la felicidad —comentó West con una sonrisa forzada—. Al parecer, todavía no se ha dado cuenta de que en esta vida la felicidad es opcional.

Cuando Kathleen entró en el comedor para tomar el desayuno, se encontró con que Helen y las gemelas no estaban. West y Devon estaban sentados a la mesa leyendo el correo y los periódicos, mientras un lacayo les retiraba los platos y los cubiertos usados.

—Buenos días —dijo. Los dos hombres se levantaron automáticamente cuando ella entró en la habitación—. ¿Ya han acabado las chicas?

—Helen está acompañando a las gemelas a la granja de los Lufton —asintió West.

—¿Con qué objeto? —preguntó mientras Devon la ayudaba a sentarse.

—Fue una sugerencia mía —le explicó West—. Los Lufton se han ofrecido a quedarse con *Hamlet*, siempre y cuando nosotros asumamos los gastos de construcción de un corral y un recinto cubierto. Las gemelas están dispuestas a separarse del cerdo si el señor Lufton les garantiza personalmente su bienestar.

—¿Cómo ha sido esto? —sonrió Kathleen. El lacayo le trajo una bandeja con té y se la sostuvo mientras ella ponía dos cucharadas de hojas en una pequeña tetera.

West aplicó una ración abundante de mermelada a una tostada.

—Dije a las gemelas, con el mayor tacto posible, que lamentablemente *Hamlet* no había sido emasculado en su infancia, como debería. No tenía ni idea de que ese procedimiento era necesario, o me habría asegurado de que se lo hicieran.

—¿Emasculado? —preguntó Kathleen, perpleja.

West simuló unas tijeras con dos dedos.

—Oh.

—Permanecer, esto... intacto lo ha vuelto no apto para un posterior consumo, por lo que no hay razón para temer que acabe en la mesa del comedor. Pero se irá volviendo cada vez más agresivo al pasar la pubescencia. Al parecer, también olerá mal. Ahora solo sirve para una cosa.

312

—¿Te refieres a...? —dijo Kathleen.

—¿Podríais dejarlo para después de desayunar? —preguntó Devon desde detrás del periódico.

—Ya te lo explicaré luego —respondió West, sonriendo a Kathleen a modo de disculpa.

—Si vas a hablarme sobre las molestias de tener a un macho sin castrar en la casa —soltó Kathleen—, ya soy consciente de ellas.

West se atragantó con la tostada. No se oyó el menor sonido donde estaba Devon.

El lacayo regresó con el té, y Kathleen se sirvió una taza. Después de que le hubiera añadido azúcar y hubiera dado un sorbo a la bebida humeante, se le acercó el mayordomo.

—Milady —dijo a la vez que le ofrecía una bandejita de plata que contenía una carta y un abrecartas con el mango de marfil.

Al tomar la carta, vio con alegría que era de lord Berwick. Abrió el sobre, devolvió el abrecartas a la bandejita y empezó a leer en silencio. La misiva empezaba de una forma bastante inocua, asegurándole que la familia Berwick estaba bien. A continuación, pasaba a describirle un espléndido potro de pura sangre que acababa de comprar. A mitad de la carta, sin embargo, lord Berwick había escrito: «Hace poco el administrador de las caballerizas de tu padre en Glengarrif me contó algo preocupante. Aunque no parecía considerar necesario que tú estuvieras informada, tampoco se opuso a mi voluntad de hablarte sobre una herida que tu padre sufrió...»

Cuando Kathleen intentó dejar la taza en el platito, la porcelana repiqueteó. A pesar de lo corriente que era aquel sonido, llamó la atención de Devon que, al ver lo pálida que estaba, dobló el periódico y lo dejó sobre la mesa.

—¿Qué pasa? —le preguntó sin apartar de ella su penetrante mirada.

—Nada grave —respondió Kathleen. Se notaba las mejillas

313

rígidas. El corazón le había empezado a palpitar de una forma desagradablemente rápida y brusca mientras que el corsé parecía impedirle respirar por completo. Bajó de nuevo los ojos hacia la carta y leyó de nuevo el párrafo para intentar encontrarle sentido—. La carta es de lord Berwick. Me cuenta que mi padre sufrió una herida pero que ya se ha recuperado. —No fue consciente de que Devon se había movido hasta que lo tuvo sentado a su lado tomándole con una mano cálida la de ella.

—Dime qué ha pasado. —Su tono era muy dulce.

Kathleen miró la carta que sostenía en la mano, respirando hondo para intentar liberarse de la angustia que le oprimía el pecho.

—No... No sé cuánto tiempo hace. Al parecer, mi padre montaba en un recinto cerrado, y el caballo lanzó la cabeza hacia arriba. El impulso fue tal que mi padre se golpeó la cabeza en una viga de apoyo de madera. —Se detuvo un instante y negó con la cabeza, impotente—. Según el administrador de las caballerizas, el golpe le dolió y lo dejó desorientado, pero el médico le vendó la cabeza y le ordenó reposo. Estuvo en cama tres días y parece que ahora ya se siente mejor.

—¿Por qué no te avisaron de inmediato? —preguntó Devon con el ceño fruncido.

Kathleen se encogió de hombros, incapaz de responder.

—Quizá tu padre no quiso preocuparte —fue el comentario neutro de West.

—Supongo que sería eso —logró decir Kathleen.

Pero lo cierto era que daba igual si su padre quería que se preocupara por él o no. Nunca había sentido el menor cariño por ella. Jamás se había acordado de su cumpleaños, ni había viajado para pasar unas vacaciones con ella. Tras la muerte de su madre, no había mandado a buscar a Kathleen para que fuera a casa a vivir con él. Y cuando había acudido a él para que lo consolara tras el fallecimiento de Theo, le había advertido que no esperara que hubiera un sitio para ella bajo su techo, si quería vivir en Irlanda. Le sugirió que, en ese caso, regresara con los Berwick o se estableciera por su cuenta.

Después de tantos rechazos, Kathleen creía que tendría que haber dejado de dolerle. Pero lo sintió tanto como las demás veces. Siempre había albergado en secreto la fantasía de que su padre pudiera necesitarla algún día, que mandaría a buscarla si sufría algún daño o enfermaba. Ella acudiría de inmediato para cuidarlo con ternura, y finalmente tendrían la relación que ella siempre había anhelado. Pero la realidad, como de costumbre, no se parecía en nada a su fantasía. Su padre se había lastimado, y no solo había declinado mandar a buscarla, sino que ni siquiera había querido que lo supiera.

Mientras contemplaba borrosamente la carta de lord Berwick, no fue consciente de la mirada que Devon dirigía a su hermano. Solo supo que, cuando apartó la mano de la de Devon y la alargó hacia la taza de té, la silla de West estaba vacía. Atónita, echó un vistazo a su alrededor. West había salido con discreción del comedor, junto con el mayordomo y el lacayo, y habían cerrado la puerta al hacerlo.

—No tenías por qué pedirles que se fueran —exclamó Kathleen, sonrojada—. No voy a montar una escena. —Procuró beber el té, pero se le derramó un poco de líquido caliente y dejó la taza, mortificada.

—Estás disgustada —comentó Devon en voz baja.

—No estoy disgustada. Es solo que... —Se detuvo un instante y se pasó una mano temblorosa por la frente—. Estoy disgustada —admitió.

Devon la levantó de la silla con una facilidad pasmosa.

—Siéntate conmigo —murmuró y la instaló en su regazo.

—Ya estaba sentada contigo. No tengo que sentarme en ti. —Se encontró posada de lado en su regazo con los pies colgando—. Devon...

—Shhh... —Mientras le rodeaba la espalda con un brazo para sostenerla, alargó la mano libre hacia la taza de té y se la llevó a

315

los labios. Kathleen dio un sorbo de la bebida dulce y caliente. Los labios de Devon le rozaron la sien—. Toma un poco más —le murmuró, y levantó la taza para que bebiera de nuevo. Se sintió bastante tonta al dejar que la consolara como si fuera una niña... y aun así una sensación de alivio empezó a apoderarse de ella mientras permanecía recostada en el pecho de Devon.

—Mi padre y yo nunca hemos estado unidos —explicó finalmente—. Nunca he entendido por qué. Debo de tener algo, no sé. Él solo ha amado a una persona en su vida, y esa persona era mi madre. Ella sentía lo mismo por él, lo que es muy romántico, pero... era difícil de entender para una niña.

—¿De dónde sacaste un punto de vista tan perverso sobre el romanticismo? —preguntó Devon en un tono que se había vuelto burlón.

Lo miró sorprendida.

—Amar a una sola persona en el mundo no es romántico, ni tampoco es amor —aseguró Devon—. Da igual lo que tus padres sintieran el uno por el otro, eso no era excusa para que se quitaran de encima toda responsabilidad hacia su única hija. Aunque Dios sabe que te fue mejor viviendo con los Berwick. —Le apretó una mano—. Si quieres, enviaré un telegrama al administrador de las caballerizas para conocer mejor el estado de salud de tu padre.

—Eso me gustaría —admitió Kathleen—, pero seguramente molestará a mi padre. Tanto mejor. —Tomó con la mano el camafeo de ébano que llevaba en el cuello y se lo puso bien—. De pequeña deseaba haber sido un niño —confesó, muy seria—. Creía que tal vez así se habría interesado por mí. O quizá si fuera más bonita o más inteligente.

Devon le rodeó una mejilla con la mano para obligarla a mirarlo a los ojos.

—No puedes ser más bonita ni más inteligente, mi vida. Y habría dado igual que fueras un niño. Eso jamás fue el problema. Tus padres eran un par de zoquetes egoístas —sentenció mientras le acariciaba la mejilla con el pulgar—. Y puede que tengas defectos, pero no ser digna de ser amada no es uno de ellos.

Durante esta última y extraordinaria frase, el volumen de voz de Devon se redujo hasta llegar a ser casi un susurro.

Ella se lo quedó mirando, paralizada.

Pensó que no había querido decir eso. Seguro que lamentaba haberlo hecho.

Pero se siguieron sosteniendo la mirada. Contemplar los ojos azules de Devon era como ahogarse, como sumirse en una profundidad insondable, consciente de que, tal vez, jamás podría volver a salir a la superficie. Se estremeció y logró desviar la mirada, con lo que rompió la conexión.

—Ven a Londres conmigo —oyó que Devon decía.

—¿Qué? —preguntó, atónita.

—Ven a Londres conmigo —repitió Devon—. Tengo que partir de aquí a quince días. Trae a las chicas y a tu doncella. Será bueno para todos, incluida tú. En esta época del año, no hay nada que hacer en Hampshire, y Londres ofrece un sinfín de diversiones.

—Sabes que eso es imposible —soltó Kathleen con el ceño fruncido.

—Lo dices por el luto.

—Claro que lo digo por eso.

No le gustaron las chispas de picardía que vio en los ojos de Devon.

—Ya lo he pensado —le contó este—. Como no estoy familiarizado como tú con las normas del decoro, decidí consultar a un dechado de virtudes de la sociedad sobre qué actividades le estarían permitidas a las jóvenes que están en vuestra situación.

—¿Qué dechado de virtudes? ¿De qué estás hablando?

Tras acomodarla mejor en su regazo, Devon alargó la mano hacia el otro lado de la mesa para tomar una carta que estaba frente a su silla.

—Tú no eres la única que ha recibido correspondencia hoy

317

—dijo, y sacó la carta del sobre con una floritura—. Según una famosa experta en lo concerniente al luto, a pesar de que no es admisible asistir a una obra de teatro o a un baile, está permitido ir a un concierto, a una exposición en un museo o a una galería de arte privada. —Devon pasó a leer en voz alta—. Esta erudita dama escribe: «Existe el peligro de que la reclusión prolongada de personas jóvenes pueda fomentar una melancolía duradera en naturalezas tan maleables. Si bien las chicas deben mostrar el debido respeto al recuerdo del difunto conde, sería prudente y aconsejable a la vez permitirles unos cuantos entretenimientos inocentes. Yo aconsejaría lo mismo en el caso de lady Trenear, cuya disposición animada, en mi opinión, no soportará largo tiempo un régimen regular de monotonía y soledad. Por lo tanto, le animo a que...»

—¿Quién ha escrito esto? —quiso saber Kathleen, arrebatándole la carta de la mano—. ¿Quién puede haberse atrevido a...? —Soltó un grito ahogado al ver, con los ojos abiertos como platos, la firma al final del texto—. Dios mío. ¿Lo consultaste a lady Berwick?

—Sabía que no aceptarías ninguna opinión que no fuera la suya —sonrió Devon, que hizo brincar un poco a Kathleen en sus rodillas.

La menuda y esbelta figura de Kathleen estaba escondida bajo susurrantes capas de faldas y enaguas, las bonitas curvas de su cuerpo rígidamente encorsetadas. Cada vez que se movía, un ligero aroma a jabón y a rosas flotaba alrededor de ambos. Le recordaba uno de aquellos paquetitos aromáticos que las mujeres ponían en los tocadores y los armarios para que olieran bien.

—Venga —dijo—, Londres no suena tan horrible, ¿verdad? Nunca has estado en la Casa Ravenel, y su estado es mucho mejor que el de este montón de escombros. Gozarás de nuevas vistas en un nuevo entorno. —No pudo evitar añadir en tono burlón—. Y, lo más importante, yo estaré a tu disposición para montarte cuando quieras.

—No lo llames así —soltó Kathleen, frunciendo el ceño.

—Perdona, eso ha sido algo chabacano. Pero, al fin y al cabo, soy un macho sin castrar. —Sonrió al ver que la aflicción había desaparecido de los ojos de Kathleen—. Plantéatelo por el bien de las chicas —la persuadió—. Han estado de luto más tiempo que tú. ¿No se merecen un respiro? Además, les resultaría beneficioso familiarizarse más con Londres antes de la próxima temporada.

—¿Cuánto tiempo propones que nos quedemos? ¿Dos semanas? —preguntó con el ceño fruncido.

—Tal vez un mes.

Jugó con las puntas de la corbata de seda de Devon mientras le daba vueltas.

—Lo comentaré con Helen —dijo.

Como presintió que cada vez estaba más cerca de aceptar, decidió presionarla un poco.

—Vas a venir a Londres —dijo con rotundidad—. Te has convertido en un hábito. Me da miedo lo que pueda empezar a hacer para reemplazarte si no estás conmigo. Fumar. Crujirme los dedos.

Kathleen se volvió en su regazo para verlo mejor y le puso las manos en los hombros de la chaqueta. Le devolvió la sonrisa.

—Podrías aprender a tocar un instrumento —sugirió.

Devon la atrajo despacio hacia él y le susurró en las curvas mullidas y dulces de su boca:

—Pero tú eres lo único que yo quiero tocar.

Al oírlo, Kathleen le rodeó el cuello con los brazos.

La postura que mantenían ambos era incómoda. Ella tenía el cuerpo ladeado y el rígido corsé se le aferraba al torso. Los constreñían capas de ropa que no estaban pensadas para tener libertad de movimientos. A Devon, el cuello rígido de la camisa se le clavaba en la piel, y la camisa se le había empezado a remangar por debajo del chaleco, mientras que los tirantes le tiraban incómodamente. Pero la lengua de Kathleen jugó con la de él con un movimiento coqueto, y eso bastó para excitarlo por completo.

Todavía besándolo, Kathleen se retorció bajo el vestido. Entonces, bajó la mano hacia la falda y, para diversión de Devon, casi se cayó al suelo. Mientras le levantaba más el cuerpo hacia él, Kathleen agitó las piernas bajo la pesada tela hasta que logró sentarse a horcajadas sobre él a pesar de dejar una cantidad enorme de tejido atrapada entre ambos. Era ridículo que los dos se estuvieran retorciendo en aquella puñetera silla, pero le resultaba increíblemente placentero tenerla entre sus brazos.

Cuando Kathleen le deslizó una mano por la parte delantera del cuerpo hasta tomarle con la mano el miembro viril por encima de los pantalones, Devon pasó a la acción. Antes de darse cuenta de lo que hacía, estaba hurgando con las manos por debajo de la falda de Kathleen. Al encontrar la abertura de los calzones, tiró de la tela hasta que se rasgó con un ruido satisfactorio, y la piel suave y húmeda que él ansiaba quedó al descubierto.

Cuando le introdujo dos dedos, ella gimió, y lanzó ansiosa las caderas hacia delante. Notaba la humedad y el calor del interior de su cuerpo vibrando a su alrededor. Perdió la razón. Lo único que le importaba era estar dentro de ella. Retiró los dedos y trató de desabrocharse con torpeza los pantalones. Para ayudarlo, Kathleen empezó a pelearse con los obstinados botones. Sus esfuerzos terminaron estorbándolo de una forma que le habría hecho reír si no fuera porque la deseaba con locura. De algún modo, acabaron en el suelo; Kathleen todavía sentada a horcajadas sobre él, con la falda inflada como un globo cubriéndolos a ambos como una gigantesca flor sobrenatural.

Bajo aquel revoltijo caótico de tela, su cuerpo desnudo encontró el de ella. Se situó, y antes incluso de poder guiarla, Kathleen ya había descendido sobre él, y su sexo mojado lo había aceptado más dentro que nunca. Los dos se estremecieron y gruñeron al notar la textura aterciopelada de ella rodeándolo con firmeza.

Le sujetó los hombros y empezó a girarse hacia un lado para

procurar invertir sus posiciones y dejarlo a él encima. Él se resistió y la mantuvo sobre él tomándola por las caderas. Mientras lo contemplaba con una expresión anonadada, él le acarició las caderas y las nalgas con los dedos para deleitarse con sus formas. Le mostró cómo debía moverse; la empujó hacia arriba y la bajó después con cuidado. Demoró el descenso lo suficiente para permitirle deslizarse unos centímetros por él, y Kathleen soltó el aire, temblorosa. Tras otro impulso de las caderas de Devon, vino un sedoso descenso erótico.

Kathleen empezó a moverse con vacilación, totalmente ruborizada. Instintivamente adaptó su postura y le siguió el ritmo con una creciente confianza, terminando cada vez con un movimiento hacia delante que absorbía sus empujes hacia arriba.

Por Dios, lo estaba montando, bien y con firmeza. Se daba placer a sí misma de una forma agresiva, cada vez más deprisa, despertando en él una desbordante lujuria que le hizo transpirar bajo la ropa. El sudor empezó a formársele en la frente. Cerró los ojos para intentar controlarse, pero era terriblemente difícil al ritmo que ella marcaba. No, era imposible.

—Despacio, cariño —pidió con voz ronca mientras le sujetaba las caderas con las palmas de la mano por debajo del vestido—. Te deseo demasiado.

Ella se resistió, siguiendo con brusquedad, con el cuerpo tenso.

Devon se acercaba velozmente al clímax... Notaba que se intensificaba por más que él se esforzaba en demorarlo.

—Kathleen —dijo con los dientes apretados—. No puedo... no puedo contenerme...

Pero ella no lo oía, absorta en sus movimientos repetidos. Supo que Kathleen había llegado al orgasmo cuando notó que se estremecía a su alrededor. Una autodisciplina agónica le permitió quedarse quieto con todos los músculos contraídos y completamente tensos. Se obligó a esperar para permitir que ella disfrutara, a pesar de que el corazón le amenazaba con explotarle debido al esfuerzo. Logró darle diez segundos... los diez segundos más insoportables de su vida... Fue todo lo que pudo aguantar antes de llegar al orgasmo. Gruñendo del esfuerzo, trató de apartarla de él.

Lo que no había previsto, sin embargo, era la fuerza de los muslos de Kathleen, que, con los músculos de una amazona experta, le sujetaban con tal tenacidad que ni siquiera un árabe de cuatrocientos kilos habría podido derribarla. Mientras intentaba apartarse, notó que ella usaba instintivamente aquellos movimientos para aferrarse más a él, y lo encerraba cada vez con más fuerza entre sus piernas. Era demasiado. Un clímax arrollador se adueñó de él, y lo inundó de un placer tan absoluto como la muerte. Se movió un par de veces más mientras ella lo montaba y le exprimía hasta la última gota de sensación del cuerpo sin piedad.

Devon gimió y volvió a desplomarse en el suelo.

Cuando el turbador éxtasis fue remitiendo, se quedó helado al caer en la cuenta de que se había corrido dentro de ella. Nunca lo había hecho con ninguna mujer. De hecho, siempre había utilizado gomas para asegurarse de que eso no sucediera. Pero había supuesto arrogantemente que no tendría ningún problema para retirarse al hacerlo con Kathleen, y lo cierto era que habría querido estar dentro de ella sin ninguna barrera entre ambos.

El precio que podría tener que pagar por ello era impensable.

Kathleen yacía sobre él, y su liviano cuerpo se elevaba y descendía siguiendo su respiración agitada.

—Lo siento mucho —jadeó Kathleen, que parecía estar estupefacta—. No podía parar. No... no podía.

Devon guardaba silencio, intentando pensar en medio del pánico.

—¿Qué hacemos ahora? —preguntó Kathleen con la voz apagada.

Aunque sabía las formas de evitar el embarazo, los detalles y los pormenores de lo que había que hacer después de que el acto sexual hubiera tenido lugar eran competencia de las mujeres.

—He oído hablar de que se puede usar champán —logró decir. Pero solo tenía una vaga idea de la forma en que se administraba una ducha vaginal anticonceptiva, y por nada del mundo se arriesgaría a dañar a Kathleen cometiendo un error.

—¿Beber champán va bien? —preguntó Kathleen, esperanzada.

—Beberlo no, mi jovencita inocente —soltó con una sonrisa forzada—. Pero no importa, tendría que hacerse enseguida, y no hay tiempo.

El peso de Kathleen sobre su pecho hacía que le dolieran las costillas. La apartó de él y se levantó para vestirse con una eficiencia agresiva. Le tomó la mano que ella le alargaba y la ayudó a ponerse de pie.

Al ver su expresión, Kathleen palideció.

—Lo siento —dijo de nuevo con voz temblorosa—. Te aseguro que, pase lo que pase, no te haré responsable.

El miedo que Devon sentía se transformó al instante en rabia; aquellas palabras le hicieron explotar como si fuera un barril de pólvora.

—¿Crees que eso importa lo más mínimo, maldita sea? —preguntó con violencia—. Ya soy responsable de mil cosas sin comerlo ni beberlo.

—No quiero que me incluyas en esa lista —soltó Kathleen con toda la dignidad que podía mostrar una mujer que estaba intentando volver a ponerse la ropa interior en su sitio.

—Por una vez, da igual lo que tú quieras. Si hay un hijo, ninguno de los dos puede hacer que no exista. Y también es mío. —No pudo evitar mirarle horrorizado la parte inferior del cuerpo, como si su simiente ya estuviera arraigando en su vientre. Kathleen retrocedió un paso, y aquel pequeño movimiento lo enfureció.

—¿Cuándo te vendrá la menstruación? —preguntó, esforzándose por moderar la voz.

—En dos, o tal vez tres semanas. Te enviaré un telegrama a Londres cuando pase.

—Si pasa —soltó con amargura—. Y no tendrás que enviar un maldito telegrama; vas a venir igualmente conmigo. No te molestes en preguntar por qué; estoy cansado de tener que explicar cualquier decisión que tomo a todas las personas de esta finca olvidada de Dios.

Antes de que Kathleen pudiera decir nada más, se marchó como si el diablo le pisara los talones.

28

El viaje en tren a Londres duró milagrosamente dos horas, por lo menos cuatro veces menos de lo que habrían tardado si hubieran ido en carruaje. Eso resultó ser una suerte, ya que pronto fue evidente que a los Ravenel no se les daba bien viajar.

El entusiasmo se había apoderado de Pandora y Cassandra, que nunca habían pisado antes un tren. Parlotearon y prorrumpieron en exclamaciones mientras se movían por el andén de la estación como palomas que picotean, suplicando a West que les comprara ediciones de viaje de novelas de éxito, a solo un chelín cada una, emparedados empaquetados en unas ingeniosas cajitas de papel y pañuelos estampados con escenas bucólicas. Cargadas de recuerdos, se subieron al vagón de primera clase de la familia y se empeñaron en probar todos los asientos antes de elegir el que preferían.

Helen había insistido en llevar una maceta con una de sus orquídeas, cuyo largo y frágil tallo había estabilizado con un palito y un trozo de cinta. La orquídea era un ejemplar raro y sensible de vanda azul. A pesar de lo poco que gustaba a esa planta que la movieran de sitio, Helen creía que estaría mejor con ella en Londres. Llevó la flor en su regazo todo el trayecto mientras contemplaba ensimismada el paisaje que pasaba por la ventanilla.

Poco después de que el tren saliera de la estación, Cassandra se mareó al intentar leer una de las novelas. Cerró el libro y se acomodó en su asiento con los ojos cerrados, gimiendo alguna que otra vez cuando el tren se balanceaba. Pandora, en cambio, no podía permanecer sentada más de unos cuantos minutos seguidos, y se levantaba de golpe para experimentar la sensación de estar de pie en un tren en marcha y trataba de ver el paisaje desde distintas ventanillas. Pero la peor viajera fue con mucho Clara, la doncella personal de Kathleen, cuyo miedo a la velocidad del tren demostró ser inmune a todos los intentos de tranquilizarla. Cada pequeña sacudida o cada ligero tumbo del vagón propiciaban un grito temeroso de Clara hasta que Devon le dio una copita de brandy para aplacarle los nervios.

—Te dije que tendrías que haberla puesto en el vagón de segunda clase con Sutton —comentó Devon a Kathleen.

Durante la semana transcurrida desde el episodio del comedor durante el desayuno, ambos habían procurado evitarse todo lo posible. Cuando estaban juntos, como entonces, se refugiaban en una mutua y escrupulosa cortesía.

—Me pareció que se sentiría más segura con nosotros —respondió Kathleen, que se volvió y vio que Clara dormía con la cabeza echada atrás y la boca medio abierta—. Parece estar mejor después del traguito de brandy.

—¿Traguito? —Le dirigió una mirada sombría—. Ya se ha tomado por lo menos un cuarto de litro. Pandora lleva dándoselo de beber desde hace media hora.

—¿Qué? ¿Por qué no has dicho nada?

—Porque así se estaba callada.

Kathleen se levantó de golpe y se apresuró a quitar la licorera a Pandora.

—¿Qué estás haciendo con esto, cielo?

—He estado ayudando a Clara —respondió la muchacha, mirándola con los ojos muy abiertos.

—Ha sido muy amable por tu parte, pero ya ha tomado suficiente. No le des más.

—No sé por qué le ha dado tanto sueño. Yo he tomado prácticamente la misma cantidad de medicina que ella, y no estoy nada cansada.

—¿Has bebido brandy? —preguntó West desde el otro lado del vagón con las cejas arqueadas.

Pandora se puso de pie y se dirigió a la ventanilla de enfrente para ver un castro celta y un prado con ganado paciendo.

—Sí. Cuando cruzábamos el puente sobre el agua, me puse un poco nerviosa. Pero me tomé un poco de medicina y me relajó bastante.

—Desde luego —dijo West, que observó la licorera medio vacía que Kathleen tenía en la mano antes de dirigir de nuevo los ojos a Pandora—. Ven conmigo, cielo. Cuando lleguemos a Londres, estarás tan frita como Clara.

—No digas sandeces. —Tras dejarse caer en la silla vacía que West tenía al lado, Pandora discutió y se rio como una tonta un rato hasta que apoyó la cabeza en el hombro de su acompañante y se puso a roncar.

Finalmente llegaron a una de las dos naves de la estación de ferrocarril de Waterloo, llena de miles de pasajeros que buscaban el andén del que salía su tren.

—El conductor y el carruaje nos esperan fuera de la estación —anunció Devon tras ponerse de pie y erguir la espalda—. Pediré a un mozo de carga que ayude a Clara. Todos los demás, permaneced juntos. Cassandra, que ni se te ocurra salir corriendo a mirar baratijas o libros. Helen, sujeta bien la orquídea por si te empujan mientras nos abrimos paso entre el gentío. En cuanto a Pandora...

—Yo me encargo de ella —aseguró West, que levantó a la chica que languidecía—. Despierta, jovencita. Tenemos que marcharnos.

—No me responden las piernas —masculló Pandora con la cara hundida en el pecho de West.

—Rodéame el cuello con los brazos.

—¿Para qué? —quiso saber, mirándolo con los ojos entrecerrados.

—Para poder bajarte del tren a cuestas —respondió West entre divertido y exasperado.

—Me gustan los trenes —aseguró, hipando mientras su primo la cargaba—. Oh, ir en brazos es mucho mejor que andar. Me siento tan piripuchi...

De alguna forma el grupo logró recorrer la nave de la estación sin ningún contratiempo. Devon dio instrucciones a los mozos de carga y los lacayos para que cargaran el equipaje en un carro que iría detrás del carruaje. Sutton se encargó a regañadientes de Clara, que tenía tendencia a desplomarse y se dejó caer como un saco de patatas a su lado en el asiento del carro.

La familia se acomodó en el interior del carruaje, mientras que West eligió sentarse fuera, con el conductor. Mientras el vehículo dejaba atrás la estación y se encaminaba hacia el puente de Waterloo, una suave llovizna acompañaba el descenso de una niebla grisácea.

—¿Estará cómodo fuera el primo West con este tiempo? —preguntó Cassandra, preocupada.

—La ciudad llena a West de energía —respondió Devon, asintiendo con la cabeza—. Querrá echar un buen vistazo a todo.

Pandora se movió un poco y se incorporó para ver el paisaje.

—Creía que todas las calles serían de adoquines de piedra —comentó.

—Solo unas cuantas —explicó Devon—. La mayoría está pavimentada con adoquines de madera, que permite afianzarse mejor a los caballos.

—¡Qué altos son los edificios! —observó Helen, que rodeaba protectoramente la maceta con la orquídea con un brazo—. Los hay que deben de tener siete pisos como mínimo.

Las gemelas apoyaron la nariz en las ventanillas, con el rostro lleno de entusiasmo a la vista de todo el mundo.

—Chicas, los velos... —empezó a decir Kathleen.

—Déjalas que miren —la interrumpió en voz baja Devon—. Es la primera vez que ven la ciudad.

Eso ablandó a Kathleen, que se recostó de nuevo en su asiento.

Londres era una ciudad prodigiosa, llena de olores y de imágenes. En el aire flotaba una mezcla de ladridos de perros, ruido de cascos de caballos, balidos de ovejas, chirridos de ruedas de carruaje, gemidos de violines y de organillos, fragmentos de canciones de vendedores callejeros y cantantes de baladas, y miles de voces que discutían, regateaban, se reían y se llamaban unas a otras.

Los vehículos y los caballos circulaban fluidamente por las calles. Las aceras estaban abarrotadas de peatones que andaban por la paja que se había esparcido por las zonas de paso y frente a los escaparates para absorber la humedad. Había vendedores ambulantes, hombres de negocios, vagabundos, aristócratas, mujeres con todo tipo de vestimentas, deshollinadores con sus escobas maltrechas, limpiabotas con taburetes plegables y cerilleras que cargaban fardos de cajas en la cabeza.

—No acabo de saber a qué huele el aire —comentó Cassandra al percibir los aromas que se colaban por un hueco de la ventanilla corredera situada debajo del pescante. Podía distinguirse una mezcla de humo, hollín, caballos, estiércol, ladrillos mojados, pescado salado, carne roja, pan, empanadas, rollos de tabaco aceitosos, sudor humano, la dulzura de la cera, el sebo y las flores, y el penetrante olor metálico de la maquinaria de vapor—. ¿Tú cómo lo llamarías, Pandora?

—Sobreoledor —respondió Pandora.

Cassandra negó con la cabeza con una sonrisa compungida y rodeó los hombros de su hermana gemela con un brazo.

Aunque el humo había vestido de gris la calle y los edificios, una gran cantidad de colores animaba el paisaje. Los vendedores callejeros empujaban carretillas llenas de flores, frutas y verduras por delante de tiendas de las que colgaban carteles pintados y que poseían escaparates pintorescos. Podían verse pequeños jardines e hileras de tilos entre las casas de piedra con columnas y balaustradas de hierro.

El carruaje enfiló Regent Street, donde hombres y mujeres vestidos a la moda se paseaban frente a hileras de tiendas y clubes con unas majestuosas fachadas adosadas. Devon abrió la ventanilla corredera para gritar al conductor:

—Vaya por Burlington Gardens y Cork Street.

—Sí, milord.

—Vamos a dar un pequeño rodeo —anunció Devon, recostándose de nuevo en su asiento—. Me pareció que podría gustaros pasar ante los almacenes Winterborne.

Pandora y Cassandra chillaron de felicidad.

Cuando tomaron Cork, la gran congestión de vehículos obligó al carruaje a circular lentamente ante una hilera ininterrumpida de edificios con la fachada de mármol que se extendía a lo largo de toda la manzana. Una rotonda central acristalada le añadía cuatro metros y medio más de altura.

A nivel de la calle, la fachada mostraba los escaparates más grandes que Kathleen había visto jamás, y la gente se apiñaba para ver los exóticos objetos que se exponían en ellos. Unas arcadas con columnas y ventanas en forma de arco adornaban las plantas superiores, mientras que una hilera de cúpulas cuadradas con ventanales coronaba un parapeto de mampostería en el tejado. Para ser un edificio tan enorme, tenía un aire agradablemente ligero y espacioso.

—¿Dónde está la tienda del señor Winterborne? —quiso saber Kathleen.

Devon parpadeó como si la pregunta lo hubiera sorprendido.

—Todo esto son los almacenes Winterborne —respondió—. Parecen ser varios edificios, pero solo es uno.

Kathleen miró llena de asombro por la ventanilla. La estructura ocupaba toda la calle. Era demasiado grande para encajar en cualquiera de los conceptos previos que ella tenía de lo que era una «tienda»... Era un reino en sí mismo.

—Quiero ir a verlos —afirmó Cassandra categóricamente.

—No sin mí —exclamó Pandora.

Devon no dijo nada con la mirada puesta en Helen como si tratara de adivinarle el pensamiento.

Finalmente llegaron al extremo de Cork Street y tomaron South Audley Street. Se acercaron entonces a una casa grande y espléndida, rodeada de una verja de hierro con la entrada de piedra. Tenía tal parecido al diseño de la época de Jacobo I de Eversby Priory que Kathleen supo que pertenecía a los Ravenel.

El carruaje se detuvo, y las gemelas casi saltaron de él antes de que un lacayo pudiera ayudarlas a bajar.

—¿Nunca habías estado aquí? —preguntó Devon a Kathleen cuando entraban.

—Vi el edificio por fuera una vez. No era decoroso visitar a un caballero soltero en su casa —respondió sacudiendo la cabeza—. Theo y yo habíamos planeado residir aquí una vez terminado el verano.

Un caos coordinado llenó el vestíbulo mientras los sirvientes descargaban el equipaje del carro y acompañaban a los miembros de la familia a sus habitaciones. A Kathleen le gustó el ambiente acogedor de la casa, con sus muebles sólidos y tradicionales, los suelos de taracea en roble y en cerezo y las paredes recubiertas de cuadros de grandes maestros de la pintura clásica. El primer piso alojaba dormitorios, un pequeño salón y una antesala. Después subiría al segundo piso, que, por lo que Devon le había contado, consistía exclusivamente en una opulenta sala de baile que ocupaba toda la extensión de la mansión, con puertas cristaleras que daban a una terraza.

De momento, sin embargo, quería ir a su habitación para refrescarse después del viaje.

Mientras Devon la acompañaba hasta el primer piso, fue consciente de una extraña música etérea que flotaba en el aire. Las delicadas notas no procedían de ningún piano.

—¿Qué es ese sonido? —preguntó.

Devon se encogió de hombros, perplejo.

Entraron en el salón, donde Helen, Cassandra y Pandora se habían reunido alrededor de una mesita rectangular. Las gemelas tenían el rostro iluminado de entusiasmo, mientras que el de Helen era inexpresivo.

—¡No habrás visto nada más hermoso e ingenioso, Kathleen! —exclamó Pandora.

Vio una caja de música de por lo menos noventa centímetros de longitud y treinta centímetros de altura. La reluciente caja color rosa palo decorada con incrustaciones de oro descansaba sobre una mesa a juego.

—Probemos otra —pidió Cassandra a la vez que abría un cajón de la parte delantera de la mesa.

Helen extrajo del interior de la caja un cilindro metálico, cuya superficie estaba recubierta de centenares de puntitas también metálicas. El cajón contenía una brillante hilera formada por varios cilindros más.

—Cada cilindro interpreta una pieza musical distinta, ¿sabes? —dijo Pandora animadamente a Kathleen—. Puedes elegir lo que quieres oír.

Kathleen asintió con la cabeza, maravillada.

Helen colocó un nuevo cilindro en la caja y accionó una palanca. La enérgica y alegre melodía de la obertura de *Guillermo Tell* llenó la habitación, lo que hizo que las gemelas rieran.

—Es suiza —comentó Devon, leyendo una placa del interior de la tapa—. Todos los cilindros contienen oberturas de óperas. *El beso, Zampa...*

—Pero ¿de dónde ha salido? —preguntó Kathleen.

—Según parece, la han traído hoy —explicó Helen, con la voz extrañamente tranquila—. Para mí. De parte del... señor Winterborne.

El grupo se quedó en silencio.

Helen recogió una nota doblada y se la entregó a Devon.

Aunque tenía el rostro sereno, los ojos le brillaban de asombro.

—Él... —empezó a decir, violenta—. Es decir, el señor Winterborne... parece creer que...

—Le he dado permiso para cortejarte —dijo Devon directamente, mirándola a los ojos—. Solo si tú quieres. Si no...

—¿Cómo? —explotó Kathleen, llena de rabia. ¿Por qué no le había mencionado nada de eso Devon? Debía de haber imaginado que se opondría.

De hecho, se oponía con todo su ser. Winterborne no era adecuado para Helen en ningún sentido. Cualquiera lo vería. Casarse con él exigiría a Helen tener que adaptarse a una vida que le era totalmente ajena.

La obertura de *Guillermo Tell* flotaba por la habitación con una alegría espantosa.

—¡De ninguna manera! —espetó Kathleen a Devon—. Dile que has cambiado de parecer.

—Es Helen quien tiene que decidir lo que quiere —dijo Devon con calma—. No tú. —Con aquella postura terca de la mandíbula, tenía exactamente el aspecto del imbécil arrogante que había visto al conocerlo.

—¿Qué te ha prometido Winterborne? —preguntó—. ¿Que va a ganar la finca si se casa con Helen?

—Lo comentaremos en privado —soltó Devon, mirándola con dureza—. Hay un estudio en la planta baja.

Cuando Helen hizo ademán de ir con ellos, Kathleen la detuvo tocándole suavemente un brazo.

—Déjame hablar primero con lord Trenear, cielo —le pidió en tono de urgencia—. Hay cosas personales que tengo que preguntarle. Tú y yo hablaremos después. Por favor.

Helen la contempló sin pestañear mientras la luz iluminaba sus excepcionales ojos pálidos. Cuando habló, lo hizo con una voz comedida y serena:

—Antes de que comentéis nada, quiero dejar algo claro. Confío en ti y te quiero como si fueras mi propia hermana, querida Kathleen, y sé que tú sientes lo mismo por mí. Pero creo que veo mi situación de forma más pragmática que tú. —Dirigió la mirada hacia Devon para proseguir—. Si el señor Winterborne tiene intención de hacerme una propuesta de matrimonio... no es algo que pueda rechazar a la ligera.

Como no confiaba poder responder como era debido, Kathleen se tragó la indignación. Se planteó esbozar una sonrisa, pero tenía la cara demasiado rígida. Así que se conformó con dar unas palmaditas a Helen en el brazo.

Después se volvió y se marchó de la habitación, y Devon la siguió.

29

West tuvo la mala suerte de ir al estudio cuando Kathleen y Devon habían elegido esa estancia para pelearse.

—¿Qué está pasando? —preguntó West, contemplando primero el semblante tenso de uno y luego el del otro.

—Helen y Winterborne —explicó Devon de manera sucinta.

Al ver la expresión acusadora en la cara de Kathleen, West hizo una mueca y se tiró de la corbata.

—No es necesario que yo participe en la discusión, ¿verdad? —soltó.

—¿Sabías lo del noviazgo? —preguntó Kathleen.

—Puede —murmuró.

—Entonces, sí, quédate y explícame por qué no lo disuadiste de esta pésima idea.

—¿Cuándo he sido capaz de disuadiros a cualquiera de los dos de algo? —se defendió West, indignado.

Kathleen se volvió para fulminar a Devon con la mirada.

—Si realmente quieres hacerle esto a Helen, entonces eres tan insensible como creí al principio.

—¿Hacer qué? ¿Contribuir a que contraiga un matrimonio que le proporcionará riqueza, una buena posición social y una familia propia?

—Una buena posición en sus círculos sociales, no en los

nuestros. Sabes muy bien que la nobleza dirá que se ha rebajado.

—La mayoría de gente que dirá eso es la misma que no la querría ni regalada si decidiera participar en la temporada. —Devon se aproximó a la chimenea y apoyó las manos en la repisa de mármol. La luz de las llamas le jugueteaba en el rostro y en el cabello oscuro—. Soy consciente de que Winterborne no es el partido ideal para Helen. Pero no es tan desagradable como lo pintas. Helen puede llegar incluso a amarlo con el tiempo.

—Si le das tiempo suficiente, Helen podría convencerse a sí misma de que ama a una rata apestada o a un leproso desdentado —replicó Kathleen con desdén—. Eso no significa que deba casarse con él.

—Estoy seguro de que Helen nunca se casaría con una rata —intervino West.

Devon tomó un atizador y avivó el fuego de la chimenea, lo que provocó una tormenta de chispas danzarinas.

—Hasta ahora, Helen nunca había tenido ocasión de concretar ningún tipo de enlace —dijo, dirigiendo una mirada hosca a Kathleen por encima del hombro—. Lo que no pareces dispuesta a aceptar es que ningún caballero que se precie va a preferir vivir en la pobreza con una chica a la que ama antes que en la riqueza con una a la que simplemente soporta.

—Puede que haya pocos —aseguró a la defensiva al ver su mirada burlona—. Puede que haya uno. ¿Por qué no damos a Helen la oportunidad de encontrarlo?

—Eso significaría renunciar a cualquier posibilidad de casarse con Winterborne —dijo West—. Y si Helen no consigue a alguien durante la temporada, no tendrá nada.

—En ese caso, podrá vivir conmigo —aseguró Kathleen—. Encontraré una casita en el campo donde ella y yo vivamos de los ingresos de mi derecho vitalicio sobre los bienes de mi difunto marido.

Tras volverse, Devon la miró desde la chimenea con los ojos entrecerrados.

—¿Cómo encajo yo en tus planes de futuro? —soltó.

Se produjo un silencio hostil.

—Realmente creo que yo no tendría que estar aquí —dijo West mirando al techo.

—Tú puedes cuidar de ti mismo —comentó Kathleen a Devon—. Helen, no. No tendrá a nadie que la proteja de Winterborne si él la maltrata.

—Claro que lo tendrá. West y yo siempre la protegeremos.

—Tendríais que estar protegiéndola ahora.

—¿Es esto tener familia? —preguntó West, malhumorado, mientras se dirigía a grandes zancadas hacia la puerta—. ¿Discutir sin fin y hablar sobre sentimientos desde que sale el sol hasta que se pone? ¿Cuándo narices podré hacer lo que me plazca sin tener que dar explicaciones de ello a un puñado de personas?

—Cuando vivas solo en una isla junto a una palmera con un solo coco —le replicó Kathleen—. Y aun así, estoy segura de que encontrarías demasiado exigente al coco.

West los miró a ambos con amargura.

—Ya estoy harto —exclamó—. Si me disculpáis, voy a encontrar una taberna donde pueda pagar a una mujer ligerita de ropa para que se sienta en mi regazo y aparente estar muy complacida conmigo mientras yo bebo copiosamente.

Al marcharse, cerró la puerta del estudio con una fuerza innecesaria.

—Helen jamás admitirá lo que quiere —dijo Kathleen con los brazos cruzados y fulminando a Devon con la mirada—. Se ha pasado toda la vida intentando no ser ninguna molestia para nadie. Se casaría con el mismísimo diablo si pensara que así ayudaría a la familia, y es muy consciente de que esto beneficiaría a Eversby Priory.

—Ya no es una niña. Es una mujer de veintiún años. Es posible que no te hayas fijado, pero hace un momento se comportó con más serenidad que ninguno de nosotros. —Y añadió con crueldad en voz baja—: Y aunque pueda sorprenderte, a lo mejor no le apetece que la tengas en un puño el resto de su vida.

Kathleen se lo quedó mirando, abriendo y cerrando la boca mientras buscaba las palabras. Cuando por fin habló, lo hizo con la voz cargada de aversión.

—No me puedo creer que te haya dejado tocarme.

Incapaz de estar en la misma habitación que él ni un segundo más, se marchó como una exhalación del estudio y subió corriendo la escalera.

Más de una hora después, Kathleen y Helen tenían una conversación muy seria en la pequeña antesala contigua al salón. Para consternación de Kathleen, Helen no solo parecía dispuesta a que Rhys Winterborne la cortejara, sino que estaba realmente resuelta a ello.

—No te quiere por las razones correctas —comentó Kathleen, intranquila—. Quiere una esposa que le favorezca para lograr sus ambiciones. Y, sin ninguna duda, te considera una yegua de cría aristocrática.

—¿No es así también como los hombres de nuestra clase valoran a una posible esposa? —replicó Helen con una ligera sonrisa.

—¡Helen, tienes que admitir que él y tú sois completamente distintos! —exclamó Kathleen tras soltar un suspiro de impaciencia.

—Sí, somos bastante diferentes —admitió Helen—. Por eso quiero actuar con prudencia. Pero tengo mis propios motivos para aceptar el noviazgo. Y aunque no deseo explicártelos todos, te diré que sentí un momento de conexión con él cuando estuvo en Eversby Priory.

—¿Mientras lo ayudabas a recuperarse de la fiebre? Porque en ese caso, eso era lástima, no conexión.

—No, fue después. —Y prosiguió antes de que Kathleen pudiera poner más objeciones—: Sé muy poco de él. Pero me gustaría conocerlo más —aseguró mientras tomaba las manos de Kathleen y las apretaba con fuerza—. Por favor, de momento no te opongas al noviazgo. Por mi bien.

—Muy bien —concedió Kathleen a regañadientes.

—Y en cuanto a lord Trenear —se atrevió a decir Helen—, no debes culparlo por intentar...

—Perdóname, Helen —la interrumpió Kathleen—, pero puedo culparlo... por varios motivos que tú desconoces por completo.

A la mañana siguiente, Devon acompañó a las muchachas al Museo Británico. Kathleen habría preferido ir con West, pero él se alojaba en su piso particular, que había conservado incluso después de trasladarse a Eversby Priory.

Todavía indignada por el engaño de Devon y por sus dolorosos comentarios del día anterior, Kathleen evitaba hablar con él más de lo estrictamente necesario. Esa mañana los dos blandían las palabras corteses y las sonrisas minúsculas como si fueran armas.

Ante la enorme cantidad de exposiciones artísticas del museo, las hermanas Ravenel eligieron visitar en primer lugar la galería egipcia. Provistas de folletos y de guías, se pasaron la mayor parte de la mañana examinando todos los objetos expuestos: estatuas, sarcófagos, obeliscos, animales embalsamados, objetos de adorno, armas, utensilios y joyas. Dedicaron un buen rato a la piedra de Rosetta, fascinadas por los jeroglíficos grabados en su pulida superficie delantera.

Mientras Devon ojeaba una exposición de armas cercana, Helen se acercó a Kathleen, que estaba contemplando una vitrina llena de monedas antiguas.

—Este museo es tan extenso que podríamos venir todos los

días durante un mes y seguir sin haberlo visto todo —comentó.

—Desde luego no a este ritmo —sentenció Kathleen, al ver que Pandora y Cassandra abrían sus blocs de dibujos y empezaban a copiar parte de los jeroglíficos.

—Están disfrutando muchísimo —aseguró Helen, que había seguido la mirada de su cuñada—. Y yo también. Parece que anhelábamos más cultura y estímulos de los que Eversby puede ofrecernos.

—Londres tiene una enorme oferta de ambas cosas —dijo Kathleen, que añadió, procurando sonar desenfadada—: Supongo que el señor Winterborne tiene eso a su favor. Jamás te aburrirías.

—No, desde luego —corroboró Helen, que hizo una pausa antes de añadir con prudencia—: Hablando del señor Winterborne, ¿podríamos invitarlo a cenar? Me gustaría darle las gracias en persona por la caja de música.

—Sí. Lord Trenear lo invitará si lo deseas —respondió Kathleen con el ceño fruncido—. Pero sabes muy bien lo poco adecuada que es esa caja de música. Fue un regalo generoso y encantador, pero tendríamos que devolverlo.

—No puedo —susurró Helen con el ceño fruncido—. Le dañaría los sentimientos.

—Dañaría tu reputación.

—Nadie tiene por qué saberlo, ¿no? ¿No podríamos considerarlo un regalo para toda la familia?

Antes de responder, Kathleen pensó en todas las normas que ella había infringido y en todos los pecados que había cometido, algunos pequeños, otros mucho más atroces que aceptar un regalo inadecuado.

—¿Por qué no? —soltó con una mueca de resignación, y tomó el brazo de Helen—. Ven a ayudarme a detener a Pandora; está intentando abrir un sarcófago.

Para consternación y entusiasmo de Helen, Winterborne aceptó una invitación a cenar la siguiente noche. Le apetecía mucho verlo, casi tanto como lo temía.

A Winterborne, que llegó puntualmente, le hicieron pasar al salón de la planta baja, donde estaba reunida la familia Ravenel. Su figura imponente lucía con elegante sencillez unos pantalones y un chaleco gris con una chaqueta negra. Aunque todavía se estaba recuperando de la pierna rota, ya le habían quitado la escayola y caminaba con la ayuda de un bastón de madera. Se le podría reconocer fácilmente entre un montón de gente, no solo por su altura y corpulencia características, sino también por el pelo negro y el cutis moreno. Aquel color de piel, fruto, al parecer, de la influencia vasca en Gales, no era considerado aristocrático, pero a Helen le resultaba muy atractivo y especial.

La mirada de Winterborne se posó en ella. Al ver aquel brillo penetrante enmarcado en unas pestañas negras, notó un cosquilleo nervioso, pero conservó la calma y le dirigió una sonrisa neutra. En aquel momento, deseó tener la seguridad suficiente como para decir algo encantador e insinuante. Para su disgusto, Pandora y Cassandra, dos años menores que ella, se sentían mucho más cómodas con Winterborne. Le divirtieron con tonterías como preguntarle si su bastón contenía una espada oculta (lamentablemente, no) y al describirle los perros momificados de la galería egipcia.

Cuando el grupo pasó al comedor, hubo un momento de confusión al ver que las gemelas habían escrito las etiquetas con los nombres con jeroglíficos.

—Nos pareció que cada uno podría intentar averiguar cuál era la suya —les informó Pandora.

—Afortunadamente, yo ocupo la presidencia de la mesa —comentó Devon.

—Esta es la mía —aseguró Winterborne, señalando una de las etiquetas—, y creo que lady Helen se sienta a mi lado.

—¿Cómo lo ha sabido? —preguntó Cassandra—. ¿Está familiarizado con los jeroglíficos, señor Winterborne?

—He contado las letras —respondió este con una sonrisa. Tomó la etiqueta y la observó detenidamente—. Está muy bien dibujada, especialmente el pajarito.

—¿Podría decir qué pájaro es? —intervino Pandora, esperanzada.

—¿Un pingüino? —aventuró.

—Te dije que parecía un pingüino —soltó Cassandra a su hermana en tono triunfal.

—Es una codorniz —explicó Pandora a Winterborne con un suspiro—. Mi caligrafía es igual de mala en egipcio antiguo que en inglés.

Una vez todo el mundo estuvo sentado y los lacayos empezaron a servir, Helen se volvió hacia Winterborne, decidida a sobreponerse a su timidez.

—Veo que le han quitado la escayola, señor Winterborne. Confío en que la pierna le esté sanando bien.

—Muy bien, gracias —respondió Winterborne de modo comedido.

—No tengo palabras para expresarle mi agradecimiento por la caja de música que me envió. Es el regalo más bonito que he recibido nunca —aseguró mientras se alisaba repetidamente la servilleta en el regazo.

—Esperaba que le gustara.

—Pues acertó plenamente. —Al mirarlo a los ojos, pensó que algún día aquel hombre podría tener derecho a besarla, a abrazarla íntimamente. Harían las cosas misteriosas que hacía un matrimonio. Empezó a ruborizarse, de modo que aquel color intenso y repetitivo que solo él parecía provocarle le acabaría cubriendo el rostro. Desesperada por detenerlo, bajó la vista hacia el cuello de la camisa de Winterborne, y todavía un poco más para seguir la perfecta línea recta de una costura hecha a mano.

—Veo la influencia del señor Quincy —se oyó decir a sí misma.

—¿Lo dice por la camisa? —preguntó Winterborne—. Sí, Quincy ha sitiado el contenido de todos los armarios, cajones y baúles desde que llegó. Según me informa, hay que tener una habitación separada con la única finalidad de guardar en ella la ropa.

—¿Cómo está el señor Quincy? ¿Se ha aclimatado ya a Londres?

—Solo tardó un día en hacerlo. —Winterborne empezó a describir entonces lo mucho que le gustaba al ayuda de cámara su nueva vida y cómo ya se había familiarizado más con los grandes almacenes que los empleados que llevaban varios años trabajando en ellos. Quincy había hecho muchos amigos nuevos, con la excepción de la secretaria particular de Winterborne, con quien se discutía constantemente. Aunque Winterborne sospechaba que, en el fondo, los dos disfrutaban de esos intercambios.

Helen lo escuchó atentamente, aliviada de que eso le ahorrara tener que hablar. Pensó en sacar el tema de los libros, o la música, pero temió que pudiera generar un conflicto de opiniones. Le habría gustado preguntarle por su pasado, pero tal vez esa fuera una cuestión delicada, a la vista de su ascendencia galesa. No, era más seguro quedarse callada. Cuando sus constreñidos comentarios ya no permitieron mantener una conversación, Winterborne se enfrascó en una charla con West.

Temiendo que la encontrará aburrida, Helen picoteó la comida mientras lo pasaba mal en silencio.

Finalmente, cuando los lacayos empezaban a retirar los platos, Winterborne se volvió hacia ella.

—¿Tocará el piano después de cenar? —le preguntó.

—Lo haría, pero me temo que no tenemos.

—¿No hay ningún piano en toda la casa? —Hubo un destello calculador en sus ojos oscuros.

—No me compre uno, por favor —se apresuró a pedir Helen.

Eso provocó una sonrisa repentina de Winterborne; un blanco despampanante en una piel color canela que a Helen le resultó tan atractivo que notó un agradable calor en las entrañas.

—En mis almacenes habrá por lo menos doce pianos —dijo—. Los hay que nadie ha tocado. Podría enviarle uno mañana mismo.

—Ya ha sido demasiado generoso —soltó Helen con los ojos desorbitados al pensar que pudiera haber tantos pianos en un solo sitio—. El mejor regalo que podría hacerme es el de su compañía.

—¿Significa eso que ha accedido a permitir que la corteje? —le preguntó en voz baja mirándola a los ojos. Cuando ella asintió tímidamente, se le acercó un poco más, apenas unos centímetros, pero eso hizo que se sintiera abrumada—. Entonces le brindaré más tiempo mi compañía —murmuró—. ¿Qué otros regalos le gustarían?

—Señor Winterborne, no es necesario que... —contestó, sonrojada.

—Todavía me estoy planteando lo del piano.

—Flores —dijo Helen rápidamente—. Una lata de dulces, o un abanico de papel. Pequeños gestos.

—Por desgracia, soy famoso por mis grandes gestos —dijo Winterborne con una sonrisa.

Al terminar la cena, los caballeros se quedaron sentados a la mesa y las damas se retiraron a tomar el té.

—Has estado calladísima durante la cena, Helen —exclamó Pandora en cuanto entraron en el salón.

—Pandora —le recriminó Kathleen en voz baja.

—Pero es verdad. Ha estado más callada que un muerto. —Cassandra acudió así en defensa de su hermana gemela.

—No sabía muy bien qué decirle —admitió Helen—. No quería meter la pata.

—Has hecho muy bien —la felicitó Kathleen—. No es fácil conversar con desconocidos.

—Lo es si no te importa lo que dices —le aconsejó Pandora.

—O lo que puedan opinar de ti —añadió Cassandra.

Kathleen dirigió discretamente una mirada de desesperación cómica a Helen.

—Nunca estarán preparadas para la temporada —susurró, y su cuñada reprimió una sonrisa.

Al final de la velada, cuando Winterborne se estaba poniendo el sombrero y los guantes en el vestíbulo, Helen tomó impulsivamente la maceta con la orquídea que estaba en una mesita del salón y se la llevó.

—Señor Winterborne —dijo, muy seria—, me gustaría mucho que se quedara esto.

Winterborne la interrogó con la mirada mientras ella le plantaba la maceta en las manos.

—Es una vanda azul, una clase de orquídea —explicó.

—¿Qué debería hacer con ella?

—Tal vez quiera ponerla en un sitio donde pueda verla a menudo. Recuerde que no le gusta el frío ni la humedad, tampoco el calor ni la sequedad. Cuando se encuentra en un nuevo ambiente, esta orquídea suele angustiarse, de modo que no se alarme si se le marchita y le cae una flor. Generalmente, es mejor no ponerla donde pueda haber corrientes de aire, o demasiado sol. O demasiada sombra. Y nunca la deje junto a un frutero —dijo, dirigiéndole una mirada alentadora—. Después, le daré un preparado especial con el que rociarla.

Al ver que Winterborne contemplaba la flor exótica que tenía en las manos entre desconcertado y reticente, Helen empezó a lamentar su acto espontáneo. No parecía querer el regalo, pero ella tampoco podía pedirle ahora que se lo devolviera.

—No hace falta que se la quede si no la quiere —comentó—. Lo entenderé...

—La quiero. —Winterborne la miró a los ojos y le dedicó una leve sonrisa—. Gracias.

Helen asintió y observó con tristeza cómo se marchaba sujetando firmemente la orquídea.

—Le has dado la vanda azul —soltó Pandora, que se acercó, maravillada, a su lado.

—Sí.

—La orquídea más diabólicamente temperamental de toda tu colección —añadió Cassandra tras situarse al otro lado de Helen.

—Sí —suspiró Helen.

—La matará en una semana —afirmó categóricamente Kathleen—. Como cualquiera de nosotros.

—Sí.

—¿Por qué se la diste, entonces?

—Quería que tuviera algo especial —respondió Helen levantando las manos con las palmas hacia arriba con el ceño fruncido.

—Ya tiene miles de cosas especiales de todo el mundo —señaló Pandora.

—Algo especial mío —aclaró Helen en voz baja, y nadie le preguntó nada más.

30

—He esperado dos semanas para ver esto —dijo Pandora con entusiasmo.

—Yo he esperado toda mi vida —aseguró Cassandra, prácticamente vibrando en el asiento del carruaje junto a ella.

Como había prometido, Winterborne lo había dispuesto todo para que Kathleen y las hermanas Ravenel visitaran los grandes almacenes fuera del horario de apertura para comprar todo el rato que quisieran. Había ordenado a las dependientas que dejaran expuestos en sus mostradores productos que pudieran gustar a las jóvenes, tales como guantes, sombreros y alfileres, y toda clase de adornos. Las Ravenel podrían ir a cualquiera de las ochenta y cinco secciones de los almacenes, incluida la de libros, la de perfumería y la de comestibles.

—Ojalá el primo West estuviera aquí con nosotras —dijo Pandora, melancólica.

West había regresado a Eversby Priory tras haber pasado menos de una semana en Londres. Había admitido a Kathleen que ningún rincón de la ciudad le ofrecía ya ninguna novedad.

—Antes —le había explicado—, me pasaba la vida haciendo siempre las mismas cosas. Ahora no puedo dejar de pensar en lo que hay que hacer en la finca. Es el único lugar donde puedo ser útil a alguien.

No había disimulado sus ganas de volver a Hampshire.

—Yo también echo de menos a nuestro primo —aseguró Cassandra.

—Oh, yo no lo echo de menos —soltó pícaramente Pandora—. Simplemente estaba pensando que podríamos comprar más cosas si él estuviera aquí para ayudarnos a llevar los paquetes.

—Dejaremos aparte lo que elijáis y pediremos que nos lo envíen a la Casa Ravenel mañana —indicó Devon.

—Quiero que recordéis que el placer de comprar dura solo hasta que llega el momento de pagar —dijo Kathleen a las gemelas.

—Pero nosotras no tenemos que hacerlo —soltó Pandora—. Es lord Trenear quien recibe todas las facturas.

—Os recordaré esta conversación cuando no quede dinero para comprar comida —sonrió Devon.

—¿Te das cuenta, Helen? —dijo Cassandra con alegría—. ¡Si te casas con el señor Winterborne, te llamarás igual que unos grandes almacenes!

Kathleen sabía que la idea no resultaba atrayente a Helen, que no deseaba ningún tipo de atención ni de fama.

—El señor Winterborne todavía no ha propuesto matrimonio a Helen —comentó serenamente.

—Lo hará —dijo Pandora con seguridad—. Ha venido a cenar por lo menos tres veces, y nos ha acompañado a un concierto y nos ha dejado sentar en su palco privado. Es evidente que el noviazgo va muy bien. —Hizo una pausa y añadió con algo de vergüenza—: Para el resto de la familia, por lo menos.

—Le gusta Helen —comentó Cassandra—. Lo veo por la forma en que la mira. Como un zorro que se come un pollo con los ojos.

—Cassandra —la reprendió Kathleen. Miró a Helen, que tenía los ojos puestos en sus guantes.

Era difícil saber si el noviazgo estaba yendo bien o no. Helen se había vuelto enigmática en cuanto al tema de Winterborne, y no revelaba nada de lo que habían comentado o de cómo se sentía. Hasta entonces, Kathleen no había visto nada en sus interacciones que indicara que pudieran gustarse mutuamente.

Kathleen había evitado comentar el tema con Devon, porque sabía que eso les llevaría a otra discusión inútil. De hecho, no había comentado con él gran cosa durante las últimas dos semanas. Tras las excursiones matutinas de la familia, Devon solía dejarlas para reunirse con abogados, contables o ejecutivos de la compañía ferroviaria, o para asistir a la Cámara de los Lores, que volvía a estar en sesión. La mayoría de noches volvía tarde, cansado y sin ganas de hablar después de haberse pasado todo el día siendo sociable.

Nunca admitiría a nadie más que a ella misma lo mucho que echaba de menos su intimidad. Anhelaba sus conversaciones, entretenidas y amigables, y la simpatía y el consuelo que Devon le había ofrecido. Ahora apenas podía mirarla a los ojos. Su separación le provocaba prácticamente un entumecimiento físico. Era como si nunca fueran a disfrutar otra vez en compañía del otro. Sombríamente, pensaba que tal vez fuera para mejor. Seguía sin tener la menstruación, pero después de la frialdad con que Devon había tratado su posible embarazo y la forma en que la había engañado para que fueran a Londres simplemente como pretexto para unir a Helen con Winterborne, nunca volvería a confiar en él. Era un manipulador y un sinvergüenza.

El carruaje llegó a las callejuelas de detrás de los almacenes Winterborne, donde una de las entradas traseras les permitiría acceder con discreción al edificio. Después de que el lacayo abriera la portezuela y dispusiera un estribo portátil en la acera, Devon ayudó a las mujeres a bajar del vehículo. Kathleen fue la última en salir, y solo le tomó la mano enguantada el tiempo indispensable antes de soltársela. Unos trabajadores cruzaron el patio contiguo cargados con cajas que llevaban al área de carga y descarga de los almacenes.

—Por aquí —dijo Devon a Kathleen mientras les mostraba el camino hacia una entrada en forma de arco. Las demás lo siguieron.

Un portero con uniforme azul abrió una gran puerta de bronce y se tocó el sombrero con la mano a modo de saludo.

—Bienvenido a los almacenes Winterborne, milord. A su servicio, señoras. —Cuando cruzaron la puerta, les entregó uno a uno un folleto. La tapa de color azul y marfil estaba estampada con unas letras doradas que rezaban: ALMACENES WINTERBORNE y debajo de eso: ÍNDICE DE SECCIONES.

—El señor Winterborne los está esperando en la rotonda central —anunció el portero.

Que las gemelas estuvieran totalmente calladas era señal de lo asombradas y emocionadas que se sentían.

Los almacenes Winterborne eran un palacio de placeres, una cueva de Aladino diseñada para deslumbrar a sus clientes. El interior era fastuoso, con paneles de roble tallados, techos de yeso moldeado y suelos de madera con intrincadas incrustaciones de azulejos de mosaico. En lugar de los pequeños espacios cerrados de las tiendas tradicionales, el interior de los almacenes Winterborne era abierto y espacioso, con amplios arcos que permitían a los clientes pasar con facilidad de una sección a la siguiente. Unas relucientes arañas iluminaban los objetos fascinantes que ocupaban unas espléndidas vitrinas, y había más tesoros aún dispuestos ingeniosamente en los mostradores.

En un día de compras en los almacenes Winterborne, podía comprarse todas las cosas de una casa, incluida la cristalería y la vajilla, utensilios de cocina, herramientas, muebles, telas para tapizar, relojes, jarrones, instrumentos musicales, obras de arte enmarcadas, una silla para el caballo, una nevera de hielo de madera y toda la comida que se pondría dentro de ella.

Se acercaron a la rotonda central, de seis plantas de altura, cada una de ellas enmarcada por unos balcones con adornos de voluta dorados. La coronaba una cúpula con vidrieras, volutas, rosetones y otras florituras. Winterborne, que estaba de pie junto a un mostrador cubierto con un cristal, observando su contenido, levantó la vista cuando se aproximaron a él.

—Bienvenidos —dijo con una sonrisa en los ojos—. ¿Es lo que habían esperado? —La pregunta iba dirigida al grupo, pero había fijado la mirada en Helen.

Las gemelas empezaron a proferir exclamaciones de alegría y elogios, mientras Helen sacudía la cabeza y sonreía.

—Es todavía más imponente de lo que me había imaginado —dijo a Winterborne.

—Permítame que se lo muestre —soltó este antes de interrogar con la mirada al resto del grupo y preguntar—: ¿Quiere alguno de ustedes acompañarnos? ¿O tal vez prefieran empezar a comprar? —Señaló un montón de cestas de ratán situado cerca del mostrador.

Las gemelas se miraron entre sí.

—Comprar —respondieron con decisión.

—Los productos de confitería y los libros están en esa dirección —sonrió Winterborne—. Los medicamentos y la perfumería, por allí. Aquí detrás encontrarán sombreros, pañuelos, cintas y encaje. —Antes de que hubiera terminado siquiera la frase, las gemelas habían tomado una cesta cada una y se habían marchado corriendo.

—Chicas... —empezó a decir Kathleen, desconcertada ante su desenfreno, pero ya no podían oírla. Se dirigió a Winterborne con arrepentimiento—. Por su propia seguridad, procure no ponerse en su camino o lo arrollarán.

—Tendría que haber visto cómo se comportaron las señoras el primer día de mis rebajas semestrales —le contó Winterborne—. Hubo violencia. Gritos. Preferiría volver a tener el accidente de tren.

Kathleen no pudo evitar sonreír.

Winterborne acompañó a Helen fuera de la rotonda.

—¿Le gustaría ver los pianos? —oyó Kathleen que le preguntaba.

Su tímida respuesta quedó apagada al perderse de vista.

Devon se situó junto a Kathleen.

—Cuando los miras, ¿ves alguna vez a dos personas que sientan la menor atracción entre sí? —preguntó Kathleen pasado un largo e incómodo momento—. No dan muestras de sentirse a gusto con el otro, ni de compartir intereses. Hablan como lo harían dos desconocidos en un ómnibus.

—Yo veo a dos personas que todavía no han bajado la guardia en presencia del otro —fue lo que le respondió con total naturalidad.

Tras apartarse de un escaparate, Kathleen se dirigió a una elegante exposición de artículos de escritorio situada en otra zona de la rotonda. Una bandeja lacada con frascos de perfume ocupaba el mostrador. Según una plaquita, el perfume estaba destinado específicamente a damas que desearan rociar su correspondencia con una fragancia que, según se garantizaba, no manchaba el papel ni provocaba que la tinta se corriera.

En silencio, Devon se acercó a Kathleen y apoyó las manos en el mostrador, una a cada lado de ella. Kathleen inspiró con fuerza. Acorralada por su cuerpo fuerte y cálido, no podía moverse. Notó que Devon le rozaba la nuca con los labios. Cerró los ojos con los sentidos fascinados por su vigor masculino. El calor de su aliento le movió un mechón suelto de pelo que le caía sobre la nuca, y la sensación fue tan exquisita que tembló.

—Vuélvete —le susurró.

Kathleen asintió con la cabeza sin decir nada, con el corazón acelerado.

—Te echo de menos. —Levantó una mano y le acarició la nuca con una sensibilidad erótica—. Quiero acostarme contigo en tu cama esta noche. Aunque solo sea para abrazarte.

—Estoy segura de que no tendrás ningún problema para encontrar a una mujer ansiosa por compartir la cama contigo —soltó con aspereza.

Devon se acercó lo suficiente para acariciarle la cara con la suya, de modo que el roce de su mentón afeitado se la rozaba como la lengua de un gato.

—Yo solo te quiero a ti —aseguró.

—No deberías decir eso hasta que sepamos si estoy o no embarazada —dijo Kathleen, tensa del placer que le daba tenerlo tan cerca—. Aunque ninguna de las opciones solucionará las cosas entre nosotros.

—Perdóname —le dijo con voz ronca tras darle un beso cariñoso en la delicada piel de debajo de la mandíbula y provocarle un escalofrío de placer—. No tendría que haber reaccionado de ese modo. Ojalá pudiera retirar todo lo que dije. No fue culpa tuya; tienes poca experiencia en el acto amoroso. Sé mejor que nadie lo terriblemente difícil que es retirarse justo en el momento en que quieres estar lo más cerca posible de alguien.

Anonadada por su disculpa, Kathleen siguió sin mirarlo. Detestaba la vulnerabilidad que la había invadido, el ataque de soledad y de deseo que la incitaba a volverse y echarse a llorar en sus brazos.

Antes de que se le ocurriera una respuesta coherente, oyó el bullicioso parloteo de las gemelas y el golpeteo de una gran cantidad de objetos que se entrechocaban al transportarlos juntos. Devon se alejó de ella.

—Necesitamos más cestas —dijo Pandora en tono triunfal al entrar en la sala.

Las gemelas, que claramente se lo estaban pasando en grande, se habían engalanado de un modo estrafalario. Cassandra lucía una capa con capucha verde y una pluma adornada con piedras preciosas sujeta en el pelo. Pandora llevaba una sombrilla de encaje azul claro bajo un brazo y un par de raquetas de tenis bajo el otro, además de una diadema floreada en la cabeza que se le había resbalado parcialmente sobre un ojo.

—Parece que ya habéis comprado bastante —soltó Kathleen.

—Oh, no, todavía nos falta visitar ochenta secciones —aclaró Cassandra, alarmada.

Kathleen no pudo evitar mirar a Devon, que estaba intentando, sin éxito, reprimir una sonrisa. Era la primera vez que lo había visto sonreír de verdad desde hacía días.

Las chicas le entregaron con entusiasmo las cestas y empezaron a amontonar objetos sin orden ni concierto en el mostrador: jabones perfumados, polvos, pomadas, medias, libros, puntillas para corsé, horquillas, flores artificiales, latas de galletas, pastillas de regaliz, caramelos, un infusor metálico, calcetas metidas en bolsas de malla, un juego de lápices de dibujo y un frasco de cristal lleno de un líquido rojo vivo.

—¿Qué es esto? —preguntó Kathleen, que tomó el frasco y lo observó con recelo.

—Un embellecedor —contestó Pandora.

—Rosa en Flor —intervino Cassandra.

Kathleen soltó un grito ahogado al ver lo que era.

—Es colorete. —Nunca había tenido un envase de colorete en las manos. Lo dejó en el mostrador y dijo con firmeza—: No.

—Pero Kathleen...

—Nada de colorete —insistió—, ni ahora ni nunca.

—Tenemos que realzar nuestro cutis —protestó Pandora.

—No tiene nada de malo —soltó Cassandra—. El frasco dice que Rosa en Flor es un producto «delicado e inofensivo». Lo pone aquí, ¿lo ves?

—Los comentarios que harían de ti si llevaras colorete en público no serían delicados ni inofensivos, te lo aseguro. La gente supondría que eres una perdida. O peor aún, una actriz.

—¿Qué piensas tú de esto, primo? —preguntó Pandora a Devon.

—Esta es una de las veces en que lo mejor que puede hacer un hombre es no pensar —se apresuró a afirmar.

—¡Porras! —exclamó Cassandra. Tomó entonces un tarro

blanco con la tapa dorada y se lo dio a Kathleen—. Hemos encontrado esto para ti. Es crema de azucena, para tus arrugas.

—Yo no tengo arrugas —se quejó Kathleen con una indignación incipiente.

—Todavía no —concedió Pandora—. Pero algún día las tendrás.

Devon sonrió al ver que las gemelas se marchaban corriendo con las cestas vacías para seguir comprando.

—Cuando me salgan arrugas —comentó Kathleen con tristeza—, la mayoría serán por culpa de este par.

—Falta mucho para que llegue ese día. —Devon le rodeó la cara con las manos y la miró a los ojos—. Pero cuando llegue, todavía estarás más hermosa.

Bajo la palma de Devon, el cutis de Kathleen adquirió un tono colorado que ningún colorete del mundo podría llegar a igualar. Trató desesperadamente de zafarse de él, pero estaba paralizada.

Él le deslizó un dedo hacia la nuca para sujetarla con firmeza mientras le buscaba la boca con los labios. La invadió una oleada de calor y flaqueó, tambaleándose como si el suelo se hubiera inclinado como la cubierta de un barco. Él la rodeó con el brazo y la apretujó contra su cuerpo, y sentir que la dominaba sin el menor esfuerzo la aturdió. «Soy tuya», le había hecho decir una vez en la cochera mientras la provocaba con un placer sensual. Era verdad. Siempre sería suya, daba igual dónde fuera o lo que hiciera.

Se le escapó un tenue gemido de desesperación, pero el beso de Devon absorbía cualquier sonido o suspiro. La saboreó con una avidez controlada, volviendo la cabeza para aumentar el ángulo y unir más sus labios. Le tocó la lengua con la de él para provocar su reacción. Su beso era tierno y extremadamente exigente. Kathleen estaba absorta, sumida en un deleite turbado. Unas ansias irrefrenables dominaban su cuerpo.

Cuando, de repente, Devon se separó de ella, Kathleen gimió y se aferró a él, obnubilada.

—Viene alguien —dijo Devon en voz baja.

Apoyada en el mostrador para sostenerse, Kathleen se alisó como pudo el vestido e intentó controlar la respiración.

Helen y Winterborne volvían a la rotonda. Las comisuras de los labios de la muchacha estaban curvadas hacia arriba como si se las hubieran fijado ahí con alfileres. Pero había algo en su postura que recordó a Kathleen a un pequeñín perdido al que guiaban en busca de su madre.

Un brillo en la mano izquierda de Helen atrajo la mirada aprensiva de Kathleen. Al ver lo que era, el alma se le cayó a los pies y todo el calor sensual le abandonó el cuerpo.

Un anillo.

Después de tan solo dos semanas de noviazgo, aquel canalla le había propuesto matrimonio.

31

Querida Kathleen:

Acabo de regresar de la granja de los Lufton, donde he ido a preguntar cómo estaba su nuevo huésped. Te ruego que comuniques a todas las partes interesadas que *Hamlet* está plenamente contento con su corral, que, debo añadir, ha sido construido siguiendo los estándares porcinos más altos. Parece entusiasmado con la compañía de su propio harén de cerdas. Me atrevería a decir que un verraco de gustos sencillos no podría pedir más.

Todas las demás noticias de la finca se refieren a las zanjas de drenaje y a contratiempos en la instalación de la fontanería, ninguna de ellas agradable de contar.

Tengo ganas de saber cómo te has tomado el compromiso de Helen y Winterborne. Con preocupación de hermano, te ruego que me escribas pronto y me digas, por lo menos, si planeas cometer un asesinato.

Un abrazo cariñoso,

WEST

Al tomar la pluma para responder, Kathleen pensó que echaba de menos a West más de lo que habría imaginado nunca.

¡Qué curioso era que el calavera borracho que había llegado a Eversby Priory meses atrás hubiera acabado convirtiéndose en una persona tan importante en su vida!

Querido West:

Te confieso que cuando el señor Winterborne propuso matrimonio a Helen la semana pasada, mis primeros pensamientos incluían el homicidio. Sin embargo, me di cuenta de que si me deshacía de Winterborne, también tendría que liquidar a tu hermano, y eso no estaría bien. Puede que un asesinato esté justificado en estas circunstancias, pero dos sería excesivo.

Helen se muestra callada y reservada, lo que no es lo que se espera de una chica que acaba de prometerse. Es evidente que detesta el anillo de compromiso, pero se niega a pedir a Winterborne que lo cambie. Ayer Winterborne decidió encargarse de todos los preparativos y los gastos de la boda, de modo que tampoco podrá opinar sobre eso.

Winterborne domina sin ser siquiera, al parecer, consciente de ello. Es como un gran árbol que proyecta una sombra bajo la cual los árboles más pequeños no pueden crecer bien.

A pesar de todo, la boda parece inevitable.

Me he resignado a la situación. O por lo menos, eso intento.

Te agradezco mucho tu preocupación de hermano, que te devuelvo con cariño de hermana.

Un fuerte abrazo,

KATHLEEN

Aquella noche, Devon regresó a casa cansado y satisfecho. Había firmado el contrato de arrendamiento con la London Ironstone.

La última semana, Severin había convertido las negociaciones en el juego del gato y el ratón. Había sido necesaria una disciplina inhumana y una energía notable para enfrentarse a las aceleraciones, demoras, sorpresas y modificaciones de Severin. En diversas ocasiones, los abogados se habían quedado callados mientras los dos discutían y se peleaban. Finalmente, Devon había logrado imponer las concesiones que quería, pero se había planteado la posibilidad de abalanzarse por encima de la mesa sobre su amigo para estrangularlo. Lo que le había enfurecido era saber que Severin, a diferencia de todos los demás presentes, se lo había estado pasando de lo lindo.

A Severin le encantaba el alboroto, el conflicto, cualquier cosa que entretuviera su voraz cerebro. Aunque la gente se sentía atraída por él, y lo invitaban a todas partes, era difícil aguantar mucho rato su energía febril. Pasar tiempo con él era como ver unos fuegos artificiales: divertido un ratito, pero fatigoso si duraba demasiado.

Después de que el mayordomo le recogiera el abrigo, el sombrero y los guantes, Devon se dirigió al estudio para tomarse una copa. Al pasar junto a la escalera oyó el murmullo de risas y de una conversación procedente del salón del primer piso, acompañado de un aluvión de notas de la caja de música.

El estudio estaba iluminado por una sola lámpara de sobremesa y por el fuego de la chimenea. La figura menuda de Kathleen se encontraba acurrucada en la butaca tapizada sujetando el pie de una copa de vino vacía con los dedos. Sintió un enorme placer al ver que llevaba puesto el chal de colores que él le había regalado mientras contemplaba, pensativa, el fuego con el parpadeo de las llamas reflejado en el rostro.

No había estado a solas con ella desde que Helen y Winterborne se habían prometido. Se había mostrado silenciosa y poco dispuesta a hablar, sin duda abrumada por el descontento que le provocaba la situación. Además, la última semana, el acuerdo con la London Ironstone había captado toda la atención de Devon. Era demasiado importante para la finca: no podía arriesgarse a perderlo. Ahora que el contrato estaba firmado, tenía intención de poner en orden su casa.

Al entrar en la habitación, Kathleen alzó los ojos con una expresión neutra en la cara.

—Hola. ¿Cómo fue la reunión?

—Ya está firmado el arrendamiento —respondió, y fue al aparador a servirse una copa de vino.

—¿Estuvo de acuerdo con tus condiciones?

—Con las más importantes.

—Felicidades —dijo con sinceridad—. No tenía ninguna duda de que lo lograrías.

—Yo tenía bastantes dudas —sonrió Devon—. Severin tiene muchísima más experiencia que yo en los negocios. Pero intenté compensarlo con una terquedad a prueba de bomba. —Le mostró el decantador de vino y la interrogó con la mirada.

—Ya he tomado bastante, gracias —dijo, y señaló con la cabeza el escritorio del rincón—. Justo antes de cenar llegó un telegrama para ti. Está en la bandeja de plata.

Se acercó a la mesa, lo recogió y lo abrió.

—Es de West —recalcó tras fruncir el ceño, lleno de curiosidad, y lo leyó.

Ven a la finca sin demora.

W. R.

—Quiere que vaya a Hampshire inmediatamente —explicó Devon, desconcertado—. No dice por qué.

—Espero que no sean malas noticias —dijo Kathleen, preocupada al instante.

—No pueden ser demasiado malas o habría incluido una explicación —comentó—. Tendré que tomar el primer tren de la mañana.

Tras dejar la copa vacía, Kathleen se levantó y se alisó la falda. Se la veía cansada, pero estaba preciosa a la luz de la chimenea, con el ceño fruncido de preocupación. Habló sin mirarlo:

—Esta mañana me vino la menstruación. No estoy embarazada. Pensé que querrías saberlo lo antes posible.

Devon la contempló en silencio.

Era extraño, pero no sentía el alivio que había esperado. Solo una especie de vaga ambivalencia. Tendría que estarse hincando de rodillas, agradecido.

—¿Te sientes aliviada? —preguntó.

—Naturalmente. Quería tener un hijo tanto como tú.

Había algo doloroso en su tono razonable y tranquilo.

Cuando se acercó a ella, se le tensó todo el cuerpo para expresar un rechazo silencioso.

—Kathleen —empezó a decir—, estoy harto de que estemos así de distanciados. Haré lo que sea necesario...

—Por favor. Ahora no. Esta noche no.

Lo único que le impidió tomarla entre sus brazos y besarla hasta dejarla inconsciente fue la nota suave y emocionada de su voz. Cerró los ojos un instante para armarse de paciencia. Al no conseguirlo, alzó la copa y se terminó el vino con tres tragos mesurados.

—Cuando vuelva —dijo, mirándola con calma a los ojos—, tú y yo vamos a tener una larga conversación. A solas.

—¿Voy a tener elección en el asunto? —preguntó Kathleen, que había tensado los labios al oír la severidad de su tono.

—Sí. Podrás elegir si nos acostamos antes o después de hablar.

Tras soltar el aire con indignación, se marchó del estudio, mientras él se quedaba con la copa vacía en la mano y la mirada puesta en la puerta.

32

En cuanto Devon bajó del tren en la estación de Alton, se encontró con su hermano vestido con un abrigo polvoriento y las botas y los pantalones cubiertos de barro. West lucía una expresión frenética en los ojos.

—¿West? —preguntó Devon, sobresaltado—. ¿Qué diablos...?

—¿Has firmado el arrendamiento? —lo interrumpió su hermano, que hizo ademán de sujetarlo por las solapas pero pareció pensarlo mejor. Se retorcía impaciente, y se balanceaba sobre los talones como un colegial inquieto—. El arrendamiento a la London Ironstone, ¿lo has firmado?

—Lo hice ayer.

West soltó una palabrota que atrajo un montón de miradas de censura de la gente que había en el andén.

—¿Y los derechos mineros?

—¿Los derechos mineros de las tierras que estamos arrendando al ferrocarril? —quiso aclarar Devon.

—Sí, ¿se los cediste a Severin? ¿Alguno?

—Los conservé todos.

—¿Estás completamente seguro? —West lo miraba sin pestañear.

—Claro que lo estoy. Severin se pasó tres días dándome la

lata con lo de los derechos para explotar los yacimientos minerales. Cuanto más lo discutíamos, más me exasperaba yo, hasta que le dije que prefería morirme a permitirle que se quedara siquiera con un puñado de estiércol de Eversby Priory. Me marché, pero en cuanto llegué a la calle, me gritó desde la ventana del cuarto piso que cedía y que sería mejor que volviera a subir.

West dio un salto hacia delante como si fuera a abrazarlo, pero se contuvo. Estrechó enérgicamente la mano de su hermano y empezó a darle palmadas en la espalda con una fuerza dolorosa.

—¡Cómo te quiero, cabroncete testarudo!

—¿Qué diablos te pasa? —quiso saber Devon.

—Te lo enseñaré. Vamos.

—Tengo que esperar a Sutton. Está en uno de los vagones de atrás.

—No necesitamos a Sutton.

—No puede ir andando de Alton a Eversby —comentó Devon, cuyo enojo se transformó en una carcajada—. Maldita sea, West, estás brincando como si alguien te hubiera metido un nido de avispas por el...

—Ahí está —exclamó West, haciendo gestos al ayuda de cámara para que se diera prisa.

Ante la insistencia de West, el carruaje no los condujo a la casa solariega sino al perímetro oriental de Eversby Priory, al que solo podía accederse por carreteras sin asfaltar. Devon se dio cuenta de que se estaban dirigiendo hacia la superficie que acababa de arrendar a Severin.

Finalmente el vehículo se detuvo junto a un terreno bordeado por un riachuelo y un grupo de hayas. Las lomas y los campos agrestes bullían de actividad; había por lo menos una docena de hombres con equipo topográfico, palas, picos, carretillas y un motor a vapor.

—¿Qué están haciendo? —preguntó Devon, anonadado—.

¿Son los hombres de Severin? No pueden estar ya nivelando la tierra. El contrato apenas se firmó ayer.

—No, los he contratado yo. —West abrió la portezuela del carruaje antes de que el conductor pudiera llegar a hacerlo. Bajó como una exhalación—. Ven.

—Milord —se quejó Sutton cuando Devon hizo ademán de seguirlo—. No va vestido para un terreno tan duro. Con tanta piedra y arcilla, sus zapatos, sus pantalones... —Observó, angustiado, los bajos inmaculados de los pantalones de lana de angora gris de Devon.

—Puede esperar en el carruaje, Sutton —le ordenó Devon.

—Sí, milord.

Una brisa neblinosa azotó la cara de Devon mientras West y él se aproximaban andando a una zanja recién abierta, marcada con banderas. El olor a tierra, junco mojado y turba los envolvía: una fragancia fresca y típica de Hampshire.

Cuando pasaron ante un hombre que portaba una carretilla, este se detuvo y se quitó el sombrero para hacer una reverencia respetuosa.

—Señor —saludó.

Devon le respondió con una sonrisa y un saludo con la cabeza.

Una vez llegaron al borde de la zanja, West se agachó para recoger una piedra y dársela a su hermano.

La piedra, más bien un guijarro, era inesperadamente pesada para su tamaño. Devon le quitó la tierra con el pulgar, lo que dejó al descubierto una superficie rojiza con unas cintas de color rojo vivo.

—¿Un yacimiento? —supuso mientras examinaba detenidamente el guijarro.

—Un yacimiento de hematites de calidad superior. —El tono de West reflejaba un entusiasmo contenido—. Sirve para producir el mejor acero. Se valora a un precio elevadísimo en el mercado.

—Continúa —le pidió Devon, mirándolo con un enorme interés.

—Al parecer, cuando estaba en Londres —prosiguió West—, los topógrafos de Severin hicieron algunas perforaciones de prueba en esta zona. Uno de los arrendatarios, el señor Wooten, oyó las máquinas y vino a ver qué estaban tramando. Los topógrafos no le contaron nada, por supuesto. Pero en cuanto me enteré, contraté a un geólogo y a un topógrafo de minas para que hicieran pruebas para nosotros. Llevan aquí tres días con una máquina perforadora para extraer una muestra tras otra de esto —dijo, señalando con la cabeza la hematites que Devon sostenía en la mano.

Devon empezó a entender lo que su hermano quería decirle.

—¿Cuánta hay? —preguntó Devon, cerrando la mano sobre el pesado mineral.

—Todavía lo están valorando. Pero ambos coinciden en que hay un inmenso filón de hematites bandeado cerca de la superficie, justo debajo de una capa de arcilla y caliza. Por lo que han observado hasta ahora, alcanza los ocho pies de grosor en algunos puntos, veintidós pies en otros, y se extiende quince acres por lo menos. Todas tus tierras. El geólogo asegura que nunca ha visto un depósito como este al sur de Cumberland —explicó, y su voz se volvió ronca al añadir—: puede valer fácilmente medio millón de libras, Devon.

Devon tuvo la sensación de caerse de espaldas, a pesar de que seguía estando de pie. Era demasiado para asimilarlo de golpe. Observó la escena sin verla realmente mientras su cerebro se esforzaba por comprender lo que aquello significaba.

La apabullante deuda que cargaba desde que había heredado la finca... había desaparecido. Todas las personas de Eversby Priory estarían a salvo. Las hermanas de Theo tendrían dotes lo bastante abundantes como para atraer a cualquier pretendiente que ellas eligieran. Habría trabajo para todos los hombres de Eversby, y nuevo negocio para el pueblo.

—¿Y bien? —preguntó West, expectante, cuando el silencio de Devon se prolongó.

—No me creeré que esto está pasando hasta tener más información que lo certifique —alcanzó a decir.

—Créetelo. Cien mil toneladas de roca no van a desaparecer bajo nuestros pies, te lo aseguro.

—Ahora entiendo por qué Severin ponía tanto empeño en obtener los derechos mineros. —Los labios de Devon esbozaron lentamente una sonrisa.

—Menos mal que eres tan terco.

—Es la primera vez que me dices eso —comentó Devon con una carcajada.

—Y la última —le aseguró West.

Girándose lentamente sobre sí mismo para contemplar lo que les rodeaba, Devon se puso serio al ver el bosque que se extendía hacia el sur.

—No puedo permitir que talen los árboles para hacer hornos y forjas.

—No, no vamos a necesitar hacer trabajos de mina subterránea ni fundir el mineral. El filón de hematites es tan puro que bastará con que lo explotemos en una cantera. El mineral puede transportarse en cuanto se extrae del suelo.

Una vez terminó el círculo completo, Devon se fijó en un hombre y un niño que rodeaban una máquina perforadora, mirándola con un gran interés.

—Primero un condado —estaba comentando su hermano—, después el contrato de arrendamiento con la compañía ferroviaria. Y ahora esto. Creo que puede que seas el cabrón más afortunado de Inglaterra.

—¿Quién es ese? —preguntó Devon, cuya atención seguía puesta en el hombre y el niño.

—Ah. Es Wooten —respondió West tras seguir la mirada de su hermano—. Ha traído a uno de sus hijos para que vea la máquina.

Wooten dobló el torso hacia delante, y el pequeño se le subió a los hombros. Tras rodear las piernas de su hijo con los brazos, el joven campesino se incorporó y cruzó con él a cuestas el campo. El niño se aferraba a los hombros de su padre riendo.

Devon contempló cómo se alejaban.

Ver al pequeño le trajo a la mente una imagen: la cara inexpresiva de Kathleen, iluminada por el brillo de la chimenea, diciéndole que no estaba embarazada.

Lo único que había sentido era una inesperada sensación de vacío.

Hasta ahora no se había percatado de que había dado por sentado de que estaba embarazada, lo que no le habría dejado otra opción que casarse con ella. Tras haber convivido dos semanas con esta idea en su subconsciente, se había acostumbrado a ella.

No, eso no era del todo exacto.

Desconcertado, Devon se obligó a sí mismo a enfrentarse a la verdad.

Lo había querido.

Había querido tener una excusa para que Kathleen fuera suya en todos los sentidos. Quería que llevara un hijo suyo en sus entrañas. Quería ponerle su anillo en el dedo, y todos los derechos conyugales que eso le conferiría.

Quería compartir todos los días que le quedaban de vida con ella.

—¿Qué te preocupa? —oyó que le preguntaba su hermano.

Devon tardó en contestar, intentando retroceder los pasos que lo habían llevado tan lejos de todo lo que siempre había creído ser.

—Antes de heredar el título —dijo, aturdido—, no nos habría confiado a ninguno de los dos un pez de colores, y mucho menos una finca de veinte mil acres. Siempre había rehuido toda clase de responsabilidad porque sabía que no podría asumirla. Soy un bribón y un exaltado, como nuestro padre. Cuando me dijiste que no tenía ni idea de cómo administrar la finca y que iba a fracasar...

—Fue una gilipollez por mi parte —soltó West de manera inexpresiva.

—Presentaste algunos argumentos válidos —aseguró Devon, que sonrió un instante antes de empezar a hacer girar la hematites entre las manos—. Pero parece que tú y yo, contra todo pronóstico, hemos logrado tomar las decisiones correctas suficientes...

—No —lo interrumpió West—. No voy a llevarme ningún mérito por esto. Fuiste tú quien decidió aceptar la carga de la finca. Y también quien tomó las decisiones que condujeron al contrato de arrendamiento y al hallazgo del yacimiento de hierro. ¿Se te ha ocurrido pensar que si alguno de los anteriores condes se hubiera molestado en efectuar las mejoras de las tierras que les correspondían, se habría descubierto el yacimiento de hematites hace décadas? Tú lo habrías encontrado con total seguridad cuando ordenaste cavar las zanjas de drenaje para los arrendatarios. Como ves, Eversby Priory está en buenas manos: las tuyas. Has mejorado centenares de vidas, incluida la mía. No sé cuál será la palabra que describe a un hombre así, pero desde luego no es «bribón». —Se detuvo un instante—. Dios mío, noto que la sinceridad me viene a la boca como si fuera un trastorno digestivo. Tengo que parar. ¿Vamos a la casa para que te pongas unas botas de montaña? Así podremos regresar, hablar con los topógrafos y darnos una vuelta por aquí.

Mientras sopesaba la pregunta, Devon se metió el guijarro en el bolsillo y miró fijamente a su hermano a los ojos.

Había algo primordial: nada de aquello tenía la menor importancia sin Kathleen. Tenía que regresar a su lado de inmediato y hacerle comprender de algún modo que los últimos meses había cambiado sin ser siquiera consciente de ello. Se había convertido en un hombre que podía amarla.

Por Dios, cómo la amaba.

Pero tenía que encontrar la forma de convencerla, lo que no sería nada fácil.

Por otra parte... no era la clase de hombre que retrocediera ante un desafío.

Ya no.

—No puedo quedarme —dijo a su hermano con una voz que no era del todo firme—. Tengo que volver a Londres.

La mañana en que Devon partió, Helen no bajó a desayunar, sino que avisó que tenía migraña y se quedaría en cama. Incapaz de recordar la última vez que Helen había estado enferma, Kathleen se angustió mucho. Tras administrar a Helen una dosis de cordial de Godfrey para aliviarle el dolor, le aplicó compresas frías en la frente y se aseguró de que su habitación estuviera a oscuras y en silencio.

Mientras Helen dormía, Kathleen o una de las gemelas se acercaba de puntillas a la puerta de su dormitorio para comprobar cómo se encontraba una vez cada hora como mínimo. No se despertó durante ninguna de estas visitas, y se movía, nerviosa, como un gatito, sumida en sueños que no parecían nada agradables.

—Es buena señal que no tenga fiebre, ¿verdad? —preguntó Pandora por la tarde.

—Sí —contestó Kathleen con firmeza—. Supongo que después del trajín de la semana pasada, necesitaba descansar.

—No creo que sea eso —intervino Cassandra. Se había sentado en la puntita del sofá con un cepillo, unas cuantas horquillas y una revista de modas en el regazo para hacer pruebas con el pelo de Pandora. Estaban intentando copiar uno de los últimos peinados, que consistía en enrollar y sujetar mechones de pelo en forma de moños abombados en lo alto de la cabeza, con una doble trenza que caía por detrás. Por desgracia, los cabellos color chocolate de Pandora pesaban tanto y eran tan finos que no había quien los sujetara con las horquillas, y, al soltarse los mechones, se deshacían los moños.

—Insiste —la animó Pandora—. Usa más pomada. Para que mi pelo obedezca hace falta utilizar la fuerza bruta.

—Tendríamos que haber comprado más en los almacenes Winterborne —suspiró Cassandra—. Ya hemos gastado casi la mitad del...

—Espera —dijo Kathleen con los ojos puestos en Cassandra—. ¿Qué acabas de decir? No lo de la pomada, sino lo de Helen.

La muchacha respondió mientras cepillaba un mechón de pelo de su hermana gemela.

—No creo que necesite descansar debido al trajín. Creo que... —Se detuvo un momento—. Kathleen, ¿estoy chismorreando si cuento algo íntimo de alguien que sé que no querría que se supiera?

—Sí. A no ser que tenga relación con Helen, así que ya me lo estás contando. Vamos.

—Ayer, cuando el señor Winterborne vino, Helen y él estuvieron en el salón principal con la puerta cerrada. Yo fui a buscar un libro que había dejado en el alféizar, y oí sus voces. —Hizo una pausa—. Tú estabas con el ama de llaves, haciendo inventario, de modo que no me pareció que valiera la pena molestarte.

—Sí, sí... ¿y?

—Por lo poco que pude oír, se estaban peleando por algo. Quizá no debiera llamarlo pelearse, porque Helen no alzaba la voz, pero... parecía angustiada.

—Estarían discutiendo algo sobre la boda —dedujo Kathleen—, puesto que fue entonces cuando el señor Winterborne le dijo que quería organizarla él.

—No, no creo que riñeran por eso. Ojalá hubiera oído algo más.

—Tendrías que haber usado mi truco del vaso —soltó Pandora impacientemente—. Si yo hubiera estado allí, ahora os podría contar hasta la última palabra que dijeron.

—Subí la escalera —prosiguió Cassandra—, y cuando llegué arriba, vi que el señor Winterborne se marchaba. Helen subió unos minutos después, y tenía la cara muy colorada, como si hubiera estado llorando.

—¿Te contó algo sobre lo sucedido? —quiso saber Kathleen.

Cassandra negó con la cabeza.

Pandora se tocó el pelo con el ceño fruncido.

—No parecen moños abombados, sino más bien orugas gigantescas —se quejó al acariciar los mechones que Cassandra le había sujetado con horquillas.

La escena de las gemelas arrancó una sonrisa rápida a Kathleen. Dios santo, las quería muchísimo. Aunque no era ni lo bastante sabia ni lo bastante mayor como para ser su madre, ella era la única que podía proporcionarles cierta orientación materna. Que Dios las ayudara.

—Voy a pasarme a ver a Helen —anunció, poniéndose de pie. Alargó la mano hacia el cabello de Pandora y, tras separar una de las orugas para formar dos moños abombados, se los sujetó con una de las horquillas de Cassandra.

—¿Qué vas a decir si te explica que se peleó con Winterborne? —preguntó Cassandra.

—Le diré que lo haga más veces —respondió Kathleen—. No puedes permitir que un hombre se salga siempre con la suya. —Se detuvo un momento, pensativa—. Una vez, lord Berwick me dijo que cuando un caballo tira de las riendas el jinete nunca debe tirar a su vez de ellas. Tiene que soltarlas. Pero nunca más de una pulgada.

Cuando entró sin llamar en la habitación de Helen, Kathleen oyó el llanto apagado de la muchacha.

—¿Qué te pasa, cielo? —preguntó, acercándose enseguida a la cama—. ¿Te duele mucho? ¿Qué puedo hacer?

Helen asintió con la cabeza y se secó las lágrimas con la manga del camisón.

Kathleen sirvió un vaso de agua de la jarra que había en la mesilla de noche y se lo dio. Colocó una almohada bajo la cabeza de Helen, le acercó un pañuelo seco y le puso bien las sábanas.

—¿Sigues con migraña?

—Me está matando —susurró Helen—. Me duele hasta la piel.

Tras acercar una silla a la cama, Kathleen se sentó y la observó, apesadumbrada.

—¿Qué te la ha provocado? —se atrevió a preguntar—. ¿Ocurrió algo durante la visita del señor Winterborne? ¿Algo aparte de discutir los detalles de la boda?

Helen asintió ligerísimamente con el mentón tembloroso a modo de respuesta.

La cabeza daba vueltas a Kathleen mientras se preguntaba cómo ayudar a Helen, que parecía a punto de derrumbarse. No la había visto tan destrozada desde la muerte de Theo.

—Ojalá me lo contaras —soltó—. Me estoy imaginando de todo. ¿Qué hizo Winterborne para que te sientas tan desdichada?

—No puedo decirlo —susurró Helen.

—¿Te forzó? —preguntó Kathleen, intentando conservar la calma en la voz.

—No lo sé —respondió Helen tras un largo silencio. Se le notaba que había estado un buen rato llorando—. Él quería... No sé qué quería. Yo nunca... —Se detuvo y se sonó la nariz con el pañuelo.

—¿Te lastimó? —se obligó Kathleen a preguntar.

—No. Pero no dejaba de besarme y no paraba, y... no me gustaba. No era en absoluto como me había imaginado que sería besarse con alguien. Y me puso la mano... donde no debía.

Cuando se la aparté, se enojó y me dijo algo hiriente como que yo me creía demasiado buena para él. También dijo más cosas, pero usó muchas palabras en galés y no lo entendí. No sabía qué hacer. Me eché a llorar y él se marchó sin decir nada más. —Soltó unos cuantos sollozos—. No sé qué hice mal.

—Tú no hiciste nada mal.

—Sí que lo hice, seguro. —Se llevó los dedos a las sienes para presionar con suavidad el paño que las cubría.

«Ese Winterborne es un patán —pensó Kathleen, furiosa—. ¿Tanto le cuesta ser delicado con una muchacha tímida la primera vez que la besa?»

—Es evidente que no tiene ni idea de cómo debe portarse con una chica inocente —afirmó en voz baja.

—Por favor, no se lo cuentes a nadie. Me moriría. Prométemelo, por favor.

—Te lo prometo.

—Tengo que dejar claro al señor Winterborne que no quería enojarlo...

—Claro que no. Seguro que lo sabe. —Kathleen vaciló antes de continuar—. Antes de que sigáis adelante con los planes de boda, tal vez tendríamos que tomarnos un tiempo para replantearnos el compromiso.

—No sé —soltó Helen con una mueca. Le costaba respirar—. La cabeza me duele horrores. Ahora mismo me siento como si no quisiera volver a verlo más. ¿Me darías un poco más de cordial de Godfrey, por favor?

—Sí, pero antes tienes que comer algo. La cocinera te está preparando un caldito y algo de crema. Pronto lo tendrá preparado. ¿Quieres que te deje sola? Me parece que oírme hablar te está empeorando la migraña.

—No, quiero estar acompañada.

—Me quedaré, entonces. Descansa la cabeza.

Helen la obedeció y se recostó en la almohada. Pasado un instante, se sorbió la nariz.

—¡Qué decepción me he llevado! —murmuró—. Con lo de besarse.

A Kathleen le dio un vuelco el corazón.

—No, cielo —dijo a Helen—. No te han besado de verdad. Es distinto con el hombre adecuado.

—No veo cómo podría ser. Creía que... Creía que sería como escuchar una música bonita o... o como ver el amanecer una mañana despejada. Y en lugar de eso...

—¿Sí?

Helen titubeó y, después, emitió un pequeño sonido de asco.

—Quería separarme los labios. Mientras me besaba.

—Oh.

—¿Es porque es galés?

Una mezcla de compasión y diversión invadió a Kathleen.

—No creo que esa forma de besar se limite a los galeses, cielo —respondió con naturalidad—. Tal vez la idea no resulte atractiva al principio. Pero si lo pruebas una o dos veces, puede que lo encuentres agradable.

—¿Cómo podría? ¿Cómo podría nadie?

—Hay muchas clases de besos —explicó Kathleen—. Si el señor Winterborne te hubiera iniciado poco a poco, puede que hubieras estado más predispuesta a que te gustara.

—Creo que besar no me gusta nada.

Kathleen humedeció otro paño blanco, lo dobló y se lo aplicó en la frente.

—Te gustará. Besarse con el hombre adecuado es maravilloso. Como sumirse en un sueño largo y dulce. Ya lo verás.

—No creo —susurró Helen mientras daba tironcitos a la colcha y se movía, nerviosa, en la cama.

Sin separarse de ella, Kathleen observó cómo Helen se relajaba y dormitaba.

Sabía que había que abordar el origen de los problemas de Helen para que su situación mejorara verdaderamente. Como ella misma había sufrido de los nervios las semanas posteriores a la muerte de Theo, Kathleen reconocía los signos en otra persona. Le dolía el alma al ver el carácter alegre de Helen aplastado bajo el peso de la ansiedad.

Si aquello duraba demasiado, temía que su cuñada pudiera sumirse en una profunda melancolía.

Tenía que hacer algo. Consternada, se separó de la cama de Helen y fue a llamar a Clara.

—Tráeme unas botas, un velo y mi capa con capucha —pidió enérgicamente a la doncella en cuanto llegó a su habitación—. Tengo que ir a hacer un recado y necesito que tú me acompañes.

—Yo puedo hacerle el recado si me dice qué necesita, milady —sugirió Clara, desorientada.

—Gracias, pero yo soy la única que puede hacerlo.

—¿Quiere que avise al mayordomo para que preparen el carruaje?

—Sería mucho más fácil y sencillo ir andando —respondió Kathleen, negando con la cabeza—. Hay poco trecho, menos de media milla. Habremos vuelto antes de que hayan tenido tiempo de enganchar el tiro.

—¿Media milla? —Clara, a quien no le gustaba andar, parecía horrorizada—. ¿Por Londres, de noche?

—Todavía hay luz del día. Cruzaremos jardines y seguiremos una avenida. Date prisa.

«Antes de que pierda el valor», pensó.

Había que hacer aquel recado antes de que nadie tuviera tiempo de oponerse o de entretenerlas. Con suerte, estarían de nuevo en casa antes de cenar.

Una vez se hubo puesto la ropa de abrigo y estuvo preparada para salir, Kathleen se dirigió al salón de arriba, donde Cassandra estaba leyendo y Pandora recortaba imágenes de revistas y las pegaba en un álbum.

—¿Adónde vas? —preguntó Cassandra, sorprendida.

—A hacer un recado. Clara y yo volveremos pronto.

—Sí, pero...

—Mientras tanto, os agradecería que una de las dos se asegurara de que le suben la cena a Helen. Que se sentara con ella y comprobara que come algo. Pero que no le hiciera preguntas. Es mejor no decir nada a no ser que ella quiera hablar.

—Pero ¿y tú? —preguntó Pandora con el ceño fruncido—. ¿Qué recado es ese, y cuándo volverás?

—No es nada de lo que debáis preocuparos.

—Siempre que alguien dice eso significa todo lo contrario —soltó Pandora—. Igual que ocurre con la frase «es solo un rasguño».

—O «voy a comprar tabaco» —añadió Clara con tristeza.

Después de un paseo enérgico, durante el cual Kathleen y Clara se unieron a la corriente de peatones y se vieron arrastradas por su ritmo, llegaron a Cork Street.

—¡Los almacenes Winterborne! —exclamó Clara con el semblante iluminado—. No sabía que el recado era ir de compras, milady.

—Por desgracia, no lo es. —Kathleen recorrió las fachadas ensambladas hasta detenerse frente a una espléndida casa que, de algún modo, lograba armonizar estupendamente con los grandes almacenes—. Clara, ¿podrías acercarte a la puerta y decir que lady Trenear desea ver al señor Winterborne?

La muchacha la obedeció a regañadientes, nada contenta de realizar una tarea de la que normalmente se encargaba un lacayo.

Mientras Kathleen aguardaba en el primer peldaño, Clara giró el timbre mecánico y llamó con la ornamentada aldaba de bronce hasta que la puerta se abrió. Un mayordomo adusto echó un vistazo a ambas mujeres, intercambió unas palabras con Clara y volvió a cerrar la puerta.

—Va a ver si el señor Winterborne está en casa —explicó Clara a Kathleen con una expresión sufrida en la cara.

Kathleen asintió y cruzó los brazos, estremeciéndose de frío cuando la brisa helada empezó a juguetear con los pliegues de su capa. Sin prestar atención a las miradas curiosas de unos cuantos transeúntes, esperó con paciencia y decisión.

Un hombre bajo y fornido con el pelo blanco que pasó junto a los peldaños se detuvo para mirar a la doncella y le prestó una atención indebida.

—¿Clara? —preguntó, aturdido.

La muchacha abrió unos ojos como platos debido al alivio y a la alegría.

—¡Señor Quincy! —exclamó.

El ayuda de cámara se volvió hacia Kathleen y la reconoció a pesar de que llevaba el rostro oculto bajo el velo.

—Lady Trenear. ¿Cómo es que está aquí fuera? —preguntó con reverencia.

—Me alegro de verlo, Quincy —respondió Kathleen sonriendo—. He venido a hablar con el señor Winterborne sobre un asunto privado. El mayordomo ha dicho que iría a ver si estaba en casa.

—Si el señor Winterborne no está en casa, lo más seguro es que esté en los almacenes. Yo lo encontraré. —Chasqueó la lengua y acompañó a Kathleen hasta la puerta, seguido de Clara—. Dejar a lady Trenear esperando en la calle —murmuró con incredulidad—. Le voy a echar a ese mayordomo una bronca que no olvidará fácilmente.

Tras abrir la puerta con una llave que llevaba colgando de una leontina de oro, las hizo entrar. La casa era elegante y moderna, y olía a pintura y yeso nuevos, y a madera acabada al aceite de nuez.

Muy solícito, Quincy condujo a Kathleen a una espaciosa sala de lectura y la invitó a esperar allí mientras él llevaba a Clara al comedor de los sirvientes.

—¿Quiere que ordene que le traigan un té mientras voy a buscar al señor Winterborne?

—Es muy amable, pero no hace falta —respondió Kathleen, que se apartó el velo hacia atrás, feliz de perder de vista aquella neblina negra.

Quincy vaciló, claramente deseoso de conocer los motivos de su poco ortodoxa visita.

—Espero que todo el mundo esté bien de salud en la Casa Ravenel —se conformó con decir.

—Sí, están todos bien. Lady Helen sufre migraña, pero estoy segura de que pronto se recuperará.

—Voy a buscar al señor Winterborne —dijo Quincy distraídamente, tras asentir con el ceño fruncido. Y se marchó con Clara tras él.

Mientras aguardaba, Kathleen recorrió la sala de lectura. También olía a nuevo, y el aire estaba ligeramente viciado. La casa parecía inacabada. Deshabitada. Había una cantidad ínfima de cuadros y adornos esparcidos por la habitación como si se le hubiera ocurrido a alguien ponerlos a última hora. Los muebles tenían aspecto de no haber sido usados. La mayoría de los estantes estaban vacíos salvo por un puñado de títulos eclécticos que habría apostado que los habían tomado sin la menor atención de los estantes de una librería para dejarlos allí expuestos.

A juzgar solo por la sala de lectura, supo que no era una casa en la que Helen pudiera ser feliz, y que Winterborne no era un hombre adecuado para ella.

Pasó un cuarto de hora, que dedicó a pensar qué iba a decir a Winterborne. Lamentablemente, no había ninguna forma diplomática de explicar a un hombre que, entre otras cosas, había puesto enferma a su prometida.

Cuando Winterborne entró en la habitación, su imponente presencia pareció ocupar todo el espacio sobrante.

—Lady Trenear. Qué placer tan inesperado. —Le hizo una reverencia superficial con una expresión que indicaba que lo último que le proporcionaba su visita era placer.

Kathleen fue consciente de que los había puesto a ambos en una situación difícil. No era nada ortodoxo que ella se presentara en casa de un hombre soltero sin que hubiera nadie más presente, y lo lamentó. Pero no tenía más remedio que hacerlo.

—Le ruego que me disculpe, señor Winterborne. No voy a quedarme mucho rato.

—¿Sabe alguien que está usted aquí? —preguntó secamente.

—No.

—Diga lo que ha venido a decir, entonces, y hágalo deprisa.

—Muy bien. Yo...

—Pero si tiene algo que ver con lady Helen, déjelo correr —la interrumpió—. Puede venir ella misma si hay algo que tengamos que comentar.

—Me temo que lady Helen no puede ir a ninguna parte ahora mismo. Se ha pasado todo el día en cama, aquejada de los nervios.

La expresión de sus ojos cambió, y una emoción insondable centelleó en sus oscuras profundidades.

—Aquejada de los nervios —repitió con la voz fría de desprecio—. Parece ser algo muy frecuente entre las damas de la aristocracia. Algún día me gustaría saber qué las pone a todas tan nerviosas.

Kathleen habría esperado que mostrara algo de compasión o de preocupación por la mujer con la que estaba prometido.

—Me temo que usted es la causa de la aflicción de Helen —soltó sin rodeos—. Su visita de ayer la alteró.

Winterborne guardó silencio mientras le dirigía una mirada penetrante.

—Me contó solo una pequeña parte de lo que sucedió —prosiguió Kathleen—. Pero está claro que hay muchas cosas que usted desconoce de Helen. Los padres de mi difunto esposo tuvieron a sus tres hijas muy aisladas del mundo. Más de lo que era bueno para ellas. Como consecuencia de ello, las tres son bastante jóvenes para su edad. Puede que Helen tenga veintiún años, pero no ha tenido las mismas experiencias ni está tan curtida como las demás chicas de su edad. No sabe nada de la vida fuera de Eversby Priory. Todo es nuevo para ella. Todo. Los únicos hombres con los que se ha relacionado en su vida han sido unos cuantos parientes cercanos, los criados y, alguna que otra vez, alguien que visitara la finca. La mayoría de lo que sabe sobre los hombres lo ha aprendido de los libros y los cuentos de hadas.

—No puede haber nadie tan protegido —comentó Winterborne de manera inexpresiva.

—En su mundo, no. Pero en una finca como Eversby Priory es totalmente posible. —Kathleen hizo una pausa—. En mi opinión, es demasiado pronto para que Helen se case con nadie, pero cuando lo haga, necesitará un marido de carácter apacible. Uno que le permita avanzar a su propio ritmo.

—Y supone que yo no lo haría —afirmó Winterborne más que preguntó.

—Creo que usted ordenará y dirigirá a su esposa como hace con todo lo demás. No creo que llegue a lastimarla físicamente, pero la obligará a encajar en su vida y la hará muy desdichada. Este ambiente, Londres, las aglomeraciones, los grandes almacenes, es tan poco adecuado para su forma de ser que se marchitaría como una orquídea trasplantada. Me temo que no puedo apoyar su matrimonio con Helen. —Se detuvo e inspiró con fuerza antes de decir—: Creo que lo mejor para ella es romper el compromiso.

Se produjo un silencio denso.

—¿Es eso lo que ella quiere?

—Hoy mismo me dijo que no deseaba volver a verlo.

Todo el rato que ella había estado hablando, Winterborne había mirado hacia otro lado como si solo la escuchara a medias. Al oír este último comentario, sin embargo, la fulminó con la mirada.

«Tal vez debería marcharme enseguida», pensó, intranquila.

Winterborne se acercó a ella, frente a la estantería.

—Dígale que es libre, entonces —soltó con desdén. Apoyó el bastón en la pared y descansó una enorme mano en un estante—. Si unos cuantos besos bastan para postrarla en la cama, dudo mucho que sobreviviera la primera noche siendo mi esposa.

Kathleen le devolvió la mirada sin inmutarse, consciente de que estaba intentando hacerla sentir incómoda.

—Me encargaré de que le devuelva el anillo lo antes posible.

—Puede quedárselo como compensación por el tiempo perdido.

Se inquietó cuando Winterborne puso la otra mano al otro lado de la estantería, con lo que la acorraló sin tocarla. Con su cuerpo le tapaba el resto de la habitación.

—Tal vez me quede con usted en su lugar —le dijo Winterborne, para su asombro, mientras le recorría el cuerpo con una mirada insolente—. Es usted de sangre azul. Se supone que es una dama. Y a pesar de lo menuda que es, parece mucho más resistente que lady Helen.

—No va a ganar nada burlándose de mí —le comentó, mirándolo con frialdad.

—¿Cree que no hablo en serio?

—Me importa un bledo si habla usted en serio o no —le replicó—. No me interesa nada de lo que pueda ofrecerme.

Winterborne esbozó una sonrisa que parecía genuina, aunque no por ello cordial.

Cuando Kathleen trató de escabullirse, él se movió rápidamente para impedírselo.

Se quedó paralizada, y el miedo empezó a dominarla.

—Nunca suponga que sabe lo que alguien va a ofrecerle. Debería por lo menos oír mi propuesta antes de rechazarla.

Winterborne se agachó para acercar su cara a la de ella. Aquel pequeño gesto le transmitió todo tipo de amenazas, cualquiera de las cuales debería haber bastado para acobardarla.

—Incluye el matrimonio —prosiguió Winterborne—, que

es más de lo que jamás le propondrá Trenear. —Sus ojos reflejaron desprecio al ver su sorpresa—. No, él no me ha contado que están liados. Pero en Hampshire era evidente. Pronto se cansará de usted, si no lo ha hecho ya. Trenear busca la novedad, ¿sabe? Pero lo que yo busco es ir a sitios donde no soy bien recibido, y para ello, necesito casarme con una dama de alta alcurnia. Me da igual que no sea virgen.

—Es una suerte —no pudo evitar Kathleen afirmar con mordacidad—, porque no parece que sean su punto fuerte. —En cuanto el comentario le salió de los labios, lamentó haberlo hecho.

—Sí, lady Helen era una virgen que se sacrificaba por el bien de Eversby Priory y por el resto de los Ravenel —soltó con aquella sonrisa gélida tan enervante. Y añadió, recorriéndole descaradamente la costura del hombro del vestido con un dedo—: ¿No haría usted lo mismo por ellos? ¿Por ella?

No se inmutó cuando la tocó a pesar del repelús que le daba.

—No tengo por qué hacerlo. Lord Trenear cuidará de todos ellos.

—¿Pero quién cuidará de Trenear? Tendrá que pasarse toda la vida haciendo planes y trabajando para evitar que su finca se arruine. Pero con una pequeñísima parte de mi fortuna —dijo, chasqueando los dedos delante de la cara de Kathleen—, todas sus deudas desaparecerán. Se restaurará la casa, y las tierras volverán a ser productivas. Un final feliz para todos.

—Excepto para la mujer que se case con usted —aseguró Kathleen con desprecio.

—Hay mujeres a las que les gusta cómo lo hago. —La sonrisa de Winterborne tenía cierto cariz desdeñoso—. En el pasado he complacido a una o dos damas refinadas que estaban cansadas de esos caballeros tan santos que las trataban con guantes de seda —soltó, y avanzó para dejarla apretujada contra la estantería. Su tono grave se volvió insinuante—. Yo podría ser su tipo duro.

Kathleen no sabía cuáles eran sus intenciones, ni lo lejos que podría llegar para intimidarla.

Jamás lo averiguaría. Antes de que pudiera contestar, les llegó una voz sanguinaria desde la puerta.

—Déjala o te descuartizo.

33

Winterborne apartó las manos de la estantería y las levantó burlonamente como si lo estuvieran apuntando con una pistola. Con un grito ahogado de alivio, Kathleen se escabulló de él y corrió hacia Devon. Pero se detuvo en seco al verle la cara.

Por su aspecto, no era del todo seguro que Devon conservara la cordura. Los ojos le brillaban con violencia, y tenía los músculos de la mandíbula crispados. El infame genio de los Ravenel había empezado a reducir todas las capas civilizadas de su personalidad a cenizas, como las páginas de un libro lanzado al fuego.

—Creía que habías ido a Hampshire —dijo Kathleen, sin aliento.

—Y fui. —Su mirada colérica se posó en ella—. Hace nada volví a la Casa Ravenel. Las gemelas sugirieron que podías estar aquí.

—Me pareció necesario hablar con el señor Winterborne sobre Helen...

—Tendrías que habérmelo dejado a mí —soltó Devon con los dientes apretados—. El simple hecho de estar aquí a solas con Winterborne podría provocar un escándalo que te perseguiría el resto de tu vida.

—Eso no importa.

El semblante de Devon se ensombreció.

—Desde el primer momento que te conocí, me has atormentado a mí y a todos los demás que estaban a tu alcance con la importancia del decoro. ¿Y de repente eso no importa? —Le dirigió una mirada aciaga antes de volverse hacia Winterborne—. No tendrías que haber aceptado que entrara sola en tu casa, asqueroso intrigante. Si todavía no os he estrangulado es porque no sé por cuál de los dos empezar.

—Empieza conmigo —lo invitó Winterborne en voz baja.

El ambiente estaba cargado de hostilidad masculina.

—Ya lo haré —dijo Devon con una rabia apenas contenida—. Ahora voy a llevarla a casa. Pero la próxima vez que te vea, acabarás en una puñetera caja de pino. —Dirigió entonces su atención hacia Kathleen y le señaló la puerta.

A ella no le gustaba que le dieran órdenes como si fuera un caniche desobediente. Pero cuando Devon estaba así, era mejor no provocarlo. De modo que echó a andar de mala gana.

—Espere —pidió Winterborne con brusquedad. Se dirigió a una mesa situada cerca de una ventana y tomó algo. Kathleen no se había fijado hasta entonces, pero era la maceta con la orquídea que Helen le había regalado—. Llévese este maldito trasto —dijo, poniéndoselo en las manos—. No sabe lo que me alegra quitármelo de encima.

Después de que Devon y Kathleen se fueran, Rhys se puso a mirar por la ventana. Una farola proyectaba un tenue brillo amarillo sobre una fila de coches de caballos e iluminaba las volutas de vaho que salían de la nariz de los animales. Los peatones cruzaban apresuradamente el pavimento de madera hacia los escaparates de los grandes almacenes.

Oyó los pasos enérgicos de Quincy que se acercaban.

—¿Era necesario asustar a lady Trenear? —preguntó en tono de reproche el ayuda de cámara pasado un instante.

Rhys volvió la cabeza y le dirigió una mirada penetrante. Era la primera vez que Quincy osaba hablarle con tanto descaro. Había despedido a hombres más valiosos por comentarios mucho menos fuertes.

Pero cruzó los brazos y volvió a fijar los ojos en la calle, odiando el mundo y a todos los que vivían en él.

—Sí —contestó con algo de malicia—. Me ha hecho sentirme mejor.

Aunque Devon no dijo ni una palabra durante el corto trayecto de vuelta a la Casa Ravenel, la fuerza de su ira parecía ocupar hasta el último centímetro cuadrado del interior del carruaje. Clara iba acurrucada en el rincón como si intentara volverse invisible.

Kathleen, que oscilaba entre sentirse culpable y adoptar una actitud desafiante, pensó que Devon se estaba portando como si tuviera algún derecho sobre ella, y no tenía ninguno. Actuaba como si hubiera hecho algo que lo dañara a él personalmente, y no era así. La situación era culpa suya; era él quien había animado a Winterborne a cortejar a Helen, y quien había manipulado a Helen para que aceptara el compromiso.

Se sintió enormemente aliviada cuando llegaron y pudo abandonar el reducido espacio del carruaje.

En cuanto entró en la Casa Ravenel, notó que se había hecho un silencio sepulcral en su ausencia. Después, las gemelas le contarían que Devon se había exaltado tanto al averiguar que ella no estaba que todos los de la casa habían desaparecido prudentemente de su vista.

Tras dejar la orquídea en una mesa, Kathleen esperó a que Clara le recogiera la prenda de abrigo y los guantes.

—Lleva la orquídea al salón de arriba, por favor —murmuró a su doncella—, y ven después a mi habitación.

—Esta noche no la necesitarás —soltó Devon bruscamente,

e hizo un gesto con la cabeza hacia la muchacha para que se retirara.

—¿Perdona? —exclamó Kathleen, que se había indignado antes siquiera de haber asimilado totalmente las palabras de Devon.

Devon aguardó a que Clara hubiera empezado a subir la escalera para hablar:

—Ve a esperarme a mi habitación. Subiré contigo en cuanto haya tomado una copa.

—¿Te has vuelto loco? —preguntó Kathleen débilmente con los ojos desorbitados.

¿De verdad creía que podía ordenarle que lo esperara en su habitación como si fuera una ramera a la que pagaba para que se acostara con él? Se retiraría a su propio dormitorio y cerraría la puerta con llave. Aquella era una casa respetable. Ni siquiera Devon se atrevería a montar una escena delante de los criados, y de Helen, y de las gemelas, y...

—Ninguna cerradura me impedirá entrar —soltó al leerle el pensamiento con una exactitud asombrosa—. Pero pruébalo si quieres.

La forma en que lo dijo, con una especie de cortesía informal, hizo ruborizar a Kathleen.

—Quiero ver cómo está Helen —comentó.

—Las gemelas están cuidando de ella.

—No he cenado. —Intentó otra táctica.

—Yo tampoco —aseguró señalando la escalera de manera significativa.

A Kathleen le habría encantado desarmarlo con un comentario mordaz, pero el cerebro se le había quedado en blanco. Se volvió y subió muy tiesa, la escalera sin volver la vista atrás.

Notó que él la observaba.

La cabeza le daba vueltas. No sabía qué hacer. Quizá después de una copa, Devon se habría tranquilizado y volvería a ser el de siempre.

O quizá se tomaría más de una, varias, y se acercaría a ella como había hecho Theo, borracho y decidido a tomar lo que quería.

Se dirigió a regañadientes a la habitación de Devon, pensando que sería más fácil que intentar evitarlo y montar un numerito ridículo. Tras entrar con dificultad en la habitación, cerró la puerta mientras le ardía la piel y se le helaban las entrañas.

La habitación era grande y estupenda, con el suelo cubierto con una gruesa alfombra. La imponente cama ancestral era más grande todavía que la de Eversby Priory, con una cabecera que llegaba hasta el techo, y unas columnas desproporcionadamente enormes adornadas con lacería y tallas imbricadas. Una colcha estampada con escenas florales bordadas cubría la inacabable meseta del colchón. Era una cama pensada para la procreación de generaciones de Ravenel.

Se aproximó a la chimenea, donde el fuego estaba encendido, y flexionó los dedos fríos ante el radiante calor.

Unos minutos después, se abrió la puerta y Devon entró en la habitación.

El corazón empezó a latirle con tanta fuerza que le pareció que notaba que la caja torácica le vibraba con los golpes.

Si la copa había calmado a Devon, no daba ninguna muestra evidente de ello. Su cara había adquirido un tono rosa más fuerte. Se movía con demasiada parsimonia, como si relajarse fuera a desatar una enorme violencia reprimida bajo la superficie.

—¿Qué pasó en Hampshire? —Kathleen se vio obligada a romper el silencio la primera.

—Ya comentaremos eso después —dijo Devon, que se quitó la chaqueta y la lanzó al rincón con una falta de cuidado que habría hecho llorar a su ayuda de cámara—. Antes vamos a hablar sobre qué impulso demencial te llevó a correr un riesgo como el de hoy.

—No había ningún riesgo. Winterborne nunca me habría hecho daño. Es amigo tuyo.

—¿Tan ingenua eres? —Se quitó el chaleco con una expresión verdaderamente brutal. Lanzó la prenda con tanta fuerza que Kathleen oyó el ruido de los botones al chocar con la pared—. Fuiste sin invitación a casa de un hombre y hablaste a solas con él. Sabes que la mayoría de hombres lo consideraría una invitación a hacer lo que quisieran contigo. ¡Pero si ni siquiera te atreviste a visitar así a Theo cuando eras su prometida, maldita sea!

—Lo hice por Helen.

—Tendrías que haber acudido antes a mí.

—Creía que no me escucharías o que no estarías de acuerdo con lo que tenía que decirte.

—Yo siempre escucho. Aunque no siempre estaré de acuerdo —dijo Devon mientras tiraba del nudo de la corbata y se arrancaba el cuello postizo de la camisa—. Óyeme bien, Kathleen, jamás volverás a ponerte en semejante posición. Al ver a Winterborne inclinándose sobre ti... Dios mío, el muy cabrón no sabe lo a punto que he estado de matarlo.

—Deja de hacer esto —exclamó Kathleen con ferocidad—. Vas a volverme loca. Te comportas como si te perteneciera, pero no es así y jamás lo será. Tu peor pesadilla es convertirte en marido y en padre, y pareces resuelto a establecer una relación basada en una clase inferior de apego que yo no quiero. Aunque estuviera embarazada y tú te creyeras obligado a proponerme matrimonio, te rechazaría porque sé que casarnos te haría tan desdichado a ti como a mí.

La intensidad de Devon no menguó, pero su rabia se transformó en otra cosa. Le sostenía la mirada con unos apasionados ojos azules.

—¿Y si te dijera que te amo? —preguntó en voz baja.

Sus palabras hirieron a Kathleen.

—No lo hagas. —Los ojos se le llenaron de lágrimas—. No eres la clase de hombre que pueda decir eso de verdad.

—No lo era —dijo Devon con voz firme—. Pero ahora lo soy. Tú me has enseñado a serlo.

Durante medio minuto, el único sonido de la habitación era el chisporroteo del fuego que danzaba en la chimenea.

Aunque no sabía qué pensaba o sentía Devon realmente, sería tonta si creía lo que le decía.

—Devon —dijo Kathleen por fin—, en lo que al amor se refiere... ni tú ni yo podemos confiar en tus promesas.

No pudo verlo a través de la película brillante con que la tristeza le cubría los ojos, pero fue consciente de que Devon se movía y se agachaba para recoger la chaqueta que había tirado al suelo para buscar algo en un bolsillo.

Se acercó a ella, le tomó con suavidad un brazo con la mano y la llevó hacia la cama. El colchón era tan alto que tuvo que rodearle la cintura con las manos y levantarla para que pudiera sentarse en él. Le dejó algo en el regazo.

—¿Qué es esto? —preguntó al ver que se trataba de una cajita de madera.

—Un regalo —respondió Devon con una expresión inescrutable en la cara.

—¿Un regalo de despedida? —Su lengua afilada la traicionó.

—Ábrelo —pidió Devon con el ceño fruncido.

Obediente, levantó la tapa. La caja estaba forrada de terciopelo rojo. Tras apartar una capa de tela protectora, vio un pequeño reloj de bolsillo de oro con una larga leontina y con hojas y flores delicadamente grabadas en la tapa. Un cristal cubría la esfera de esmalte blanco con las manecillas negras.

—Era de mi madre —explicó Devon—. Es lo único que tengo de ella. Jamás lo llevó. —La ironía le impregnaba la voz—. El tiempo nunca fue importante para ella.

Kathleen alzó los ojos hacia él, desesperada. Abrió la boca para hablar, pero él le tapó suavemente los labios con los dedos.

—Lo que te regalo es el tiempo —dijo, rodeándole la barbilla con la mano para que siguiera mirándolo—. Solo hay una forma de demostrarte que te amaré y te seré fiel el resto de mi vida. Y es amándote y siéndote fiel el resto de mi vida. Aunque tú no me quieras. Aunque decidas no estar conmigo. Voy a darte todo el tiempo que me queda. Te prometo que, a partir de ahora, nunca tocaré a ninguna otra mujer, ni entregaré mi corazón a nadie más que a ti. Aunque tenga que esperar sesenta años, no habré desperdiciado ni un minuto, porque los habré pasado todos amándote.

Kathleen se lo quedó mirando, maravillada, mientras un peligroso calor le iba creciendo en las entrañas hasta hacerle saltar de nuevo lágrimas de los ojos.

Tras rodearle la cara con ambas manos, Devon se agachó para darle un delicado beso que le ardió en los labios.

—Dicho esto —susurró Devon—, espero que decidas casarte conmigo lo antes posible. —Otro beso, lento e irresistible—. Porque te deseo, Kathleen, mi amor. Quiero dormir contigo todas las noches y despertarme a tu lado todas las mañanas —dijo, y la acarició con los labios con una presión cada vez mayor hasta que ella le rodeó el cuello con los brazos—. Y quiero tener hijos contigo. Pronto.

La verdad estaba allí, en su voz, en sus ojos, en sus labios. Kathleen podía saborearla.

Comprendió, fascinada, que de algún modo, a lo largo de los últimos meses, Devon había cambiado realmente. Se estaba convirtiendo en el hombre que el destino le tenía deparado ser, en quien era realmente: un hombre que podía aceptar compromisos y asumir responsabilidades, y, sobre todo, amar sin reservas.

¿Sesenta años? Un hombre así no debería esperar ni siquiera sesenta segundos.

Con algo de torpeza, levantó la leontina y se la pasó por la cabeza. El reluciente reloj de oro le quedó depositado sobre el corazón.

—Te amo, Devon —dijo con los ojos humedecidos—. Sí, me casaré contigo, sí...

Devon tiró de ella hacia él y la besó sin reservas. Y la siguió besando ávidamente mientras la desvestía y le acariciaba con los labios llenos de cariño y de pasión cada centímetro de piel desnuda. Se lo quitó todo menos el pequeño reloj de bolsillo, que Kathleen insistió en dejarse puesto.

—Devon —dijo sin aliento cuando ambos estaban desnudos y él se había acostado a su lado—. Tengo que confesarte una mentirijilla. —Quería que fueran completamente sinceros uno con otro. Que no hubiera ningún secreto, nada oculto.

—¿Sí? —preguntó Devon con los labios en el cuello de Kathleen y uno de sus muslos entre los de ella.

—Hasta hace poco, no había comprobado realmente el calendario para asegurarme de que estaba... —Se detuvo cuando él empezó a ponerle delicadamente los dientes en el cuello—. De que estaba contando bien los días. Y ya había decidido asumir totalmente la responsabilidad de... —Devon le toqueteaba con la lengua la depresión de la base del cuello—. De lo que pasó aquella mañana. Después del desayuno. Ya sabes.

—Ya sé —dijo, recorriéndole la piel con besos hasta los pechos.

Kathleen le sujetó la cabeza con las manos para instarle a mirarla y prestarle atención.

—Devon —insistió—. Lo que estoy tratando de decirte es que puede que ayer por la noche te engañara... —Tragó saliva con fuerza y se obligó a sí misma a terminar—. Puede que te engañara cuando te dije que me había venido la menstruación.

Devon se quedó muy quieto. Al mirarla, tenía la cara totalmente desprovista de toda expresión.

—¿No es así?

—De hecho, tengo un buen retraso —respondió, asintiendo con la cabeza mientras observaba ansiosa su reacción.

—¿Puedes estar embarazada? —le preguntó con voz ronca mientras le acariciaba la cara con dedos temblorosos.

—Estoy casi segura de ello.

Devon la contempló aturdido, con el rostro ruborizado.

—Vida mía, amor mío, ángel mío... —La miraba fijamente y le recorría todo el cuerpo a besos mientras le acariciaba el vientre—. Dios mío, está confirmado: soy el cabrón más afortunado de Inglaterra —dijo, riendo en voz baja sin dejar de acariciarla con una dulzura reverencial—. Yo también tengo que darte una buena noticia, pero es insignificante en comparación con la tuya.

—¿Qué noticia? —quiso saber Kathleen mientras entrelazaba los dedos en el pelo de Devon.

Iba a explicárselo cuando se le ocurrió algo. Se le desvaneció la sonrisa y adoptó una expresión de perplejidad. Cambió de postura para poder mirarla directamente a los ojos mientras hablaba.

—Pronto habría empezado a notársete el embarazo. ¿Qué ibas a hacer? ¿Cuándo ibas a decírmelo?

—Me había planteado la posibilidad de irme a algún sitio antes de que lo averiguaras —confesó, avergonzada.

—¿Ibas a irte a algún sitio? —Parecía estupefacto—. ¿Ibas a dejarme?

—No lo había decidido todavía... —empezó a responder en tono de disculpa.

Un gruñido grave la interrumpió, lo que no le dejó ninguna duda sobre lo que él pensaba de esa idea. Se inclinó hacia ella, irradiando un calor atroz.

—Te habría encontrado —aseguró—. Nunca estarás a salvo de mí.

—No quiero estarlo... —empezó a decir, y habría dicho más si él no le hubiera plantado un beso apasionado y agresivo en los labios.

Tras tomarle las muñecas, Devon se las situó por encima de la cabeza para dejarla tumbada debajo de él. Una vez la sujetó con su cuerpo, la penetró con una sola embestida. Mientras lo hacía una y otra vez, más y más profundamente, ella se esforzaba por respirar en medio de los sonidos de placer que se le escapaban de la garganta: gemidos y palabras a medio formar. Separó más las piernas para intentar tenerlo lo más dentro posible de su cuerpo.

La estaba reivindicando, moviéndose despacio, deteniéndose casi imperceptiblemente antes de cada empujón para permitirle aferrarse a él. Tenía los dedos entrelazados con los de ella mientras sus labios, insaciables, la colmaban de besos. El placer le llegó a oleadas y provocó que su cuerpo se retorciera hasta que dejó de seguir el ritmo del de Devon.

Él le sujetó las caderas y se las afianzó con firmeza en la cama de modo que no le era posible moverlas. Gimió al recibir cada embestida sin poder devolvérsela, mientras que, por dentro, su cuerpo se movía convulsivamente como para compensar su quietud exterior.

Devon contuvo el aliento cuando notó que Kathleen llegaba al clímax, y el placer físico la llevó a estremecerse de tal modo que alzó el cuerpo hacia él con tanta desesperación que sus delgadas caderas casi lo levantaron a él. Con un gruñido, Devon la penetró profundamente y se quedó quieto, inundándola con su calor, mientras ella se aferraba a él con todo su ser para que diera rienda suelta a su orgasmo.

Un buen rato después, mientras yacían con los cuerpos entrelazados en la cama y charlaban adormilados, Devon murmuró:

—¿Dirás mañana a Helen que ya no tiene que casarse con Winterborne?

—Sí, si quieres.

—Estupendo. La cantidad de compromisos de los que puede hablar un hombre en un día tiene un límite. —Tomó el reloj de oro que colgaba aún del cuello de Kathleen y le recorrió con él el pecho siguiendo un camino ocioso.

—Todavía no te me has declarado —comentó Kathleen, haciendo pucheritos.

Devon no pudo resistirse y le tomó el labio inferior con los suyos para tirar de él suavemente.

—Sí que lo hice —la contradijo.

—Quiero decir como es debido, con anillo y todo.

El reloj ascendió por la curva de su seno, y el oro, cálido gracias al contacto con su piel, le rozó el terso pezón.

—Mañana iré a la joyería. —Devon sonrió al ver el brillo de ilusión en sus ojos—. Eso te complace, ¿verdad?

Asintió, y le rodeó el cuello con los brazos.

—Me encantan tus regalos —confesó—. Nadie me ha ofrecido nunca cosas tan bonitas.

—Amor mío —murmuró, rozándole los labios con los suyos—. Te cubriré de tesoros —aseguró y, tras dejar que el reloj le reposara entre los pechos, le acarició una mejilla con la mano para proseguir con voz irónica—: supongo que querrás una declaración completa de rodillas y todo.

Kathleen asintió, y sus labios esbozaron una sonrisa aún mayor.

—Porque me encanta oírte decir «por favor».

—Entonces supongo que formamos la pareja ideal —comentó Devon con un brillo de diversión en los ojos. Y le cubrió el cuerpo íntimamente con el suyo antes de susurrar—: porque me encanta oírte decir «sí».

Epílogo

«A salvo de nuevo», pensó Helen, andando sin rumbo fijo por las habitaciones del primer piso de la Casa Ravenel. Después de la conversación que había tenido aquella mañana con Kathleen, sabía que tendría que sentirse aliviada por dejar de estar comprometida con Rhys Winterborne. Pero se sentía aturdida y desorientada.

No parecía que ni a Kathleen ni a Devon se les hubiera ocurrido que la decisión sobre su relación con Rhys Winterborne debería haberla tomado ella. Sabía que lo habían hecho porque la querían y se preocupaban por ella. Pero aun así...

La hacía sentir tan agobiada como su prometido.

—Cuando dije que no quería ver al señor Winterborne —había explicado a Kathleen con tristeza—, era como me sentía en aquel momento. Me dolía horrores la cabeza y estaba muy angustiada. Pero no quería decir que no quisiera volver a verlo nunca más en toda mi vida.

Kathleen estaba de tan buen humor que no había parecido ver la diferencia.

—Bueno, ya está hecho y todo vuelve a ser como debe ser. En cuanto te quites ese odioso anillo, se lo devolveremos enseguida.

Pero Helen todavía no se había quitado el anillo. Bajó los

ojos hacia la mano izquierda para contemplar cómo el inmenso diamante talla rosa atrapaba la luz que entraba por las ventanas del salón. Realmente detestaba aquella joya grande y vulgar. La parte superior pesaba demasiado y no dejaba de resbalarle de un lado a otro, lo que le dificultaba tareas sencillas. Por el mismo precio, podría atarse el pomo de una puerta al dedo.

«Lo que daría por un piano», pensó, anhelando aporrear las teclas y hacer ruido. Beethoven o Vivaldi.

Su compromiso se había roto, sin que nadie le hubiera preguntado qué quería ella.

Ni siquiera Winterborne.

Todo volvería a ser como antes. Ahora ya no habría nada que la intimidara o la desafiara. Ningún pretendiente de ojos oscuros que quisiera cosas que ella no sabía cómo darle. Pero no sentía el alivio que debería sentir. La sensación de opresión en el pecho era más fuerte que nunca.

Cuanto más pensaba en la última vez que había visto a Winterborne y recordaba su impaciencia, sus besos exigentes y sus palabras amargas, más convencida estaba de que tendrían que haber hablado sobre lo que había ocurrido.

Por lo menos le habría gustado intentarlo.

Pero seguramente todo había sido para bien. Ella y Winterborne no habían sido capaces de sintonizar. Él la ponía nerviosa, y estaba segura de que ella lo aburría; no sabía cómo podría encajar en su mundo.

Era solo que le gustaba el sonido de su voz, y la forma en que la miraba. Y aquella sensación que le proporcionaba de estar a punto de descubrir algo nuevo, aterrador, maravilloso y peligroso. Echaría eso de menos. Le preocupaba que tuviera el orgullo herido. Era posible que se sintiera perdido y solo, igual que ella.

Mientras recorría, inquieta, la habitación, divisó un objeto en la mesa situada cerca de la ventana del salón. Al ver que era la maceta con la vanda azul que había regalado a Winterborne abrió unos ojos como platos. La orquídea que él no quería pero que se había llevado igualmente. Se la había devuelto.

Se acercó corriendo a la flor, preguntándose en qué estado estaría.

Una tenue luz cubría sesgadamente la mesa, cargada de motas de polvo que flotaban y relucían en el aire, algunas de ellas arremolinándose alrededor de los pétalos azul claro de la planta. Se quedó desconcertada al ver las flores rebosantes de vida. Las anchas hojas ovoides estaban limpias y lustrosas, y las raíces ancladas entre los trocitos de arcilla que habían sido cuidadosamente cortados y mantenidos húmedos.

La vanda azul no había enfermado bajo los cuidados de Winterborne, sino que había prosperado.

Helen se inclinó sobre la orquídea para tocar el hermoso arco de su tallo con la punta de un dedo. Mientras asintía con la cabeza, asombrada, notó un cosquilleo en la punta del mentón, y no se percató de que era una lágrima hasta verla caer sobre una de las hojas de la vanda.

—Oh, señor Winterborne —susurró a la vez que se enjugaba las mejillas—. Rhys. Ha habido una confusión.